Stefan Spreng

FRÜHER & HEUTE
ZWEI JAHRESZEITEN

EIN DEUTSCHER GEBIRGSJÄGER AUS DEM 2. WELTKRIEG RINGT MIT DEN DÄMONEN DER VERGANGENHEIT

EK-2 MILITÄR

Eine Veröffentlichung der EK-2 Publishing GmbH

Friedensstraße 12
47228 Duisburg
Registergericht: Duisburg
Handelsregisternummer: HRB 30321
Geschäftsführerin: Monika Münstermann

E-Mail: info@ek2-publishing.com
Website: www.ek2-publishing.com

Cover/Umschlag: Mario Heyer
Autor: Stefan Spreng
Lektorat: Angelina Blosfeld
Korrektorat & Buchsatz: Jill Marc Münstermann

2. Auflage, September 2024

Ihre Zufriedenheit ist unser Ziel!

Liebe Leser, liebe Leserinnen,

zunächst möchten wir uns herzlich bei Ihnen dafür bedanken, dass Sie dieses Buch erworben haben. Wir sind ein kleines Familienunternehmen aus Duisburg und freuen uns riesig über jeden einzelnen Verkauf!

Mit unserem Label *EK-2 Militär* möchten wir militärische und militärgeschichtliche Themen sichtbarer machen und Leserinnen und Leser begeistern.

Vor allem aber möchten wir, dass jedes unserer Bücher **Ihnen ein einzigartiges und erfreuliches Leseerlebnis** bietet. Daher liegt uns Ihre Meinung ganz besonders am Herzen!

Wir freuen uns über Ihr Feedback zu unserem Buch. Haben Sie Anmerkungen? Kritik? Bitte lassen Sie es uns wissen. Ihre Rückmeldung ist wertvoll für uns, damit wir in Zukunft noch bessere Bücher für Sie machen können.

Schreiben Sie uns: info@ek2-publishing.com

Nun wünschen wir Ihnen ein angenehmes Leseerlebnis!

Jill, Heiko & Moni
von
EK-2 Publishing

Auftakt

Ani warf die ungewohnt weiche Daunendecke von sich. Überschwänglich sprang der 24-jährige aus den Federn, und hastete in seinem jungenhaften Tatendrang zur Morgentoilette. Das Gesicht schäumte er sich mit einem halbierten Stück Natronseife ein, das einen laugigen Duft verströmte. Zur Feier des Tages hatte er eine frische Klinge in seinen Apollo-Rasierer eingelegt. Beides, die Seife und vier Zwillingsklingen in einer schmalen, braunen Pappschachtel, hatte er vom Ortsgruppenleiter in der Spaungasse als Urlaubsgabe erhalten. Anis abgegriffener Rasierhobel hatte schon fast so viel mitgemacht wie er selbst. Die neue Klinge glitt in einem perfekten Strich über seine Wangen.

Die Hand des jungen Mannes spürte prüfend über die glatte Haut, fand daran aber keine störenden Unebenheiten mehr. Dann schöpfte er mit beiden Händen kaltes Wasser aus einer blau emaillierten Schüssel, die unter dem Wandspiegel auf einem rustikalen Waschtisch stand. Schnaubend wusch er sich. Als er mit dem belebenden Nass in Berührung kam, durchzuckte seinen drahtigen, eine Spur zu ausgezehrten, Oberkörper, ein wohliger Schauer.

Ein paar Stücke des abgeplatzten Glasschmelzes schwammen noch in der Schüssel herum. Es störte ihn nicht. Genauso wenig wie die spartanische Einrichtung der beengenden Behausung, in die er sich eingemietet hatte. Es gab neben einem Bett, dem Spiegel sowie der Waschgelegenheit darauf nicht viel her. Vier Schritt von einer Wand zur anderen. Kein Fenster. Vielleicht eine ehemalige Dienstbotenkammer.

Er war weitaus Schlimmeres im Leben gewohnt, und das hatte ihn deutlich mehr gekostet als eine mickrige Kammer im beschaulichen Wien. Die 1,50 Reichsmark zahlte er gerne für ein paar Tage persönlichen Frieden. Seine Zimmerwirtin, die reichsüblich verhuschte Kriegswitwe von Anfang Fünfzig, hatte ihm am Vortag ein Handtuch über das Fußende seines Betts gehängt. Ein bretthartes Stück Leinen, mit dem er sich abrieb, bis seine Hautfarbe von rosig zu purpurn wechselte.

Erfrischt schlüpfte Ani in den einzigen Anzug, den er besaß. Einen forstgrünen Zweiteiler aus gefilztem Wollstoff, den er seit drei Jahren nicht mehr getragen hatte. Sein Sonntagsstaat. Die Erlaubnis dafür hatte er auf seinem Urlaubsschein eintragen lassen, den er ebenso wie sein Soldbuch stets bei sich trug. Hinter ihm lagen die schier endlosen Weiten Russlands, die außer dem Nachschub der Wehrmacht auch den anhängigen Feldküchen zu schaffen machten. In Russland wurde, vom Tod einmal abgesehen, niemand satt.

Ani schwamm in den weiten, aufgestoßenen Hosenbeinen und seiner Jacke, die an den Ellenbogen leicht ergraute. Er hatte sich den Anzug von seinen Eltern in einer Art Kehrpaket an die Verkehrs- und Tarifabteilung der Reichsbahndirektion in Wien schicken lassen und sie bei seiner Ankunft dankbar entgegengenommen. Dem in braunes Packpapier gewickelten Gewand lag ein Brief der Mutter bei. Sie verstand nicht, weshalb ihre Buben nicht nach Hause kamen. Auch der Vater sei enttäuscht, schrieb sie. Das Paket zu verschicken, damit es rechtzeitig ankam und eingelagert wurde, musste sie eine Stange Geld gekostet haben. Ani beschloss, dem Teil seines Soldes, den er regelmäßig an die Eltern nach Hause schickte, beim nächsten Mal ein paar Mark aufzuschlagen.

Auf die Wiener Damenwelt hätte der fesche Kerl in seiner von Lametta besetzten, feldgrauen Uniform sicherlich einen stattlicheren Eindruck gemacht. Ohne sie war er sogar der nicht unerheblichen Gefahr ausgeliefert, als Deserteur verhaftet zu werden. Doch Anian war nicht wegen einer Buhlschaft hier – die sich seinetwegen zwar ergeben durfte, dafür war er offen – sondern um sich zu erholen. Um eine entspannte Zeit zu genießen, Urlaub zu machen. Im besten Sinne des Wortes. Dass man ihn darum nicht behelligte, dafür sorgten seine Papiere.

Was die Bekanntschaft mit Frauen anging, misstraute er den öligen Propagandaversprechen des Ministeriums. Die zirpten wie verirrte Granatsplitter über die Schützenlöcher, denen zufolge ein Kriegsheimkehrer von der deutschen Frau mit offenen Armen, wenn nicht gar mit offener Bluse empfangen würde. Auch wenn er es gerne leichter gehabt hätte, war ihm bewusst, dass es über einen Fronturlaub hinausging, die Frau fürs Leben zu finden. Nein, er wollte vor allem die Erinnerung an die Ostfront wenigstens für ein paar Tage hinter sich lassen. Den Krieg wie seine Uniform gleichsam abzulegen.

In einem kurzen Augenblick der Unsicherheit schnellte seine rechte Hand hoch und tastete den grünen Gehrock ab, den er sich nach Holzfällerart über die Schulter geworfen hatte.

Erleichtert atmete er aus. Natürlich steckten seine Ausweisdokumente griffbereit in der Innentasche seiner Joppe. Sie waren der Garant für das Gelingen seines Erholungsplans. Man hatte ihm eingetrichtert, dass er an jeder Straßenecke danach gefragt werden konnte.

Ani beugte sich noch einmal über den Spiegel. Dort rückte er seinen Tirolerhut mit der schmalen Krempe zurecht. Eine Mischung aus Fedora und Trachtenhut aus dickem grünem Wollfilz. Darunter blickte ihm sein waches Antlitz entgegen. Vorne über der Stirn ließen sich ein paar kurze, blonde Haarfransen von dem eingenähten Ripsband kaum in Zaum halten.

Anis blaue Augen brannten darauf, die ihm unbekannte Stadt einzunehmen. Sie wirkten wie zwei stumpf gewordene Opale, die nach Licht gierten. In seinem Gesicht stand ein spitzbübisches Lächeln. Er konnte es kaum erwarten, sich ins Getümmel der sagenumwobenen Donaumetropole zu werfen. Sein Eroberungszug galt dem Herzen Wiens.

Der Greis gewordene Anian Tuchel kennt Tage wie diesen. Mit seinen 86 Jahren sieht er sich gezwungen, es langsamer angehen zu lassen. Aus Erfahrung weiß er, dass es besser ist, auf Nummer Sicher zu gehen. Ohne Hast schiebt sich der alte Herr die extraleichte Überdecke aus urinabweisendem Polyurethan über die Brust. Ruhig atmend bleibt er liegen, streckt erst die Arme aus, dann die Beine. Konzentriert lauscht er in sich hinein. Wartet ab, was der Blutdruck macht. Sein Herz wummert dumpf vor sich hin.

Ba-dam, ba-dam, Ba-dam.

Das rhythmische Stampfen eines ramponierten Uhrwerks. Seine Muskeln verkrampfen nicht, wenn er sich streckt. An diesem heutigen Morgen besteht der einzige Unterschied zu sonst darin, dass es ihn ausnahmsweise nirgends zwickt. Seit seinem ersten Schlaganfall vor drei Jahren fühlt sich Anians rechte Seite immer ein bisschen taub an. Doch gerade gibt es kein Anzeichen dafür, dass ihm die empfindlichen Nervenenden im Kopf den Dienst verweigern.

Vorsichtig lässt er seine Schultern rollen, bewegt sacht jedes einzelne Gelenk. Nacken. Schultern. Ellenbogen. Hände. Becken. Knie. Füße. Seine Knochen sind mit dem Alter arthritisch geworden. Gebein reibt auf Gebein. Gegen das Alter gibt es keine Heilung, das weiß er.

Nur heute scheint alles in Ordnung.

Kein Schmerz, allenfalls ein unangenehmes Scheuern an den Stellen, die nicht mehr ganz so geschmeidig ineinandergreifen.

Lächelnd richtet sich Anian auf. Dieser Tag ist ein Geschenk an ihn. Weshalb? Er hat nicht den blassesten Schimmer.

Gebückt, weil er fürchtet, die wiedergefundene Stärke könnte nur Einbildung sein, schlurft er ins Badezimmer. Die regelmäßigen Beschwerden, die ihn normalerweise heimsuchen und gegen die er zahllose, bunte Pillen einnehmen muss, werden sicher bald wiederkommen. Zu oft schon hat ihn sein Körper im Stich gelassen.

Er gähnt herzhaft in den Spiegel, dann steckt er seinen elektrischen Rasierapparat an. Surrend gleiten die Schermesser über zerklüftete Hänge und furchige Hautpartien, während sie dazwischen den rötlichen Ausschlag eines fürchterlich juckenden Rasurbrands hinterlassen. Wenigstens das ist heute gleichgeblieben! Das Konterbrennen eines ins Gesicht geklatschten After-Shave-Balsams – für die empfindliche Haut über 60 – aus dem Drogeriemarkt, verschafft ihm Linderung.

Aus dem halb mit Reinigungsflüssigkeit gefüllten, durchsichtigen Plastikbecher fischt er seine Zahnprothese. Er legt seinen blau gestreiften Pyjama ab.

Nackt sinkt Anian langsam auf den Hygienehocker in der Duschkabine. Das Wasser hat eine angenehme Temperatur. Es rinnt ihm warm über Schultern, Arme und Beine. Ohne Scham erleichtert er sich in die Wanne. Die aufsteigende Luftfeuchtigkeit, treibt ihm den beißenden Geruch von Ammoniak in die Nase. Er spült den gelben Urinrest hastig fort, obwohl niemand mehr da ist, der ihn deswegen rügen könnte.

Alles ist heute anders.

Kurz verfällt der alte Tuchel auf die verrückte Idee, sich, wie früher, zur Erfrischung mit dem Massagestrahl des Duschkopfes kalt abzubrausen. Doch er lässt den Temperaturregler lieber in der Nähe des roten Punkts auf der Armatur stehen. Noch im Sitzen trocknet er sich ab.

Während er sich den Rücken kreisförmig abrubbelt, geben seine Gelenke merkwürdige Geräusche von sich. Er spürt einen leichten Muskelkater an den Stellen, die den Schmerz bisher in Zaum gehalten haben. Immer noch geht es ihm gut. Fast prächtig.

Nur nicht übermütig werden, denkt er.

Vor dem Spiegel kämmt er sein nassglänzendes, silbriges Haupthaar zu einem ordentlichen Scheitel auf die linke Seite. Seine blauen Augen glänzen wässrig und liegen zwischen tiefen Gräben, in denen sich eine unendliche Schuld aufgetürmt hat. Dennoch hat der Opal darin seine Strahlkraft noch nicht verloren – ein Restschimmer angeschwemmten Meerglases.

Anians schmale Lippen bringen einen brüchigen Laut hervor, in dem Freude und Leid einer halben Ewigkeit stecken. Es ist der erste Ton eines alten Marschlieds, das ihm plötzlich in den Sinn gekommen ist. Die Jugend, die es verkörpert, erkennt er in dem Spiegelbild an der Wand allerdings nicht mehr wieder.

Seine Stimme müht sich vergeblich zwischen dem a und dem c, den Noten, die es dafür bräuchte. Aber er muss einsehen, dass ihm die Melodie nicht gehorchen will.

Es war ein Edelweiß. Das Edelweiß ist verblüht.

Der verbrauchte Mann blickt voller Selbstmitleid jenem Anian ohne Spannkraft entgegen, an dem nichts außer seinem überschüssigen Hautgewebe pendelt.

Er wischt den Gedanken daran beiseite, strafft seine magere Brust. Die Rippenbögen treten heraus. Zu wenig Flüssigkeit. Seit Jahren. Zwei Liter täglich schafft er beim besten Willen nicht.

Irgendwo in ihm steckt noch dieser junge Mann von einst. Einer, der nicht ans Aufgeben denkt, einer, der voller Tatendrang steckt.

Das alte Marschlied zeitlos wohltönend im Kopf, tapert er nackt ins eheliche Ankleidezimmer. Dort hängt, über einem Stuhl neben dem Wandschrank aus den sechziger Jahren, seine Garderobe für Festtage. Das hält er seit Ewigkeiten so. Unter der Woche gönnt er sich Stoffhosen, Poloshirts und Turnschuhe. Sonn- und Feiertage verlangen mehr Stil. Er hat die Kleidungsstücke bereits am Abend zuvor über die Lehne des Stuhls gelegt.

Wäre seine Frau noch am Leben, hätte sie gewiss noch schnell alles akkurat aufgebügelt. Kein Fältchen wäre ihr entgangen.

So sind die Sachen jetzt ein klein wenig verknittert: Die beige Twillhose, das weiße Trachtenhemd mit geschnitzten Hirschhornknöpfen, der graue Seidenblouson, auf dessen linken Ärmel ein ovales Abzeichen aufgenäht ist. Es zeigt das stolze Edelweiß auf grünem Grund. Farblich dazu passend, besitzt Herr Tuchel eine dunkelgrüne Krawatte, welche die Waffengattung anzeigt, für die er im Krieg gekämpft hat.

Heer. Gebirgsjäger.

Eine richtige Tracht trägt er schon lange nicht mehr. Das ist was für Brauchtumstouristen ohne Bezug zur Vergangenheit.

Auf dem Kleiderstuhl dessen Sitzfläche mit einem gelben Blümchenmuster bezogen ist, liegt noch eine Ordensspange. Drei Medaillen hängen daran. Zwei runde, eine mit einem Kreuz, das acht Spitzen hat. Ein Pfeilspitzenkreuz.

Der alte Wehrmachtssoldat wiegt die Stücke in seiner Hand. Das schwere Metall, aufgereiht nach dem Zeitpunkt ihrer Verleihung, klirrt leise.

Auf der linken silbernen Medaille sind zwei Fahnenträger eingraviert. Der Größere der beiden, der auf dem hinteren Sockel, zieht den Kleineren mit seinem starken rechten Arm zu sich herauf. Auf der Rückseite steht das Datum: 13. März 1938 – der Anschluss Österreichs an das Deutsche Reich. Der Anfang vom Ende.

Halb verdeckt vom Kreuz blitzt ein silbern umrandetes, schwarzes Ehrenzeichen mit Stahlhelm und Stielhandgranate heraus. Der Reichsadler hält das Hakenkreuz fest in seinen Klauen. Auf der Rückseite steht „Winterschlacht im Osten 1941/42". Anis persönliche Gefrierfleischmedaille, die er für seine Teilnahme an der Schlacht um Charkow erhalten hat.

Rechts außen prangt das Malteserkreuz aus Bronze. Es wird an den Seiten von zwei Schwertern durchbohrt. Im Würdigungsgrad der *II.* Klasse, wieder mit Hakenkreuz. Hinten ist die Jahreszahl des

Zeitpunkts der Stiftung durch Adolf Hitler in Eichenlaub gefasst: 1939. Verliehen, fünf Jahre nach dessen Einführung, für Verdienste im Krieg. Für Anis ganz besonderen Verdienst an diesem Krieg. Er hätte noch das Sturmabzeichen und das emaillierte Partei- und RAD-Abzeichen hinzufügen können, doch die waren ihm irgendwann abhandenkommen.

Anians Bruder, Gott hab ihn selig, hätte noch mit der goldenen Nahkampfspange, dem goldenen Verwundetenabzeichen und dem EKII aufwarten können. Bei Ehemaligentreffen, die Herr Tuchel regelmäßig besuchte, solange, bis nur noch eine Hand voll Kameraden übrig waren, sind diese Devotionalien immer ein Hingucker und Anlass gewesen, mit der ein oder anderen Heldengeschichte um die Ecke zu kommen.

Offiziell sieht man es nicht gerne, wenn ein Kriegsveteran wie er solche Nazi-Andenken öffentlich zur Schau stellt. Anis Auszeichnungen bedienen das kollektive, schlechte Gewissen derer, die das Glück hatten, nie mit derselben prometheischen Schuld beladen zu werden, wie er.

Seufzend schiebt der Veteran die Spange in die Innentasche seines Blousons.

Unter dem als Diener fungierenden Kleiderstuhl steht ein Paar gut gewienerter, schwarzer Halbschuhe. Mit der Sorgfalt eines kultivierten Mitteleuropäers, für den er sich hält, kleidet sich Anian Tuchel Stück für Stück an.

Die Zimmerwirtin hatte ein kleines Tablett vor die Tür gestellt. Darauf servierte sie ihrem Gast eine Tasse dünnen Bohnenkaffee – kein lauer Zichorienersatz, das, immerhin, rechnete er ihr an – neben einem Teller, auf den sie eine Scheibe recht trockenes Schwarzbrot gelegt hatte, mit einem Klecks selbst eingeweckter Marillenmarmelade darauf. Keine Butter.

Ani ging in die Hocke, stürzte das Blümchengebräu herunter und stopfte sich den bestrichenen Kanten in den Mund. Fröhlich kauend sprang er von der Dachgeschosswohnung die Stiegen hinab ins Parterre. Unten auf der Straße leckte er sich die von der Marmelade klebrigen Finger. Es war ein ungewöhnlich warmer Herbsttag. Die Sonne fing gerade erst an, ihre herrlichste Pracht zu entfalten. Ein wahrhaft goldener Wonnemonat.

Ani spähte über das Pflaster des Trottoirs. Er wartete.

Zwei groß gewachsene Gestalten in Wehrmachtsuniform kamen direkt auf ihn zu. Eine von ihnen hob grüßend die Hand.

„Servus!", rief der Mann, den eine leichte Ähnlichkeit mit Ani verband.

Ani lächelte. Er liebte die burschikose Art seines Bruders. Wilhelm, kurz „Willi" gerufen, war der ältere der beiden Tuchelbrüder. Willi hatte eine kräftigere Statur als Ani und maß einen Kopf mehr. Auch er war blond. Seine fröhlichen, blauen Augen nahmen die Welt nicht ganz so melancholisch wahr, wie es sein kleiner Bruder tat. Seine Sicht der Dinge war eher unkompliziert, was ihm viele Freundschaften einbrachte. Er war beliebt, hatte Charme und Witz. Nur die markanten, felsharten Gesichtszüge verrieten bei genauerem Hinsehen die verwandtschaftliche Verbundenheit mit Ani und ihr Herz, das für die heimatlichen Berge schlug.

Der dritte im Bunde war Willis bester Freund. Bernhard. Bernhard Hanselmann. Ani nahm an, dass hinter dieser sogenannten Freundschaft ein wenig mehr steckte. Die beiden waren nicht unglücklich gewesen, als ihnen der für die Quartierzuteilung zuständige Ortsgruppenleiter bedauernd mitteilte, dass die Fronturlauber aufgrund der aktuellen Raumnot in Wien getrennt voneinander untergebracht werden müssten. Auch Ani war es nur recht gewesen, dass er den beiden nachts nicht in die Quere kam.

Er hoffte nur, dass sein Bruder Vorsicht walten ließ. Alle drei waren nicht nur eingetragene Mitglieder der Nationalsozialistischen Partei, sondern auch katholisch erzogen worden. Sie wussten genau, was es bedeutete, wenn man seiner geschlechtlichen Neigung über das häusliche Maß hinaus frönte.

Ani, Willi und Bernhard, stammten aus dem mondänen Wintersportort Garmisch-Partenkirchen. Gelegen im Schatten der Zugspitze, wo vor sechs Jahren die vierten Olympischen Winterspiele ausgerichtet worden waren. Wie nicht anders zu erwarten, verkörperten die drei Männer als leidenschaftliche Skifahrer und Bergsteiger, die sich mit ihrer Heimat fest verwurzelt fühlten, das Nährbild vom verwegenen Alpenvolk. Es gab am Ort nicht wenige Berufe, durch die sie das zum Ausdruck bringen konnten. Sie hätten Skilehrer bleiben können oder Bergführer, es lag in ihrer DNA. Doch 1935 entschlossen Wilhelm und Bernhard freiwillig, sich der neu aufzustellenden Wehrmacht anzudienen. Ani tat es ihnen zwei Jahre später gleich.

Sie trafen sich alle in derselben Einheit wieder. Im Tross eines Ersatzbataillons des Gebirgsjägerregiments 98, einem Teil der kampferprobten Edelweiß-Division. Jene Division, von der ihr Kommandeur behauptete, dass sie es selbst mit dem Teufel aufnehmen konnte. Und bei Gott, der Teufel war inzwischen zu ihrem geringsten Problem geworden.

Zu dritt waren sie dabei gewesen, als Hitler Österreich heim ins Reich geholt hatte. Weiter zu dritt waren sie über Polen, Frankreich und Russland von einem Kriegsschauplatz zum nächsten gezogen.

Willi hatte es bis zum Feldwebel gebracht, während Bernhard nach seiner Beförderung wieder zum einfachen Soldaten degradiert worden war. Er hatte als Staffelführer während des Westfeldzuges den Fehler begangen, eine Sau zu schlachten.

Die hatte er aus irgendeinem französischen Schweinestall gestohlen, um seinen Männern wenigstens einmal etwas anderes vorzusetzen als die üblichen Feldrationen. Dabei war er von einem Offizier beobachtet worden, der ihn wegen „Schwarzschlachtung" hinhängte. Im Oktober 1940 war das ein besonderes ahndungswürdiges Vergehen, denn die Eroberung Englands stand kurz bevor. Die Vorbereitungen dafür verlangten den deutschen Soldaten höchste Disziplin ab. Wer aus der Reihe tanzte, wurde bestraft.

Als die Franzosen niedergerungen waren, mussten die Deutschen für das, was sie sich nahmen, wortwörtlich bezahlen. Bernhard hatte das nicht für nötig gehalten. In der Folge wurde er dem Bewährungsbataillon zugeteilt. Ein halbes Jahr später kehrte er zurück, doch der 25-Jährige, stets so gut gelaunte Lebemann, war kaum wiederzukennen. Es war, als hätte ihm ein böser Zauber seine Lebensjahre ausgesaugt.

Das dunkelbraune Haar war schütter und dünn geworden, es ergraute an den Schläfenansätzen. Rund um seine Augenpartie wanden sich zahllose Falten, so als hätte Bernhard sie oft und ziemlich
lange zusammenkneifen müssen. Niemand, nicht einmal Willi, erfuhr je, was er gesehen hatte. Die trüben, braunen Pupillen starrten
jetzt oft stundenlang ins Leere. Früher waren ihm die Mädchen wegen seines südländischen, fast welschen Aussehens, in Scharen nachgelaufen. Jetzt hätte er ihnen damit nur Angst eingeflößt.

Auf seiner Haut, die einst einen natürlichen, sonnenverwöhnten
Teint hatte, lag nun eine dünne, staubgraue Schicht wie von Asche,
die sich nie mehr ganz von seinem Körper lösen würde. Manchmal
stand ihm der kalte Schweiß auf der Stirn, obwohl es dafür keinen
Anlass zu geben schien. Willi war der Einzige, der hin und wieder zu
seinem Freund durchdrang. Behutsam stellte er ihre Beziehung auf
neue Beine.

Bernhard hatte sich seine Rückkehr teuer – unvorstellbar teuer –
erkauft. In einem Bewährungsbataillon war die Seele der geringste
Preis, dem man dem Teufel für die eigene „Bewährung" zu zahlen
hatte. Nicht nur deswegen, darin waren sich die Brüder einig, hatte
sich jeder von ihnen eine Verschnaufpause verdient.

Es war die Zeit des deutschen Vorstoßes in den Kaukasus. Für dieses Unterfangen seien sie entbehrlich, beschlossen sie.

Anian reichte seinen Antrag auf Fronturlaub zuerst ein. Er hatte seit
zweieinhalb Jahren keine einzige freie Sekunde mehr gehabt, weshalb sein Ansinnen samt der Uniformbefreiung ohne größere Scherereien durchging.

Wilhelm stellte sein Gesuch eine Woche später. 21 freie Tage. Seine
Nahkampfspange, das Verwundetenabzeichen und das Eiserne
Kreuz ebneten ihm den Weg. Er war als ausgezeichneter Soldat bekannt. Ein Wermutstropfen jedoch, der mit seinem tadellosen Leumund zusammenhing, blieb. Er musste sich in Wien vor seinem Urlaubsantritt bei einem gewissen Günter Kaufmann, dem Leiter des
Gaupropagandaamts in der Reisnerstraße, melden.

Willi war Verfügungsmasse der Partei. Er galt als Kriegsheld und
durfte somit auf jeder wichtigen Volksveranstaltung den Grüßaugust
spielen. Bei ihrer Ankunft hatte das Amt zu ihrem Glück noch geschlossen gehabt.

Sie brachten in Erfahrung, dass Kaufmann, der gleichzeitig der
Pressereferent des Gauleiters und Reichstatthalters von Wien war,
mit seiner Entourage derzeit einem wichtigen Sondertransport am
Aspangbahnhof im Osten der Stadt beiwohnte. Es ging die drei nichts

an, welche Güter so wichtig waren, dass bei ihrer Verschiebung die Anwesenheit eines Beamten der Führungsetage erforderlich war.

Eine freundliche Sekretärin am Empfang bat Wilhelm, am nächsten Morgen noch einmal vorzusprechen. Sie machte nicht einmal einen Vermerk in das Besucherbuch vor ihr. Wer wusste schon, wie viele Kriegshelden heute bereits an ihr vorbeidefiliert waren. Wahrscheinlich konnte sie sich am Abend nicht einmal mehr daran erinnern, dass Willi sie überhaupt behelligt hatte. Darum beschloss er, dass es für die Meldung bei Kaufmann keinen Grund zur Eile gab. Vielleicht ein, zwei Tage später würde er es erneut probieren.

Bernhards Urlaubsantrag hingegen war eine ganz andere Nummer gewesen. Es hatte einer Menge krimineller Energie bedurft, damit es ihm gelang, sich den beiden Brüdern anzuschließen. Für den Preis von 300 Gramm Rauchfleisch, eines Stocks Eier und einiger Papirossas aus dem starken Russenmachorka organisierte er sich von einem Heimkehrer die heiß begehrte Platzkarte im Sonderzug für Fronturlauber, auch SF gennannt.

Eigentlich mussten die Kärtchen von ihren Besitzern nach ihrer Rückkehr abgegeben werden, aber es hatte sich ein gewisser Schlendrian im Umgang mit dem unscheinbaren Papierdokument eingestellt. Die Kontrollen waren lax. Der rechteckige Schnipsel stellte eine teuer gehandelte Ware auf dem wehrmachtsinternen Schwarzmarkt dar. Die Platzkarte war zwar eine wichtige Voraussetzung, um überhaupt einen Urlaubsschein ausgestellt zu bekommen, aber einer Garantie kam das nicht gleich. Als Gebrandmarkter achtete Bernhard wochenlang darauf, niemandem einen Grund zur Beanstandung zu liefern.

Als der Tag seines Gesuchs nahte, kratzte er vorsichtig das Gültigkeitsdatum von der kleinen Karte und trug an seiner Stelle das neue ein. Sein Vorgesetzter war von dem Anblick des ausgewaschenen, rosafarbenen Stücks Kartonpapier nicht überrascht, davon wanderten jede Woche zahllose weitere über seinen Tisch. Trotzdem blieb sein Hauptmann wohlmeinend misstrauisch. Es war eine reine Vorsichtsmaßnahme, dass Bernhard nur 14 Tage Fronturlaub erhielt.

Niemand hätte sagen können, wem die Idee für den Rutsch nach Wien als erstem kam. Plötzlich war sie im Raum gestanden und wurde allen dreien zur gleichen Bestimmung. Die Urlaubsverordnung sprach dem nicht entgegen, auch wenn es nicht der Regel entsprach, dass Soldaten bei der ersten sich bietenden Gelegenheit nicht nach Hause wollten. Die Gründe der Brüder und ihres Freundes waren unterschiedlich, aber keinen von ihnen zog es mit Macht in die Heimat.

Bernhards Eltern waren bereits 1932 an einem bösen Lungenkatarrh verstorben, als er gerade 17 Jahre alt wurde. Fast schon ein Mann, und weil er der beste Freund Wilhelms war, nahm ihn die Familie Tuchel gerne bei sich auf. Dazu trug sicherlich ein Scheck aus Berlin bei, der einige der Kosten abdeckte, die Bernhard verursachen würde. Seine nächsten Verwandten lebten in der entfernten Reichshauptstadt, weshalb man sich darauf verständigte, dass der Heranwachsende bis zur Volljährigkeit in seiner gewohnten Umgebung bleiben sollte. Sieben weitere Jahre wurden daraus, dann brach der Krieg aus.

Anis und Willis Eltern waren brave Katholiken und lebten schon in der dritten Generation im Marktteil Garmisch. Die beiden eng beieinander liegenden Ortsteile Partenkirchen und Garmisch waren 1935, kurz vor und wegen der Winterolympiade, auf Druck der NSDAP zwangsvereinigt worden. Partanum, eine Durchgangsstation des Warenhandels auf der römischen Via Claudia wurde etwa 700 Jahre vor Germareskaue gegründet. Nacheinander verleibte sich die Kirche erst Partenkirchen und dann Garmisch ein. Während sich die einen eher ländlich präsentierten, hingen die anderen einer urbanen Lebensweise an. Jeder beanspruchte seinen eigenen Anteil am Weide- und Waldrecht, das nur durch einen Fluss geteilt wurde.

Die Einwohner pflegten seit jeher eine gewisse Rivalität, die damit einherging, dass es praktisch alle Institutionen doppelt gab. Zwei Kirchen, zwei Krankenhäuser, zwei Feuerwehren, zwei Skiclubs, zwei Musikkapellen, zwei Molkereien. Eine davon führte Anis Vater, Anton Tuchel. Das Auskommen der Familie war solide.

Die häusliche Lage spitzte sich jedoch kurz nach der Olympiade dramatisch zu. Die Tuchels entgingen nur knapp der Stilllegung ihres Betriebs, denn eine große Dampfmolkerei aus München wollte das bayerische Monopol in der Milchwirtschaft an sich reißen. Es blieb bei dem Versuch, aber dann erreichten die Folgen der Kriegsvorbereitungen schließlich auch Garmisch-Partenkirchen. Milch und alle seine Erzeugnisse wurden Parteisache. Für eine ländliche Molkerei die denkbar schlechtesten Geschäftsbedingungen.

Die Bevölkerung musste sich wie überall im Land mit Rationierungskarten einschränken. Von Kriegsjahr zu Kriegsjahr wurden die bezahlbaren Mengen auf den Lebensmittelmarken weniger. Der Milchbetrieb des Vaters schrieb rote Zahlen. Wenn einer der Buben heimkam, bedeutete das, dass sich Mutter Margarethe umgehend ein Bein ausriss, damit ihre „Mannsbilder" auch anständig verköstigt wurden.

Willi hatte zwei Verwundungen daheim auskurieren dürfen und Ani war während des Frankreichfeldzuges einmal da gewesen. Es sollte ihnen an nichts fehlen. Dass die Eltern danach den Gürtel mindestens einen Monat enger schnallen mussten, wurde ihnen erst aus den Erzählungen anderer Kameraden bewusst. Deren Angehörige konnten sich, ohne Schleichhandel mit dem Notwendigsten, kaum über Wasser halten. In solch armseligen Zeiten hätten es sich die Brüder nie verziehen, wenn sie ihrer Mutter diese Last aufbürdeten.

Ein weiterer Grund, ihren Fronturlaub nicht in der Heimat verbringen zu wollen, war der Vater.

Anton Tuchel war ein Vollblutveteran des ersten Weltkriegs. Arras, Somme, La Bassée, Artois und Verdun. Er hatte unter General von Fasbender, Kronprinz Rupprecht von Bayern und General von Xylander gekämpft. Alles, was der Kriegsführung zu Beginn des 20. Jahrhunderts an Technik zur Verfügung stand, hatte Anton in grauenvoller Aktion erlebt. Artilleriegefechte, Stellungskämpfe, Trommelfeuer, Gas, unfähige Offiziere. Nichts davon war ihm fremd. Gleich, von welchem Schlachtenerlebnis Willi oder Ani während eines ihrer Aufenthalte zu Hause berichteten, ihr Vater hielt mit einer noch ärgeren Geschichte aus dem eigenen Fundus dagegen. Seine Anteilnahme für die traumatischen Erlebnisse seiner Söhne hielt sich in überschaubaren Grenzen, weil er seine selbst noch nicht überwunden hatte.

Auch wenn Anton es niemals laut ausgesprochen hätte, wussten die beiden doch, dass sie trotz der doppelten Anstrengung nach seinen Maßstäben an ihn nie heranreichen konnten. Abendliche Diskussionen darüber, wer von ihnen das härtere Los erduldete, endeten in schöner Regelmäßigkeit und nach vielen Maß Bier meist im Streit. Bier war dank veränderter Rezepturen eines der wenigen Lebensmittel, die seitens der Regierung noch nicht verknappt wurden. Nein, den Frust des Vaters wollten sie nicht heraufbeschwören.

Ein dritter Grund, wenngleich niemand es aussprach, war Wilhelms und Bernhards Beziehung. Sie versprachen sich viel davon, in einer Stadt, in der sie niemand kannte, endlich etwas vertraute Zweisamkeit zu finden. Ani machte sich Sorgen um seinen großen Bruder. Erwischte man die beiden, drohten ihnen drakonische Strafen. An die Konsequenzen für die Familie durfte man gar nicht denken! Wenn einer aus der Art schlug, dann die anderen doch gewiss ebenso. Die Nationalsozialisten liebten Kollektivstrafen.

Deshalb war Wien eine logische Wahl. Weit genug weg von jedem der sie kannte, mondän genug, das Weltgeschehen für einen Augenblick zu vergessen.

Man konnte nicht gerade behaupten, dass Margarethe und Anton den Entschluss ihrer Söhne guthießen. Es bedurfte mehr als eines Feldpostbriefes, sie vom Gegenteil zu überzeugen. Schließlich nahmen sie es wie gottgefällige Christen hin. Der Herr, meinten sie, mochte es schon richten. Es würden auch wieder bessere Zeiten kommen.

Ani, Willi und Bernhard ihrerseits lauerten begierig darauf, die dunstige Melange aus Geschichte, Kunst und Frivolität der Kaffeehausmetropole zu inhalieren. Ihr Programm war einfach. Wie einst der alternde Casanova gedachten sie, dem Charme unkeuscher Lust zu verfallen, in Mozarts Welt leichtfüßiger Begehrlichkeiten einzutauchen, und bei Kaiser Josefs Heurigem im Wein zu ersaufen. Sie handelten nach dem Motto der meisten jungen Menschen: die goldene Währung des Klischees. Ihren persönlichen Zahltag malten sie sich in den schillerndsten Farben aus.

Was ihre Schwärmereien wieder in geordnete Bahnen lenkte, war der kleine Behördenmarathon, den sie bei ihrer Ankunft zu erledigen hatten. Die Stadt war groß, und sie mussten per pedes von Pontius zu Pilatus ziehen.

Nach über 2.500 Reisekilometern kamen sie frühmorgens am Nordbahnhof an, zeigten ihre Papiere gewissenhaft vor und wurden an die Standortkommandantur in der Innenstadt verwiesen. Die Formalitäten dort nahmen eine weitere Stunde in Anspruch. Da sie sich kein Hotel leisten wollten, wurden sie acht Querstraßen weiter zur Ortsgruppe Breitenfeld in die Albertgasse gelotst. Dort wurde ihnen mitgeteilt, dass es zwar für Genesungsurlauber jederzeit ein Plätzchen gab, Fronturlauber hingegen kaum und schon gar nicht in Gruppen untergebracht wurden. Jemand lotste sie zum Sitz der Kreisleitung des Kreises II am Sterneckplatz.

Sie lieferten sich ein kurzes Geplänkel mit einem Organisationsleiter namens Gras, weil der sich kaum für die Belange der übermüdeten Soldaten interessierte. Er war der Meinung, dass sich die Männer ein Hotel suchen sollten. Ein intensives Wortgefecht und 20 Marschminuten später langten sie an der Ortsgruppe Untere Brigittenauer Lände in der Spaungasse an.

Der erste Erfolg war Anis Zimmerwirtin. Willi und Bernhard mussten noch einmal fünf Häuserzeilen weiterziehen, dann endlich kamen auch sie unter. Während Anis Bruder wegen seiner Meldepflicht, mit dem bekannten Ergebnis, noch einmal den beschwerlichen Weg in den dritten Wiener Bezirk auf sich nahm, fielen Ani und Bernhard in ihren jeweiligen Bettstätten in einen komatösen Schlaf. Aus dem erwachten sie erst wieder am nächsten Tag. Ganz in ihrer Nähe hatte

Hitler vormals als akademischer Maler sein Domizil in einem Männerwohnheim gefunden. Eine Tatsache, die den Urlaubern ein aufgesetztes Nicken abrang. Sie brauchten keine geschichtspolitische Unterweisung.

Vor Anis Quartier umarmten sich die drei und klopften einander kräftig auf die Schultern. Hier standen sie nun.

Sie hatten genügend Bargeld und drei Reichskarten für Urlauber. Die waren fünf Tage gültig und man bekam dafür etwas Essbares. Damit ließ sich etwas anfangen.

Nur der Not keinen Schwung lassen!, lautete ihr Motto, denn sie wussten, wie schnell es vorbei sein könnte – mit dem Leben. Da wollten sie es lieber genießen, so lange sie noch konnten.

Die Pforten zur Hölle lagen eindeutig in Russland. Deutschland hatte den Teufel des Generals geweckt. Mit der erschütternden Kadenz eines feuerspuckenden Maschinengewehrs verlor der Krieg ausgerechnet von jener vermeintlichen Leichtigkeit, die ihm die drei Freunde bei seinem Ausbruch noch zugeschrieben hatten.

Sie waren auf der Woge der ihnen entgegenschlagenden Begeisterung mitgeschwommen, als sie im Westen von Sieg zu Sieg eilten. Wer dachte schon ans Sterben, solange er nur siegreich blieb? Sicher, Ani hatte den, in Bayern als Schlankl, bekannten Sensenmann schon mehrfach bei der Arbeit erlebt.

Zum ersten Mal bei einem alten Tiroler. Der hatte vor Aufregung einen Herzinfarkt erlitten, als die Wehrmacht den Schlagbaum nach Österreich umlegte. Sein „Sieg Heil!" steckte dem Alten beim Grenzübertritt noch in dem Moment im Rachen, als er umfiel.

Der dunkel gewandete Schieder mit seiner hässlichen Fratze der Entmenschlichung kannte weder Standesdünkel noch Parteinahme. Ihm kam jeder Tote recht.

In Polen, im Anschluss an ein kurzes, schonungslos hartes Gefecht zeigte er sich: Aus Rache für die eigenen Verluste hatten einige Gebirgsjäger einem toten żołnierz der Armia Molina die Arme zum Deutschen Gruß angehoben. Sie wetteten darauf, wie lange die Leichenstarre anhielt.

Schließlich aber noch längst nicht abschließend, hatte er einen kranken Gaul ereilt, den sie auf einem Acker in der Eifel mit einem Kopfschuss von seinem Elend erlösten. Das Tier erregte mehr Mitleid als jeder einzelne Franzmann, an den man, über die Loire nach Paris, immer noch tagtäglich eine Kugel verschwendete.

Russland aber stellte die ganze Logik des Krieges völlig auf den Kopf. Was als eine Art Epos mit *Gut gegen Böse* begann, verkam unromantisch und ohne glanzvolles Rittertum – das die Gebirgsjäger zu

vertreten glaubten – zu einem archaischen Ringen ums nackte Überleben. Propaganda war ein wichtiges Mittel, die eigenen Soldaten bei
Laune zu halten. Bei ihrem Antritt gegen die Ukraine führte man
ihnen bildlich vor Augen, wozu die Bolschewiki, angeblich mit Unterstützung der Juden, in der Lage waren. Die einseitig indoktrinier-
ten Kämpfer der Wehrmacht wurden an öffentliche Schauplätze geführt, an denen das Volkskommissariat für innere Angelegenheiten –
kurz NKWD – seine politischen Gegner zu Hunderten hingerichtet
hatte. Folter, Genickschuss und fertig. Da die Täter längst über alle
Berge waren, musste man sich mit der Vergeltung zwangsläufig an
die mutmaßlichen Kollaborateure vor Ort halten.

Vergeltung.

Das war ein Wort, das Ani in den kommenden Jahren noch oft zu
hören bekam. Hetzer, Freischärler, Saboteure, Bolschewiken und Juden – ein Sack. Draufschlagen. Es träfe keinen Falschen. Wäre Ani zu
dieser Zeit nach seiner wenig maßgeblichen Meinung gefragt worden,
hätte er am Abtransport gefangener Juden wenig zu bemängeln gehabt. Was machten sie auch gemeinsame Sache mit den Russen? Dass
die nachfolgenden Einsatzgruppen kurzen Prozess machten, bekam
er gar nicht mehr mit. Seiner Einheit war schon der Weitermarsch be-
fohlen worden. Die deutsche Generalität hatte der einheimischen Bevölkerung auf Flugblättern die allumfassende Erlaubnis erteilt, das
erlittene Unrecht der Roten Armee ausgiebig zu vergelten. Der auf-
gebrachte Mob nannte die Aktion *Petljura* und wütete gnadenlos.

Das System, die selbstheilende Kraft des Volkskörpers gegen jüdisches Leben einzusetzen, hatte überall dort, wo sich das nationalso-
zialistische Gedankengut verbreitete, noch immer Wunder gewirkt.
Es war leicht, die Augen zu verschließen, wenn Moral durch Neid
und Hass ersetzt wurde und man beiden Zwecken nach Herzenslust
frönen durfte. Eine todbringende, unaufhaltsame Lawine, der man
nicht auswich, sondern mit Freuden in sie hineinhüpfte, um sich mit-
reißen zu lassen.

Zu Hause in Garmisch hatte das Prinzip dankbare Abnehmer gefunden. Noch vor dem Krieg war die zunehmende Überfremdung
des Ortes durch den jüdischen Tourismus angemahnt worden. Bald
grassierten hässliche Gerüchte, wonach sich jüdische Wucherer und
Firmenmagnaten eine nicht unerhebliche Anzahl Immobilien bester
Ortslage unter den Nagel rissen. Bürgermeister Thomma verfügte
das Verbot des Handelns in jüdischer Sprache. Tatsache war, dass
viele Menschen aus den Städten flüchteten, weil sie sich auf dem
Land sicherer glaubten. Die Nationalsozialisten machten sich die
Auswirkungen einer sich selbst erfüllenden Prophezeiung zu Nutze.

Zwischenzeitlich bekam die Welt mit den Olympischen Spielen von der Marktgemeinde ein freundlicheres Gesicht zu sehen. Der Friede währte nicht lange. Die NSDAP vertraute darauf, dass es aufgrund der Nürnberger Gesetze zu einer Art Selbstregulierung des Problems kam. Das Tagblatt wurde nicht müde, von Volksschädlingen zu berichten. Ein Kleidungsstück im falschen Laden gekauft, machte aus arglosen Bürgern „Konfektionsjuden". Parteigenosse Hesse rief zum Abwehrkampf auf. Die NSDAP Ortsgruppe „Wank" bot für zwei Reichsmark sogenannte Judenabwehrschilder zur Abholung an. Es wurde erwartet, sie an jedem Haus gut sichtbar anzubringen.

Anfang November 1938 wurden alle noch verbliebenen Juden vor den Kreisleiter geladen, wo sie an Ort und Stelle eine Eidesstattliche Verpflichtung zu unterschreiben hatten: "Ich verpflichte mich mit dem nächsten erreichbaren Zug Garmisch-Partenkirchen zu verlassen und nie wieder zurückzukehren. Ich verpflichte mich weiter, die in meinem Besitz vorhandenen Grundstücke, Gebäude und Waren sofort von meinem neuen Aufenthaltsplatz aus an einen Arier zu verkaufen.

Ich bin damit einverstanden, dass mich ab sofort bis zu meiner Abreise ein Arier zu meinem persönlichen Schutz begleitet, bis ich mit dem Zug Garmisch-Partenkirchen verlassen habe. Garmisch-Partenkirchen, den 10. November 1938."

Zehn jüdische Haushalte wurden polizeilich versiegelt.

Um sechs Uhr am nächsten Morgen vermeldete die örtliche Gendarmerieinspektion an das zuständige Bezirksamt, dass die letzten 44 Juden Garmisch-Partenkirchen verlassen hätten. Fünf weitere kamen ums Leben, was aber nur wenige Leute interessierte. Wohin die übrigen Menschen fuhren, darüber sprach man nicht. Aber es diente augenscheinlich der Wiederherstellung einer althergebrachten Ordnung – wenn nicht gar einem Naturgesetz. Wer sich dem entgegenstellte, brandmarkte sich selbst als Volksgenosse, der sich durch sein Verhalten aus der Gemeinschaft automatisch ausschloss. Die im ganzen Ort herumlungernden Reichsdiener kokettierten geradezu damit, dass über den Köpfen aller Bürger das Damoklesschwert eines Volksschädlings hing, den man nur noch nicht ausgemacht hatte. Schikane und Denunziantentum brachen sich Bahn. Die Lawine war nicht mehr zu stoppen.

Auch Familie Tuchel entzog sich ihrem eiskalten Sog nicht. Ihre Molkerei war nur knapp dem existenziellen Ruin entgangen. Der Wille des Führers war ihrer.

Ironie des Schicksals, dass an den überall feierlich gehissten Hakenkreuzfahnen dennoch ein winziger Makel haften blieb. Eine hübsche, von Emanuel von Seidel erbaute, Jugendstilvilla am linksseitigen Loisachufer ließ sich nicht so leicht räumen wie gedacht. Ihre Bewohner waren eine selbstbewusste Dame von klassischer Anmut und jüdischer Abstammung und ihr Gatte. Franz Strauss. Sie hatten zwei gemeinsame Kinder. Eigner der Villa war der weltberühmte Komponist und Dirigent Richard Strauss. Der Vater von Franz. Er hatte sich das schattige Anwesen nach eigenen Angaben aus den Tantiemen seiner legendären Oper Salome erwirtschaftet. Von seinem Dirigentenposten an der Mailänder Scala aus beschwerte er sich beim preußischen Generalintendanten darüber, dass man seiner Schwiegertochter den Pass, ihren Führerschein und die Jagderlaubnis abgenommen hatte. Zudem war Alice Strauss in ihren eigenen vier Wänden in Schutzhaft genommen worden. Dass ihre beiden Kinder Tage zuvor von jugendlichen SA-Schlägern dazu genötigt wurden, ihre Mutter im Beisein des Kreisleiters anzuspucken, ließ er zähneknirschend unter den Tisch fallen.

Millionenfach wiederholte sich das Ausgrenzungsprozedere im ganzen Reich. Passend dazu kolportierten die Nazis ihre Geschichte von den unseligen Heilandsmördern, die mit der Verkörperung des Bösen, den Bolschewisten, paktierten.

Das Schlachten in Russland pervertierte zur heiligen deutschen Pflicht, eine sich krankhaft ausbreitende Unheilsbrut endgültig zu vernichten.

Gevatter Tod stand dem epischen Ringen gleichgültig gegenüber. All die Anis, Willis und Bernhards in ihren Uniformen bedeuteten ihm nicht das Geringste. Ein Iwan noch viel weniger. Die starben wie die Fliegen. Der Teufel und vermutlich auch Gott hatten längst resignierend die Hände in den Schoß gelegt.

Dieses verfluchte Spiel war nur zu gewinnen, wenn man schneller als sein Gegner war. Die deutschen Soldaten absolvierten Märsche von 50 bis 60 Kilometern in atemberaubendem Tempo an einem einzigen Tag. Über Wochen. Nur wenn die Jäger auf Kraftwägen verladen wurden, hatten es die Offiziere mit dem Sterben offenbar besonders eilig. Dann wurden die Männer an die vorderste Front geschafft, um in Kämpfe geworfen zu werden, die besonders heftig waren. Zu Laufen verhieß ein längeres Leben.

Charkow war am schlimmsten gewesen. Die Gegend um die Industriestadt war immer wieder heiß umkämpft. Hier hatte die russische Rüstung eine ihrer Hochburgen.

Die Deutschen hatten noch nie Hochhäuser von solchen Ausmaßen gesehen. Sie scherzten, dass sie wohl falsch abgebogen sein mussten, und nun vor New York oder Chicago standen. Eine Stadt wie diese kannten sie nur aus dem Kino. Irgendwo zwischen den achtstöckigen Blockbauten wurden die berüchtigten T-34 Panzer zusammengesetzt.

Vor den Toren der Stadt platzte die Rote Armee in die Vorbereitungen der Wehrmacht, Russland zu unterwerfen. Dank ihrer Erfahrung im Kampf mit verbundenen Waffen und einer gehörigen Portion Glück gelang es den Deutschen schließlich, die Russen in einem Kessel einzuschließen. 380.000 Rotarmisten drängten sich darin, in dem verzweifelten Versuch, auszubrechen. Massen um Massen von ihnen brandeten gegen die dicht besetzten, deutschen Stellungen an.

Ein Gegner nach dem anderen fiel im Dauerfeuer der Maschinengewehre, der Artilleriegeschütze, Stukabomber, einfach allem, was die deutsche Kriegstechnik aufzubieten hatte. Doch der Sturm wollte einfach nicht abflauen.

Über die Leiber jener Russki, die am Boden lagen, walzte schon die nächste Menschenwelle hinweg. Wer von ihnen noch lebte, wurde von unermüdlich in Panik vorwärtsdrückenden Soldatenstiefeln niedergetrampelt.

In den deutschen Stellungen kam es zu erbitterten Nahkämpfen. Mann gegen Mann. Selbst wenn sie es gewollt hätten, konnten es sich die Gebirgsjäger gar nicht leisten, nicht zu töten. Sie wären sonst von der schieren menschlichen Übermacht überrollt worden. Auch Ani kämpfte mit allen Mitteln, nur um nicht versehentlich unter einen Stiefel zu geraten. Ob Freund oder Feind – es spielte keine Rolle.

Wie von Sinnen schoss er mit seinem Karabiner um sich. Solange, bis der Schlagbolzen leer auf den Ladestreifen schlug. Er drehte das Gewehr um. Mit dem Kolben hielt er sich den Mordio brüllenden Feind vom Leib. Dann zückte er sein Seitenmesser mit der einen Hand. Mit der anderen hieb er mit seinem Feldspaten nach allen Richtungen. Als er irgendwann der letzten Waffe ledig gegangen war, warf er den Deckel und Napf seines Kochgeschirrs nach allem, was sich bewegte. Das markerschütternde „Urrä" der Russen, die mitunter nicht mit mehr als einem Knüppel in der Hand in die Schlacht gezogen und nicht selten sturzbetrunken waren, sollte der Gebirgsjäger bis an sein Lebensende nicht mehr vergessen.

Wann das Gemetzel endete – für Ani waren es Jahrzehnte seines Lebens.

Am Ende standen 1.000 russische zerstörte Panzer, 240.000 gefangene Rotarmisten und jede Menge sonstige Kriegsbeute auf dem Feld, das die Ehre dazu vermissen ließ. Für die Soldaten der

Gebirgsdivision war es unvorstellbar, dass die Sowjets mit solchen Verlusten überhaupt noch weiterkämpfen konnten. Von allen Fronten drangen ebenfalls deutsche Erfolgsnachrichten durch. Sie nährten die leise Hoffnung auf ein Ende des Kriegs, wenigstens bei den unteren Rängen. Die armen Irren, die von Hitlers Plänen nur wenig ahnten.

Zu Fuß ging es ohne Pause über Donezk weiter. Bald waren es 100, dann 500 und schließlich 700 Kilometer. Immer stur gen Südosten. Sie marschierten durch das Tor des Kaukasus, bis hinauf in das schroffe, majestätische Elbrus-Gebirge. Dessen höchster, gleichnamige Berg, war in der griechischen Sagenwelt als der Thron der Götter, aber auch als das Gefängnis des Prometheus bekannt. Jener stolze Titan und Gegenspieler des Zeus, welcher der Menschheit das Feuer geschenkt hatte. Er schmachtete ausgerechnet in Bolschewisten Hand vor sich hin. Außerdem sollte zwischen dem kegelförmigen Doppelgipfel eines erloschenen Vulkans auch noch die Arche Noah Station gemacht haben.

Die Erleichterung, endlich Berge zu sehen, war den Gebirgsjägern deutlich anzusehen. An ihrer Lage änderte das jedoch nichts. Immer noch hatten die Russen genügend opferbereites Menschenmaterial. Immer noch wurde geschossen und gestorben. Während für einen toten Rotarmisten zehn neue, quicklebendig, nachzuwachsen schienen, schmolz die Ostarmee der Wehrmacht kläglich zusammen. Im Vergleich zu ihrem Todfeind verzeichneten sie viel zu wenige Neuzugänge.

Inzwischen ließen die Roten ihre Unheilslast verstärkt aus dem sengenden Sonnenhimmel regnen. Ständig war mit Fliegerangriffen zu rechnen. In Zweierrotten stürzten sich die „Schturmowkas" genannten, einmotorigen Iljuschins, wie blutdürstiges Ungeziefer auf sie. Es hätte einer starken Fliegerabwehr bedurft, die Betonflieger auszuschalten. Dass die eigene Luftwaffe kein probates Mittel dagegen zu setzen hatte, kratzte an der Stoßkraft der Bodentruppen. Ihre Ausfälle erreichten schwindelerregende Höhen. Ani hatte bisher kaum einen Kratzer abbekommen, was an ein Wunder grenzte.

Der Weltenbrand hatte den Jahreszeiten eine fünfte hinzugefügt: Steppensterben.

In diesem September 42 trat die ewig mahlende Fleischmühle einen kurzen Augenblick in den Hintergrund. Nicht für die gewaltige deutsche Kriegsmaschinerie. Nur für Ani persönlich.

Unter Führung eines 36-jährigen hannoveranischen Hauptmanns besetzte eine Gruppe bergerfahrener Männer den höchsten Berg Europas. Den Elbrus.

Unter großen Strapazen war es den zunächst einundzwanzig Gipfelstürmern gelungen, die Höhe für Reich und den darüber gar nicht erfreuten Führer in Beschlag zu nehmen. Aus verschiedenen Gründen folgten drei Anläufe bis zur endgültigen Besteigung. Als ein Problem erwies sich, dass von dieser – für Wehrmachtsverhältnisse recht unstrategischen – Eroberung keine propagandistisch verwertbaren Fotoaufnahmen gemacht worden waren. Heroisch war die Tat nach den Maßstäben der Nationalsozialisten allemal, deshalb erschien ein vierter Versuch durchaus gerechtfertigt.

Flugs wurde ein bekannter Bergfilmer in einem Fieseler Storch hinzubeordert, der im Auftrag Berlins das Ereignis professionell in Szene setzen sollte. Er hieß Hans Ertl und brachte gleich seinen Assistenten mit. Johann Holger, ein ebenfalls bekannter Alpinist. Sie benötigten für ihre Arbeit vor allem bildtaugliche Filmstatisten, die genügend Bergerfahrung mitbrachten. Ani, der erst vor zwei Tagen seinen 25. Geburtstag gefeiert hatte, besaß reichlich davon. Freiwillig hätte er sich jedoch nie für eine derart unsinnige Selbstinszenierung hergegeben. Für ihn war es eine Sache, den Fels herauszufordern. Eine ganz andere war es, daraus seinen persönlichen Vorteil zu ziehen. Seiner Ansicht nach zog es schweres Unglück nach sich, wenn man sich einem Berg gegenüber, erst recht einem stolzen wie dem Elbrus, respektlos verhielt. Er war ein äußerst abergläubischer Bergsteiger.

Von Kind an hatten Ani die schwindelerregenden Höhen des heimischen Wettersteingebirges in ihren Bann gezogen. Deren stumm schweigende Gipfel und das Gefühl, wie ein Adler weit über den Dingen zu schweben – das war für ihn Freiheit. An allem, das wie ein Stein aussah, musste er sich messen. Zog sich hinauf, wenn es nur hoch genug war. Er lernte Knoten, bevor er schreiben konnte. Als Jugendlicher nahm er im Winter auf der Zugspitze eine Anstellung als Skilehrer an und organisierte als Bergführer Touren mit zahlungskräftigen Feriengästen. Kein Grat, keine Scharte in der näheren Umgebung, die er nicht durchstiegen oder mit seinen gewachsten, doppelt verleimten Holzlatten überfahren hatte. Selbst im Sommer war ihm jeder Tag recht gewesen, den er so weit wie möglich fernab jeglicher Zivilisation auf irgendeinem Gipfel, verbringen konnte. Dabei verachtete er trotz seiner höhenverliebten Eigenbrötlerei keineswegs die anheimelnde Gesellschaft seiner Freunde.

Abends schob er mit ihnen im Alpenvereinshaus gern einen Kegel, verabredete sich zum Tanzen in der Schwemme oder spielte mit fliegenden Fingern in bierseliger Atmosphäre auf der Ziehharmonika. Seine wahre Liebe jedoch blieben die Berge. Das Gefühl, einen Gipfel bezwungen zu haben und an dessen Kreuz, dem höchsten und allerheiligsten Punkt, anzuschlagen, ließ sich mit niemandem teilen. Niemals.

Ganz gleich welche Höhe er auch erklomm, für ihn war es jedes Mal wie eine Prüfung. Ein Schicksalsakt, den jeder für sich allein zu bestehen hatte. Ein Leben ohne Berge? Unvorstellbar!

Nach dem Frankreichfeldzug sollte es über ein Jahr dauern, bis er endlich wieder welche zu sehen bekam.

Deshalb, und weil ihm sein Bruder eine Freude zum Geburtstag machen wollte, wurde er dem Regisseur Ertl für dessen Unternehmen empfohlen. Prompt wurde Ani den wenigen Auserwählten berufen. Es fiel ihm schwer seine Bedenken über Bord zu werfen, aber er nahm die Herausforderung an. Eine solche Ehre auszuschlagen hätte letztlich auch keinen Sinn ergeben. Damit hätte er jeden Menschen, der ihm ansonsten wohlgesinnt war, vor den Kopf gestoßen. Mitten im Krieg nicht unbedingt die beste Idee. Obwohl sein Name in keinem Wehrmachtsbericht über den inszenierten Gipfelsturm der Gebirgsjäger Erwähnung fand, ging Anis Foto fast um die ganze Welt. Es war beim Aufstieg, bei klarster Fernsicht geschossen worden. Lässig trug er darauf die Reichskriegsflagge über der Schulter und blickte unter seiner schräg sitzenden Bergmütze mit zusammengebissenen Zähnen dem Elbrusbusen entgegen.

Leider blieb ihm der finale Triumph, die Fahne in die vereiste Bergspitze zu rammen, verwehrt. Für das eigentliche Gipfelerlebnis war er nicht vorgesehen. Gemeinsam mit zwei anderen Komparsen hatte Ani die strikte Anweisung erhalten, auf die wertvolle Filmausrüstung zu achten, die Ertl und Holger für das abschließende Ereignis nicht benötigten. Die überflüssigen Soldaten und das Gepäck ließen sie auf fast 5.300 Metern Höhe in einer von Schnee und Eis gezeichneten Biwakschachtel zurück. Einem Bergsteiger das Ziel vorzuenthalten, war wie vor der Nase eines ausgehungerten Hundes mit einem Wurstzipfel herumzuwedeln, nur um ihn dann genüsslich selbst zu verspeisen.

Dass man ihm den Gipfel vorenthielt, empfand Ani als eine demütigende Beleidigung. Bis zu diesem Zeitpunkt war es ihm noch nie in den Sinn gekommen, einen Befehl anzuzweifeln. Während er äußerlich ruhig auf die Blechwand vor sich starrte, keimte in ihm der brennende Wunsch, den Aufstieg in der dünnen Höhenluft alleine zu bewältigen. Die Hütte bestand aus altem, von der Witterung angelaufenem Zinkblech, das in einem wenig vertrauenserweckenden Holzrahmen steckte. Darin entdeckte Ani eine kleine, unauffällige Schnitzerei. Unförmige Kerben im Holz, die aussahen wie ein Rad, dessen Speichen herausgefallen waren. Das Muster faszinierte ihn auf eine eigentümliche Weise, die er nicht zu umschreiben wusste. Was es wohl bedeuten mochte? Wahrscheinlich nicht viel, und doch brachte es Bewegung in seinen Geist.

Kurz entschlossen zog Ani seine Jacke bis zum Kinn. Er schnallte Steigeisen unter, griff sich einen Eispickel, stülpte die Schneebrille über die Augen und stapfte trotz des Protests der zwei verbliebenen Kameraden aus der Hütte. Er war das, was man einen fügsamen Soldaten nannte, doch diese Sache stand über den erklärbaren Dingen. Sie war ihm wichtiger als das bestimmende Wort einer jeden Persönlichkeit, gleich welchen Rang sie bekleidete.

Keine Macht der Welt hätte Ani in diesem Moment zurückhalten können. Eine Chance wie diese würde es nicht mehr geben.

Leichter Nebel legte sich um den Berg, doch die Höhensonne verwandelte den gefrorenen Gletscherschnee in ein glitzerndes Kristallmeer. Unter ihm lagen kleinere Anhöhen mit Schneehäubchen und tiefe, weitreichend grüne Täler. Zu seiner linken konnte er als schleierhaftes Band das schwarze Meer sehen. Es war in jeder Hinsicht atemberaubend.

Der Aufstieg erwies sich als kräftezehrend. Anis Lungenflügel krampften. Sie fühlten sich wie von feinen Spitzen gespickte Nadelkissen an. Jeder Atemzug schmeckte nach Eisen und enthielt kaum genug Sauerstoff, um erneut Luft zu holen. Völlig erschöpft erreichte er eine vor ihm aufbrechende Gipfelgruppe. 20, vielleicht 30 Meter und er hätte es geschafft. In einer solchen Höhe waren Entfernungen schwer zu schätzen.

In der Nähe einer Wehe konnte er im Höhendunst die uniformierten Rücken mehrerer Männer erkennen. Sie standen um ein improvisiertes Dreibein aus Holzlatten und waren gerade dabei, den deutschen Gruß für die Filmaufnahme vor der Reichskriegsfahne abzulegen. Die Person hinter der Kamera bemerkte den Neuankömmling zuerst und blickte erstaunt auf. Sich hinzuwerfen hätte eine Rutschpartie in die Ewigkeit bedeutet. Auf dem Berg gab es nichts, wohinter man sich verstecken konnte. Außerdem pfiff Ani aus dem letzten Loch. Was hatte er erwartet? Natürlich würde man ihn bemerken! Ertappt hielt er inne.

Der Mann am Stativ redete beschwichtigend auf die Versammlung ein und trat auf Ani zu. Er hatte eine markante Hakennase und einen buschigen, schwarzen Vollbart, in dem sich urwüchsig das Eis verfing. Es war Johann Holger, der zweite berühmte Alpinist. Ani schätzte ihn auf ende Dreißig. Eine grobe Schätzung in Anbetracht dessen, dass ihn die nagelneue, feste Winteruniform weitgehend verhüllte.

Bedeutungsschwer baute Holger sich vor dem jungen Soldaten auf. Er stemmte einen der dicken Fäustlinge in die Seite und hob mit dem zweiten seine Schneebrille an. Gletscherblaue Augen kamen darunter zum Vorschein.

Ani, dessen Knie vor Anstrengung zitterten, erwartete ein Donnerwetter. Stattdessen breitete sich auf dem harschen Gesicht seines Gegenübers ein anerkennendes, warmes Lächeln aus.

Der Regieassistent nickte knapp und bedeutete Ani umzukehren. „Außer mir weiß noch niemand wie Sie aussehen, Soldat. Kehren Sie um, dann kann ich behaupten, Sie seien das Vorauskommando der übereifrigen SS-Standarte, die uns den Erfolg streitig machen will. Sie waren oben. Jetzt lassen sie es gut sein."

Ani schüttelte den Kopf. „Aber die beiden Kameraden unten…"

Der Regisseur winkte ab. „Die Kameraden werden glauben, Sie hätten sich auf dem Weg zum Scheißen verlaufen. Dieser Berg hat seine Tücken."

Holger zog seine Brille wieder herunter. Er machte eine wedelnde Handbewegung und wandte er sich zum Gehen. Seine Botschaft kam nicht gleich beim Empfänger an. Gefangen zwischen dem eigenen Starrsinn und der unangenehmen Aussicht auf ein Kriegsgerichtsverfahren, sah Ani dem erfahrenen Alpinisten noch einen Moment lang irritiert an. Seine Lungen klangen wie eine alte russische Samowarpfeife. Dann machte er kehrt und stiefelte durch den tiefen Schnee zur Hütte zurück.

Tatsächlich wurde um den Vorfall kein weiteres Aufheben gemacht, wenngleich ein jeder im Tross der Bergsteiger seine eigene Vermutung zu dem kleinen Zwischenfall auf dem Elbrusgipfel anstellte. Letztendlich siegte der Gleichmut über das diensteifrige Gebell einiger Offiziere, und Ani entging seiner Strafe. Der Elbrus wurde zu seinem letzten, unschuldigen Abenteuer, bevor auch er in diesem Krieg endgültig den Mantel der Menschlichkeit ablegen sollte.

Nach diesem Tag im September würde er niemals wieder an einem Gipfelkreuz anschlagen.

Als Ani kurz darauf wieder seiner Kompanie zugeteilt wurde, waren von seinen 80 zurückgebliebenen Kameraden kaum mehr als die Hälfte am Leben. Zu seiner grenzenlosen Erleichterung befanden sich Willi und Bernhard unter ihnen. Sie sahen so abgerissen und abgekämpft aus, als hätten sie dem ansichtigen Höllenschlund nur mit knapper Not entrinnen können. Vorerst standen schwerere Gefechte aus, doch schon Mitte Oktober hatten die Russen Anis Einheit weiter dezimiert. Ein Teil wurde zur Auffrischung in die Heimat zurückbeordert. Ani, Willi und Bernhard nutzten diesen Umstand für ihre eigenen Pläne.

Jetzt standen sie zu dritt auf der Straße vor Anis Unterkunft und hielten sich wie ein eingeschworenes Häuflein bei den Schultern. Breit grinsend blickten sie einander an und sogen den würzigen Duft der Stadt aus dem Schmierfett der Tramwayschienen und den Rossknödeln der Fiaker ein. Sie legten ihre gerollten Zigarettenhülsen aneinander, als hielten sie die Schalenrapiere der drei Musketiere in Händen.

Ani steckte seine Zigarre zuerst an, dann ließ er die Glut wandern.

Gemeinsam bliesen sie graue Rauchwölkchen gen Himmel, nur um sich fragend umzusehen. Nun, da sie am Ziel waren, wussten sie nicht, wohin sie sich wenden wollten. Innenstadt. Was sonst?

Wie sie es aus dem Felde gewohnt waren, krempelten sie die Ärmel hoch und warfen einen Blick auf ihre Armbanduhren. Sie kontrollierten Uhrzeit und Sonnenstand, weil sie es so gelernt hatten.

Den Plan zur Lage einordnen. Ein Ritual, ohne das kein Soldaten in die Schlacht zog. Die exakte Himmelsrichtung und der genaue Zeitpunkt. Nur ein My daneben oder fünf Minuten zu spät und man konnte einen ganzen Krieg verpassen. Die drei Männer schraubten ihre Zeiger auf halb Zehn. Willi übernahm die Führung. Mit der brennenden Kippe in der Hand deutete er auf das Wahrzeichen der Stadt. Der markante Südturm des Stephansdoms. Der Steffl.

Die Brüder nickten.

Der beschädigte Mitachtziger legt seine Armbanduhr, deren Glieder aus massivem, poliertem Edelstahl bestanden, neben sich auf den Küchentisch. Der lange, dünne, rote Zeiger hetzt um das Rund, die beiden kleineren Zeiger haben keine Eile.

Anian Tuchel frühstückt ausgiebig. Zwei dicke Scheiben Roggenbrot, Butter und Marmelade. Kaffee, ohne Milch, mit zwei Stückchen Zucker. Auf Anians Rücken breitet sich die wohlige Wärme der Sonne aus, die durch das gekippte Küchenfenster scheint. Das antike Transistorradio hat er auf seinen Lieblingssender eingestellt. Dem Apparat gelingt es immer wieder auf geheimnisvolle Weise, längst zurückliegenden Ereignissen neues Leben einzuhauchen. Der Sender bringt Schlager. Nicht dieses neuzeitliche Gejaule, bei dem sich ein sogenannter Sänger wie ein wilder Affe gebärdet. Nein, es laufen nur Melodien über den Äther, die wenigstens als solche zu erkennen sind. Vico Torriani, Peter Alexander, Caterina Valente. Künstler der alten Schule. Die eine Note nicht gleich vergewaltigen, wenn sie sie in die Finger bekommen. Friedel Hensch. Das waren Musiker gewesen! So etwas gibt es heute nicht mehr.

Der Radiosprecher kündigt eine Rarität an.

Ein Lied, von dem er behauptet, es aus der Mottenkiste gerettet zu haben, und das mit dem vertraulichen Knistern auf den Tonrillen einer angestaubten Langspielplatte beginnt.

Es hallt durchs Zimmer das Roland Trio mit *Sei zufrieden*.

Der alte Mann, der Anian Tuchel einmal war, glaubt, dass er es sein müsste: *Zufrieden sein*. Warum auch nicht?

Er hat in seinem Leben nie die Zeit gehabt, irgendetwas zu bedauern. Seine Generation hat gelernt, die Vergangenheit ganz tief unten zu begraben. Nach vorne zu blicken und alles, ohne zu jammern. Leben, das hieß für Anian lange Zeit nur: Überleben. Den Krieg, das Gefangenenlager, den Hunger, die Verwahrlosung, die Schuldzuweisungen, den Zynismus der empfundenen Demütigung, die Schuld.

Das Leben, sein neues Leben, hat seien Anfang erst mit dem Auto gefunden, das er sich vom Mund abgespart hat. Eine Isabella. Borgward. Baujahr 1960. Mittelklassewagen, zweitürig. Elfenbeinfarben. 75 PS. Von Null auf Hundert in 19 Sekunden. Höchstgeschwindigkeit, 150 Km/h. Heckgetrieben.

Sei zufrieden.

Das Akkordeon, die Klänge der Hawaiigitarre. Der 2/4 Takt des eingängigen Marsch-Fox-Liedes drängt Anis Erinnerungen zurück in alte Zeiten.

30

Der dahinrollende Wagen, der ihn und seine Frau immer sicher ans
Meer brachte. Die Adria. Urlaub in Italien. Eine wundervolle Zeit, die
in seinem Kopf nur aus Sonnenschein und dem Geruch von Meer-
wasser besteht. Aus rotblondem Haar unter einem seidenen Kopftuch. Gisela, seine Frau, trug dazu eine riesige, runde Sonnenbrille
und ein luftig leichtes, rot gepunktetes Sommerkleid, aus dem
schlanke Knöchel in Sandalen blitzten. Saß neben ihm auf dem Beifahrersitz. Vertieft in die über der Armatur ausgebreitete Straßen-
karte.

Gisela.

Die Tochter des Fleischermeisters Wetzler.

Seine Frau und er.

Nach einigen Hungerjahren im zerbombten Ulm hatten sich ihre
Blicke im Laden ihres Vaters gefunden. Als Ani aus dem amerikanischen Kriegsgefangenenlager 346, das in der Nähe lag, entlassen
wurde, zog es ihn in diese Stadt. Er wollte nicht mehr zurück in die
Heimat. Die Berge würden ihm nie wieder eine Oase der Ruhe sein.
Das Flehen seiner Eltern verhallte in seinen Ohren. Was er suchte,
glaubte er nur hier finden zu können, obwohl er dem prosperierenden Ort mit dem imposanten Münster in seiner Mitte nie viel Positi-
ves abgewinnen konnte.

Ani folgte einer vagen Eingebung, von der nach all der Zeit, die er
umsonst gewartet hatte, inzwischen ein laues Gespür geblieben ist.
Ein schwaches Lüftchen Erinnerung. Er hat den Glauben an den
Herrgott nie verloren, daran, dass er für ihn ein Schicksal bereithält.
Eines, das ihn sein Leben begreifen lässt. Doch je älter Anian Tuchel
wird, in desto weitere Ferne rückt seine Vorstellung von der göttli-
chen Ordnung.

Gisela war eine klassische Naturschönheit. Sie versteckte ihren
Körper unter der sterilen, weißen Arbeitstracht des Fleischerhand-
werks. Sie besaß eine stramme Figur. Ihre Haut glänzte rosig und die
Wangen schimmerten rötlich von der Arbeit zwischen Theke und
Schlachthaus. Zwischen Lamm, Rind und Schwein. Ihr aschblondes,
schulterlanges Haar hielt sie mit einer Klammer unter der weißen
Schiffchen-Mütze zusammen. Sie war fleißig.

Jeden Mittwoch ließ sich der junge Mann, der sich mit Gelegen-
heitsanstellungen über Wasser hielt, von ihr exakt 35 Gramm Brüh-
wurstaufschnitt in Papier schlagen, ohne dass die beiden mehr als ein
paar Höflichkeitsfloskeln ausgetauscht hätten. Meistens blieb es bei
einem unverbindlichen Lächeln aus Giselas taubengrauen Augen,
deren Anziehungskraft nicht ausreichte, zwei Seelen nach dem ersten
Blick festzuhalten.

Dann, ein gutes dreiviertel Jahr später, war ihr Vater, Metzgermeister Wetzler, persönlich aus der Schlachterei getreten. Eine brachiale Erscheinung, der man kaum einen Wunsch abschlagen konnte. Die weiße Latzschürze voll mit blutigen Tupfern unterzog er den Galan seiner Tochter einer strengen Musterung. Noch während er sich an einem fransigen Lappen die feuchten Hände abwischte, fragte er den jungen Anian, ob dieser sich vorstellen könne, Gisela zu heiraten.

Zufrieden, da der junge Mann in diesem Moment nickte, zog sich der Schlachterhüne in sein Revier zurück. Ein halbes Jahr später fand die Hochzeit statt. Gisela galt als gute Partie, wie man so schön sagt.

Im Nachkriegsdeutschland der frühen 50er Jahre war das Einheiraten in einen Familienbetrieb für einen nach Arbeit suchenden Kriegsheimkehrer wie Ani keine schlechte Investition in die Zukunft. Zudem wusste er anzupacken und konnte sich damit die Anerkennung seines Schwiegervaters sichern. Bald war er fester Bestandteil des Betriebs und es war abzusehen, dass er ihn später mit seiner Frau weiterführen würde.

Bis in die 80er Jahre hatte das Fleischerhandwerk tatsächlich einen goldenen Boden gehabt. Als das Betreiberehepaar der Metzgerei Tuchel ohne einen Nachfolger in Rente ging, hatte es ein erkleckliches Sümmchen als Rücklage für einen angenehmen Lebensabend beisammen. Der frischgebackene Metzgermeister kaufte ein eigenes Haus und jenes Auto, das er wie seinen Augapfel hütet und pflegt. Inzwischen als Oldtimer.

Isabella.

Das Auto. Es ist sein Ein und Alles. Ein Traum aus glänzendem Lack und polierten Chromzierleisten. Ein Heiligtum. Für ihn hat das Fahrzeug eine tiefere Bedeutung, eine von der seine Frau nichts ahnte. Gisela hatte es als Spleen abgetan, die natürliche Neigung eines Mannes zur Technik. Doch ihm war es nie um technische Details gegangen, nie um Zuverlässigkeit oder Hubraum. Wäre er seiner Frau vor dem Krieg begegnet, hätte er sicherlich einen anderen Wagen gewählt. Einen Opel Kapitän vielleicht, das Modell eines verlässlichen Herstellers. Opel war Hersteller des drei Toner Lastwagens, der den jungen Ani fast pannenfrei durch die brandgefährlichsten Kriegsschauplätze Europas gebracht hatte. Ein gutes, deutsches Fahrzeug. Wertarbeit.

Isabella.

Dem spontanen Einfall eines Bremer Autobauers war es zu verdanken, dass sich Anian Tuchel für eine andere Marke entschied. Gisela hatte nie erfahren, dass ihr Ehemann stets von einer zweiten Frau begleitet wurde, als sie ans Meer fuhren. Die eine auf dem Beifahrersitz, die andere, Isabella, heimlich unter der Motorhaube. Manchmal schämte er sich dafür.

Zeit seines Lebens hatte er auf mehr gehofft, auf etwas Größeres. Auf etwas, das ihm endlich den Weg weisen würde. Weshalb sonst hat ihn das Schicksal ausgerechnet in die Nähe dieser Stadt geführt?

„Sei zufrieden!", rief das Radio fröhlich vor sich hin.

Für Gisela und ihn war es ausreichend gewesen, sich zufrieden zu fühlen. Nicht mehr, aber auch nicht weniger.

Hätte es mehr geben können? Hätten der junge und der alte Anian mehr Geduld aufbringen müssen? Nach der Hochzeit hatte er sich plötzlich als Gefangener dieser Stadt gefühlt, obwohl er sie mit der Hoffnung für einen Neubeginn betreten hatte. Er meinte damals zu wissen, und ist auch heute noch der Überzeugung, dass irgendwo hinter ihren Mauern die Antwort auf all seine Fragen liegt.

In seinem Leben gab es ein Loch, das er nicht zu füllen vermochte, gleichgültig wieviel Mühe er oder Gisela sich gab. Das Ehepaar Tuchel hätte glücklich sein können. Sie rangen leidenschaftlich um ihren Weg dorthin. Nicht nur in ihrer wohlverdienten, freien Zeit am Meer, sondern auch im richtigen Leben. Gisela vielleicht sogar ein bisschen mehr. Am Ende war es Anians Meinung gewesen, die sie mit ihrem unnachahmlichen Allerweltslächeln akzeptiert hatte. Er war der Mann im Haus. Nie hätte sie ihm deswegen Vorwürfe gemacht.

Anians Bruder Willi hatte ihm prophezeit, dass er Jungfrau bleiben würde, weil er ein Sonderling war. So weit war es zwar nicht gekommen, aber die Ehe der Tuchels blieb kinderlos. Nicht, dass sie es nicht versucht hätten. Es gab einige Anläufe. Eine Fehlgeburt war dabei, doch die Familie, die sich Gisela wünschte, kam nie zustande.

Anian fand sich damit ab.

An diesem Punkt rumort etwas in ihm. Eine ungute Erinnerung: Ein Fetzen schwefeligen Geruchs, mitten in einer schneebedeckten Winterlandschaft.

Das Radio knistert. „Sei zufrieden, sei zufrieden, jeder hat doch seine Not. Jede Nacht hat ihren Morgen, wer nicht Sorgen hat, ist tot." Das Lied ist zu Ende. Der Erinnerungsfetzen – weg.

Anian schaltete ab. Der silberne Drehknopf ist warm von der Sommersonne, die durch das Fenster dringt. In aller Stille räumt er den Tisch ab, macht ohne viel Verve den Abwasch und blättert noch ein wenig durch die Zeitung. Todesanzeigen, Sport, Leserbriefe. Auf den Rest verzichtet er getrost, weil er sich nicht viel aus Politik und Wirtschaft macht. Er will sich nicht mit dem hektischen Alltag jenes Deutschlands identifizieren, das sie zwischen die dünnen, streng nach Vanillin riechenden Altpapierseiten gepresst haben. *Sie*, das sind die, die einen Krieg nur aus Erzählungen kennen. Die, die nie bis zum Hals in der Scheiße gesteckt haben und den beißenden, Magen zerreißenden Hunger nur von den flimmernden Fernsehbildern aus Afrika kennen.

Deutschland – Anian Tuchels Deutschland – existiert nicht mehr.

Es wurde seiner Meinung nach abgeschafft. Und mit der Musik hat alles seinen Anfang genommen. Erst sind die Schlagerlieder immer schneller geworden. Dann der Verkehr, die Medien und schließlich die ganze verdammte Welt. Ihm ist, als sei sein gesamtes Leben in einem irrwitzigen Tempo an ihm vorbeigerattert, während man in die andere Richtung das knallbunte Bühnenbild gezogen hatte.

So fühlt er sich.

Überfahren. Von allem.

Sein Geist steht noch immer am Ausgangsbahnhof. Sein Körper aber ist ihm mit einem dieser neuartigen Hochgeschwindigkeits-Triebzüge enteilt. Schlager, Lärm, Gejaule. Reichsmark, D-Mark, Euro. Reichsbahn, dann Deutschen Bahn. Wehrmacht, dann Bundeswehr. Alles braucht einen neuen Anstrich, nichts darf bleiben, wie es war. Niemand hat ihn je nach seiner Meinung dazu gefragt. Damit ist sein Platz in der Gesellschaft für ihn klar definiert.

Er ist ein Gruppe-2-Belasteter. Ein Mitläufer. Entnazifiziert. Drei Leumundszeugen hat es gebraucht, damit es für die Weihnachtsamnestie, den Straferlass aus Anlass des Weihnachtsfestes, reichte. Er ist einer von Millionen Deutschen, den *sie* mit einer Generationenschuld beladen haben. *Sie* schämen sich seiner, weil er ein Nazi war, und er darf sich schämen, überlebt zu haben. Fast beneidet er die Toten, deren Namen man auf dem Denkmal des Unbekannten Soldaten weitgehend in Frieden lässt.

Seine Definition für den Zustand des heutigen Deutschlands ist einfach. Es gibt die Mitläufer wie ihn und es gibt die Aufsprecher. Großmäulige *Studierte*, die seine Generation von einer höheren Warte aus verurteilen. In dieselbe Lage gebracht, wären sie gewiss die besseren Nazis gewesen. So zumindest sieht das ein ausgelaugter Greis, der seine Halsstarrigkeit über die Vernunft gestellt hat. Wäre nämlich Hitlers Plan aufgegangen, dann könnte der betagte Herr Tuchel jetzt ein lebendiger Kriegsheld sein – das, was die Reichspropaganda ihm und den anderen Todgeweihten damals versprochen hat: Nicht weniger als die Herrschaft über die ganze Welt! Das Ariertum war jedem strammen Deutschen eingeimpft worden, er, der junge, unreife Anian Tuchel, gehörte der Herrenrasse an, aufgerückt in die Riege der nordischen Götter.

Niemand glaubte damals ernsthaft daran, ein Übermensch zu sein. Ein heimlicher Spottvers von damals karikierte: „Blond wie Hitler, groß wie Goebbels und *schlank* wie Göring!"

Doch die Allegorie vom furchtlosen Arier schmeichelte dem volksgenossenschaftlichen Gemüt mehr, als dass ihm der Spott Schaden konnte. Zudem war man mal wieder jemand. Ein Akteur, der auf dem internationalen Parkett und im eigenen Land endlich im Mittelpunkt stand. Als Hitler die Macht an sich gerissen hatte, verspürten Menschen wie Ani ein neues Selbstbewusstsein. Eine Aufbruchsstimmung, weil der Führer den Leuten vermittelte, dass jeder und jede Einzelne nützlich für das große Ganze war. Etwas Gewaltiges tat sich in Deutschland, und alle durften daran teilhaben. Die Karten wurden neu gemischt, es gab neue Ziele und ausreichend Arbeit. Was wollte man mehr? Niemanden interessierte es, wie die NSDAP ihre weitreichenden Projekte finanzieren wollte, geschweige denn, wohin sie führen sollten. Der Führer würde es schon richten, lautete die einhellige Meinung.

Sein Reich, das seine großen Ambitionen verfolgte, bedurfte selbstverständlich einer eindrucksvollen Armee. Schließlich galt es, eine militärische Tradition zu bewahren. Von preußischer Zucht und Ordnung, bis hin zu den innovativen Eigenarten bayerischer Garderegimenter.

Früher brachte die eigene Bevölkerung ihren Soldaten Respekt entgegen, heute liest Herr Tuchel fast wöchentlich in der Zeitung, dass Soldaten bespuckt und ihre Gedenkstätten mutwillig beschädigt werden. Wo war dieser Respekt geblieben? Der Respekt vor dem Opfergang einer ganzen Nation? Bei dieser plötzlichen Gefühlsaufwallung könnte sich Anian jedes Mal in Rage reden. Wenn er noch jemanden zum Reden hätte. Gisela hat immer abgeblockt. Ihr war es lieber, die Vergangenheit ruhen zu lassen. „Wozu die alten Geschichten ausgraben? Kann man die armen Seelen nicht einfach ruhen lassen?", war ihr Beitrag zu diesem Thema. Gleichzeitig flüstert ihm eine innere Stimme zu, dass genau darin der Treppenwitz der Geschichte verborgen lag – die Wiederherstellung des kosmischen Gleichgewichts: Die Vorhersehung, das Schicksal, Gott oder Allah müssen ganz schön rudern, um ihren Erlösungsplan gegen die Menschheit durchzusetzen.

Auch weil der alte Tuchel ein Teil davon ist, plagt ihn ständig der Kummer darüber, ungerecht behandelt worden zu sein. Ihn treibt die Angst, dass *sie* einen Teil seiner Existenz aus dem kollektiven deutschen Gedächtnis löschen wollen. Tabula rasa für ein Deutschland, in dem es ihn nie gegeben hat.

Er war ein Kind dieser beschämenden Zeit, was hätte er dagegen tun sollen? Muss sich ein Cowboy dafür schämen, als Revolverheld auf die Welt gekommen zu sein? Dass der Vergleich hinkt, weiß er, doch er liebt Karl Mays Sicht auf den Wilden Westen. Ani hat die Geschichten um Hobble-Frank und Old Shatterhand aufgesogen wie früher die Erzählungen des Vaters über das Kaiserreich. Anian Tuchel hatte den Wirrwarr der Weimarer Republik erlebt, den Aufstieg und Tod des Führers, den Kalten Krieg und den Fall der Mauer. Die Mondlandung!

Er findet, ein Land muss mit harter Hand regiert werden. Obwohl der Führer niemals einen Zweifel daran gelassen hat, dass er Menschen als regenerierbare Füllmasse seiner Allmachtsfantasien betrachtete, besaß er die Gabe, sein Volk die Einzigartigkeit seines Daseins spüren zu lassen.

Blut und Ehre.

Das hatte noch was bedeutet. Im Reich zumindest.

Ani war ehrlich stolz gewesen, ausgerechnet der Wehrmachtseinheit beitreten zu dürfen, die sich die mittelalterlich verzerrte Ritterlichkeit auf die Fahnen schrieb. Nicht umsonst wurde sie ehrfürchtig *die Edelweißdivision* genannt. Angelehnt an jene Blume, die Erzherzog Eugen seinen tapferen Gebirgsjägern im ersten Weltkrieg als Auszeichnung für ihre Teilnahme an der Alpenschlacht gegen Italien verliehen hatte. Jene Blume, die brennende Leidenschaft und aufopferungsvollen Wagemut symbolisierte. Sie war das Sinnbild, unter dessen Maxime Ani vom Jugendlichen zum Mann erklärt wurde.

Als Gegenleistung für seine Aufnahme in den illustren Kampfbund, wurde von ihm selbstaufopfernder Gehorsam erwartet. Etwas, für das die heutige unverständige Jugend gewiss kein Verständnis mehr aufbrächte.

Blut und Ehre.

Darüber brach man früher keine Debatte vom Zaun. Das war kein demokratischer Prozess, dem man mit seiner Stimme Leben einhauchen musste. Es war ein Selbstverständnis, dank dessen eine schlagkräftige Armee aus der Taufe gehoben wurde. Wilhelm und Bernhard hatten das verstanden und mit ihnen Millionen andere. Ani konnte es kaum erwarten, es ihnen gleich zu tun.

Bei der Einführung der Wehrpflicht 1935 schwebte eine Ahnung vom Krieg wie der Alugeruch des gestanzten Essgeschirrs über Anis harter Grundausbildung. Ein Abenteuer, dem sich bis August 1939 fast 700.000 zukunftsgläubige Männer angeschlossen hatten.

Schulter an Schulter standen sie in einer Linie. Ein Sechzehntel der frisch aufgestellten Soldaten wurde seiner Division zugeteilt, der ersten Gebirgsdivision. In den kommenden sechs Jahren würde mehr als die Hälfte der Männer, die das Edelweiß an ihrer Mütze und am rechten Uniformärmel trugen, ihr Blut samt Ehre und Leben überall auf dem Kontinent liegen lassen.

Doch was zählte das heute noch?

Niemand spürt das enttäuschte Aufstampfen in den kalten Gräbern der Gefallenen oder das schmerzerfüllte Klappern der Gerippe von Kameraden deutlicher als die Veteranen von einst. Waren sie nicht Befehlen gefolgt, deren Rechtmäßigkeit zu hinterfragen ihnen niemals zustand?

Der alte Tuchel schüttelt sich.

Einem Soldaten wie ihm war beigebracht worden, dass Anordnungen höhergestellter Persönlichkeiten oder die, die dazu berufen waren, nicht von einem Untergebenen hinterfragt werden durften. Das Wohl und Wehe der Kameraden hing davon ab. Also schwieg Anian Tuchel. Die ganze Zeit. Schwieg und erduldete. Bis auf ein einziges Mal…

Die neue Bundesrepublik ist für Herrn Tuchel ein Duckmäuserstaat. Einer, der sich bei jeder sich bietenden Gelegenheit für sein Selbstverständnis entschuldigt. Mit Abscheu erinnert er sich an die überdimensionale Schlagzeile von Willy Brandts Kniefall in Warschau oder an die neuerdings, wie Pilze aus dem Boden schießenden Mahnmale gegen irgendwelches erlittene Unrecht. Ihn hat noch niemand dafür bedauert, im letzten Weltkrieg ebenfalls tiefe Narben an Körper und Seele hingenommen zu haben.

Er kann nicht leugnen, dass es ihm jetzt gut geht. Trotzdem ist er der Meinung, dass ihm der Weg bis dorthin zu viele Opfer abverlangt hat. Und nicht nur ihm. Auch den anderen. Jenen, die nicht vom großen Schlachten heimgekommen sind. Wie vielen von ihnen hat er beim Sterben zuschauen müssen!

Keiner… *Sie* werden das nicht in tausend Jahren verstehen.

Der alte Tuchel grinst verächtlich.

Die Gutmenschen des 21. Jahrhunderts sind noch die gleichen Lämmer wie vor 68 Jahren. *Der Teufel, das sind stets die anderen*, das ist, was er aus der Geschichte gelernt hat. Zu den anstehenden Wahlen geht er aus reiner Gewohnheit. Ein Sonntagsspaziergang im guten Gewand. Sein Kreuz setzt er für die CSU. Bis heute wegen Franz Joseph Strauss, dem längst verstorbenen Parteigranden. Gewohnheit.

Den Glauben daran, dass einer der überbezahlten Volksvertreter sein Volk wirklich und wahrhaftig vertreten könnte, hat Anian Tuchel nie besessen. Kein einziger dieser Bürokraten hat sich je zur Lichtgestalt gemausert. Strauss vielleicht… aber… ach!

Zu selbstherrlich klammeren sie sich an Parteiprogramme und persönliches Machtstreben. Nicht einmal der vielgerühmte erste Bundeskanzler des neuen Deutschlands, Konrad Adenauer, eigentlich ein vorbestrafter Politiker, konnte freiwillig von seinem Führungsanspruch lassen. Ist es nicht offensichtlich, dass die Bürger dieses Landes nach Jahrzehnten des vermeintlichen Befreiungsschlags nicht zu Eigenverantwortung fähig sind?

Die Kaste der Herrschenden entfernt sich mit jedem Tag weiter vom Elend und Leid des furchtbarsten Krieges der Weltgeschichte. Gleichzeitig entfremden sie sich mehr und mehr von ihren Wählern. Hochnäsige Entscheidungsträger, die vergessen haben, dass sie lediglich einer Gemeinschaft entspringen, die sie der Referenz einer Stimmenmehrheit verdanken. Ein Machtapparat, vollbesetzt mit kleinen Möchtegernführern. Etappenwichser, die sich beim ersten Granateneinschlag in die feinen Maßanzughöschen gemacht hätten. *Das* hält der Veteran von der gegenwärtigen Politikermischpoke. Von allen.

Der alte Mann spürt, dass diese Republik, genau wie die davor, krankt und dass der Wolf mit dem größten Maul begierig darauf lauert, sie zu verschlingen. Wahrscheinlich wird er es nicht mehr erleben, aber er würde sich nicht wundern, wenn bald jemand käme, der an den Staatspfeilern sägte. Womöglich eine Partei, ähnlich der NSDAP, die der Demokratie mit ihren eigenen Waffen zu Leibe rückte. Es bräuchte schon einen Paukenschlag, um die Schafherde aus ihrer fortwährenden Blase des Friedenszustandes zu treiben.

Kurz muss er die Zeitung ablegen. Unter seinem Platz am Küchentisch zieht er die Schublade auf. Holz schleift knarzend über Holz. Das Blutdruckmessgerät liegt auf einer alten Ausgabe der *Hörzu*, in der Gisela ihr letztes Kreuzworträtsel gelöst hat.

Er holte das Gerät heraus, schiebt den Hemdsärmel hoch und wickelte sich die schwarze Klettmasche um den Oberarm. Die Anzeige blinkt, der Automat brummt rhythmisch. 142 zu 88. Puls bei 93. Der gute Wert überrascht ihn. Das energische Durchleben seiner Glaubenseinstellungen hat ihm nicht geschadet.

Der Sphygmomanometer landete wieder in der Ablage. Raschelnd widmet er sich wieder seiner Tageslektüre. Unkonzentriert flattert sein Blick über die schwarz gefüllten Spalten. Er muss sich noch kämmen, nochmal seine Erscheinung im Spiegel einem prüfenden Blick unterziehen. Was, wenn er sich beim Frühstück vollgekleckert hat? Gisela hätte sein Hemd wieder sauber bekommen. In dieser Hinsicht hat er zwei linke Hände. Die Zeit. Er darf den Bus nicht verpassen.

Es ist nur ein kleiner Artikel, doch seine Augen bleiben daran hängen. Sie kehren zur Überschrift zurück. Tatsächlich! Dort steht es. Schwarz auf weiß.

Anian zählt nach. Mehr als 15 Zeilen war dem Verfasser das Thema im Bayernteil nicht wert gewesen.

Der alte Mann zittert. Er hat das Messgerät vermutlich zu früh weggelegt. Die Nachricht ist für ihn zwar nicht neu, aber er hätte nicht erwartet, sie hier in seinem Zuhause, fast 200 Kilometer von ihrem Ursprungsort entfernt, lesen zu müssen:

Letztes feierliches Zeremoniell der 1.Gebirgsdivision
Zahlreiche Ehrengäste werden erwartet.

Garmisch-Partenkirchen. Mit einem letzten großen Zapfenstreich wird die 1.Gebirgsdivision der Bundeswehr in aller Form aufgelöst. Der in den achtziger Jahren größte mitteleuropäische militärische Großverband fällt der Neugliederung nach der Heeresstruktur V zum Opfer.

Die Feierlichkeiten hierzu finden im Partenkirchener Skistadion statt. Dem Ereignis, das im Vorfeld für einigen Gesprächsstoff und viel Kritik an Bundesverteidigungsminister Rudolf Scharping gesorgt hat, wird der Bayerische Ministerpräsident Rudolf Duslach vorstehen. Der Verteidigungsminister selbst hat seine Teilnahme abgesagt und wird durch Staatssekretär Walter Kolbow vertreten. (dpa)

Tränen steigen Anian Tuchel in die faltigen Schlupflider. Was ihn überrascht ist nicht die Nachricht, es ist die unabänderbare Bekanntmachung ihrer Verwirklichung. Außerdem dieser Name. Wut, gepaart mit Hilflosigkeit, bemächtigen sich seiner. Er ballt die Hand zu einer kraftlosen Faust. Widerstand ist etwas für junge Leute, das spürt er mit jeder Faser seines Körpers. Duslach. Der Name zeichnet sich deutlich ab durch einen feuchten Schleier, der sich vor seine Augen setzt.

Ein Erinnerungsblitz durchzuckt ihn. Sein künstliches Gebiss schiebt sich so fest übereinander, dass die Wangenknochen heraustreten. Noch vor zehn Jahren hätten *sie* sich das nicht getraut. Ohne Zweifel ein Werk dieser linksversifften Friedenspolitik, die in jedem Winkel des Militärs den Muff der Wehrmacht ausmacht. *Sie*, die nie in ihrem Leben in die Mündung einer Waffe blicken mussten und nie die Todesangst im Innern eines Schützenlochs kennengelernt haben. *Sie* brechen despektierlich mit althergebrachten Konventionen. Ohne mit der Wimper zu zucken. Anian Tuchel hat gelernt, das Maul zu halten. Wieso können „*sie*" das nicht? Er fragte sich nicht nur einmal, ob die Taten verdienter Offiziere wie Rommel, Kübler, Dietl oder der seines Divisionskommandeurs Hubert Lanz immer wieder aufs Neue auf den Prüfstand gehoben werden mussten, um deren Verflechtungen mit dem Naziregime aufzudecken?

Tatsächlich wäre es einem Wunder gleichgekommen, wenn keiner von ihnen eine fragwürdige, ideologische Gesinnung gehabt hätte. Nicht einmal die Verschwörer des 20. Juli waren frei davon. Generäle waren Mythengestalten für ihre Untergebenen. Umso mehr, als das allseits nach dem Krieg akzeptierte große Schweigen eintrat. Sie trugen Spitznamen wie „Latschen-Nurmi" für Kübler oder „Wüstenfuchs" für Rommel. Eine Anerkennung, die sich mit der Benennung von Bundeswehrkasernen fortsetzte, deren Andenken man nun beschämt von den steinernen Umfriedungen abgeklopfte. Ein Fanal, das nicht nur ihn, Anian Tuchel, böse angeht, sondern auch die wenigen, noch lebenden Veteranen.

Aus ihrer Warte tilgen *Sie* mit jedem Namen eines Wehrmachtsoffiziers gleichsam die Erinnerung an die unzähligen Soldaten dahinter. Und am heutigen Tag trifft es eine ganze Division. Anis legendäre Einheit, damals bestehend aus vier Regimentern, drei Abteilungen und einem Bataillon – die heutige Bundeswehr hielt nur noch drei Brigaden – wird bald eine historische Anekdote sein, ihre Angehörigen dem Vergessen anheimfallen. Die 1. Gebirgsdivision – eher das Wesen, das sie einstmals verkörperte – passt nicht mehr in das Traditionsverständnis einer modernen, deutschen Armee des 21. Jahrhunderts. So behaupten *sie* es jedenfalls.

Wenn der 26. September 2001 erst einmal vergangen ist, werden auch die Stimmen der Gefallenen für immer verstummen. Was dem Russen nicht gelang, schaffen Politiker an einem Tag – das ist Anian Tuchels eigene Dolchstoßlegende.

Er knüllt die Tagesausgabe mürrisch auf dem Tisch zusammen und erhebt sich. Wozu hat ihm der heutige Morgen diese unvorhergesehene Jugendkraft verliehen, wenn er sie nicht nutzt? Gewiss, es lässt sich nicht leugnen. Er ist ein Tattergreis, aber einer, der spürt, dass ihm das Schicksal eine letzte Chance anbietet. Die gesammelte Frustration des Veteranen staut sich in einem Namen auf. Duslach.

Ein letzter Kampf.

Grimmig entschlossen tippelt er in den Flur. Er öffnet eine beige lackierte Stahlblechtür, die in den Treppenaufgang des Hauses eingelassen ist. Kalte Betonstiegen führen hinab in die Dunkelheit. Er betätigt den schwarzen Drehschalter hinter der Wand, woraufhin gelbes Licht einen spärlichen Schein auf das unverputzte Gewölbe wirft.

In den vom Metzgermeister Wetzler handgefertigten Regalreihen hatten sich vor Jahren Fleischkonserven gestapelt. Speckseiten und Würste hingen zum Trocknen von der Decke. Später nutzte Gisela den Platz für ihre selbstgemachten Marmeladen, Säfte, Liköre und eingewecktes Gemüse. Jetzt hängen zwischen den Leerstellen aus vergessenen Gläsern und altertümlichen Gerätschaften ohne Wert nur noch dichte Spinnweben.

Ein klobiger Kastenschrank steht so weit hinten, dass ihn das gelbe Licht kaum berührt. Das graugrüne Ungetüm ist lange nicht geöffnet worden. An der Türrückseite hängt das gerahmte Hausbild des Führers. Seine stechenden Augen brennen vorwurfsvolle Löcher in die kalkgestrichenen Kellerwände. Der gealterte Gefolgsmann weicht ihnen unterwürfig aus. *Es war nicht alles* schlecht, intoniert er im Geiste, schmeckt jedoch den faden Beigeschmack auf der Zunge, den das uralte Mantra zurücklässt. Werkzeug, das seit Jahrzehnten nicht mehr in Gebrauch ist, liegt kreuz und quer auf dem verstaubten Zwischenboden. Eine manuelle Wurstpresse, Spalter, Wetzstahl, Fleischgabeln, eine Balkenwaage. Staub ohne Ende. Daneben eine schwere Stahlkassette, in der mehrere Generationen ihre Tageseinnahmen aus der Fleischerei zur Bank getragen haben. Sie ist schon ewig nicht mehr bewegt worden. Geld birgt der Kasten schon längst keines mehr.

Anian Tuchel wuchtet ihn heraus und schließt mit einem Schlüssel, den er oben auf dem Schrank versteckt hält, auf. Es liegt nur ein einziger Gegenstand darin. Eingewickelt in ein Tuch aus gewebter Baumwolle. Behutsam wickelt er ihn aus. Zum Vorschein kommt ein 215 Millimeter langes Kriegssouvenir– eines jener Relikte, die man, wie eine düstere Vergangenheit, besser unter Verschluss hält.

Die Pistole ist eine Walther P38. Standardausführung. Acht Schuss. Neun Millimeter. Halbautomatik. Eine verlässliche Waffe, wenn man sie gut pflegt. Sie weist zwar die üblichen Flugrostspuren vom jahrelangen Herumliegen auf, doch sie wird ihren Zweck erfüllen. Der feuchte, teilweise modrige Geruch des Kellers mischt sich mit dem von ranzigem Waffenöl. Das Magazin der Pistole enthält noch drei 08er mit Eisenkern.

Erfahren fährt Anian mit dem Daumen über die abgerundete Geschossspitze. Wenn er nah genug herankommt, dringt die Kugel zwischen 23 und 36 Zentimeter tief in den Körper ein. Drei Schuss, das genügt!

Einen Moment, als müsste er es sich anders überlegen, wiegt er die Waffe in seiner Hand. Dann schiebt er sie in den Bund seiner Hose, so wie er es in zahllosen Krimis gesehen hat. Das kalte Metall des Laufs reibt viel unangenehmer auf seiner Haut, als er sich das ausgemalt hat. Er spürt die harte Kante des Korns zwischen Hüfte und Oberschenkel ins Fleisch drücken. Ein nervöses Beben erfasst seinen Körper. Unwillkürlich muss er grinsen. Wann war er das letzte Mal so aufgeregt gewesen? Bedächtig rutscht er den Saum seines grauen Seidenblousons über der verräterischen Ausbuchtung zurecht und zieht den Reißverschluss hoch.

Ein Zurück kommt nicht in Frage.

Ani, Willi und Bernhard querten gemächlichen Schritts die Friedensbrücke. Sie ließen die Tramwaystrecke rechts liegen und promenierten eine Weile entlang des Donaukanals. Sie plauderten über dies und jenes, es gelang ihnen sogar, sich ein wenig von den Sorgen zu entfernen die sie drückten. Am Rudolfsplatz gönnten sie sich eine weitere Zigarettenpause. Ihr anvisiertes Ausflugsziel spitzte wegweisend aus südlicher Richtung über die Dächer.

Ohne weitere Hast spazierten sie am Morzinplatz vorbei, ignorierten die Litfaßsäule mit den Anschlägen der Gestapo über Gesuchtmeldungen und Todesurteile, bogen auf die Marc-Aurel-Gasse ab, kreuzten den Hohen Markt, bevor sie über die Rotenturmstraße auf den Stefansplatz gelangten. Staunend blickten sie zu den hohen, kunstvoll verschnörkelten Mauern und Türmen des wichtigsten gotischen Bauwerks der Ostmark empor. Das Riesentor zwischen den noch riesigeren, über 65 Meter hohen Heidentürmen, sah hochmütig auf die winzigen Gestalten herab, die sich zu seinen Füßen tummelten.

Ein Gefühl von Demut beschlich Ani. Plötzlich begriff er, warum sie mit Wien die richtige Wahl getroffen hatten. Während sich Willi und Bernhard auf Müßiggang und ein wenig Privatsphäre freuten, ging es ihm nicht um Erholung. Er war eindeutig hier, um das Staunen über die Wunder der Welt wiederzufinden. Laut zugegeben hätte er das nicht, sein Bruder hätte ihn wegen seiner *Romantisiererei* nur ausgelacht.

Auf dem gepflasterten Vorplatz der beeindruckenden Domkirche wurde er sich bewusst, dass er nichts weiter als ein gewöhnlicher Sterblicher war, dessen geschundene Seele am Ende vor Gott um ihr Heil bangen würde. Sein Vertrauen in die ganze menschliche Existenz, nein, in seine eigene, die der Krieg in seinem alles verzehrenden Hunger fast gänzlich auffraß, hatte entsetzlich gelitten. Vielleicht würde Wien ihn wieder die Regeln des Menschseins lehren.

Die drei betraten den gewaltigen Sakralbau durch das Westportal. Drinnen schien das Licht in kühlen Farben durch die hohen Buntglasfenster auf die Schachbrettfliesen am Boden. Sie durchschritten einen weiten Bogen und kamen im Langschiff zum Stehen. Die marmornen Heiligen, die zu beiden Seiten auf hohen Säulen standen, die das Bauwerk wie ein bauchiges Geripp e stützten, würdigten die Besucher keines Blicks. Ihre geschliffenen Augen richteten sich andächtig auf den Hochaltar, wo der Kirchenmaler Tobias Pock die Hinrichtung des ersten Märtyrers der Christenheit in einprägsamen Rottönen festgehalten hatte. Es roch nach kaltem Weihrauch und geschmolzenem Kerzenwachs. Das Husten einer Frau wehte von irgendwoher durch das Gotteshaus. Von vorne kam leise das monoton einschläfernde Gebrumm ältlicher Betweiblein. Häuslerinnen, die wahrscheinlich einem Mütterverein angehörten. Sie intonierten mit fortwährender Ausdauer und Inbrunst das Rosenkranzgebet. Die hölzernen Kügelchen ihrer Gebetsketten klickerten leise zwischen ihren gefalteten Händen.

„… Jesus, der für uns mit Dornen gekrönt worden ist …" Das dritte Gesetz.

Die Freunde kannten es ebenfalls und wussten, dass noch zwei weitere folgen würden. Sie traten in das linke Seitenschiff, kauerten sich in das Gestühl aus dunklem, schwarz glänzendem Hartholz und begannen, dem Beispiel der Frauen folgend, zu beten. Andächtig legten sie ihre Handflächen aneinander. Sie bettelten bei ihrem Herrgott nicht um Erlösung oder Gnade, wie sonst an der Front, sondern sprachen das Gebet, das ihnen von Kindesbeinen an vorgesagt worden war.

„Im Namen des Vaters und des Sohnes und des Heiligen Geistes …", stimmten sie in den Singsang der Beschwörungsformel ein.

Ein Geräusch störte den Ritus.

Das Portal wurde energisch geöffnet. Schritte knallten durch das Hauptschiff. Die Lederabsätze zweier Männer mit kurz geschnittenem Haar, im obligatorisch wehenden, gummibeschichteten Klepper und dem typischen Fedorahut in Händen. Sie stampften durch das geheiligte Langhaus, vermieden es, das Kreuzzeichen zu schlagen. Beinahe verschämt hielten sie die Köpfe gesenkt, wussten jedoch genau, wo sie hinmussten. Einer der beiden, offensichtlich der Ranghöhere, schwenkte nach rechts am Leopolds Altar vorbei und verschwand unter einem säulenbewehrten Giebelgesims durch eine hohe Tür. Der andere ging weiter, betrat ohne Bedenken den, ausschließlich Priestern vorbehaltenen, Chorraum und rüttelte an einer zweiten Tür. Ein gehässiges Auflachen. Sehr zu seiner vernehmlichen Zufriedenheit war sie verschlossen.

Er kam zurück, tänzelte beschwingt die drei Stufen hinunter durch den Frauenchor und stellte sich unter das schwere Lettner-Kreuz. Das heißt, nicht genau darunter, sondern zwei Fuß breit daneben. Mit vor der Brust verschränkten Armen wartete er auf seinen Partner. Ab und zu riskierte er einen nervösen Blick zur Decke, denn er war sich beileibe nicht sicher, ob sich der Gekreuzigte bei passender Gelegenheit nicht auf ihn stürzen wollte.

„Gestapo", raunte Bernhard. „Was haben die denn hier verloren?"

Wie zur Antwort schwoll hinter der ersten Tür aufgeregtes Stimmengewirr an.

Der Geheimpolizist, der vor dem Chorraum stand, fuhr zusammen und stürmte mit erhitztem Gemüt zu seinem Kollegen. Sogleich zerrten die beiden einen Geistlichen im vollen Ornat aus der Sakristei. Der Würdenträger setzte sich wortreich zur Wehr.

Augenscheinlich war er die Behandlung, die man ihm angedeihen ließ, nicht gewohnt, denn er beschimpfte die Polizisten mit einer solchen Überheblichkeit, dass man es nur dreist nennen konnte. Kein Mensch wollte es sich ernsthaft mit der Gestapo verscherzen. Dieser Gottesmann schien sich allerdings nicht um derlei Vorbehalte zu scheren, was entweder von Dummheit zeugte oder von guten Beziehungen. Er war ungefähr im mittleren Alter und hatte ein scharf geschnittenes, glattes Gesicht mit gescheiten Augen, die zornig hinter einer dickrandigen Brille hervorblitzten.

„Ich bin Vikar Wagner! Vikar Karl Wagner! Ihr Mistlbocher, ihr elendigen, so springt man nicht mit einem Mann Gottes um! Der Weihbischof wird hiervon erfahren. Das wird euch teuer zu stehen kommen!", protestierte der Abgeführte, der für seinen Einwand nur hohles Gelächter erntete.

Bei jeder erregten Geste, zu der er mit den Armen ausholte, flatterte sein schwarzes Chorgewand gegen den Widerstand des kräftigeren Schergen hinter ihm. Mit der einen Hand hielt er den Gefangenen fest an der Kapuze seiner violetten Mozetta gepackt und schnürte ihm so die Luft ab. Mit der anderen Hand hatte der Polizist den Arm des Geistlichen auf den Rücken verdreht und bugsierte ihn grob vorwärts. Der zweite Gestapomann lief pöbelnd nebendrein und hoffte durch gezielte Nackenschläge beizutragen, sein Opfer mundtot zu machen, was nur bedingt gelang.

„Die führen den Stellvertreter des Bischofs ab", kommentierte Willi das Offensichtliche in entsetztem Flüsterton.

Inzwischen hatten auch die Häuslerinnen ihr Gebet unterbrochen. Verärgert drehten sie sich zur Ursache der Störung um.

Noch saßen Ani, Wilhelm und Bernhard unbemerkt hinter der Säule des Marienaltars, wo sie sich verstohlen an das kahle Gemäuer drückten, um nicht aufzufallen. Doch allmählich breitete sich die Unruhe auf sämtliche Korridore aus, da den betagten Damen schnell aufging, wen die Gestapo am Wickel hatte.

Ein draufgängerisches Grüppchen aus sechs verjährten Hutzelweiblein stellte sich den Geheimpolizisten in den Weg. Ein wildes Wortgefecht entlud sich und drohte, in eine handfeste

Auseinandersetzung auszuarten. Die beiden Amtmänner ließen sich keineswegs von der Kopftucharmada einschüchtern.

Als ein kleines Mütterlein ihr braunes Ledertäschchen nach dem Kopf des Kerls schwang, der den Vikar festhielt, stieß sein Kumpan die Frau rüde zu Boden. Dumpf klatschte sie der Länge nach auf die geheiligten Steinfliesen.

„Aufhören!", rief Bernhard und sprang hinter der Säule hervor.

Auch die Tuchelbrüder gaben sich zu erkennen. Überrascht wirbelten die Geheimdienstmänner herum. Die Situation nahm einen Fortgang, der ihnen gar nicht passte. Entnervt verdrehten sie die Augen, während die Weiblein die Pause nutzten, sich besorgt um ihre gefallene Mitstreiterin zu scharen.

„Na, schau", raunzte der Polizist, der die Frau gestoßen hatte und den Eindruck machte, der Anführer zu sein. Sein Wiener Dialekt unterstrich die Geringschätzung, die er für Wehrmachtssoldaten erübrigte. „Ihr seid's falsch abgebogen mein ich. Zum großen Sterben für euch Jäger geht's da lang", sagte er kalt und reckte sein Kinn dem nach Osten gerichteten, prunkvollen Porta-Coelis-Altar entgegen.

Es war ein spitzes, pointiertes Kinn, knapp unter einem schmalen, verkniffenen Mund, dessen Unterlippe etwas breiter war als die Oberlippe. Ein allzu nüchterner Oberlippenbart verlieh dem Gesicht eine erschreckend ausgewogene Symmetrie. Die scharfe Nase und die abfallenden, braunen Augen erinnerten an einen Nachtvogel. Kauz oder Eule. Auf der breiten, hohen Stirn zeichneten sich deutlich zwei tiefe, parallel verlaufende Glabellafalten ab. Das blonde Haar trug er eine Spur länger als üblich, nach links gescheitelt; ein Teil der Ohren verschwand darunter. Sein hochgeknöpftes, weißes Hemd, die enge graue Krawatte und die ebenso grauen Oberkleider kennzeichneten geradezu obszön bieder den redlichen Staatspolizisten. Das Auftreten des gertenschlanken, hochgewachsenen Mannes *sollte* den Eindruck vermitteln, dass nicht er es war, der Probleme verursachte, sondern stets sein Gegenüber.

Willi und Ani konnten Bernhard nur mit Mühe davon abbringen, sich auf den Mann zu stürzen. Sie wussten ganz genau, und Bernhard wusste es selbstredend auch, dass sie eine Menge Ärger auf sich luden, wenn sie sich mit der vollstreckenden Reichsgewalt anlegten. Der hagere Geheimdienstler wusste es ebenfalls.

Mitleidig grinste er die drei Kameraden an. „Na, Burschen, was wollt's? Kommt's gleich mit uns mit?" Er schraubte Vikar Wagners Kapuzenkragen noch ein wenig enger. „Wir haben noch ein Platzerl frei in unserm Keller. Der Herr Monsignore tät' sich über eine bisserl

Unterhaltung in der Dunkelkammer bestimmt freuen, gelln's Hochwürden?"

Der Geistliche ächzte. Er gab den Widerstand auf.

Körperlich aufgewühlt, aber gefangen in quellender Hilflosigkeit, verharrten Bernhard, Willi und Ani vor den beiden Polizisten. Sie wollten nicht klein beigeben, wussten aber auch nicht was sie ausrichten konnten.

„Buben", mischte sich die knarzende Stimme jenes Bettweibleins ein, das die Beamten zu Boden gestoßen hatte und das nun flehentlich aufsah. „Ihr seid's doch zu dritt!" Sie warf einen finsteren Seitenblick auf die Gestapomänner. „Wir sind zwar nur ein paar depperte, alte Tschopperl, aber ich möcht' behaupten wir verehren den Heiland mit der gleichen Inbrunst, wie unsern geliebten Führer – der Herr im Himmel segne und behüte ihn. Doch wo soll es sein End' finden, wenn man jetzt auch noch den Domvikar von Wien einsperrt? Der Herrgott wird's euch tapferen Soldaten sicherlich tausendfach vergelten, wenn ihr euch für einen Unschuldigen verbürgt's."

Eben wollte Bernhard etwas erwidern, da erhob sich höhnisches Gelächter.

„Ja, Buben", ahmte der ranghöhere Polizist das Frauenzimmer nach. „Hört's nur schön auf die alte Schaßtromml und helft's dem Pfaffen, dann seid's im Handumdrehen bei der Sonderabteilung, das versprech' ich euch!" Lauernd blickte er von einem zum anderen.

„Na, was ist Buben, geht's zur Seiten oder kommt's mit auf Kur ins Mètropole?"

Die unverhohlene Drohung verfehlte ihre Wirkung nicht. Das Wort „Sonderabteilung" hatte bei Bernhard einen Reflex ausgelöst, der seinen Protest mit einem Schlag in sich zusammenbrechen ließ. War schon das Bewährungsbataillon schlimm gewesen, so würde ihm die Sonderabteilung den Rest geben.

Kreidebleich drehte er sich zu Willi und Ani um und schüttelte kaum merklich den Kopf.

Die Brüder bemerkten die Todesangst in den Augen ihres Freundes sofort. Geschlagen gaben sie den Weg frei.

Die Gestapomänner grunzten zufrieden und schoben Vikar Wagner weiter. Die Betweiblein verfielen in sonores Wehklagen und warfen die Hände zum Himmel. Direkt neben Ani blieb der Geheimdienstler noch einmal stehen. Er hielt die lange Nase hoch, wie ein Hund der Witterung aufnahm. Langsam drehte er den Kopf zur Seite.

„Die Seinigen kennt der Oberbock stets an ihrem Jägerrock", schnarrte er misslaunig. „Untauglich oder Feigling? Oder beides?

„Urlaub, Herr Kommissar!", bellte Ani eilfertig. „Ich hab' meine Papiere bei mir, Herr Kommissar", ergänzte er und hielt sie dem Beamten hin.

„Untersturmführer", verbesserte ihn der SS-Mann und machte ein angewidertes Gesicht. „Steck' den Fetzen weg", raunte er und schlug die ihm entgegengestreckten Papiere fort. „Ihr haut's euch jetzt alle drei schleunigst über die Häuser. Wenn mir nur einer von euch nochmal über den Weg lauft, dann nehm' ich euch alle mit."

Sein ausgestreckter Zeigefinger machte die Runde über ihre Hälse und blieb schließlich auf den wimmernden Frauen liegen. Er wartete darauf, dass jemand den Mut aufbrachte, den Domvikar ins Gestapo-Hauptquartier zu begleiten.

Keiner rührte sich. Der Finger sank.

Für die Klageweiber hatte er nur mehr ein Wedeln übrig, eines mit dem man sich Ungeziefer vom Leib hielt. Er setzte ein dienstbeflissenes, schmieriges Grinsen auf, bevor er den Vikar hinaus durchs Riesentor schob.

Über dem Portal saß ein steinerner Christus zu Gericht. Seine Rechte zum Friedensgruß erhoben. Stumm.

Die drei kriegserfahrenen Gebirgsjäger sahen nach der erfahrenen Niederlage nicht besser aus, als die in Stein gemeißelten Märtyrer, die sich auf ihren überhöhten Standplätzen bemühten, die Fassung zu bewahren. Das ernüchterte Aufseufzen ihrer Bittstellerin, der brüskierten Häuslerin, die weiterhin wie ein zertretener Käfer über den Domboden krabbelte, holte die Gedanken der Freunde in das bauchige Mittelschiff der Kirche zurück.

Schweigend halfen sie dem Weiblein auf, hielten den Blick gesenkt. Sie wagten es nicht, den Frauen noch einmal in die Augen zu sehen. Grußlos trennten sich ihre Wege.

Mit hängenden Köpfen ließen Ani, Bernhard und Willi das berühmte Bauwerk schleunigst hinter sich. Sie irrten richtungslos durch die Stadt, sprachen kein Wort.

Die engen Gassen hatten auf einen Schlag ihren Reiz verloren. Straßen, Plätze, Brücken waren ihrem beherzten Tritt wie ein Teppich unter den Füßen entzogen worden. Die geschichtsträchtigen Fassaden Wien huschten an ihnen vorbei wie ein expressionistisch entartetes Gemälde von Kokoschka. Psychedelisch schräge und pampige Pinselführung, scheinbar ohne Kontrast und Ziel. Genau wie die Stimmung der drei Frontsoldaten.

Gerade als sie auf den Tiefpunkt sank, erhob sich vor ihnen eine makellos weiße Wand, sie aus weit entfernten, viel lustvolleren Barockzeiten stammte. Ein dezenter Kaffeeduft umspielte ihre Nasen und lockte mit dem Versprechen auf Süßgebäck und schaumig, fetten Schlagobers.

Mit Feingold kalligraphierte Versalien waren über einem aquariumgroßen Schaufenster angebracht. Das Befinden der Freunde hellte sich etwas auf und sie traten in das einladende Kaffeehaus. Augenblicklich befanden sie sich in einer anderen Welt.

Der feudale Gastraum war erfüllt von einer angenehm die Seele streichelnden Symphonie aus leise klimpernden Kuchengabeln auf Porzellangeschirr, Silberlöffeln in feinen, goldgeränderten Tassen und dem angeregten Gemurmel der Gäste. Die Stimmen wurden gedämpft von den dunkel getäfelten Wänden und einer tiefhängenden Kassettendecke. Mannshohe Spiegel an den Seiten reflektierten freundlich das Tageslicht, das von der Straßenseite durch die hohen Fenster das Interieur durchwirkte. Geschmackvolle Mahagonimöbel warteten darauf, dass es sich die Kundschaft darauf bequem machte. Der anheimelnde Duft, der draußen nur eine wunderbare Verheißung gewesen war, steigerte sich drinnen zu einem Wohlgeruch aus Kaffee, Tee, Kuchen, Sahne und Tabak. Ein Sakralbau für Genießer. Diskret schwebten Kellner im schwarzen Diener und gezwirbelten Schnauzbärten durch die eng stehenden Reihen, bemüht, den feinen Gaumen ein angemessenes Trinkgeld abzuringen.

Gerne ließen sich die drei Neuankömmlinge ein gedecktes Marmortischlein in der Mitte des Raums zuweisen. Auf einem sauberen, blütenweißen Tischtuch waren die Plätze mit je einem Kaffeeservice belegt. Ganz so, als habe man sie jüngst erwartet.

Die Freunde zogen ihre Urlauberkärtchen für Kaffeeersatz heraus und reichten sie dem Kellner. Wenig später ließen sie den wienerisch brüsken Empfang, der ihnen bereitet worden war, sich in frisch aufgebrühten Tassen *Gestrecktem* auflösen.

Sie falteten die Hände über ihren Bäuchen, lehnten sich zufrieden auf den lederbezogenen Stühlen zurück, während sie das gemütliche Treiben auf sich wirken ließen. Nur allzu gerne ließen sie sich von den Annehmlichkeiten dieser Scheinwelt umgarnen und fühlten sich schnell versöhnt mit ihr.

Ein distinguierter, älterer Herr im grauen Anzug hob am Nebentisch seine Hand und griff gleichzeitig in das Innere seines Jacketts. Sogleich trat wie aus dem Nichts ein eifriger Ober mit seitlich geneigtem Kopf heran. Es entspann sich ein Dialog, der inmitten der Nebengeräusche zwar unterging, von den beiden Beteiligten jedoch beinahe übertrieben inbrünstig geführt wurde. Für einen unbeteiligten Beobachter konnte glatt der Eindruck entstehen, dass es bei der

Unterhaltung um mehr ging als um das schnöde Begleichen einer Rechnung.

Direkt vor dem mittleren der drei großen Schaufenster, durch das die meisten Stadtflaneure einen neugierigen Blick ins Kaffeehaus warfen, saß ein seltsam ungleiches Paar. Es wirkte, als habe man die Frau und den Mann absichtlich vor der tiefen Laibung platziert, denn woanders hätte man ihnen ihre Verliebtheit nicht abgekauft. Eine lebendig gewordene Parteiwerbung vielleicht.

Der Mann trug das uniforme Schwarz der Schutzstaffel mitsamt roter Armbinde und polierten, schwarzen Stiefeln. Parallel korrekt unter dem grazilen Marmortischlein abgestellt, wirkte das soldatisches Schuhwerk so prätentiös wie die fauligen Schneidezähne im Maul eines Zuchthengstes. Der SSler war ein Jedermann. Von mittlerer Statur. Ein Aufsprecher, die das Reich zu Tausenden ausspuckte. Für die Ablage seiner Schirmmütze hatte er eigens den freien Stuhl vom Nebentisch herangezogen. Vor sich hatte er einen Dessertteller mit einem flachen, unangetasteten Stück Schokoladenkuchen stehen. Die schmalen Lippen des Mannes bewegten sich aufgeregt, als hätten sie eine immens wichtige Botschaft zu verkünden.

Selbstvergessen plapperte er unverständliches Zeug, wobei seine ganze Aufmerksamkeit darauf lag, den Inhalt des Mokkatässchens nicht zu verschütten. Seiner Begleitung, die ihm direkt gegenübersaß; ein unscheinbares Frauenzimmer, das seinen erdfarbenen Filzmantel gar nicht erst abgelegt hatte, schenkte er kaum Beachtung. Auf dem Kopf trug sie einen braunen Hut, den sie wahrscheinlich nur für diesen Besuch im Kaffeehaus gekauft hatte. Sie beherrschte die unterwürfigen Gesten einer Sekretärin oder Stenotypistin, denen man das Lächeln von Berufs wegen einzementierte. Ihre spitzen Ellbogen stützen sich auf die Tischkante, ihr Kinn balancierte verspielt auf den gepflegten Fingernägeln. Die Frau bemühte sich, ihre Augen von der Versuchung des Schokoladenkuchens ihres Partners abzulenken, indem sie seinem im Kreise rührenden Löffel folgte. Beflissen wippte ihr Kopf auf und ab, als hielte sie jedes der fruchtlos in den Raum geworfenen Worte für eine bedeutsame Offenbarung. Sie versprach sich etwas von dieser Unterhaltung. Was, das würde eines von unzähligen kleinen Geheimnissen der bieder frömmelnden Kaffeehauswelt bleiben. Schwere, rote Satinvorhänge rahmten das in diesem Theater gegebene Drama unerfüllbarer Liebe ein.

Ani, Willi und Bernhard verfolgten den Rummel so gebannt, dass sie gar nicht bemerkten, wie die Kellner des Hauses unvermittelt dem Eingang zustrebten. Sie reihten sich zu einem Spalier auf. Wohl der Geschäftsführer hielt die goldgerahmte Tür auf. Im Unterschied zum

51

Aufzug seiner Angestellten trug er rote Brustaufschläge. Auf sein Zeichen hin vollführte die versammelte Mannschaft einen perfekten Kratzfuß.

Herein kam eine elegant gekleidete Frau in Begleitung von vier gut gebauten Männern in SS-Uniform. Unübersehbar Offiziere der 11.SS-Standarte, die zu Schutz und Staffage der hohen Dame abgestellt waren, die ihre gepuderte Puttennase so weit hob, wie es sich ausschließlich für eine Angehörige des selbstgebackenen Naziadels ziemte.

Sie trug das schulterlang brünett frisierte Haar unter einem grünen Glockenhut mit Schleifenband. Dazu ein passendes, figurbetontes Kostüm mit Pelzbesatz. Ihr Gesicht strahlte wie das eines Starletts. Wenn sie dünkelhaft lächelte, kamen ihre oberen Schneidezähne zum Vorschein, zwischen denen eine Lücke klaffte. Darin lag der Ausdruck eines putzsüchtigen Lieschen Müllers von der Ecke, einer Frau ohne Charisma. Nazisein raubte einem offensichtlich die Persönlichkeit. Ihre Ankunft brachte die Geschäftigkeit des Kaffeehauslebens zum Erliegen. Die gezwungene Geräuschlosigkeit versicherte die Dame ihrer eigenen, farblosen Noblesse.

Als einer der ersten erhob sich der SS-Mann vom Fenstertisch. Er straffte seinen Körper, knallte mit den Stiefeln und warf den gestreckten Arm in die Höhe. Seine schüchterne Sekretärin zog den Kopf ein, um ihre Unbedeutendheit noch offenbarer zu machen. Nach und nach erhoben sich die übrigen Herren im Raum.

„Frau von Schirach!", hörte man den Geschäftsführer gestelzt ausrufen. „Welch Freude, Sie im Hause zu haben. Wie immer?"

Die Gattin des Reichsstatthalters des Alpen- und Donau-Reichsgaus Groß-Wien, Baldur von Schirach, nickte und übergab ihren Hut vertrauensvoll in die Hände des Oberkellners. Dieser überreichte die Kopfbedeckung an einen weiteren Bediensteten, damit er Frau von Schirach zu einer verschwiegenen Sitzgelegenheit am anderen Ende des Raumes geleiten konnte.

Kaum hatte sich die Entourage niedergelassen, fand das Kaffeehaus in seine gewohnte Unbekümmertheit zurück. Ein kollektives Ausatmen.

Auch die drei Freunde, die der Form halber aufgestanden waren, setzten sich wieder. Das Vorkommnis im Stefansdom war halb vergessen, die Frau Reichsstatthalter schon wieder verdrängt. Endlich wollten sie sich auf die angenehmen Seiten ihres Fronturlaubs konzentrieren. Von erneuter Heiterkeit gepackt, planten sie ihr Amüsement für den heraufziehenden Abend. Willi und Bernhard hatten an einem Anschlag in der Nähe ihrer Unterkunft von einer Tanzrevue im Bürgertheater gelesen. Ein Stück des bekannten italienischen

Dramatikers und Opernsängers Marchese Giabicomi wurde aufgeführt. Es verhieß leichte Unterhaltung, lange und nackte, bis in den Himmel schwingende Damenbeine und wackelnde Hinterteile. Vorzugskarten für Wehrmachtsangehörige konnten die Soldaten in der Laudongasse bei der Abteilung Feierabend erwerben. Der Titel der Darbietung lautete: *Ach, wie ist mir!* Doch die eigentliche Attraktion stellte die weibliche Hauptrolle dar. Ihr Name: „Samacandra".

Eine verruchte Revuetänzerin, der Affären mit Showgrößen wie Hans Albers, Minister Goebbels, Staatssekretär Leopold Gutterer und der Operndiva Edith Piaf nachgesagt wurden. Für diesen Abend wurde eine besonders aufregende Vorstellung versprochen. Willi zitierte die Plakatwerbung, die er zuvor irgendwo studiert haben musste: „Eine faunisch exotische Inszenierung der Leidenschaft!"

Ani mangelte es am Verlangen, die Begeisterung seines Bruders zu teilen. Nicht, dass er etwas gegen junge, aufreizenden Can-Can-Damen einzuwenden gehabt hätte, doch für den Anfang war ihm nicht danach, von der einen Scheinwelt in die nächste zu hüpfen. Er brauchte etwas Handfestes. Ein paar Stunden in einer waschechten Beiz'n, in der die Tränen in den Sägespänen am Boden versickerten. Wo sich der Dunst aus den Gläsern mit dem Sorgenrauch einer Filterlosen vermischte und sich im Gemäuer ringsum auf ewig festsetzte. Ein Ort, der einen überdauerte, wo man nicht darüber nachdenken musste, was das Morgen bringt, oder welcher Kamerad dann noch lebt.

Schnaps, Bier, Wein, egal was. Ani hatte sich vorgenommen, in irgendeinem Lokal, die Stirn vertrauensvoll auf eine klebrige Tischplatte gelegt, nicht vor Sonnenaufgang aufzuwachen. Ein verärgerter Wirt würde ihn an den Schultern hochziehen und das versoffene Überbleibsel auf die Straße schmeißen. Von da, wo auch immer das sein mochte, wollte er den Weg zurück zu dem Haus torkeln, in dem er seiner verständnislos dreinblickenden Zimmerwirtin die Tür vor der Nase zuschlug. Dann würde er seinen Rausch ausschlafen. Sehr lange. Das erste Mal seit knapp zwei Jahren friedlich.

„Überleg' dir's halt", riss ihn Willi aus seinen Gedanken. „Die Karten werden schnell weg sein."

Schließlich einigten sie sich darauf, dass Ani sie bis zum Theater begleiten sollte, um anschließend seinen eigenen Plan in die Tat umzusetzen.

Willi schmunzelte. „Ich versteh' dich schon Bruder. Schaust halt, dass du in der Zeit nichts Dummes anstellst."

Ani nickte.

Damit war es beschlossene Sache. Sie zahlten und machten sich auf den Weg. Die Turmuhr der Michaelerkirche über den Dächern zeigte wenige Minuten vor vier Uhr am Nachmittag.

Sie richteten ihre Armbanduhren danach.

Anian Tuchel bleibt vor dem rechteckigen Standspiegel im Flur stehen. Die gerahmte Projektionsfläche ist die letzte Instanz, die ihn zurückhält, bevor er das Einfamilienhaus verlässt. Dreiundfünfzig Jahre lang hat er es mit seiner Gisela bewohnt. Vier Generationen der Metzgerei Wetzler hat es kommen und gehen sehen.

Konzentriert bindet er seinem Spiegelbild den Schlips. Mehrmals müssen die knotig gewordenen Finger den akkuraten Doppelknoten geraderücken. An der Wandgarderobe über sich wählt er zwischen zwei Lodenhüten aus. Ein Mann geht nicht ohne Kopfbedeckung aus dem Haus. Erst recht nicht an einem Tag wie diesem. Er angelt sich mit langen Armen den Feiertagshut herunter. Grau gesprenkelter, leicht muffiger Wollstoff, den eine verzwirbelte grüne Kordel umläuft, mehrere kleine Hutnadeln stecken darin.

Das goldene Mitgliedsabzeichen des Männergesangsvereins, die silberne Ehrennadel des Feuerwehrverbands, der Wanderschuh in Bronze, die Blutspende-Ehrennadel des Roten Kreuzes für 275 Blutspenden. Sowie die goldene Scheibenplakette des örtlichen Schützenvereins mit Eichenlaub. Jede Auszeichnung – auch die, die er unter seinem Blouson versteckt – erinnert ihn daran, dass er etwas für dieses Land geleistet hat. Ihm ist, als müsse er sich das immer wieder aufs Neue beweisen, während er ein düsteres Bild beiseiteschiebt, das ungebeten in seinem Kopf auflodert. Nicht jede seiner Leistungen hat eine Auszeichnung verdient…

Nicht jetzt, schüttelt er die Erinnerung weg. Sie passt nicht in das Weltbild, das er sich über Jahrzehnte aufgebaut hat und das ihm zum Schutzschild vor Anfeindungen geworden ist. Die moralapostolische Doppelzüngigkeit linksgerichteten Gutmenschentums hat ihn zu dem werden lassen, was er heute ist. Jawohl!

Weshalb dürfen Politiker wie Adenauer, Brandt und Duslach, *ja auch Duslach* – diese Bagage – den Menschen vorschreiben, welchen Werten sie gefälligst zu folgen haben? Das hat er auch in den zwei Seiten seines etwas verwirrenden Manifests geschrieben, das er in ein Kuvert verschlossen, auf dem Küchentisch hinterlassen hat. Sein Testament, falls man ihn aus dem Weg räumt, er ist ja nicht mehr der Jüngste.

Entschieden schiebt er die Glieder seines Chronographen aus vergoldetem Edelstahl über den Handrücken. Ein letzter Akt des Vorspiels. Er stellt zufrieden fest, dass er hervorragend in der Zeit liegt.

Sei zufrieden.

Ein Stück weit ist er es wirklich.

Nicht gänzlich. Ein letzter Rest Gewissen schlummert noch irgendwo in ihm. Störrisch schiebt er es erneut beiseite. Genau wie er es mit so manchem Traum tut, der ihn seit dem Krieg in schöner Regelmäßigkeit im Schlaf heimsucht.

Spätestens dann, wenn er sich an das Leid erinnert, das er im Krieg und nach auch kurz danach am eigenen Leib erfahren hat und daran, dass das große Abschlachten damals keinem einzigen Menschen die Unschuld erhalten hat, relativiert sich für ihn die eigene Verantwortung. Die Jahre haben ein Tuch geknüpft, das sich wie ein Schleier über die Erinnerung legt. Er ist noch mit allem fertig geworden.

Anian Tuchel ist so alt geworden, da will er sich nicht geirrt haben. Mit gar nichts. Gott ist es, der alles wunderbar fügt, und wenn nicht er, dann eine andere Macht, die vielleicht weniger wunderbar wirkt. Gibt es dann so etwas wie einen Fehltritt überhaupt?

Noch einmal prüft er seinen Körper, schließt die Augen. Der Greis fühlt sich so lebendig wie seit Jahren nicht mehr. Lächelnd streichelt er über die Ausbeulung an seinem Hosenbund. Wenn ihm das verdammte Ding nur nicht aus dem Gürtel rutscht!

Ein letztes Mal sieht er sich um, dann schließt er die Haustür ab, mit dem festen Vorsatz sie nie mehr wieder zu öffnen.

Seinen Hut setzt er sich wie gewöhnlich erst auf, als er das Straßenpflaster betritt. Im Gehen steckt er sich eine Zigarette an. Die reichlich verknitterte, orange Packung samt Feuerzeug schiebt er wieder zurück in die Tasche seines Blousons.

Er nimmt einen langen Zug des starken Tabaks, bläst ihn durch die Nasenlöcher aus. Nicht einmal nach Giselas Tod hätte er es gewagt, sich den Glimmstängel in der Wohnung anzuzünden. Die Unsitte selbst hat er aber nie ablegen können – oder wollen.

Das Rauchen hält seine Nerven stabil. Seit dem Krieg. Der Tag verspricht sommerliche Temperaturen. Zu dieser Uhrzeit ist die Stadt schon ziemlich belebt. Es ist laut, das Verkehrsaufkommen hoch.

Mit der Sicherheit eines Mannes, der weiß, was zu tun ist, schreitet Anian Tuchel aus. Er könnte den Wagen nehmen. Die Isabella. Seine Isabella.

Doch er hat den Führerschein längst abgegeben. Gisela meinte, es wäre besser. Wegen der Augen. Ja, gegen das Bitten einer Frau ist er sein Lebtag schlecht gewappnet gewesen. Das Blut rauscht ihm in den Ohren.

Er hört das Zischen einer sich vor ihm schließenden Bustüre, an der Haltestelle der Linie 1 geht er leichtfüßig vorüber und biegt am

Ende der Söflinger Straße auf die Moltkestraße ab. Seine Knochen werden den Spaziergang bis zum Bahnhof schon aushalten.

Über einen kleinen Umweg gelangt er, aus alter Gewohnheit der Einsteinstraße ausweichend, auf die Wagnerstraße. Dass man in Ulm die Namen herausragender Persönlichkeiten in Ehren halten will, mag für Anian ja noch gehen, er wagt jedoch zu behaupten, dass Albert Einstein und Richard Wagner im wahren Leben niemals Freunde geworden wären. Eher hätte der bekennende Judenhasser Wagner beim Anblick Einsteins die Straßenseite gewechselt. Irgendein Stammkunde hatte Anian einmal erzählt, dass es gar nicht der Komponist gewesen war, der für die Straße Pate gestanden hätte, sondern der frühere Oberbürgermeister der Stadt, Heinrich von Wagner. Aber der zugezogene Metzgersparvenü bleibt lieber hartnäckig bei seiner eigenen Meinung. Die hat er auch nicht mehr geändert, als er es längst besser wusste. Warum er ausgerechnet dieser Straße den Vorzug gibt, ist eine weitere Hinterlassenschaft eines Gedankenguts, das sich einmal eingenistet, bei einem Querkopf wie ihm kaum je wieder rückgängig machen lassen wird.

Kopfschüttelnd lässt er die Weststadt hinter sich und steuert der markanten Spitze des Münsters entgegen, die in nicht allzu weiter Ferne über den vormittäglich beschienenen Hausdächern Ulms aufragt. Rechter Hand trennt die den stahlblauen Himmel imitierende Donau Baden-Württemberg von Bayern.

Den verdrossenen Zügen des alten Tuchel entgleitet ein sehnsüchtiges Schmunzeln, weil er unweigerlich an die Zeit in Wien zurückdenken muss. Dort war ihm der Fluss allerdings nie so blau vorgekommen wie in seiner Wahlheimat.

Bald hat er den Bahnhof erreicht.

Er prüft in der Vorhalle die Abfahrtszeiten der Züge und findet auf Anhieb seine Verbindung. Es ist der Intercity 118 *Alpenland*. Abgehend vom Ulmer Hauptbahnhof um 12:53 Uhr auf Gleis 2, Ankunft an der Haltestelle Garmisch-Partenkirchen um 15:58 Uhr.

Lange hat Anian seine alte Heimat nicht mehr besucht. Das letzte Mal liegt Jahre zurück. Als er zur Beerdigung der Mutter musste. Dennoch nimmt er an, dass sich in Garmisch nicht viel verändert hat. Ein Linienbus der Gemeindewerke wird ihn rechtzeitig ins Olympia-Skistadion bringen, wo im Schatten der „alten Dame", der altehrwürdigen Skisprungschanze des Skiclubs Partenkirchen, das feierliche Zeremoniell zur Außerdienststellung der 1. Gebirgsdivision stattfindet.

Pünktlich besetzt der Veteran den für ihn reservierten Sitzplatz im Zugabteil. Ein freundlicher Herr des Kameradenkreises deutscher

Soldaten, dessen Mitglied Anian ist, hat dies vor ein paar Wochen veranlasst. Just nachdem der Verein die erschütternde Nachricht auf einer Seite des vierteljährlich erscheinenden Mitteilungsblatts verbreitete:

Die stolze Gebirgstruppe, die an Härte und Opfer gewöhnt ist, muss einen weiteren Schicksalsschlag hinnehmen.
Ihr Traditionsverband, die unter dem Edelweiß stehende
1. Gebirgsdivison, soll zum 30. September 2001,
endgültig aufgelöst werden.

Später dann kam die Einladungskarte zum offiziellen Großen Zapfenstreich per Post. Sie wird ihn ganz nah ans Ziel bringen.

Als Weltkriegsveteran hat man Herrn Tuchel einen Ehrenplatz in der vordersten Reihe der Veranstaltung zugedacht. Für Reisekosten und Unterkunft muss er selbst aufkommen. Ausdrücklich wird darauf hingewiesen, dass es nicht gestattet sei, Orden oder Abzeichen aus NS-Zeiten aufzutragen. Bei Zuwiderhandlung behalte man sich vor, die betreffende Person von der Zeremonie auszuschließen. Beigefügt ist ein buntes Programmheft, das den geplanten Ablauf der Feierlichkeiten im Olympia-Skistadion von Garmisch-Partenkirchen im gewohnt militärischen Stil minutiös beschreibt.

An einer Stelle ist der Blick des ausmusterten Wehrmachtssoldaten unwillkürlich hängengeblieben. Unter dem Aufzählungspunkt „Grußworte", die von allen möglichen Ehrengästen gesprochen werden, findet sich:

„Der Ministerpräsident des Landes Bayern. Dr. Rudolf Duslach."
Der Name ist Anian Tuchel nicht fremd. Ganz und gar nicht.

Bevor er ihm heute Morgen in der Zeitung ins Auge gestochen ist, hat er ihn wie ein böses Andenken mit sich herumgetragen. Sein Gedächtnis bewahrt ihn seit Jahren still und heimlich auf, was in etwa so unbequem ist, wie eine gesicherte Walter P38 unter der Jacke.

Duslach, der Ministerpräsident, ahnt nicht einmal etwas von Anian Tuchel. Kurioserweise ist er ist lange vor seiner Geburt und nicht erst durch sein Amt in das Fadenkreuz des Veteranen geraten. Hätte sein Name nicht ausgerechnet heute unter genau dieser Nachricht gestanden, hätte sich der alte Mann vermutlich niemals dazu gezwungen gesehen, in den Keller zu gehen. Es ist eine Kurzschlusshandlung gewesen und doch kein Zufall. Vorsehung? Nur so kann Anian Tuchel es sich erklären.

Er hat auf ein Zeichen gewartet, seit er vor 45 Jahren in Ulm angekommen ist.

Es wird sein letzter Kreuzzug werden. Ein gerechter Kampf.
Endlich.

Als sich der ICE in Bewegung setzt, taumeln die letzten Fahrgäste auf der Suche nach freien Plätzen an ihm vorbei. Raucherabteil. Er gibt sich Mühe, den Platz unmittelbar neben sich nicht rücksichtslos zu beanspruchen, doch keiner der Mitreisenden gesellt sich zu ihm. Obwohl es in den Abteilen recht eng zugeht, sucht anscheinend niemand die Gesellschaft eines Loderers wie ihm.

Eine Frau mittleren Alters bleibt kurz stehen, mustert den freien Platz, dann den potentiellen Sitznachbarn, der so tut, als bemerke er ihre Unentschlossenheit nicht. Ihr Blick bleibt auf dem Ärmelabzeichen des grauen Seidenblousons haften. Ein wenig zu lang starrt sie darauf, sodass der alte Herr hochsieht. Sie wirkt fremdländisch. Verbraucht, aber nicht unattraktiv. Der dunkle Teint ihrer Haut ist beileibe nicht der einer gesitteten Mitteleuropäerin. Eher weiter östlich.

Sie trägt ein aus der Mode gekommenes Kleid mit einem schreiend bunten Blumenmuster, das ihr bis über die Waden reicht. Ihre Füße stecken in schweißrandigen Sportsocken, die sich in flache, von Straßenstaub bedeckten, Riemchensandalen quetschen. Über dem Kleid hat sie eine bis an den Ausschnitt reichende, ausgebleichte Steppweste gezogen, die das meiste ihrer Weiblichkeit versteckt.

Kleidsam ist keine der Textilien. Wahrscheinlich hat sie alles in emsiger Heimarbeit zusammengenäht. Sinti oder Roma, schätzt er. Oder eine Zigeunerin. Irgendwo aus dem Osten. Höchstwahrscheinlich Balkan. Jedenfalls würde das ihr fremdländisches Aussehen erklären. Die Haare der Frau sind vollständig von einem reizlosen, ebenfalls schrill gemusterten Kopftuch verhüllt. Nur ihr Gesicht ist unbedeckt.

Dieses Gesicht ... nein ... diese Augen!

Anian stockt der Atem.

Über den hohen Jochbeinen schimmert ihm das fließend warme Honiggold zweier schimmernder Bernsteine entgegen. Die gotisch geschwungenen, dunklen Brauen verleihen den Augen darunter eine eindrucksvolle Tiefe. Ihr Blick versetzt Anian einen spitzen Stich in die Brust, raubt ihm für einen Moment den Atem.

Was zum Teufel ...

Die Frau bemerkt das Zucken des alten Mannes. Sie wirkt auf einmal nervös, legt einen, wie er findet, unpassend verächtlichen Ausdruck in ihre geheimnisvoll schönen Balkanaugen. Diesmal taxiert sie das Ärmelabzeichen auf seinem grauen Blouson vollständig. Ihr Nasenrücken kräuselt sich, dann huscht sie aus dem Abteil.

Anian Tuchel späht ihr über die Lehnen der Sitzreihen vorsichtig hinterher, bis sie durch die nächste Schiebetür entschwindet. Dann geschieht lange nichts.

Die erste Stunde rattert der Zug im monotonen Schienengesang durch die fliegende Landschaft, vorbei an Günzburg und Augsburg. Schließlich fährt er in den Hauptbahnhof München ein. Oberbayern. In der Landeshauptstadt wird umgekoppelt. Das Begleitpersonal wechselt, bevor sich der Intercity weiter in Richtung Garmisch-Partenkirchen bewegt.

Es ist ein sehr warmer Sommertag.

Der alte Tuchel verfällt zwischen den roten, aufgeheizten Kunststoffsitzen einem angenehmen, traumlosen Schlummer. Schweiß staut sich in seinem Hemdkragen.

Plötzlich quietschen die Bremsen.

Mehrmals ruckt der Zug heftig. Einige Fahrgäste kreischen erschrocken auf. Das Gefährt bleibt mit einem mechanisch lauten Ausatmen abrupt stehen.

Gähnend schiebt Anian seinen Sonn- und Feiertagshut, der ihm während des Schlafs ins Gesicht gerutscht ist, hoch. Ein Blick aus dem Fenster verrät ihm, dass sie sich in der Nähe des Starnberger Sees befinden. Dessen grau schillernde Oberfläche breitet sich im Westen, gelegen hinter einem dieser typisch bayerischen Weiler aus. Auf der gegenüberliegenden Abteilseite sind vereinzelt Gehöfte auszumachen und ein größeres, unzusammenhängendes Waldstück. Mehrere unbeschrankte Bahnübergänge queren die in diesem Streckenabschnitt zweispurig verlaufenden Gleise.

Ein verhaltenes Knistern über den Köpfen der Fahrgäste kündigt eine Durchsage aus dem Bordlautsprecher an. Es folgt die zittrige, fast tränenerstickte Stimme der Zugbegleiterin.

„Sehr verehrte Fahrgäste, wir mussten soeben einen unplanmäßigen technischen Halt einlegen. Bitte verbleiben Sie auf Ihren Sitzplätzen und verlassen Sie den Zug nicht. Wir entschuldigen uns für etwaige Unannehmlichkeiten und eine daraus resultierende Verspätung. Wir werden Sie informieren, sobald die Fahrt fortgesetzt wird.“

„Von wegen, technischer Halt!“, poltert von hinten eine Dame mit Münchener Stadtdialekt. „Das kenn’ ich schon! Da wird sich schon wieder so ein damischer Hund auf die Gleise geschmissen haben! Depperte Selbstmörder, depperte.“

Aufgescheuchtes Gemurmel brandet im Abteil auf. Einige Zugreisende drängen sensationslüstern zu den Schiebefenstern. Instinktiv lässt auch Anian den Blick nach beiden Seiten schweifen. Erkennen kann er nichts. Unvermittelt und ohne Scheu zwängt sich ein neugieriger Fahrgast an dem Kriegsveteranen vorbei, um das einzige noch freie Fenster in Beschlag zu nehmen.

Erwartungsfroh zieht er die Scheibe mit den beiden Handgriffen herunter. Auf Zehenspitzen stellt er sich auf die verzinkte Luftheizung an der Bordwand. Er streift das Knie des älteren Fahrgastes. Der Mann lehnt sich weit hinaus und verdreht den Kopf, nur um enttäuscht festzustellen, dass er „von hier aus nix, aber auch gar nix" sehen kann.

Fragend blickt er auf den Alten herab, als erwarte er von dem Mann mit mehr Lebenserfahrung eine Antwort darauf, wie sich seine nachteilige Aussichtsposten verbessern lässt. Als jegliche Regung ausbleibt, springt er von der Heizungsverkleidung und spurtet kommentarlos ein Abteil weiter, wo er die Prozedur von eben wiederholt. Das Fenster hat er offenstehen lassen.

Anian Tuchel erhebt sich seufzend.

Umständlich schiebt er mit der rechten Hand die Scheibe hoch, weil er mit der anderen verhindern will, dass ihm die Pistole aus dem Hosenbund rutscht oder der Blouson den Blick auf den Knauf der Waffe darunter freigibt. Der Dichtungsgummi des Fensters wehrt sich quietschend.

Gerade als er sich wieder setzen will, steht die Frau neben ihm. Ihre Bernsteinaugen durchdringen ihn. Erneut gleiten sie zu dem ellipsenförmigen Ärmelabzeichen, dann weiter zu der Stelle, über der seine linke Hand liegt. Die Auswölbung unter der Jacke ist nicht zu übersehen. Eine Schweißperle tritt auf seine Stirn. Was, wenn die Frau plötzlich loskreischt und ihn verrät?

Doch sie schreit nicht.

Sie zeigt nicht die geringste Spur von Angst. Zu seinem Unbehagen liegt auf dem verlebten, hübschen Gesicht ein fachkundiger Ausdruck. Darin steht deutlich geschrieben, dass *sie* genau weiß, was *er* für einer ist. Jetzt erst fällt ihm auf, dass sie kaum Gepäck dabeihat. Sie trägt einen kleinen Damenrucksack auf den Rücken. Also doch eine Zigeunerin — so eine wird nicht die Polizei rufen. Bestürzt sieht er zu, wie sie sich ihm gegenübersetzt. Sie zieht die Knie an, bemüht, den Abstand zwischen ihnen bei aller Sitznorm größtmöglich zu halten. Ihren Oberkörper lehnt sich in den Gang, sie ist bereit, die Flucht zu ergreifen. Ohne eine Miene zu verziehen, starrt sie ihn unentwegt an. Mut hat sie, das muss er ihr lassen.

Er drückt sich fester in die Ecke seines Fensterplatzes, versucht zwanglos ein höfliches Nicken. Keine Reaktion. Außer Starren. Um die zu einem Strich fest zusammengepressten Lippen spielen fein verästelte Falten. Diese Zigeunerin beherrscht die einzigartige Kunst, einen Mann durch ihre Ausstrahlung zu hypnotisieren. Das ist bisher nur zwei Frauen gelungen, Gisela und der Liebe seines Lebens. Eines Lebens, das nicht ihm gehörte.

Die Frau beugt sich vor, um ihren Rucksack abzunehmen. Sie stellt ihn auf dem Schoß ab und kramt eine Plastikflasche heraus. Darin schwappt ein abgestandener Rest Leitungswasser. Den schluckt sie hinunter, ohne den Kopf in den Nacken zu nehmen, will dem Alten keine Angriffsfläche bieten.

Überspannt verfolgt er jede ihrer Bewegungen. Die Wärme des Sommers drückt durch die geöffneten Fenster ins Abteil. Es ist ein gegenseitiges Abschätzen, ein argwöhnisches Belauern. Wider Willen empfindet er so etwas wie Sympathie für die Zigeunerin. Hinter ihrer abgegriffenen Fassade strahlt sie eine beinahe aristokratische Würde aus — und Anmut. Falls das bei ihrer osteuropäischen Fremdartigkeit überhaupt möglich ist. Doch, da ist er sicher, in ihrem stolzen Auftreten verströmt sie ein sinnliches Gleichmaß. Das Rascheln des billigen Polyesterkleides wirkt so harmonisch wie ihr geschmeidiger Griff nach der Wasserflasche. Das weiche Auf und Ab ihres Schildknorpels beim Schlucken — so unscheinbar wie das filigran gearbeitete Silberemblem, dort, am Reißverschluss ihres Rucksacks.

Er stutzt.

Zwinkert.

Sieht genauer hin.

Seine trüben Augen verengen sich zu Schlitzen. Unvermutet beginnt sein Herz wie wild zu pochen. Bei dem Ding handelt es sich um eine Art Schlüsselanhänger. Ist es das, wofür er es hält?

Das ist unmöglich!

Willi und Bernhard hatten ohne Probleme noch zwei Karten ergattern können. Stolz wedelten sie damit vor Anis Nase herum und zogen ihn damit auf, dass er es strikt ablehnte, sich die Revue mit ihnen anzusehen.

„Wer weiß, wann du das nächste Mal eine hübsche Frau zu sehen bekommst", begann Willi.

Bernhard ergänzte, „Hier hängen die Mösen im Dutzend am Himmel und du ... säufst dir einen an!"

Beide hoben in der dämmrigen Herbstluft zu einem derb bayerischen Zwiegesang an. „Das ist der Duft, der Duft von feinen Doserln in knappen Hoserln", johlten sie ausgelassen, wobei ein paar wohlgekleidetere Passanten streng zu ihnen herüberblickten.

Willi kicherte spitzbübisch. „Meine Fidel ist poliert..., wenn du mich recht verstehst, Bruderherz", zwinkerte er ihm hinter vorgehaltener Hand zu.

„Ich hab' dich schon verstanden", lachte Ani auf, „Ihr zwei warmen Gschamsterer bringt's euch in die schönste Stimmung, aber mir bleibt vom ganzen Violinspiel nur das Pfeifenputzen im stillen Kämmerlein."

Anis entsprechende Handbewegung sorgte für derbes Gelächter. Die Ausgelassenheit der drei Männer hallte von den hohen, neobarocken Fassaden der Gebäude am Bürgertheater wider. Einmal mehr umarmten sie einander.

„Horrido", verabschiedete sich Ani mit dem Jägergruß und einem angedeuteten Griff an den Hut.

„Joho", gaben Willi und Bernhard zackig zurück.

Dann trennten sich ihre Wege.

Ani holte einen Beutel Tabak aus seiner Joppentasche. Während er ein paar braune Fäden in Papier wickelte, drehte er sich im Kreis. Er war sich keineswegs darüber im Klaren, welche Richtung er einschlagen wollte.

In gerader Linie vor ihm, getrennt durch einen Abschnitt des Donaukanals, lag der Stefansdom – das markanteste Gebäude der Stadt. Rund um die Kirche lagen die Amüsiermeilen, die er wegen der Bekanntschaft mit dem Gestapomann lieber meiden wollte. Im betrunkenen Zustand wäre er in den stadtbekannten Trinkhallen ein gefundenes Fressen für die Polizei.

Auf der linken Seite nahm das Terrain einen parkähnlichen Zustand an. Nichts für einen Mann, der einem handfesten Umtrunk nachspürte. Gut, wenn er einen Ort im Freien brauchte, an dem man sich erleichtern konnte, weil im Suff alle Möbel gleich aussahen.

In seinem Rücken bemerkte Ani eine weitläufige Gleisanlage, wahrscheinlich ein Bahnhofsareal das als Verladestation diente. Die triste Umgebung kam ihm zwielichtig vor. Zu primitiv, als dass er dort nicht auf Streit treffen würde. Blieb nur der Weg nach rechts, am Theater vorbei.

Der junge Mann schob sich eine Zigarette zwischen die Mundwinkel. Gedankenverloren wühlte er in den Taschen nach Feuerhölzern und stiefelte los. Die sieben Rundbögen, die den Eingangsbereich des Bürgertheaters markierten und um diese Uhrzeit zahlreiche, gut gekleidete Besucher anzog, ließ er unbeachtet hinter sich.

Er bückte sich unter einer roten Reichsfahne hinweg, deren Zipfel fast das Trottoir berührten. Im Dämmerlicht folgte er dem metallischen Glänzen der Tramwayspur, die auf dem Pflaster vor ihm einen Bogen nach rechts beschrieb. Die Finger immer noch in den Taschen, wich er geschmeidig einem Laternenpfahl aus, dann einem Mauervorsprung des Theatergebäudes, der an dieser Stelle in den Fußweg ragte. Die Seitenansicht des Spielhauses, von dessen Wänden der neobarocke Mörtel bröckelte, besaß hier weniger schmucke Fenster. Etwas weiter hinten beschreib Anis Weg eine Engstelle. Dort standen ein paar graue, achtlos aneinandergereihte Aschentonnen an einer Mastleuchte. Er musste sich schon zwischen den Behältern hindurchzwängen, wenn er die eingeschlagene Richtung beibehalten wollte.

Mit an den Körper gepressten Armen wischte er durch die schmalste Lücke, als er eines Schattens gewahr wurde.

Nein. Zuerst bemerkte er diesen Duft.

Ein intensiver Blütenduft wie von einer Sommerlinde – mitten im Herbst! Einen Atemzug später folgte ein Hauch frischer Orange. Oder Zitrone. Jedenfalls eine Zitrusfrucht. Dazwischen lag eine betörende Süße, die Ani sofort bis in die Stirnbeinhöhlen stieg. Der Wohlgeruch blockierte seine restlichen Sinne. Alles konzentrierte sich auf diesen einen Duft. Er konnte gar nicht anders. Er musste stehen bleiben.

Für einen Wimpernschlag verlor er jegliches Gefühl für Raum und Zeit. Zu gleichen Teilen überfiel ihn ein wonniger Schauer sowie eine unbeschreibliche Glückseligkeit, die ihn in Hochstimmung versetzte. Ein ähnliches Gefühl löste bei ihm nur der Genuss von Panzerschokolade aus. Vier- oder fünfmal hatte er das Pervitin genannte Zeugs geschluckt, dann war ihm davon so schwindlig geworden, dass er sich übergeben musste. Seitdem rührte er die runden, dicken Dinger nicht mehr an.

„Besäße der Herr wohl die außerordentliche Güte, und reichte mir
ein Zündholz?", drang eine Melodie an sein Ohr, so sinnlich und klar,
wie das brillante Farbenspiel eines geschliffenen Edelsteins.

In einem anderen Leben, das endlich ihm gehörte, von dem er sich
jedoch verraten fühlte, erinnert Ani sich an eine Empfindung, die ihn
in diesem Augenblick überrumpelte. Kultivierte Bücherschreiber ver-
kitschten ihn gerne zu dem Moment, in dem *die Erde den Atem anzuhalten scheint*, aber genauso war es. Wäre es damals wichtig gewesen,
die richtigen Worte für dieses Gefühl zu finden, hätte es der junge
Soldat sicherlich ohne Schnörkel mit „unbeschreiblich" umrissen.

Ani, der wie hypnotisiert die Augen geschlossen hielt, taumelte.
Sein Herz machte einen Hüpfer, riet ihm zu sehen. Neben ihm wurde
ein Schatten lebendig, als sage er sich los von den geordneten Linien
seines naturgetreuen Vorbilds. Ani war nicht sicher, ob er dem Anblick trauen konnte.

Eine Frau, trat aus dem Umbra des abseitigen Bürgertheaters. Sie
stand mit verschränkten Armen hinter einer Aschentonne. Darüber
hinweg hielt sie ihm auffordernd ihre Zigarette hin. Die wundersame
Erscheinung mummte sich bis über die Nasenspitze in eine Decke aus
grober Schurwolle. Deren wärmespendende Eigenschaften konnte
Ani aus seiner eigenen, soldatischen Erfahrung allenfalls als lausig
bezeichnen.

Reflexhaft zog er die Schultern hoch. Der milde Herbstabend
schlug allmählich in unangenehme Kühle um. Den grünen Janker,
den er sich lässig über die Schulter geworfen hatte, würde er besser
anziehen, wenn er sich nichts einfangen wollte.

Sah er aus, als würde er sich von einer Bettlerin um Feuer anschnor-
ren lassen? Am Ende fehlten ihm gar seine Uhr und die Brieftasche.

Er wollte ihr Begehren gerade mit dem Hinweis darauf abwehren,
dass er nicht *die* Art von Urlauber war, als ihm ihre Schuhe auffielen.
Glitzernde Tanzschuhe mit Schaftschnitt und Plateau-Absatz. Zwischen den silbern glitzernden Riemchen lugten ihre, in durchsichtigen Seidenstrümpfen steckenden, Zehen hervor. Die Decke reichte
der vermeintlichen Schmarotzerin nur bis zu den entblößten Schenkeln, was darauf schließen ließ, dass die Kleidungsstücke, die sie am
Leibe tragen mochte, nur knapp bemessen waren. Mehr aus Erstaunen als aus Begierde wanderten Anis weit aufgerissene Augen weiter
über die zierliche Gestalt in ihrer eigentümlichen Aufmachung.

Schließlich kehrte sein unerhört schamloser Blick zurück zu ihrer
Hand. Die steckte, wie übrigens beide Hände, bis zu den Ellenbogen
in Opernhandschuhen aus silbrigem Satin. Warum war ihm das nicht
gleich aufgefallen? Ebenso, dass ihre Zigarette in einer langen,

elfenbeinfarbenen Hülse steckte. Die Finger der Frau spielten ungeduldig damit. Pall Mall. Feindmarke von der Insel.

Sie machte einen Buckel wegen des aufkommenden Winds, der störend durch die Straßenzeile fegte. Unerschütterlich presste sie die Arme fester gegen den Oberkörper und knüllte die Decke über der Brust zusammen. Ein paar Zentimeter über ihrer Faust blieb ein schmaler Ausschnitt. Daraus erhob sich ein schlanker Hals, ein schmales, leicht fliehendes Kinn sowie auffallend konturierte rote Lippen. Fasziniert nahm Ani zur Kenntnis, dass die Gesichtshaut der Frau kein bisschen glänzte. Er hätte darauf wetten mögen, dass sein Gesicht vor Aufregung brannte. Ihres war geschminkt. Samtig und matt. Die ebenmäßigen Wangen hatten eine leicht bräunliche Tönung, wie nach einem entspannten Bad in der Sonne. Nirgendwo gab es ein Fältchen oder ein überflüssiges Grübchen zu entdecken. Auf ihrem Kopf saß, unter der Wolldecke gerade noch zu vermuten, ein perlenbehangenes Spitzenhäubchen. Eine mit Haarnadeln fixierte, schwarz pomadisierte Locke lag glatt auf ihrer Stirn.

Diese Dame war keine Bettlerin. Sie gehörte zweifelsfrei dem hiesigen Theaterensemble an.

Sie war etwa in Anis Alter. Er konnte nicht anders. Er musterte sie von oben bis unten. Was für eine Erscheinung! Und dann traf es ihn. Flüssiges Gold. Es floss ihm direkt ins Herz. Zwei durchschlagende, blanke Projektile, in deren Flugbahn er geraten war.

Adleraugen, schoss es ihm durch den Kopf.

Tapfer und etwas verfroren hielt die Frau der unverhohlenen Neugier des wenig zurückhaltenden Kavaliers stand. Sein Starren befremdete sie ein wenig, brachte sie aber nicht aus der Fassung. Nach einigen weiteren, sinnlos begafften Sekunden verlieh sie ihrer bisher unbeantwortet gebliebenen Frage ein wenig mehr Nachdruck.

„Soll ich mich vielleicht noch im Kreise drehen, damit der feine Herr ein wenig länger, wie der alte Metzgershund nach der Wurst schnappen kann?"

Der freche Zungenschlag ihrer weichen Stimme ließ eine leicht schwäbische Einfärbung erahnen. Schuldbewusst zuckte Ani zusammen. Während er seine Taschen hektisch nach den Zündhölzern umgrub, versuchte er den Faden nicht vollends zu verlieren.

„Natürlich, entschuldigen Sie, Fräulein … ich wollte nicht … ich … ich meine, ich …", stammelte er nervös.

Seine Finger schoben sich in alle nur erdenklichen Gewandöffnungen, wobei ihn zugleich das unkeusche Gefühl überkam, er taste jede einzelne Rundung der Frau ab. Was unmöglich war, da er seine Hände ja bei sich hatte, oder?

Er schwitzte. Verdammt, das Weibsbild brachte ihn völlig aus dem Konzept. Befreit keuchte er auf.

„Bitte", triumphierte er und hielt die Streichholzschachtel in die Höhe.

Belustigt zog sie eine ihrer gezogenen Augenbrauen kraus.

„Ich muss Ihnen leider bescheinigen, dass Sie als Zauberkünstler eine desaströse Figur abgeben. Sollte ich auf diese Weise jedoch endlich an meine wohlverdiente Zigarettenpause kommen, ist mir alles recht."

Bebend riss Ani ein Streichholz an und reichte die Flamme weiter. Mit pochendem Herzen verfolgte er, wie sich ihm das grazile Wesen zuneigte. Die vollen, roten Lippen schlossen sich um den Filteraufsatz. Als sie an dem polierten Elfenbeinröhrchen sogen, höhlten sich die Wangen der Frau, und der Tabak begann leise zu knistern. Genussvoll blies sie eine lange, schmale Rauchfahne in den Himmel.

Beinahe hätte sich Ani an der Flamme verbrannt.

Seine eigene Zigarette hing ihm trocken aus dem Mundwinkel. Das ihm gegenüberstehende, wundersame Traumbild machte ihn vollkommen vergessen, was er eigentlich wollte.

Allmählich wurde es peinlich. Für gewöhnlich mangelte es ihm nicht an Schlagfertigkeit, doch ausgerechnet jetzt fühlte sich sein Maul wie vernagelt an. Gerade konnte er sich sehr gut vorstellen, was sein Mienenspiel ausstrahlte. Nichts. Nichts und wieder nichts. Sein Fluchtinstinkt meldete sich.

Er setzte ein verkrampftes Lächeln auf. Bevor ihn diese Personifizierung von Anmut und Grazie für vollkommen deppert hielt, gedachte er, sich mit einem unverbindlichen Kopfnicken zu verabschieden.

Doch sie kam ihm zuvor.

„Ich kenne Sie", stellte sie fest, während sie ein weiteres Rauchwölkchen ausblies. „Sind Sie auch beim Theater?"

Ani schüttelte den Kopf.

„Nein, natürlich nicht, sonst wären wir einander bestimmt über den Weg gelaufen … Film? Rundfunk?"

Erneut wackelte er nur stumm vor sich hin.

„Hm, ich komm' nicht drauf. Aber ich bin mir sicher, Sie schon mal irgendwo gesehen zu haben. Wissen Sie, eigentlich habe ich ein ausgezeichnetes Gedächtnis. Ich vergesse nie ein Gesicht, es braucht nur manchmal ein bisschen, bis ich in Fahrt bin. Sie werden sehen, bald habe ich den Schleier gelüftet. Wollen Sie sich nicht ein wenig zu mir gesellen und wir plaudern bis dahin ein Weilchen?"

Ani schluckte. Irgendwie gelang ihm ein Nicken.

68

Die Frau rückte näher. Ohne Vorwarnung griff sie nach seiner Hand. Wie im Traum verfolgte er, wie sie seine Faust sanft öffnete und daraus das Päckchen Zündhölzer entnahm, das er vergessen hatte einzuschieben. Was war nur los mit ihm?

Mit einer einzigen, fließenden Bewegung zog sie ein Streichholz heraus, riss es an und hielt ihm ihrerseits das Feuer hin. Es fiel ihm schwer, die Zigarette im Mund zu behalten. Seine Lungen kollabierten schier bei der Aussicht, seinen selbstgedrehten, russischen Soldaten-Machorkan durch gezieltes Ein- und Ausatmen zum Erglühen zu bringen. Als es ihm gelang, war er froh, dass die Frau sich mit Schweigen begnügte. Das Entzünden des verdammten Glimmstängels hatte ihn alle Luft gekostet.

Die Stille hielt nicht lange.

Das Frauenzimmer war nicht um eine muntere Konversation verlegen.

„Verraten Sie mir Ihren Namen. Das hilft meinen kleinen grauen Zellen bestimmt auf die Sprünge. Andernfalls werden Sie in meiner Erinnerung auf ewig als der gnädige Herr mit den miserablen Zauberkünsten verbleiben!"

Sein Name. Das war etwas, das er aus dem Effeff konnte. Als hätte er soeben einen ordentlichen Befehl erhalten, spannten sich Anis Muskeln. Er raffte den Saum seiner Trachtenjoppe, nahm den Hut vor die Brust, schlug die Hacken seiner festen Schuhe zusammen und deutete einen Diener an.

„Gestatten", bellte er ein wenig zu laut, „Tuchel. Anian Tuchel. Kraftwagenfahrer und Unteroffizier. Vierte Kompanie, 98. Gebirgsjägerregiment aus Garmisch-Partenkirchen. Edelweißdivision."

Die militärisch lang einstudierte Geste, mehr Intuition als überlegtes Handeln, endete damit, dass er ohne Scheu nach der Zigarettenhand der Frau langte, um ihr einen Kuss auf den Handrücken zu hauchen. Um ein Haar hätte er sich die Wange an ihrer Glut verbrannt.

Trotz des aufsteigenden Tabaksqualms nahm er ihr séduisant süßes Parfüm wahr. Er spürte die Wärme ihrer Haut durch den Seidenhandschuh. Als er sich bewusstwurde, was er da tat, ließ er ihre Hand erschrocken fallen.

Der Frau, die ein derartiges Übermaß an Zurückhaltung in ihrer Gegenwart offenbar nicht gewohnt war, entfloh ein überraschter Laut. Es klang beinahe mädchenhaft. Hell, unbeschwert, herzerfrischend. Sie verbarg ihr zauberhaftes Lächeln hinter der Kusshand, wobei es ihr beinahe divenhaft gelang, den langhalsigen Zigarettenhalter zwischen ihren Fingerspitzen zu balancieren. Um ihre wachen Adleraugen bildete sich ein fein gesponnenes Netz aus Lachfältchen.

Ihr Heiterkeitsausbruch brachte das Theaterkostüm unter der Wolldecke zum Klimpern.

Viel zu rasch hatte sie sich wieder unter Kontrolle und nahm einen nachdenklichen Zug aus der Elfenbeinspitze.

„Tuchel, soso. Klingt beinahe jüdisch. Und Soldat dazu. Kein Officier?"

Sie sprach das Wort bewusst mit französischem Akzent aus, woraus Ani schloss, dass sie enttäuscht war.

Seine Antwort fiel unterkühlt aus.

„Nein, Verehrteste, ich bin kein Offizier. Nur einfacher Landser. Weder bin ich eine Berühmtheit noch Jude, und mein Nachweis, glauben Sie mir, reicht in meiner Ahnenreihe sehr, sehr weit zurück."

„Na, sehen Sie", rief sie amüsiert aus. „Es ist gar nicht so schwer wie ich dachte, mit Ihnen einen lebhaften Diskurs zu führen. Wir müssen es nur auf einen gemeinsamen Nenner bringen. Dass man euch Mannsbilder immer erst aus der Reserve locken muss!"

Übermütig schnappten ihre roten Lippen nach den Rauchschwaden ihrer Zigarette. Wann mochte er zuletzt einen Menschen getroffen haben, der eine dermaßen unbeschwerte Lebensfreude versprühte? Vielleicht lag es ja daran, dass die Leute vom Theater generell als leichtlebiger galten.

Die Frau bemerkte Anis ernste Zurückhaltung und dämpfte ihr Lachen ein wenig. Ihr sonniges Gemüt trübte das nicht.

„Verzeihen Sie mir die Albernheiten, Herr Tuchel – oder darf ich Sie Anian nennen?"

Sie gab ihm viel zu wenig Bedenkzeit.

„Ja."

„Ja? Fein! Also, ich wollte Sie keinesfalls in Verlegenheit bringen, das müssen Sie mir schon glauben. Aber nun, da Ihre Scheu abgelöst wurde, von Ihrem Groll auf mich, bringen wir vielleicht ein halbwegs anständiges Gespräch zusammen. Was meinen Sie?"

Diese Frau besaß eine Energie, die kaum unter die Motorhaube eines Opel Blitz passte. Sie verkörperte alles, was einen Mann um den Verstand brachte. Liebreiz und Unschuld liefen sich gegenseitig den Rang ab. Durchsetzungskraft und Verletzlichkeit hielten sich die Waage, ebenso Scharfsinn und Extravaganz.

Normalerweise war es umgekehrt.

Zu Hause waren es die Mädchen gewesen, die Anian Tuchel nachliefen. Vor Jahren hatte er eine harmlose Romanze mit der Gütlerstochter des Schloapferers begonnen. Irmi. Bei ihr war er nie um ein passendes Wort verlegen gewesen. Doch jetzt, zwischen den zerbeulten Aschentonnen eines Wiener Theaterhauses, bekam er die Zähne nicht auseinander, weil er Angst hatte, das Falsche zu sagen. Überhaupt war es das erste Mal, dass ihn eine Frau durch ihr Selbstbewusstsein beeindruckte.

Das war keine Spielerei mehr zwischen Buben und Mädchen, bei der man sich zum Zeichen der Verliebtheit gegenseitig neckte. Was den Krieg anbelangte, war Ani zum Mann geworden, zu einem virtuosen Werkzeug des Tötens, doch in Liebesangelegenheiten stand er noch ganz am Anfang.

Liebe klang in seinen Ohren so abstrakt, wie Bayerisch für einen Preußen klingen musste. Dennoch erkannte er das Gefühl auf Anhieb.

Er hatte sich verliebt. Hals über Kopf.

Blödsinn, wies er sich zurecht, ich hab' nur viel zu lang keine Frau mehr im Arm gehabt!

Sein Herz hingegen gab eine andere Marschrichtung vor. Adrenalin schoss in seine Blutbahnen – wie vor einer Schlacht.

Entgegen aller Vernunft fühlte es sich herrlich an.

Wenn er jetzt nur noch gewusst hätte, wie er mit einer Frau, die er eben zu seiner Angebeteten gekürt hatte, ein halbwegs vernünftiges Gespräch führen sollte...

„Seien Sie versichert, dass ich keinerlei Groll gegen Sie hege, mein Fräulein", wählte er seine Worte bedächtig und fügte kaum hörbar murmelnd hinzu, „Ganz im Gegenteil."

„Sie sind mir nicht mehr gram?", forschte sie nach, als habe sie nur den ersten Teil gehört. „Das ging aber schnell! Nun, das nenne ich mal ritterliche Unerschütterlichkeit. Dürfte ich Ihre Standfestigkeit dann noch einmal auf eine letzte Probe stellen? Was würden Sie von der einmaligen Gelegenheit halten, mich auf ein Kännchen Kaffee einzuladen – einen richtigen mein' ich, nicht diesen Muckefuck, den sie im Sacher den Auswärtigen servieren! Würden Sie es wagen?"

Ani japste nach dem bisschen Atemluft, das sie ihm noch nicht abgegraben hatte. Waren alle Theaterleute so schonungslos Direkt? Eigentlich wäre es doch seine Aufgabe gewesen, die Initiative zu ergreifen. Er war der Mann! Verflucht. Diese Frau stellte die Logik auf den Kopf, ließ nichts anbrennen, wie man so schön sagte. Sie war ihm um Lichtjahre voraus. Er wusste nicht genau, ob ihm das gefallen wollte.

Falsch. Es gefiel ihm sogar sehr, denn die Frau, gleich ob sie nun Schauspielerin, Tänzerin oder eine Theaterangestellte war, traf einen Nerv. Zeit war heute kostbarer als gestern. Wer sie vergeudete, war morgen vielleicht schon tot. Instinkt war der Ratgeber der Stunde. Wenn Ani sich jetzt auf altväterliche Gepflogenheiten berief oder eine falsche Bemerkung machte, würde er *sie* für immer verlieren. Er spürte das mit einer solchen Gewissheit, dass es ihm in der Seele schmerzte. Durfte er aber deshalb gleich alle Bedenken über Bord werfen und Direktheit mit Direktheit begegnen? Was, wenn sie nur seine Redlichkeit testete?

Was wenn er den Test nicht bestand? Er beschloss, es vorsichtig anzugehen.

„Was wäre ich für ein Soldat, wenn mir der Mut fehlte?", tastete er sich vor.

Noch bevor er es ausgesprochen hatte, glaubte er entsetzt zu erkennen, wie ihr Interesse abflaute. Er musste schnell parieren, etwas hinterherschieben, das Eindruck machte, aber nicht prahlerisch wirkte. Frauen mochten unterhaltsame Männer, oder nicht? Verdammt, Ani liebte die Einsamkeit der Berge und anheimelnde Geselligkeit bei einem Krug Bier. Unterhaltsam war er nur, wenn er bei einem kräftigen Schwips die Ziehharmonika herausholte.

Sei lustig, sei lustig, drehten sich die Gedanken in seinem Kopf im Kreis, weshalb ihm der nächste Satz ohne nachzudenken über die Lippen schlüpfte.

„Sie müssen schon eine arge Berühmtheit sein, Fräulein, wenn Sie mir das Vergnügen ihrer Gesellschaft so teuer verkaufen. Echter Bohnenkaffee? Meine Teure, die Gunst so mancher Dame wäre schon für ein Ripperl Schokolade zu haben!"

Ani hielt den Atem an. Was war nur in ihn gefahren? Hastig fügte er ein flüchtiges Augenzwinkern an, damit sie die Anzüglichkeit als Spaß verstand. Bange Sekunden verstrichen, in denen er tausend Stoßgebete in den Himmel schickte. Er flehte inniglich, dass Gott, der im Feld zwar unendlich weit entfernt schien, an den er aber treulich glaubte – *nur dieses eine Mal!* – seine Segen spendende Hand über ihn hielt. Der Wunsch brannte sich wie ein glühendes Eisen in sein Herz. Er würde zwischen den Aschentonnen wie geschmolzenes Wachs zergehen, wenn sie sich jetzt einfach umdrehte und ging.

Mit schlagender Brust verfolgte er das wechselhafte Mienenspiel in ihrem Gesicht. Es wechselte von gespielter Hochnäsigkeit zu echter Verblüffung. Ihre Nasenflügel hoben und senkten sich. Schon tauchte wieder das Mädchenhafte in ihren glänzenden Pupillen auf. Ein Lodern lag in diesem Goldfluss, von dem Ani hoffte, dass er eines Tages darin badete.

Ihr Mund öffnete sich. Unvermittelt setzte sie zu einem Lachen an. Befreiend wie ein Glockenschlag hallte es durch die breite Häuserschlucht; ein Wohlklang, der die Fremdheit zwischen dem Soldaten und der Theaterfrau mit Leichtigkeit und ohne schlechtes Gewissen davontrug.

Von seinen Qualen erlöst, sah Ani zu, wie sich seine Angebetete ihrer Heiterkeit ergab. Sie musste sich mehrere Tränen aus den getuschten Wimpern tupfen. Die Wolldecke verrutschte und lenkte den Blick unabsichtlich auf ein weiches Dekolleté, das von silbernem Flitterkram glitzerte. Wahrscheinlich gehörte sie zum Ensemble der abendlichen Revuevorstellung. Eine der Dutzenden von Hintergrundtänzerinnen, die ihm den Ausblick gönnte, bevor sie die bloßgelegten Reize wieder bedeckte.

Noch immer erheitert fragte sie: „Sagen Sie, Herr Tuchel. Nein, Anian …"

„Ani", korrigierte er. Meine Freunde nennen mich Ani."

„Nun denn, Ani", fuhr sie fort. „Mich würde interessieren, ob Sie Ihre Worte vor jedem Gespräch mit einer Dame so beredt aussuchen, oder sind Sie vom Schlag *Mann mit durchbrechendem Panzercharme?*"

Sie wollte ihn also tatsächlich aus der Reserve locken, sehen, ob er die Beherrschung verlor. Ani verstand das Spiel – ihr Spiel – endlich, wenngleich er keinen Schimmer hatte, worauf es hinauslief. Er war nicht ihre Kragenweite, war es das, was sie ihm vermitteln wollte? Wenn es so war, dann ließ sie ihn zappeln. Er würde mitspielen, würde alles akzeptieren, was sie bei ihm hielt. Verliebt zu sein war verdammt nochmal eine Bürde. Ging es schief, hatte er wenigstens noch einen weiteren Grund, um sich ins Koma zu saufen. Er machte ein Gesicht einfältiger Unschuld und breitete übertrieben langsam die Arme aus.

„Falls Sie diese *Dame* sein wollen, auf die Sie anspielen, so muss ich insistieren. Aus mir spricht der Chevalier, angesichts Ihres zweifelhaften Auftretens. Schließlich stehen wir einander gegenüber wie der Soldat ohne Uniform und die Kaiserin im Bettelgewand."

„Sie schmeicheln mir, Ani. Zumindest wenn Sie mich für eine Kaiserin halten."

Ihre Zigarettenhand wirbelte vor seiner Brust herum. Dann nahm sie einen Zug und blies den Rauch flach über ihre Zungenspitze aus. „Herrgott, ihr Soldaten seht sogar im Anzug noch alle gleich aus. Da ist es doch einerlei, ob ihr Uniform oder Tracht tragt. Ist das etwa der letzte Schrei in Garmisch-Partenkirchener?"

„Garmisch", erwiderte Ani trocken. „Nicht Partenkirchen."

„Wo ist der Unterschied?"

„Wir Garmischer haben die bessere Luft."

Er hatte die Theaterfrau für einen Augenblick sprachlos gemacht. Der junge Mann grinste in sich hinein. Sie belohnte ihn mit ihrem herrlichen Lachen. Davon angespornt legte er nach.

„Jetzt habe ich Ihnen etwas über mein Reich erzählt, da wäre es doch nur recht und billig, Sie erzählten mir von Ihrem". Er machte eine ausladende Geste zu dem Gebäude, das hinter ihr aufragte.

Sie nickte.

„Tja", sagte sie und träumte sich einer verwobenen Rauchfahne hinterher. „Mit der Kaiserin lagen Sie gar nicht so falsch, ich möchte mich allerdings eher als Königin bezeichnen. Als Königin der Nacht sozusagen. Mein Reich ist vor allem anderen ein Traumgespinst. Ein Hort der Fantasie. Ich darf wohl behaupten, dass ich darin nicht nur regiere, sondern auch die ein oder andere verderbte Seele beflügle."

Einmal mehr festigte sich Anis Bild von den irgendwie abgehobenen Leuten vom Theater. Noch nie hatte er eine Frau so daherreden hören. Vielleicht verschmolzen einige der Darsteller und Darstellerinnen einfach zu sehr mit ihren Rollen und verloren dadurch die Realität aus den Augen. Oder das Publikum übersah durch die hohe Kunst der Selbstdarstellung, wer der Mensch hinter der Maske wirklich war.

Ani fand es albern, wenn eine Person sich dadurch überhöhte, dass man ihr zujubelte. In gewisser Weise traf das auch auf den Führer zu, aber das war nicht dasselbe. Oder?

Worin lag der Unterschied?

In Garmisch machte die Molkerei Tuchel die beste Butter und den besten Topfen im Gäu. Lag seinem alten Herrn deshalb die Kundschaft zu Füßen? Mitnichten! Man hatte seinen Vater weder zum König der Milcherzeugnisse erhoben, noch brachte er jemanden mit seinen Produkten um den Verstand. Welch anderes Kaliber war die Dampfmolkerei gewesen, die ihn beinahe die Existenz gekostet hatte! Für Anton Tuchel machten Selbstsucht, Einfluss und Kapital die Differenz zwischen einem ehrbaren Geschäftsmann und einer Krämerseele aus. Wenn sein Sohn Anian der Auffassung gewesen wäre, einer dieser schablonenhaften Wesenszüge träfe in gleicher Weise auf die Theaterfrau zu, hätte er längst das Weite gesucht, statt zwischen schäbigen Müllkübeln und schummrigem Laternenschein ein unsinniges Gespräch zu führen, das offenkundig ins Leere lief.

Summend sprangen die Straßenleuchten an, da sich die Schatten dieses Herbstabends immer tiefer über die anrüchige Winkelgasse beugten. In einer Dreiviertelstunde wäre die Sonne ganz verschwunden. Inzwischen hätte er schon bei seinem ersten, frisch gezapften Bier sitzen können, wäre er nicht dem Zauber des Augenblicks erlegen.

Dieser Duft. Dazu die feinlinigen Gesichtszüge, darin keinerlei Bekümmernis. Ihre bernsteinfarbenen Augen, die vor Tatendrang

Funken sprühten, sie wurden gehalten von den zwei stolzen Segmentbögen ihrer schwarzen Brauen. Ein Quell der Ausrast, in einem Meer, das an sich selbst ertrank.

Es war ein Spiel. Nur ein Spiel ... *für uns ist das Leben nur ein Spiel, wir kämpfen auf Tod und Verderben* ... lautete eine Zeile aus einem Kriegslied, dass sie gerne sangen, wenn nicht geschossen wurde. Ani war ein Jager. Ein Gebirgsjäger. Männer, die an Schicksal glaubten und sich ihm trotzdem entgegenstellten. Ein Spiel, das, wenn man es nicht spielte, einen wie einen Spielverderber aussehen ließ. Außerdem, welcher Mensch hegte nicht die leise Hoffnung, dass er der Vorsehung, und wenn es nur ein einziges Mal war, ein Schnippchen schlagen konnte.

„Fräulein, Sie sind mir ein ehrliches Rätsel", bekannte Ani und deutete auf ihre Wolldecke. „Sie verstecken ein – nennen wir es ruhig *freizügig* – silbernes Flitterkostüm unter einer alten Pferdedecke. Für eine Königin ist das eine reichlich unüberlegte Kleiderwahl. Aber, Sie rauchen teure Feindzigaretten aus einer Elfenbeinspitze, als stünden Sie über den weltlichen Dingen. Sie tragen eine Krone, ohne sie zur Schau zu stellen. Das asphaltierte Reich, einer Winterkönigin würdig."

Sie hüstelte verhalten, legte den Kopf zur Seite und verschob eine ihrer eleganten Brauen nach oben. Bevor sie dazu überging, seinen eigenen Auftritt zu kritisieren, setzte Ani nach. Er gab sich alle Mühe, wie ein Schauspieler zu klingen. Heinz Rühmann vielleicht, mit seiner komödiantischen Gutartigkeit.

„Gnä' Frau, um es auf den Punkt zu bringen: ich habe nicht verstanden, was Sie sagen, aber es war sehr interessant."

Ani hoffte, dass sie als Frau vom Fach die Anspielung des Filmzitats verstand.

Die Antwort ließ nicht lange auf sich warten. *„Der Mann, der mich versteht"*, spitze sie ihre Lippen. *„Der ist noch nicht geboren."*

„Doch", konterte der talentlose Soldat grinsend. „Montag, den 17. September 1917."

Beide lachten.

„Wir stellen schon ein seltsames Paar dar, was?", schüttelte sich die Theaterfrau in gegaukelter Ernsthaftigkeit. „Wenn man uns nur zusammen sehen könnte. Denken Sie nur, welch Bild wir für die Leute abgäben!"

Ihre Zigarette erlosch. Sie tupfte den Stummel mit langem Zeigefinger aus dem Aufsatz und schob neue Rauchware ein.

Hastig kramte ihr junger Verehrer erneut die Streichholzschachtel hervor. Noch nervöser als zuvor, entfachte er die kleine Flamme und hielt sie ihr hin. Knisternd glomm der englische Tabak auf. Weißer Rauch verließ die roten Lippen.

Zusammen hatte sie gesagt. Bestand dazu wirklich die Möglichkeit? Alles in ihm wollte es glauben, diese Frau nie mehr loslassen. Ihre nächste Zigarette wäre bald aufgeraucht.

Und dann?

Fieberhaft überlegte Ani, was er sagen, was er tun konnte, um sie noch eine Weile länger (vielleicht für immer?) bei sich zu behalten.

Ein kurz umrissener, kühner Plan brach aus seinen Gedanken. Es war nie klug, alle Kräfte in einen einzigen, alles entscheidenden Schlag zu stecken. Den Stein, wie der sprichwörtliche Tropfen, zu höhlen, fehlte Ani die Zeit. Er wählte einen Zwischenweg. Noch bevor er sich darüber im Klaren war, flossen die Worte schon aus seinem Mund.

„Ihr Angebot käme mir verlockend vor", tat er großspurig. „Doch wer außer Ihnen sagt mir, dass Sie tatsächlich eine Königin der Nacht sind? Eher scheinen Sie mir eine Mata Hari zu sein, die mir aufgelauert hat, um mir durch ihre Tanzkünste die geheimsten Geheimnisse zu entlocken. Als Soldat bin ich in dieser Hinsicht gedrillt, müssen Sie wissen!"

Ihr entfuhr ein herzhaft kehliger Laut. „Ha!", machte sie.

Dann drückte sie dem verdutzt dreinblickenden Kerl ihre brennende Zigarette in die Hand. Sie vollführte eine kurze Schrittkombination, um sich zu vergewissern, dass sie sich nicht durch einen dummen Überstand auf dem unebenen Boden ausrutschte.

Sie war Tänzerin.

Professionell. Die ihre Karriere oder den Auftritt am Abend nicht der Torheit eines angeknacksten Knöchels überließ.

Mit geschlossenen Augen drückte sie den Rücken durch, richtete ihren Oberkörper auf. Die Hände vor der Brust überkreuzt, damit die Decke nicht verloren ging.

Unweigerlich musste Ani an eine Madonnengestalt denken. Übersinnliche Schnitzkunst, die von ihrem Nischenplatz in der Kirche aus, die ganze Gemeinde in stille Einkehr versetzte. Eine präzise Liturgie der Körperbeherrschung, die er glattweg mit den Segensgesten eines heiligen Ritus gleichsetzte. Für diese Religion hätte er fast seinen Glauben aufgegeben.

Die Tänzerin verharrte in einer Ausgangsposition. Ihr Rumpf vibrierte. Scheinbar schwerelos hoben ihre Zehenspitzen den Körper an. Sie hob die Arme über ihren Kopf, ließ die Hüfte um die Mitte kreisen und tat ein paar rhythmische Tippschritte. *Rechts zurück, links zurück. Rechts wiegen, links wiegen. Links vor, Rechts heran.* Ein Rhythmus, der keiner Musik folgte und doch meinte Ani die Melodie zu erkennen. Die Tänzerin breitete ihre Arme wie Flügel aus, reckte den Schwanenhals bald hierhin, bald dorthin und befahl ihren Schenkeln zu folgen. Hin und wieder blitzten sie nackt unter der Wolldeckecke hervor. Die pudrigen Nylonfasern der ach so blickdichten Strumpfhose ließen dem Betrachter einen großen Interpretationsspielraum. Der Tanz, obwohl er nur einem Menschen galt, forderte Hingabe. Sowohl von der geheimnisvollen Schönheit als auch von Ani. Sie gerieten beide außer Atem, lösten sich völlig aus der Gegenwart.

Zum Schluss der Darbietung trat die Tänzerin an das ergriffenen Einzelpublikum heran und ließ die alte Decke fallen.

Ein Traum aus 1001 Nacht.

Sie stand so nah, dass Ani ihren temperamentvoll erhitzten Körper spürte, eine Schweißperle rann über ihren Hals. Beinahe inhalierte er ihren Duft. Die Tänzerin schenkte ihm ein Lächeln, dann vollführte sie eine kokette Drehung und stibitzte ihm die Zigarette aus den Fingern.

Genießerisch sog sie daran.

„Das also bin ich für Sie? Ein hüftkreisendes Showgirl, eine Konfidentin. Eine Salome gar, die mit dem Stolz eines *Mannes* spielt?"

Sie betonte „Mannes" mit gerade so viel Verachtung, dass es nicht anstößig klang.

„Nein", schluckte der Ani trocken und suchte in ihren funkelnden Augen nach einem Hinweis auf Humor.

Er war zu aufgeregt, um jetzt auch noch luftige Neckereien von den Feinheiten weiblicher Befindlichkeiten zu unterscheiden. Einem solchen Kräftemessen war er nicht gewachsen. Wenn er es nur nicht vermasselte!

„Nein", wiederholte er. „Ich wollte Sie in keiner Weise erniedrigen. Ihr Tanz war gewiss einer Salome würdig! Es würde mich nicht Wunder nehmen, wenn Ihnen ein Fürst für diese Kunst sogleich ein Königreich zu Füßen legte…"

Schluss!

Er redete sich um Kopf und Kragen. Er war nur ein Soldat, kein Mann des großen Auftritts. Das war *ihr* Metier, und er war im Begriff, den Kürzeren zu ziehen.

„Hören Sie", nahm er all seinen Mut zusammen, „mir fehlt die Beharrlichkeit eines Gelehrten für ein geistvolleres Palaver. Wenn es Ihnen ernst damit ist, sich der dummen Gesichter anderer Leute auszusetzen, stünde ich Ihnen gerne zur Seite. Es wäre mir eine außerordentliche Freude, den heutigen Abend mit Ihnen zu verbringen."

Die roten Lippen der Tänzerin öffneten sich, schlossen sich wortlos wieder. Für einen Sekundenbruchteil schien es, als verlören endlich auch die honigtiefen, schlauen Adleraugen etwas ihres ruscherten Selbstverständnisses. Die eigene Sprachlosigkeit schien sie zu amüsieren, denn unvermittelt breitete sich auf ihrem Gesicht ein sonnenbreites Lächeln aus.

Es brachte den Herzschlag zweier Menschen in Einklang, deren Gedanken noch richtungslos umeinanderkreisten. Ein strahlendes Schweigen, das dem Einwarts die erntezeitliche Kühle stahl. Nun stand die Erde wirklich still.

Das harte Quietschen von Scharnieren, setzte der Ruhe abrupt ein Ende.

Hinter der Tänzerin öffnete sich eine graue Stahltür. Sie war dem jungen Soldaten gar nicht aufgefallen. Der schmucklose Lieferanteneingang des Theaters.

Im fahlen Licht des Durchlasses erschien ein kantiger Charakterkopf mit der Attitüde eines Heinrich George. Ein Kapo, der seine Stellung viel zu wichtig nahm, sah sich flüchtig um. Er nahm nur am Rande Notiz von dem seltsamen jungen Mann in seinem tannengrünen Trachtenanzug (tausendmal gesehen!), dann richtete sich sein ganzes Engagement auf die Frau.

„Noch 15 Minuten", vermeldete er und hob zur Verdeutlichung seiner Botschaft zehn dicke Finger hoch. Ihn bekümmerte nicht, dass es fünf zu wenig waren. Abschließend flogen seine wahrscheinlich vom Bühnenlicht überreizten Augen noch einmal geringschätzend zu Ani hinüber. Dann verzog er sich.

Genervt schnitt die Tänzerin eine Grimasse.

„Ach", seufzte sie und rezitierte Shakespeare. „Die Zeit trägt einen Ranzen auf dem Rücken. Kann sein, es ist das meine letzte Pflicht, wer weiß, ob ihr mich wiederseht und tut ihr´s, ob nicht morgen ihr, einer andern folgt. Ich seh' euch an, als nähm' ich Abschied."

Theatralisch drückte sie ihre ohnehin schon nicht mehr schwelende Zigarette aus.

Ani, der allem Englischen rein aus beruflichen Gründen misstraute, auch von ihren Dichtern wenig wusste – nur so viel, dass schlaue Leute sie mit Vorliebe zitierten – bekam es plötzlich mit der Angst zu tun. Was, wenn die Tänzerin nun verschwand? Verschwand sie dann für immer aus seinem Leben? Die ansteigende Panik ließ sein Herz unregelmäßige Sprünge vollführen. Sein Magen fühlte sich wie leergeräumt an, ein schwereloses Kribbeln. Das Hirn lief auf Hochtouren, war jedoch nicht in der Lage, auch nur einen einzigen vernünftigen

Gedanken zu fassen. Sein Unterbewusstsein schrie es geradezu heraus, er solle sie unter keinen Umständen ziehen zu lassen.

Hilflos ließ er es geschehen, dass sie ihm zum Abschied ein Küsschen auf die Wangen hauchte. Sie drehte sich um und strebte der Türe zu, die, einmal zugeschlagen, sich niemals wieder für ihn öffnen würde. Anis Mund war wie vernagelt, seine Kehle trocken und zugeschnürt.

Schon zog sie am Türknauf. Sie musste nur noch hindurch gehen, dann war sie für immer verschwunden. Ihre silbernen Tanzschuhe schoben sich bereits in den spärlich erhellten Treppenaufgang, dessen Stufen schwarze Schatten gegen die eng stehenden Seitenwände warfen.

Was sollte er tun?

Verzweifelt fischte Ani in seinem Gedächtnis, das ihn schmählich im Stich ließ, nach irgendwelchen Buchstaben, Lauten oder Tönen. Einem Aufschrei wenigstens! Er hoffte auf einen Wink Gottes, eine Schicksalsregung, die verhinderte, dass ihm diese wundervolle Begegnung entschwand.

Die verdammte Tür wollte bereits ins Schloss fallen. Er machte einen Satz nach vorne und stemmte gerade noch rechtzeitig einen Fuß in die Angel. Torheit und Narretei trieben ihn.

„Fräulein!", rief er, „Fräulein! Haben Sie denn nichts für mich, an dem ich mich festhalten könnte? Einen Namen vielleicht?"

Ani horchte.

Stille.

Die Frau war in ihre Theaterwelt zurückgekehrt.

Wütend auf sich selbst und seine Unbeholfenheit rieb er mit der Faust über seine Stirn. Weiße Striemen blieben zurück. Er knurrte seinen Ärger heraus, hätte sich Ohrfeigen mögen. Viel zu spät erwachten seine Sinne aus ihrer Lethargie. Im Krieg hatten sie ihm wertvolle Dienste geleistet, seine Zukunft, womöglich die Frau fürs Leben, hatten sie ziehen lassen.

Diese wunderschöne Tänzerin hatte sein Herz erobert. Ein Sturmangriff an vorderster Linie, der sich nicht abwehren ließ. Den er nicht abwehren wollte. Ani hatte die Waffen gestreckt, sich ergeben, auch oder gerade, weil es sich verrückt anfühlte, dies zu tun. Nie war ihm die Erkenntnis so klar vor Augen gestanden. Diese eine, und sonst keine musste es sein. Für immer und ewig – bis in den Tod.

Da war sie ihm entglitten.

Eine Katastrophe. Vor den dunklen Jahren hatte es noch geheißen: *Man sieht sich immer zweimal.* Dessen konnte man sich längst nicht mehr sicher sein. Das große Sterben rückte näher an Deutschland und sein Großmachtsstreben heran. Die britische Verdammnis kam bereits auf Rostock, Lübeck und Köln nieder. Wien war bisher von den feindlichen Fliegern verschont geblieben, doch die Verdunkelungsmaßnahmen, die bereits angeordnet wurden, ließen Schlimmes erahnen. Für die Menschen war Zeit war entscheidende Faktor. Sie schrumpfte für das Individuum, welche Aussicht bestand für das zarte Aufkeimen einer Romanze? Nie besaß Horaz' *carpe diem* mehr Gültigkeit als heute.

Anis Brust verkrampfte. Er verspürte die schmerzhafte Enge der Endgültigkeit. Zählte man sämtliche Eventualitäten zusammen, die dazu führten, dass er den Krieg überlebte, wie hoch war dann wohl Wahrscheinlichkeit, *sie* wiederzufinden? Nach seinem Fronturlaub würde er wieder an die Front zurückkehren, die Theaterleute ihrem nächsten Engagement entgegenziehen. Wer garantierte, dass ihnen mehr Glück als den Soldaten beschieden war?

Wie sollte man unter solchen Umständen noch einmal zueinander finden? Nein, die Zukunft war jetzt, und jetzt war vorbei.

Alles aus.

Er versetzte der Tür einen Tritt. Die harte Gummisohle seines Lederschuhs erzeugte ein hallendes Echo in der rückwärtigen Tristesse des Theaters. Dann noch eines und noch eines. Bis Ani verblüfft registrierte, dass es sich um das Klappern von Schuhen handelte. Schritte, die von der anderen Seite auf ihn zukamen.

Die Tür öffnete sich.

Vor ihm tauchten die silbern glitzernde Zehenriemchen auf. Ein vertrauter, lieblicher Duft schwang ihm entgegen. Er wollte jubeln, verkniff es sich jedoch gerade noch.

„Vielleicht bin ich ja verrückt", entglitt es ihr atemlos. „Aber ich bin bereit, Ihnen unter einer Bedingung zu verraten, wie ich heiße."

Erwartungsvoll drang ihr goldener Blick in ihn. Ani nickte eifrig.

„Führen Sie mich heute Abend nett aus."

„Gut", stammelte er.

Die Tänzerin lächelte verlegen.

„Dann ist es also ausgemacht? Schön! Ich freue mich. Allerdings werden Sie ein wenig Geduld aufbringen müssen, fürchte ich."

Der junge Verehrer zuckte mit den Schultern. In diesem Augenblick hätte er ihr sogar geschworen, bis an sein Lebensende hier auf sie zu warten.

„Ani, Sie sind ein wahrer Gentleman", trällerte sie erleichtert.

Sie küsste ihn erneut auf die Wange und verschwand ebenso rasch wieder, wie sie aufgetaucht war.

Beseelt fühlte er der Stelle auf seiner Wange. Eine lange Weile verharrte er reglos mit den Fingern im Gesicht. Dann begann er darüber nachzudenken, wie er sich die Zeit bis zu ihrem Wiedersehen vertreiben konnte.

Ohne Bier.

Das Herz des alten Tuchel hat seit dem letzten Infarkt nicht mehr so heftig geschlagen wie jetzt. Das liegt weniger an der Zigeunerin als an dem scheinbar belanglosen Schlüsselanhänger, der am Reißverschluss ihres kleinen Rucksacks baumelt. Ein angelaufenes Stück Metall. Es bringt das Blut des Weltkriegsveteranen in Wallung.

Das Ding ist schwarz oxidiert. Die Frau schleppt den Rucksack offenbar schon länger mit sich herum. Das Accessoire besteht aus einem Silberring von etwa 2,5 Zentimetern Durchmesser. Darüber hat irgendein Designer drei sich überkreuzende Stifte zu einem Stern appliziert – ein Rad, aus dem die Speichen gefallen sind. Das Amulett stellt die stilisierten Attribute der griechischen Schicksalsgöttin Tyche dar: die Welt als Kugel und darüber ein Steuerrad.

Die Frau bemerkt den neugierigen Blick des Mannes und folgt ihm. Als sie erkennt, worauf sein Interesse ruht, verdeckt sie das Schmuckstück schnell mit ihrer Hand und drückt den Rucksack misstrauisch an sich.

Zu gerne würde ihr Mitreisender fragen, wie sie an die schlicht gehaltene Kostbarkeit gekommen ist. Das Motiv ist garantiert Handarbeit, eines, dass bei Goldschmieden nicht oft nachgefragt wird. Höchstwahrscheinlich hat sie den Anhänger gestohlen. Mitsamt dem Rucksack. Zigeuner. Anian Tuchel schließt von ihrem Äußeren auf die Herkunft der Frau: *bunte Kleider, Kopftuch. Fahrendes Volk, arbeitsscheu, ohne genormte Wertvorstellungen, ohne feste Bindung an irgendetwas von Bedeutung.* Er ist damit groß geworden, Vorurteile in Wesenszüge umzumünzen. Das Reich ist untergegangen, seine Phrasen nicht, *das wird man doch noch sagen dürfen.*

Wären da nicht auch noch diese Augen …

*
○

Milena Horvath ist es sichtlich unangenehm, dass der alte Mann sie derart anstarrt. Nervös rutscht sie auf ihrem Platz herum. Sie möchte liebend gerne aufstehen und gehen, aber er hat etwas Unerklärliches an sich, dass sie zurückhält. Eigentlich macht er auf sie einen harmlosen Eindruck: höflich, zurückhaltend, aufmerksam. Alt eben.

Aber sie hat gelernt, hinter die Fassade der Menschen zu schauen. Außerdem ist der Mann Deutscher. Er könnte genauso gut nett wie abgrundtief böse sein. Den Beweis für diese Annahme liefert ihr das

82

grüne Abzeichen auf dem Ärmel seines Blousons: eine Blume, die auf Kroatisch „Runolist" heißt und viel mehr Vorbehalte gegen Deutschland in sich vereinigt als jede andere Blume, die in ihrer alten Heimat wächst.

Sie selbst ist zu jung, um sich zu erinnern, aber man hat ihr von den Blumenteufeln erzählt. Soldaten mit der unrühmlichen Lust zu töten. Später hat sie darüber gelesen: über die deutschen Dämonen, die früh morgens ins Dorf gekommen sind und alles dem Erdboden gleichgemacht haben. Nur sie und Una sind übriggeblieben. Sie hat Una nie kennengelernt. Gute Una. Alles, was sie über sie weiß, haben ihr die Pflegeltern erzählt.

„Milena", haben sie gesagt. „Milena, das war eine ganz andere Zeit, damals. Lass sie ruhen, Una und die Zeit."

Doch Milena konnte nicht. Sie hat gefragt, weil sie wissen wollte, wer sie war und woher sie kam. Sie hat gefragt, immer und immer wieder, bis ihr die Pflegeeltern alles erzählt haben. Sie wussten selber nicht viel. Wie grausam das Schicksal in Unas späten Lebensabend eingefallen war. Der Krieg hatte ihr alles genommen und ihr stattdessen ein hilfloses Geschöpf aufgebürdet. Ein Wickelkind noch, das Una mitten im Winter durch den Tag bringen musste. Dann durch den nächsten und den übernächsten. Ein immenser Kraftakt für eine alte Frau, der sie ihre letzten Reserven kostete. Sie hätte sie für das Spiel mit ihren leiblichen Enkeln aufbringen sollen. Stattdessen zog sie entwurzelt mit einem Baby, das nicht ihr gehörte, auf dem Rücken umher. Keine Menschenseele wollte sich ihrer erbarmen. In Titos neugegründeter Föderativer Republik Jugoslawien hatte die vom Weltkrieg zermürbte Bevölkerung Größeres zu leisten als eine Hausierein mit ihrem Mündel durchzubringen. Über Umwege und weit entfernte familiäre Beziehungen kam Una schließlich an ein Ehepaar in Kroatien, das keine Kinder bekommen konnte, sich aber sehnlichst ein Töchterchen wünschte.

Natürlich war sie viel zu klein gewesen, um all das zu verstehen, aber ihre Zieheltern behandelten sie wie eine leibliche Tochter. Erst als sie das Mädchen für alt genug hielten und ihrer Fragerei überdrüssig wurden, erzählten sie ihr widerstrebend von Una und von Milenas Abstammung.

Als letzten Gruß hatte die alte Frau ihr ein silbernes Amulett hinterlassen und einen ausgebleichten Brief auf Bosnisch. Mit Tränen in den Augen nahm Milena die Reliquien einer ihr fremden Welt entgegen.

Die kricklige Handschrift Unas, die kaum mehr als drei Jahre eine Schule besucht hatte, war an kindlicher Hingabe kaum zu überbieten.

Das Papier war dünn, und an manchen Stellen drückte schwarze Tinte hindurch.

Das Schicksal ist manchmal launisch wie eine schwangere Djevojka – ein junges, dummes Mädchen! stand dort in einer Sprache, die Milena zwar wie einen kroatischen Dialekt lesen konnte, der in ihr aber keinerlei heimatliche Empfindung auslöste.

Manchmal erscheinen uns Menschen die Wege, die das himmlische Gericht einschlägt als ungerecht, doch stets wird es Dich einem gerechten Urteil zuführen. Wenn Du am lieben Gott verzweifelst, halte Dich an Tyche, natürlich eine Frau. Die Schicksalsgöttin ist Schwert und Schild in einer Gestalt. Ein gutes, unschuldiges Menschenkind wie Du muss ihr Schwert nicht fürchten. Wovor Du Dich jedoch in Acht nehmen musst, ist die Bosheit teuflischer Dämonen. Sie überall zu erkennen ist nicht leicht, denn sie täuschen Freundlichkeit vor, wo ihnen kein Herz in der Brust schlägt. Lerne, das Gute vom Bösen zu unterscheiden! Ich, Du, unsere Heimat haben wir verloren, weil wir sie nicht aufhalten konnten. Sie lächelten und trugen das Schreckensmal einer hübschen Blume an ihren Ärmelaufschlägen. Die Hölle ist Deutsch. Hüte Dich vor ihnen, wenn Du auf sie triffst. Lass Dich nicht täuschen, und vergiss nie, wer Du warst!

Doch nun zbogom, mein Herz, leb wohl und behüte Dich Gott.

In Liebe.

Deine arme, alte Unica.

Jahrzehntelang hatte Milena nicht mehr an den Brief gedacht. Nur Tage nachdem Una diese Zeilen niedergeschrieben hatte, war sie gestorben. Mit einer alten Frau wollte oder konnte sich in Jugoslawien niemand zusätzlich belasten. In keinem Land der Welt waren die Nachkriegsjahre von einem *Zuviel* geprägt. Una endete mittellos. Man fand sie, ihren Odem aushauchend, in einem Straßengraben, mit sich im Reinen. Lächelnd war sie aus dem Leben getreten, behaupteten zumindest Milenas Zieheltern. Unicas letzte Zuflucht wurde ein anonymes Grab, fernab ihrer Heimat. Woher sie als einfache Bäuerin von Tyche, der Schicksalsgöttin, wusste? Milena würde es wohl nie erfahren.

Aus dem Wickelkind, das Una behütet hatte, wurde ein Mädchen, das längst zu einer adretten, stolzen Frau herangewachsen war und schließlich mit einem gutaussehenden, erfolgreichen jungen Arzt namens Vedran Horvath verheiratet wurde. Sie führten eine glückliche Ehe, aus der drei Kinder hervorgingen: Smiljana, Gojko und Hrvoje. Ein Mädchen, zwei Jungen. Leider verlief die Geburt des Mädchens nicht ganz ohne Komplikationen. Die Nabelschnur hatte sich eng um den Hals des Kindes gewickelt, nach der Vakuumextraktion mit einer Saugglocke, trat eine Herzstörung auf.

Bei Smiljana wurde zum Schrecken der Eltern eine geistige Behinderung diagnostiziert. Zwar hatte sie die guten Gene ihrer Mutter geerbt, doch noch bevor sie zur Frau reifte, galt sie im Kroatien der frühen 60er Jahre wegen ihrer Beeinträchtigung praktisch als unvermittelbar. Zu ihrem Glück liebten Milena und Gojko ihr Nesthäkchen trotzdem inständig, weshalb sie ihr die sogenannte schulmedizinische Krüppelbehandlung in einer städtischen Verwahranstalt ersparten. Sie gaben sich alle Mühe, ihr Kind nach Kräften zu unterstützen. Bis zu einem gewissen Grad gelang ihnen das auch. Das Mädchen konnte sich ausreichend artikulieren und seine Bedürfnisse mitteilen.

Insgesamt waren die darauffolgenden 30 Familienjahre eine schöne Zeit gewesen; die Horvaths waren eine geachtete Arztfamilie im Ort. Sie alle hatten ein glückliches Leben geführt. Sie hatten zusammengehört. Vedran erhielt in den 70ern ein lukratives Angebot als Facharzt für Innere Medizin an der medizinischen Fakultät in Pristina. Niemand, der im damaligen Jugoslawien auf seine berufliche Karriere bedacht war, schlug eine solche Stellung aus. Darum siedelten die Horvaths bald in den Kosovo um. Vedran arbeitete viel, aber sie führten ein sorgenfreies Leben mit vielen Annehmlichkeiten. Sie besaßen eine Wohnung auf dem Fakultätscampus und sogar ein eigenes Auto.

Dann kam der Juni 1991.

Jugoslawien zerfiel. Die Serben reagierten mit militärischer Gewalt auf die Versuche der Mitgliedsstaaten, sich für unabhängig zu erklären. Ein Bürgerkrieg schlich von Süd nach Nord über den Balkan, bis er im Kosovo anlangte. Die Jugoslawische Volksarmee benötigte dringend loyale Soldaten, vor allem aber Ärzte, die dafür sorgten, dass ihre Kämpfer am Leben blieben. Jugoslawien, das waren jetzt nur noch Serbien, Montenegro, der Kosovo und die Vojvodina. Die serbische Regierung separierte in allen staatlichen Einrichtungen gleich zu Kriegsbeginn sehr schnell zwischen Freund und Feind. Wer nicht für sie war, war gegen sie. Vedran war einer der ersten Ärzte gewesen, die zum Dienst an der Waffe und fürs Vaterland verpflichtet wurden.

Während es Sohn Gojko dem Vater gleichtat und der Volksarmee beitrat, zog es Hrvoje vor, sich seinem Geburtsland Kroatien anzudienen. Mitten im ach so zivilisierten Europa fielen Ethnie über Ethnie her, Mehrheit über Minderheit, Christen gegen Muslime, Bruder gegen Bruder. Hrvoje fiel am 2. Mai 1995 nahe des westslawonischen Okučani, als die kroatische Armee einen entscheidenden Sieg über die Serben erzielen konnte. Noch im selben Jahr kehrte Vedran heim, bekam seine alte Anstellung an der Fakultät aber nicht zurück. Im

Gegenteil, die Anfeindungen gegen ihn als Unterstützer der serbischen Sache verschärften sich.

Der Wind im Kosovo hatte sich gedreht.

1998, in einer lauen Sommernacht, drang eine schwer bewaffnete Bande Krimineller in das Haus der Horvaths ein. Sie nahmen die drei Bewohner – Vater, Mutter, Tochter – als Geiseln und plünderten, was sie in die Finger bekamen. Dann brachten sie die Frauen in ein Nebenzimmer. Die Schweine zeigten nicht die geringste Eile. In tränenblinder Ohnmacht musste Vedran mit anhören, wie sich die Verbrecher über seine Liebsten hermachten. Bis zum Morgengrauen dauerte das Martyrium. Niemand zog sie je zur Rechenschaft.

Nachbarn, die das Wehklagen hörten, befreiten die schwer traumatisierten Frauen erst am nächsten Tag von ihren Fesseln. Das Familienoberhaupt war wie vom Erdboden verschluckt.

Am späten Abend fand man auch Vedran.

Die Schmach der Hilflosigkeit war zu viel für ihn gewesen. Irgendwie war es ihm gelungen, sich aus seiner misslichen Lage zu befreien. Statt den übrigen Familienmittgliedern zu helfen, war er schnurstracks zur medizinischen Fakultät gerannt. Dort machte er noch einmal seinen ganzen Einfluss geltend, um ins Innere der Lehranstalt zu gelangen. Ein Sicherheitsmann, den er gut kannte, gewährte dem Arzt Zutritt. Mit der der ihm eigenen ärztlichen Routine versorgte sich Vedran im medizinischen Lagerraum mit allem Nötigen.

Er suchte sich ein freies Büro, verschloss die Türe hinter sich und machte es sich auf einem Drehstuhl gemütlich.

Als nächstes setzte er sich eine örtliche Betäubung in den Oberschenkel. Mit einem geübten Skalpellschnitt ritzte er die Epidermis ein. Er arbeitete sich durch die Dermis und die Subcutis. Zwei Klammern und einige Tupfer genügten, um die Arteria femoralis freizulegen. Blut quoll aus der Wunde.

Kaltblütig stand Vedran ein letztes Mal auf, weil er mit dem blutdurchtränkten Tupfer etwas an die Innenseite der Bürotür malen wollte. Als er es vollendet hatte, nahm er wieder Platz. Er legte zwei Klemmen an die Arterie und durchtrennte sie mit der scharfen Klinge. Zuletzt öffnete er eine der Klemmen, damit sich sein Blut in hellen Schüben über den Boden ergießen konnte. Er sah zu, wie er verblutete und schlief ein.

Es gab keinen Todeskampf.

Der Beamte, der ihn hereingelassen hatte, fand den Leichnam bei einem seiner turnusmäßigen Rundgänge. Ihm war mulmig geworden, als Doktor Horvath länger als den angekündigten „kurzen

Moment" benötigte, um die „wichtige Angelegenheit" zu klären von der er gesprochen hatte. Der Wachmann verständigte umgehend die Fakultätsleitung. Auf deren Anweisung musste er die blutige Botschaft von der Innenseite der Tür wischen.

Dort hatte in schreienden Buchstaben gestanden:

Hvala Jugoslavije! – Danke, Jugoslawien!

Die Fakultät behandelte den Vorfall als tragisches Unglück. Das nur deshalb ans Licht kam, weil der Familie Vedrans der Zutritt zu seinem Leichnam verwehrt wurde und Milena mit aller Entschlossenheit insistierte. Gegen eine Abfindung von 45.000 Dinar wurde ihr Mann in aller Eile, ohne Zeremoniell und Grabstelle auf dem orthodoxen Friedhof im Südosten von Pristina begraben. Da die Währung wegen des Krieges hohen Schwankungen ausgesetzt war, behielt das Geld seinen Wert nur für kurze Dauer.

Gojko, der älteste Sohn, ließ sich weder zur Beerdigung blicken, noch tauchte er in all den Folgejahren auf. Es schien, als hätte der Krieg ihn verschluckt und vergessen, wieder auszuspucken.

Milena blieb mit ihrer Tochter alleine zurück, und zehrte vom Ersparten der Familie, bis das Geld aufgebraucht war. Die Frauen standen vor dem vollständigen Ruin. Nach einem Monat verloren sie ihre Wohnung, das Lebensnotwendigste bettelten sie sich auf der Straße zusammen. Milena fürchtete bereits, sie könnte ein ähnliches Schicksal wie Una erleiden.

Wegen Vedrans und Gojkos Militärdienst für die falsche Seite, also die Serbische, galten die beiden letzten Horvaths in Pristina als Ausgestoßene. Selbst Weggefährten von einst – Freunde eigentlich – wiesen Milena und Smiljana die Tür. Nach fünfundzwanzig Jahren. Sie waren Fremde unter Nachbarn. Wobei die Frauen noch von Glück reden konnten, nicht zwischen die aufflammenden Proteste und Demonstrationen zu geraten, die mit aller Gewalt das jugoslawische Joch unter der Oberhoheit Belgrads abschütteln wollten. Der Kosovo war auf dem Weg in eine albanisch bestimmte Unabhängigkeit. Für die Horvaths führte er in die bindungslose Bedeutungslosigkeit.

Ein Jahr überstanden Mutter und Tochter auf diese Weise, ständig in Furcht, welches Ungemach ihnen der nächste Tag noch aufbürden mochte. Durch Zufall kamen sie an eine der zahlreichen Hilfsorganisationen, die sich über die Jahre im Fahrwasser der UN-Friedensmission im ganzen Land ansiedelten. Eine freundliche Krankenschwester mit gelber Weste und rotem Käppi versorgte Smiljana mit den notwendigsten Medikamenten. Sie war es auch, die davon sprach, dass man der Tochter in Deutschland eine bessere medizinische Versorgung zukommen lassen könnte. Obwohl die Frau es nicht als

Aufforderung meinte, entschloss sich Milena dazu, Pristina endgültig Lebewohl zu sagen. Hier gab es nichts mehr für sie, außer verbrannter Erde.

In ein kleines Daypack, einen zerrupfter Damenrucksack mit Lederschlaufen, stopfte sie die Überbleibsel aus besseren Tagen. Was nicht viel mehr war als ein paar alte Familienfotos und einige Wäschestücke. Unas silbernes Medaillon, das Milena bisher um den Hals getragen hatte, nahm sie ab und befestigte es als eine Art Talisman am Reißverschluss. Der heilige Christophorus wäre sicher ein besserer Reisebegleiter, doch die launische Schicksalsgöttin würde es auch tun. Eine Scherbe des guten Glücks. Es war das Wertvollste, das sie besaß, weshalb es ihr klüger erschien, das Kleinod als Schlüsselanhänger zu tarnen. Den Rucksack würde sie keine Sekunde aus den Augen lassen. In Deutschland wollte sie für sich und Smiljana Asyl beantrage, um dort endlich wieder ein richtiges Leben zu führen. Gerüchten zufolge war die Westbalkanroute am erfolgversprechendsten.

Die Reise endete nach gut der Hälfte der Strecke in Subotica, einer malerischen Stadt an der Grenze zu Ungarn. Natürlich präsentierte sich das Auffanglager weit weniger freundlich. Mitten in der pannonischen Tiefebene, gelegen in der Provinz Vojvodina, entwickelte sich das umzäunte Fleckchen Erde zum Synonym für aus dem Ruder laufende Flüchtlingspolitik. Eine Transitzone ohne Gewähr auf ein Weiterkommen, mit Platz für gut zweihundert Menschen, aber einer Auslastung bis an die Tausend. Tyche hatte ihre eigene Vorstellung von Geborgenheit.

Zwischen Zelten und Containern verloren die Heimatlosen nicht nur ihre Rechte, sondern auch die Würde. In einer verwahrlosten Lagerhalle trafen Milena und Smiljana auf den Schleuser Radovan. Er war das Oberhaupt eines Clans, ein Mann, der sich rein äußerlich von den anderen Flüchtlingen nur dadurch unterschied, dass er etwas gepflegter wirkte als der Rest. Was daran lag, dass er den Neuankömmlingen auch noch ihre letzten Geldreserven abpresste, alles von Wert einforderte.

Smiljana und Milena waren neu. Überbordend hilfsbereit verschaffte er den Frauen eine Schlafgelegenheit in der baufälligen Unterkunft, die er als seinen Herrschaftsbereich beanspruchte. Er versorgte sie mit gerade so vielen Bedarfsgütern des täglichen Lebens, dass sie ihm zur Dankbarkeit verpflichtet waren. Als sie ihm die alten, serbischen Reisedokumente zeigten, schüttelte er naserümpfend den Kopf. Er gab ihnen zu verstehen, dass für sie als serbische Staatsbürger nur wenig Aussicht darauf bestand, in der Bundesrepublik ein Bleiberecht zu erwirken. Serbien galt für die deutschen Behörden als

Agitator des Balkankonflikts. Serben gerieten nicht in Not, sie hatten sie ausgelöst.

Bereitwillig übergaben die Frauen Radovan ihre Zollpapiere, weil er ihnen großmütig versprach, dafür eine beglaubigte Geburtsurkunde der Vereinten Nationen zu beschaffen. Damit wären sie als kosovarische Kriegsflüchtlinge legitimiert. Tatsächlich zeigte er ihnen schon nach drei Tagen die namentlich auf sie ausgestellten Dokumente, erklärte aber mit ernster Miene, dass darauf noch das entscheidende, amtliche Siegel fehlte. Nachdenklich besah er sich Mutter und Tochter, dann die Urkunden. Wie sollten sie ihm seine Mildtätigkeit vergelten?

Während er sich mit der Zunge über die Lippen leckte, deutete er auf Smiljana. Mit einer Stimme, die keinerlei Widerspruch duldete, wies er die junge Frau an, sich auszuziehen. Ihre Mutter bettelte und flehte, appellierte an das Gewissen des Schleusers, doch er ließ sich nicht erweichen. Das Scheusal verzichtete nicht darauf, dem ängstlich und verwirrt dreinblickenden Opfer das Höschen von den Schenkeln zu reißen. Er schlich um sie herum, prüfte wie ein Züchter auf einer Pferdekaution ihr Gebiss, knetete grob ihre Brüste, nur um festzustellen, dass sie ihm zu klein waren. Dann baute er sich vor ihr auf und schob ihr seinen Mittelfinger zwischen die Beine. Ausdruckslos grinsend blickte er zur aufschluchzenden Mutter hinüber.

Frauen waren für den skrupellosen Menschenhändler ein reines Handelsgut, Ramschware, die sich entweder gut oder schlecht verkaufte. Er drohte damit, sie umgehend umbringen und ihre wertlosen Leiber wie Dreck in der Kanalisation des Auffanglagers entsorgen, falls sich eine weigern sollte ihm zu Willen zu sein. In Subotica suchte niemand nach verloren gegangenen Menschen zweiter Klasse. Erst als Milena eingeschüchtert nickte, zog er seinen Finger aus der Scham ihrer Tochter. Er roch daran, steckte ihn sich genüsslich schmatzend in den Mund und saugte daran.

„Braves Mädchen", brummte er und tätschelte Smiljanas Wange.

Die junge Frau hatte alles ohne die geringste Klage über sich ergehen lassen. Während ihre Mutter ein Schluchzen nicht unterdrücken konnte, lächelte ihre Tochter den Mann nur folgsam an. Es war MIlenas einziger Trost, dass ihr Kind hoffentlich nicht verstand, was dieser räudige Hund mit ihnen machte.

Von da an holten sie Smiljana beinahe jede Nacht. Hin und wieder forderte Radovan die Begleitung der Mutter ein. Seine Kunden zahlten besonders gut für das perverses Spiel mit Mutter und Tochter. Das waren die schlimmsten Stunden.

Wochen später verbrachte der Schlepper sie in ein abgelegenes Hotelzimmer mitten in der Stadt. Das frisch bezogene Doppelbett in der Mitte des Raumes stand im krassen Gegensatz dazu, was es den beiden Frauen versprach. Schlaf fanden sie keinen darin.

Milena uns Smiljana waren unendlich erschöpft. Sterbensmüde hätten sie sich nur zu gerne auf die weiche Matratze fallen lassen. Wie gerne hätten sie nur geschlafen und dabei vergessen, doch die ersehnte Ruhe war ihnen nicht vergönnt.

Sie wurden von einem Mann in Uniform erwartet. Ihr Zuhälter warnte die Frauen davor, seinen Kunden zu enttäuschen, denn er bezahle gut. Es handelte sich um einen hohen Polizeibeamten der Opština. Der Kerl schwankte, seine Augen waren glasig. Radovan ließ sich im Voraus bezahlen. Er gab dem Mann eineinhalb Stunden.

„Eineinhalb Frauen, eineinhalb Stunden", meinte er mit boshaftem Blick auf die einfältig lächelnde Smiljana, dann widmete er sich dem Zählen der Scheine und verzog sich vor die Tür.

Der Polizist verlor keine Zeit.

Er ließ seinen abartigen Neigungen freien Lauf. Zuerst verging er sich an der Tochter, dann an der Mutter. Damit ihm die Frauen keine Unannehmlichkeiten bereiteten, schob er den kantigen Lauf seiner entsicherten Dienstpistole in die Geschlechtsöffnung der einen, während er die andere vergewaltigte. Der stinkende, stark alkoholisierte Mann kämpfte mit Erektionsproblemen, was seinen Hang zur Gewalt verschärfte und das Martyrium verlängerte.

Als Milena zu weinen begann, schlug er ihr mit dem Griffstück so hart gegen die Stirn, dass das Magazin heraussprang und scheppernd zu Boden fiel. Blut kleckerte knapp unter Milenas Haaransatz über ihre Nase. Das besoffene Schwein leckte es mit seinem stinkenden Atem bis zur Wunde ab. Sauer blieb der Geruch seines Speichels auf ihrer Haut kleben. Obwohl Milena ein fürchterlicher Ekelschauer schüttelte, wagte sie es nicht, sich mit der Hand übers Gesicht zu wischen.

Was in ihrer Tochter vorging, ahnte sie nicht. Smiljana saß abwesend auf der Kante des Betts und hielt sich die Brust, in die der Mann zuvor, wie in einen reifen Apel hineingebissen hatte. Schmerz schien sie keinen zu verspüren – Gott sei Dank – dafür loderte etwas anderes in ihren eng stehenden Augen auf. Was es war, konnte ihre Mutter darin nicht ablesen. Sie war noch zu sehr damit beschäftigt, die letzten Reste Würde aufzusammeln, die ihr der widerliche Staatsdiener gerade genommen hatte.

Erst viel später deutete sie den Blick ihrer Tochter als einen Akt tief empfundener Selbstbestimmung. Smiljana handelte mit einer

Klarheit, die sie an ihrem Mädchen nur sehr selten vergönnt war. Zielstrebig stand sie auf, legte ihre Hand beinahe zärtlich auf die Schulter des hohen Beamten und hob das Magazin auf. Sie gab es dem Mann zurück, dann drehte sie ihn von ihrer Mutter weg. Mit beiden Händen streichelte sie das schlaffe Glied des Volltrunkenen, während sie ihn zurück zum Bett lotste.

Wohlig grunzend ließ sich der Polizist rücklings in die weichen Federn fallen. Smiljana krabbelte über ihn hinweg und ließ ihr Becken über seinem Kopf kreisen. Mit einer einladenden Geste bedeutete sie ihm, ihr die Waffe zwischen die Beine zu stecken, was der Mann auch brav tat. Als bereite es ihr Freude, ritt sie mit ihrem Becken über den kalten Stahl. Stöhnend richtete sie ihren Unterleib auf, ließ ihn wieder fallen. Sie wippte in einem Rhythmus, der einem schauderhaften Tanz gleichkam, in dem keine Schönheit lag. Ihre Bewegungen waren grazil, der Widerling unter ihr setzte mit seiner Hand an der Pistole grob nach. Gebannt wohnte er dem abartigen Spiel bei und ließ es zu, dass Smiljana sich ganz nah zu seinem Gesicht herunterbeugte. Seinen Arm hielt er in einem unnatürlich steilen Winkel nach oben, damit die Mündung der Pistole nicht aus ihrer Vagina rutschte.

Verführerisch lächelnd legte Smiljana ihre Finger um seine.

Milena verfolgte die unsagbar abstoßende Darbietung seelenleer und gequält. Was konnte sie schon tun, als das Verbrechen zu ertragen. Es gab kein Entrinnen für sie.

Plötzlich durchzuckte ein lauter Knall den Raum.

Der Mann im Bett gurgelte. Aus einem Loch in seiner Brust schäumte Blut. Schmutzig Rote Blasen werfend, breitete sich die Gewebeflüssigkeit auf ihm aus. Entsetzt realisierte der schlagartig ernüchterte Beamte, dass er den Strom nicht stoppen konnte. Hilfesuchend rollte er mit den Augen. Von Todesangst erfasst, traten sie weiß aus ihren Höhlen.

Smiljana war leblos über das Bett gefallen. Seltsam eingerollt lag sie auf dem Boden des billigen Hotelzimmers, die Pistole noch immer zwischen ihren Beinen. Wäre da nicht überall Blut gewesen, es hätte fast ein friedliches Bild abgegeben. Das Mädchen wirkte irgendwie zufrieden.

Wie in einem Nebel wankte die entkleidete Mutter auf ihr Kind zu, in der Hoffnung, sogleich aus einem Alptraum zu erwachen. Liebevoll strich sie ihrer Tochter über die warme Wange, fühlte den wenigen Fältchen und Grübchen in dem unschuldigen Gesicht nach. Der Schock saß ihr zu sehr im Mark, als dass Milena hätte verzweifelt schreien oder weinen können. Ihre Trauer brach sich nur langsam Bahn. Zeit genug, um zu realisieren, dass es noch nicht vorbei war.

Das schwache Röcheln des Mannes auf dem Bett erinnerte sie daran, dass sie das Opfer ihres Kindes nicht ungenutzt lassen durfte.

Es kostete sie eine unmenschliche Überwindung, die Pistole aus dem Schoß ihrer Tochter zu holen. Das Metall wog schwer in ihren Händen. Noch nie hatte Milena einen Menschen so sehr gehasst, dass sie ihm den Tod wünschte.

Sie war der Rachengel. Tyche. Ohne Mitgefühl. Ohne Gnade. Ohne Erbarmen. Als der Polizist erkannte, was die Frau mit seiner Dienstwaffe vorhatte, entfloh ihm ein Wimmern.

Im selben Moment flog die Tür auf. Radovan stürmte ins Zimmer. Noch ehe er die Situation richtig erfasst hatte, traf ihn bereits eine Kugel in die Schulter. Eine zweite streifte seinen Kopf, die dritte drang in seinen Hals ein. Zwei weitere Male bohrte sich die brachiale Feuerkraft einer 4 Inches Smith & Wesson durch seine Eingeweide.

Als er zu Boden ging, war er schon tot.

Heiße Wut brauste durch Milenas Kopf. Sie durchlebte einen Rausch, der ihr nicht das leiseste Wohlgefühl bescherte. In einer fließenden Bewegung schwenkte sie ihr Richtschwert mit beiden Händen in Richtung des Bettes. Die Brustwunde des Vergewaltigers warf noch immer Bläschen. Gut. Sie hatte ihm nicht gestattet zu sterben. In seiner Tasche fand sie Patronen. Sie lud nach. Ein paar klimperten auf den Boden. Mit vorgehaltener Pistole trat sie an ihn heran und rammte ihm den metallenen Lauf gegen den Schädel. Das Schwein ächzte. Blinzelnd öffnete er die verquollenen Augen.

Milena hatte keine Worte für ihn übrig. Er war es nicht wert. Sie zog den Abzugsbügel. Einmal, zweimal, dreimal. Nach der sechsten Kugel klickte die Waffe unzählige Male. Milena ließ sie fallen. Sie drehte sich von der Leiche weg, setzte sich neben ihre Tochter, bettete Smiljanas schlaff herabhängenden Kopf sorgsam in ihren nackten Schoß und ließ ihrer Trauer endlich freien Lauf.

Nach und nach trafen zuerst die Polizei und dann ein Notarzt samt Rettungswagen ein. Sie bekamen nicht mehr viel zu tun, außer die Toten einzusammeln. Der Betreiber des Hostels hatte vorsorglich die Behörden informiert, weil er hoffte, die Kollegen des getöteten Polizeioffiziers würden die Sache in aller Stille unter den Teppich kehren. Doch wie sich herausstellte, war Suboticas Polizeiapparat keineswegs so korrupt wie es der Wirt annahm.

Man fand schnell heraus, dass er ein Abkommen mit Radovan und dem hohen Beamten getroffen hatte, das ihn am Prostitutionsgeschäft mit zahlreichen weiteren ausgebeuteten Flüchtlingsfrauen beteiligte. Ein ganzer Schleuserring wurde an diesem Abend ausgehoben.

Milena hatte wirklich alles verloren.

Sobald sie das erkannte, verfiel sie in einen phlegmatischen Schockzustand. Sie war kaum von Smiljanas Leichnam fortzubewegen. Später ließ sie sich wie fremdgesteuert durch das Erdgeschoss des schlossartigen Rathauses Suboticas führen, in dem sich das örtliche Polizeirevier befand. Ihre Sachen hatte sie zurückbekommen. Sie fand sich wieder, eingehüllt in eine Decke, den kleinen Rucksack zu ihren Füßen, auf einem genormten Stapelstuhl in einem winzigen Büro. Eine einfühlsame Kommissarin übernahm die Befragung der geschundenen Frau, die mit totem Blick vor sich hinstarrte.

„Bitte, sagen Sie mir wenigstens Ihren Namen", sagte die Polizistin sanft. „Nur fürs Protokoll."

Die Angesprochene wiegte apathisch vor und zurück. Eine Papiermarke hing trostlos aus dem Pappbecher mit dampfendem Tee, den jemand für sie auf den Schreibtisch gestellt hatte. Sie ließ ihn unberührt.

„Albanisch", summte Milena nach einer Weile sonor vor sich hin. „Wir sind Kosovo-Albaner. Meine Tochter und ich. Smiljana, mein liebes Kind." Ihre Stimme brach, und sie brach in Tränen aus.

„Ich verstehe", notierte die Kommissarin. „Es tut mir sehr leid, was man Ihnen angetan hat", bekräftigte sie. „Wir werden für Sie tun, was in unserer Macht steht. Vertrauen Sie uns, wir kümmern uns um die Angelegenheit." Sie reichte eine Box Taschentücher herüber. „Aber bitte, ich benötige unbedingt Ihre Personalien für die weitere Ermittlungsarbeit. Ich kann Ihnen nur helfen, wenn Sie mir Ihren Namen verraten. Sind Sie verheiratet?"

Die Polizistin deutete auf eine helle Druckstelle am Ringfinger. Hölzern fischte Milena ein Taschentuch aus dem Spender. In einem tranceähnlichen Zustand folgte sie dem Blick der Beamtin und betrachtete ihre zittrigen, nur unzureichend vom getrockneten Blut ihrer Tochter befreiten, Fingerglieder. Die Zeit sich zu waschen, würde sie später bekommen. Ganz langsam schien der Zeugin etwas einzufallen. Zögerlich nickte sie.

„H … Horvath", brachte sie stockend hervor.

Mit einer fahrigen Bewegung hievte sie den Rucksack auf ihren Schoß. Sie spielte mit dem kleinen, silbernen Anhänger in ihrer Hand, betrachtete ihn, um ihn dann konzentriert in der Faust zu kneten. Ein schmales Lächeln, das in den düsteren Schluchten ihren Erinnerungen begraben lag, huschte über ihr Gesicht.

„Horvath", wiederholte sie. Etwas kräftiger diesmal, so als müsste sie sich dieses Namens selbst noch einmal vergewissern. „Mein Name ist Horvath. Milena Horvath. Ich bin 58 Jahre alt, Witwe, und habe nichts mehr, wofür es sich zu leben lohnt."

Der junge Ani lachte beschwingt in sich hinein. Die ihm unbekannte, hübsche Tänzerin hatte ihm den Kopf verdreht. Die Frage, wer oder was sie wirklich war, stellte sich ihm nicht. Es war ihm gar gleich. Das Unmögliche war ihm passiert. Er hatte sich Hals über Kopf verliebt, sogar mehr als das. Was bedeutete ein Name? Gab sie das Geheimnis von sich aus preis, das wusste er, würde er nicht zögern, um ihre Hand anzuhalten. Seine Gefühle spielten verrückt. Was war nur los mit ihm?

Ihr Kuss, den sie ihm zum Abschied auf die Wange gedrückt hatte, brannte süß auf der Haut. Ani war der glücklichste Mensch, wenn schon nicht auf dieser Welt, dann wenigstens im dritten Bezirk Wiens.

Und er hatte vor, es so lange wie möglich zu bleiben.

*
O

Die Tänzerin schwebte der Garderobe mit federleichten Schritten entgegen. Sie wurde bereits ungeduldig von den vielen ihr ergebenen Geistern erwartet. Der Garderobier, der ihr murrend die starre Wolldecke abnahm und das silberne Kostüm mit überbordendem Eifer von Wollfusseln und Straßenstaub befreite. Die Maskenbildnerin, die das Gesicht der Tänzerin abtupfte, erneut bepuderte und die verschwitzten Hautpartien darin mit einem Konturstift nachzog. Ein Friseur, der den Sitz der vollen Haarperücke überprüfte und das glitzernde Silberhäubchen noch einmal in Positur setzte. Er war zudem ihr Zeitansager, der Heinrich-George-Verschnitt von vorhin.

Sie alle gehörten zu den unsichtbaren, unverzichtbaren helfenden Händen, die dafür sorgten, dass es den Revuedarstellern des Bürgertheaters an nichts fehlte.

Der Regisseur des Stückes stürmte in die Umkleide. Bezaubert von seiner Künstlerin berührte er mit den Fingerspitzen zuerst den Mund, dann legte er die flache Hand auf seine Brust.

„Entzückend!", fächelte er sich mit der anderen frische Luft zu, „Ganz entzückend, meine Liebe. Der Mond könnte heute Abend nicht heller erstrahlen!" Er klatschte ihrem Spiegelbild zu. „Aber nun hopp, hopp! Eine Menge Publikum wartet auf dich!"

Die Tänzerin stand auf, deutete einen huldvollen Knicks an, ließ sich vom Spielleiter die Hand küssen und nach draußen begleiten. Einen kostbaren Augenblick lang hatte sie sich ablenken lassen, jetzt war sie wieder in ihrem Element. Ein Dutzend weitere Tänzerinnen

94

in silbernen, federgeschmückten Kostümen strömten auf dem Weg zur Bühne herbei und positionierten sich hinter den Kulissen. Sie setzten ihr strahlendstes Showlächeln auf.

Im Scheinwerferkegel des Rampenlichts stand eine dralle Blondine in einem schulterfreien Trägerkleid. Ihr ausladender Vorbau hielt die Enge des knapp bemessenen Satinstoffs kaum aus. Das Chanson, das sie in bestem Wiener Schmäh ins Publikum schmetterte, war eine Verballhornung jener Kunst, die eine Édith Piaf groß gemacht hatte. Dass die Interpretin nur mäßig begabt war, schien dem Publikum kaum etwas auszumachen. Die vorwiegend männlichen Zuschauer in der vordersten Reihe schlugen sich vor Lachen auf die Schenkel. Die Sängerin machte das dürftige Talent und ihre plakativ deutsche Mädelgestalt durch einen unübertroffenen Großstadtcharme wieder wett. Ihre zweideutigen Anzüglichkeiten über die Wiener Bohème ließen kein Auge trocken.

Auf der gegenüberliegenden Seite der 570 Quadratmeter großen Bühne bereitete sich ein geschniegelter Conférencier darauf vor, die Attraktion des Abends anzukündigen. Er trug einen dunkelblauen, gutsitzenden Frack, mit einer weißen Nelke im Knopfloch. Verdeckt vom Vorhang und unter den 41 Prospekt-, Beleuchtungs- und Gardinenzügen, ging er in gespannter Haltung seine Notizen durch, die er auf kleinen Kärtchen in der Hand hielt. Sein gestutzter, schwarzer Oberlippenbart bewegte sich wieselflink auf und ab, während er pantomimisch die Sätze probte, die er gleich anzubringen gedachte.

Als die Gesangsnummer vorbei war, stelzte er sogleich ins Bühnenlicht, um der Chansonette mit großer Geste zu applaudieren. Vor dem Großmembranmikrofon, das mittig auf einem Ständer am Bühnenrand aufgepflanzt war, blieb er neben der Blondine stehen. Steif wie eine Schneiderpuppe, ebenso steif lächelnd, griff er nach dem Stativ. Die plötzliche Berührung verursachte einen kurzen, unangenehmen Pfeifton.

Das mit 1.238 Personen ausverkaufte Haus beruhigte sich.

„Die unnachahmliche, um keinen Ton verlegene, Mitzi Fischer, meine Damen und Herren!", komplimentierte der Ansager die untalentierte Sängerin charmant von der Bühne.

Mitzi verbeugte sich, wobei ihr runder Busen beinahe aus dem Dekolleté fiel. Die Zuschauer quittierten ihren Abgang mit ungeschliffener Begeisterung. Während der folgenden Sprechpause, fixierte der Conférencier die mit mattgrünem Stoff bespannte Wand zwischen den Logen des ersten und zweiten Ranges, wo auf einer überlebensgroßen Leinwand der Harlekin in Temperafarben auf das muntere Treiben herabsah.

„Sehr verehrtes Publikum", hob der Mann mit wohlklingender Baritonstimme an, die weiter an Volumen zunahm, je mehr er sich in sein eigens Wortfeuerwerk hineinsteigerte. „Nach diesem mundartlichen Gustostückerl, serviert Ihnen das Bürgertheater nun einen ganz besonderen Happen Wiener Lebensart. Wir lassen Sie teilhaben an einem einzigartigen Kaffeekranzerl. Ein Kranzerl mit Torte — aber keine Sacher, nein! — ein leiwands Sahneschnitterl ist es, das wir Ihnen heute Abend in unserem Tempel der Sinneslust kredenzen. Ein Schmankerl, um das Sie sich, meine Herr'n, ja, und auch sie, werte Damen, die Finger lecken werden!"

Die Menge seufzte fachkundig auf, stampfte. Vereinzelt ließen sich ein paar Pfiffe, eindeutig Männer, vernehmen.

„Herrschaften! Nicht im Sacher, nicht im Demel, nicht im Central ist für Sie gedeckt. Begeben Sie sich mit mir auf die Reise an ein Fleckerl im Universum, wo das Träumen noch erlaubt ist. Das Bürgertheater erlaubt sich, Sie in ein außergewöhnliches Caféhaus zu entführen. Wo, die Fantasie keine Grenzen kennt. Wo, die Kundschaft mit den Augen naschen darf … aber bitte nur mit den Augen. Das Antatschen ist streng verboten."

Ein anzügliches Gelächter ging durch die vollbesetzten Reihen.

„Geschätztes Publikum, genug der Plauderei. Betreten Sie mit mir das Gestirn der Wonne, den Planeten der Sinne: Den Mond!"

Hinter dem Conférencier hob sich die Kurtine und unter den verzückten Ausrufen der Theaterbesucher zeigte sich das zerklüftete, dämmrig beschienene Abbild einer originell verspielten Kraterlandschaft. Dahinter hing eine silbrig glänzende Scheibe, die den Erdtrabanten darstellte.

„Das Bürgertheater ist stolz, Ihnen den heutigen Programmhöhepunkt darbieten zu dürfen. Eine exotische Tänzerin, die schön ist wie die Königin der Nacht und grazil, wie es die Haremsdamen aus der Welt des mörderischen Sultans Schahriar im Land der Muselmanen nie waren. Verehrte Damen wie Herren! Ich präsentiere Ihnen voller Stolz: Die einzigartige, die geheimnisvolle, die begehrenswerte", der Sprecher holte tief Luft, um noch mehr Dramatik in die finale Ankündigung zu legen. „Samacandra!"

Der Mann reckte eine Hand zum Orchestergraben, woraufhin unter dem frenetischen Tosen der Zuschauer die geselligen Töne einer Geige erklangen. Ein elegant gekleideter Streicher entlockte seinem Instrument einige sehr rasante Töne. Er stimmte das Spektakel an, während der Conférencier von der Bühne huschte.

Die Tänzerinnen bekamen ihren Auftritt. Jede trug einen Gegenstand bei sich, der nach Meinung der Requisiteure für einen netten

Kaffeeklatsch unverzichtbar war: Tassen, Teller, Löffel, auf Kante gelegte Mundtücher und vier Zuckerwürfel – alles in wohlproportionierter Übergröße. Besteck aus Pappmaché, handlich wie ein Elefantenohr.

Die Utensilien wurden in der Mitte der Bühne zu einem feierlichen Nachmittagsgedeck drapiert. Dazu schwangen die kokett kostümierten Mondelfen ihre ellenlangen Beine und wippten im Walzertakt mit den schmalen Hüften. Das aufgeheizte Publikum klatschte begeistert mit.

Mit einem Mal brach die Musik ab.

Das Licht im Auditorium dimmte ab. Der patentierte Bühnenlichtregulator der Siemens-Schuckertwerke zauberte über vier Stellwerke, aus hellem, gelbem, blauem und rotem Licht, ein mystisches Farbenspektakel auf die Spielfläche.

Durch die Menge ging ein überraschtes „Ach" und „Oh".

Im nächsten Augenblick hoben vielstimmige, sphärische Orchesterklänge an. Trompeten, Hörner und Fanfaren schmetterten. Flöten, Klarinetten und Oboen trällerten dazwischen. Die Pauken dröhnten bombastisch, und die Finger der fünf Streicher flogen über die Saiten. Der Lichtkegel, der zuvor Mitzi Fischer in Szene gesetzt hatte, brach vom entgegengesetzten Ende des Theaters durch den verdunkelten Saal und leuchtete einen Punkt am Rande der Bühne aus. Dort hatten die Tänzerinnen ein Spalier gebildet. Ein zylindrisches Gebilde, das ein riesiges Seidentuch verhüllte, wurde durch die Reihen gezogen. Die Außenhaut des dreistöckigen Ungetüms schimmerte geheimnisvoll im diffusen Scheinwerferlicht. Vier Herren in Nadelstreifen brachten es in Positur. Emsig umringten die Darsteller das wundersame Ding, nur um es zu ignorieren. Sie taten so, als wäre es das normalste der Welt, ein angeregtes Kaffeekränzchen mit einem Teelöffel zu beginnen, den man nur mit zwei Händen halten konnte, und Zuckerstückchen, auf die man sich setzen konnte.

Das Bühnenbild entsprang der Idee des künstlerischen Leiters. Der Intendant des Bürgertheaters hatte seine ganz eigene Vorstellung von der Tanzrevue Marchese Giabicomis. Und vom Mond. Die Kritiker der zensierten Wiener Kulturlandschaft schätzten ihn für die Extravaganz seiner Inszenierungen.

Ein Lichtstrahl lenkte die Aufmerksamkeit der Zuschauer auf das schwindelerregend hohe Plateau des arrangierten Monuments. Die Musik wurde lauter, durchdringender.

Etwas oder jemand räkelte sich etwas unter dem Tuch.

Mit schauspielerischem Übereifer machten die Komparsen einander auf das Geschehen über ihren Köpfen aufmerksam, damit es auch wirklich keinem Zuschauer entging, was sich da oben abspielte. Ein orchestraler Gewitterschauer ergoss sich über die Ränge und ging in einen operettenhaft eingängigen Rhythmus über. Es hielt die Leute nicht mehr auf ihren Plätzen. Sie sangen und stampften, klatschten und pfiffen im Takt mit. Eine Ouvertüre der Hingabe.

Unter dem dünnen Seidengewebe zeichneten sich die aufreizenden Umrisse einer Frau ab. Sie schien nur spärlich bekleidet zu sein. Der feine lichtdurchlässige Stoff klebte an ihr wie eine zweite Haut, vermittelte eine Ahnung von Erotik. Im Einvernehmen mit der ohrenbetäubenden Akustik des Hauses wiegte ihr Körper geschmeidig hin und her. Mal bäumte sie ihn auf, mal sackte sie in sich zusammen. Immer wieder schmiegte sie sich so eng an das Tuch, dass die hauchdünne Seide ausnahmslos jeden ihrer weiblichen Reize preisgab. Dem männlichen Teil des Publikums stockte der Atem.

Die anwesende Damenwelt hatte die Wahl zwischen hochnotpeinlicher Aufregung und Wegsehen. In Wien war man viel gewohnt, eine freizügige Darbietung wie diese sprengte jedoch gewiss den Rahmen, oder? Die Ordner bewegten sich nicht vom Fleck, auf den Pressesitzen kritzelten Reporter eifrig in ihre Notizbüchlein. Die morgigen Zeitungen würden über den Abend bestimmt angemessen berichten. Niemand verließ empört den Saal. Diese Revue würde zu *dem* Gesprächsthema der Stadt werden.

In Europas Kulturhauptstadt entschied nicht das Volk, sondern die Kritik über den Erfolg einer Darbietung – das war schon immer so gewesen. Dem ordneten sich meist sogar die Nazis unter.

Alles gaffte und wartete begierig darauf, das Tuch endlich fallen zu sehen, aber die Künstler waren Meister ihres Fachs. Um die Spannung der Zuschauer zu steigern, veranstalteten sie ein geschicktes Ringelrein der Täuschung. Sie zupften hier ein wenig an einem Zipfelchen Seide, dann wieder dort, und taten jedes Mal, als rissen sie das Riesentuch gleich herunter, nur um dann wieder das Augenmerk auf den erotischen Tanz über sich zu lenken.

Genau als die Spannung ihren Höhepunkt erreichte, trat erneut der Erste Violinist in Erscheinung. Diesmal als Dandy der Biedermeierzeit, mit Melone und braunem Anzug. Er verließ den Orchestergraben und erklomm die sechs Stufen, vorbei an der Proszeniumsloge für die Ehrengäste. Versunken in sein Spiel, wanderte der Musiker um das noch immer verhüllte Schaustück herum, bis er auffallend tollpatschig über ein Stück Mondgestein aus Pappmaché stolperte.

Das Innere des Brockens leuchtete auf, und im gleichen Augenblick glitt der ausladende Schleier zu Boden.

Zum Vorschein kam eine gläserne Etagere, von der weißes Kristallpulver wie eine Zuckerkaskade über zwei Ebenen rieselte. Ganz oben thronte eine Frau mit weit über dem Kopf ausgebreiteten Armen, eine Skulptur, ähnlich gemeißeltem Marmor. Sie trug ein silbernes Häubchen, aus dem ein Buschen flaumiger Straußenfedern wölkte. Die gleichen Federn ragten hinten aus dem knapp geschnittenen Einteiler, der ihren schlanken Rumpf bedeckte. Mozarts Königin der Nacht in neuem Gewand einer Mondgöttin.

Ideal besetzt mit dem ruchbarsten Starlett am Tanzhimmel: Samacandra.

Ein Beifallssturm brach los. Lange Fäden Silberpapier regneten auf die Tänzerin herab. Aus einer versteckten Leitung zwischen ihren Füßen zischte ein nebliges Gemisch aus Flüssigstickstoff. Sie trug hochhackige Schuhe mit langen Absätzen, die mit der Konstruktion verschraubt waren, um sicherzustellen, dass sie bei einer Erschütterung nicht von der Etagere fiel. Unerschütterlich trotze sie dem über sie hereinbrechenden Gewitter aus gleißenden Blitzen, das einem echten Weltraumsturm vermutlich in nichts nachstand.

Tiefe Paukenschläge versetzten die Magengruben der Zuschauer in Schwingung. Der Violinist rappelte sich auf und nahm wieder sein Spiel auf.

Sogleich sprang ihm das Orchester bei.

Samacandra tanzte. Ihre sinnliche Darstellung der Mondgöttin geriet zur aufsehenerregenden Sensation. Sämtliche Elektronenblitzgeräte der Pressefotografen bannten das Bühnengeschehen auf Zelluloid. Das Bürgertheater stand Kopf.

Sieben Mal wurde Samacandra vom Beifall der tobenden Menge vor den Vorhang gerufen. Die Hauptdarstellerin des Abends verbeugte sich atemlos lächelnd in jede Richtung und verteilte Kusshände. Ihre Bewunderer überhäuften sie mit Blumengrüßen.

Zurück in ihrer Garderobe ebbte der Zustrom an Gratulanten keineswegs ab. Teure Rosenbouquets, an denen kunstvoll verzierte Kärtchen hingen, wetteiferten mit üppigen Blumengebinden auf ihrem Schminktisch darum, der gefeierten Tänzerin möglichst als Erstes zur Kenntnis zu gelangen. Die Aufmerksamkeiten schmeichelten Samacandra, bedeuteten dem Menschen hinter der Rolle jedoch kaum etwas. Sie wurde ungeduldig, das machte sie unleidig. Der heutige Abend sollte einmal nicht als rauschendes Gelage aufgesetzter Fröhlichkeit enden. Mit divenhaftem Nachdruck erkundigte sie sich nach der genauen Uhrzeit und bestimmte, dass nur möglichst wenige Gratulanten vorgelassen würden.

Es kamen mehr als ihr lieb war. Darunter höhergestellte Persönlichkeiten der Wiener NSDAP-Führung, allen voran der amtierende Oberbürgermeister Philipp Wilhelm Jung. Der gebürtige Rheinländer und 1940 eingesetzte Wiener Gemeindevorsteher ließ es sich nicht nehmen, seine Glückwünsche persönlich zu überbringen. Der verheiratete Mitfünfziger in Champagnerlaune umgarnte die Tänzerin und drückte ihr ein paar Küsschen zu viel auf, die sie mit einem gezierten Lächeln entgegennahm. Sein herbes Gesicht, das ihr mit den engstehenden, scheinbar braunlosen Augen und dem langgezogenen Schmiss auf der linken Wange, unangenehm nahekam, machte ihr Angst.

Der Mann, der sich selbst als „politischer Soldat des Führers" betitelte, schwadronierte in ihrem Beisein von Wien als Bollwerk deutscher Kultur, das vom fremden Blut reinzuwaschen sei, und er witzelte humorlos über die alten Weinberge rund um die Stadt. Ob das reizende Fräulein Samacandra ihm da nicht Recht geben müsse, ob sie ihm nicht die Ehre geben wolle, ihn auf einen lauschigen Heurigen zu begleiten – selbstverständlich ganz zwanglos, ohne Verpflichtung, nur sie zwei?

Für eine unverheiratete Frau war es das eine, den selbstverliebten Monologen eines Parteibonzen andächtig lauschen zu müssen, doch etwas ganz anderes, eine solche Offerte abzulehnen, die unzweifelhaft auf eine höflich formulierte Buhlschaft hinauslief.

Ein „Nein" bedeutete das Karriereaus. Lüstern glitten Jungs Augen über Samacandras Rundungen. Sie konnte sich viel zu genau ausmalen, was dieser Mann in seinen Gedanken mit ihr trieb. Diese Sorte Mann nahm sich, was und wann es ihm gefiel.

Dennoch rang sie sich eine freundliche Ausrede ab. Sie erklärte, dass sie der Einladung des Bürgermeisters mit größtem Vergnügen folgen wolle, sobald es ihr bis oben hin ausgelasteter Terminplan zulasse. Ihr oberstes Augenmerk gelte zuvorderst ihren Verpflichtungen dem Theater gegenüber, als angesehener Vollblutpolitiker verstehe er das doch sicherlich. Ihre Profession als Tänzerin ließe da keine Ausnahmen zu. Dieser Abend gehöre dem Ensemble und dem Publikum. Hernach sei sie ihm gerne zu Diensten, log sie.

Sie hoffte inständig, dass die Zeitangabe unbestimmt genug war, um sein Interesse an ihr abkühlen zu lassen.

Oberbürgermeister Jung befeuchtete sich mit der Zungenspitze die Oberlippe und nickte bedächtig. Er war genug verstimmt darüber, dass Samacandra ihn abblitzen ließ, dass er zwar nach ihrer Hand schielte, sie dann aber nicht küsste. Das sollte ihr Hinweis genug sein. Noch einmal würde sie damit nicht durchkommen. Er straffte seinen

Körper zu einem preußischen Diener, und rief nach einem seiner Gefolgsleute, der ihm die Tür aufhielt.

Jung verließ die Garderobe mit raumgreifenden, stolzen Schritten. An ihm vorbei wurden bündelweise neue Blumensträuße sowie kleine Präsente hereingeschafft. Die Gaben stapelten sich bereits in der Umkleide. Davor tummelten sich weitere Verehrer, die hofften, wenigstens einen Schimmer von Samacandras Glanz zu erhaschen oder ihre Aufmerksamkeit zu erlangen. Ein paar Leute vom Hauspersonal schirmten die Attraktion der Stunde vor übergriffigen Schwerenötern ab.

Sobald sich die Garderobentür wieder schloss, kehrte ein wenig Ruhe ein. Es befanden sich nur noch die Maskenbildnerin und der Botenjunge, der für die Geschenke zuständig war, im Raum. Die wiederhergestellte Ordnung ihrer überschaubaren Privatsphäre ließ die Tänzerin erleichtert aufatmen. Ihr Puls rauschte, und sie hegte den innigen Wunsch nach einer Zigarette. Doch das musste warten.

Während sie abgeschminkt wurde, betrachtete sie ihr Gesicht im Spiegel. Sie lächelte breit und unbeschwert, wie sie es seit Jahren nicht mehr getan hatte. Der heutige Auftritt war ihr leicht gefallen. Das Tanzen hatte ihr endlich wieder Spaß gemacht, was längst keine Selbstverständlichkeit mehr war. Schon seit einiger Zeit fühlte sie sich ausgebrannt und leer. Eine bleierne Müdigkeit hatte sie befallen, von der sie geglaubt hatte, dass nur ältere Frauen daran litten.

Ihre melancholischen Gedanken häuften sich, wogegen ihr der Arzt ein Döschen Luminal verschrieben hatte. Sie nahm es jedoch nur unregelmäßig, da sie davon jedes Mal Herzrasen bekam, wenn sie dazu mit Schaumwein anstieß, was nicht gerade selten vorkam.

Jetzt hatte sie Herzrasen aus einem anderen Grund.

Ihre Gedanken kreisten um die Begegnung mit dem kessen jungen Mann draußen vor dem Theater – Anian.

Ani.

Der angenehm treuherzige Soldat in seinem drolligen Trachtenanzug hatte es irgendwie geschafft sie zu beschwatzen, oder war es umgekehrt gewesen? Endlich einmal ein Mann, der sich nichts auf die Orden an seiner Brust einbildete. Erfrischend, dass er nicht wusste, wer sie war und schlecht ausgesehen hat er auch nicht.

Wenn sie nur darauf käme, weshalb ihr sein Gesicht so vertraut war. Jedenfalls wollte er ihr nicht mehr aus dem Sinn gehen. Während ihres Auftritts hatte sie sein Nachglühen noch abschütteln können, da war sie Profi genug. Vielleicht auch nicht, denn es war etwas geschehen mit ihr. Die Begegnung mit ihm hatte ihr etwas von der abhanden gekommenen Leichtigkeit zurückgebracht. Er besaß Humor, hatte sie nachdenklich gemacht. Es bei dieser einen Episode zu belassen, wäre ihr wie Verrat vorgekommen. Sie hatte es in Erwägung gezogen, der Bursche wäre nicht der erste gewesen, der umsonst auf sie gewartet hatte. Aber eine Art innere Warnsirene hielt sie davon ab.

Ani.

Der Kerl, der keine Ahnung hatte, auf wen er sich einließ. Wie würde er reagieren, wenn er es erfuhr?

Samacandra wurde von unzähligen Männern verehrt, die nach einer Kopfgeburt gierten, deren Berufung es war, das devote Funkenmariechen zu geben. Diese Sorte Männer verstand nicht, dass Tanzen harte körperliche Arbeit war. Es erforderte eiserne Disziplin und jahrelanges Training, das jedem Kasernendrill zur Ehre gereichte.

Der Erfolg war ihr nicht in die Wiege gelegt worden. Unter ihrem weltlichen Namen wäre sie niemals so weit gekommen. Das Aussehen hatte sie schon immer gehabt, aber der Name ... Beuschelschütz ... Isabella Beuschelschütz, aus der württembergischen Provinz.

Das besaß keinen Klang. Hatte zumindest ihr erster Liebhaber behauptet, mit dem sie im Alter von 16 Jahren durchgebrannt war. Er hatte sich ihr auf der Straße als Stanislav Ledinek vorgestellt, ein jugoslawischer Regisseur, der sie mit der Statistenrolle für einen Ufa-Streifen lockte, in Wirklichkeit aber nur mit ihr ins Bett wollte.

Heim konnte sie nach dieser Schande nicht mehr, zu groß war ihre Angst vor dem Gerede der Leute. Weil sie tatsächlich Talent besaß, wurde schließlich ein anderer Nachwuchsfilmer auf sie aufmerksam. Johann Holger, den sie auch prompt gegen den Willen ihrer Eltern heiratete. Mit 18 Jahren hatte sie ihren ersten großen Auftritt in dem Kassenschlager „Stunde des Glücks".

Ein cineastisches Meisterwerk, das von einer jungen Frau handelte, die ihr altes Leben hinwarf, um als gefeierter Filmstar die Bühnen der Welt zu erobern. Ihr Leben. Samacandras Leben. Der Künstlername war Johanns Idee gewesen. Da Indien als Sehnsuchtsziel auf das deutsche Publikum zu dieser Zeit eine besondere Faszination ausübte, wurde das neue Pseudonym eine Mischung aus Hindi und Erfindungsgabe. Sie hatten in einer Buchhandlung gesessen und aus Jux und Tollerei ein Wörterbuch durchgeblättert. Irgendwo im Hintergrund kratzte mehr, als dass sie spielte, eine Grammophonnadel über eine alte Schellackversion der Zauberflöte, als Johanns Finger zwischen den Seiten stecken blieb.

„Das ist es!", rief er.

Aus den Wörtern für Mond und Königin machte er „Samacandra" – das Synonym ihres beiden Aufstiegs.

Johann bekam jede Menge Filmangebote, Isabella ging auf Tournee. Berlin, Paris, London und Stockholm, meist sogar vor königlichem Publikum. Den Engagements waren große Erfolge beschieden, Samacandra wurde auf Händen getragen.

Isabellas Ehe jedoch hielt keine zwei Jahre. Die unentwegte Trennung voneinander, aber auch Johanns und ihre unterschiedlichen Lebensausrichtungen besorgten den Rest.

Wenn sich berühmte Frauen von ihren Ehegatten scheiden ließen, geriet das ihrer Karriere oft zum Verhängnis. Nicht so bei ihnen. Isabella und Johann gingen ohne Schmierentheater auseinander, es gelang ihnen sogar, so etwas wie eine fernmündliche Freundschaft zu erhalten. Man behielt sich aus gegenseitigem Respekt sozusagen im Ohr. Johann Holger war stets bestens informiert über Samacandras Bühnentriumphe, und er bemerkte als erster, dass Isabella zunehmend unter dem naiven Nimbus ihres zweiten Ichs litt.

Die Tänzerin gönnte sich keine Pause. Ihr Terminkalender quoll über vor Verpflichtungen. Daran änderte nicht einmal der Krieg etwas. Ihre neue Tourneeagentin, die sie zwischenzeitlich engagiert hatte, schickte sie auf die obligatorischen Unterhaltungsvorstellungen im Hinterland der siegreichen Wehrmacht, was Samacandras Beliebtheitsgrad weiter befeuerte.

Für ein Mädchen aus einfachen Verhältnissen keine schlechte Leistung. Doch Isabella war nicht so dumm zu glauben, dass es ewig so weiter ging. Sie war 26 Jahre alt, und wenn sie es clever anstellte, konnten noch fünf, sechs erfolgreiche Jahre im Scheinwerferlicht folgen. Und dann?

Isabella Beuschelschütz war das genaue Gegenteil ihres Alter-Ego, eine unabhängige, alleinstehende Geschäftsfrau, die wusste, was sie wollte, einschließlich des einen oder anderen Techtelmechtels, das sich gut vermarkten ließ. Sie hatte ihre Schäfchen im Trockenen, wie man so schön sagte. Ihr Geld war gut angelegt, sie besaß ein eigenes Haus in Wien, um das sich in ihrer Abwesenheit eine Haushälterin kümmerte. Was sie nicht hatte, war eine eigene Familie.

Den Kontakt zu ihren Eltern hatte sie abgebrochen, Geschwister waren nicht vorhanden. Wenn sie nach der anstrengenden Arbeit nach Hause kam, war da niemand, der auf sie wartete. Es gab keine aufbauenden Worte von einem lieben Menschen, der nicht bei ihr im Lohn stand.

Sicher, sie hätte sich ein kleines Schoßhündchen als Modeaccessoire zulegen können, so wie Zarah Leander, die hatte gleich mehrere. Sie hatte die Diva einmal in ihrem Haus in Berlin-Dahlem besucht, dabei war sie dauernd von diesem dämlichen Foxterrier angeknurrt worden. Den schleppte Zarah überallhin mit, nur um das arme dann Tier laufend zurechtzuweisen, weil es so unerzogen war. Nein, Haustiere waren nichts für sie. Männer schon eher, auch wie bei der Leander. Aber deren Männer waren alle mit dem Milieu vertraut.

Die Hand der Maskenbildnerin tauchte vor ihrem Gesicht auf und wischte mit einem Tuch den Lidschatten von den Augenlidern.

Ani.

Konnte ein Mann wie er überhaupt begreifen, in welcher Welt sie lebte, dass es zwei Seiten der Isabella Beuschelschütz gab, die in völligem Widerspruch zueinander standen?

Da war zum einen die Unternehmerin, die sich im Showgeschäft gegen selbstgefällige Produzenten behaupten musste, allesamt Herren, die Frauen für hirnlose Spielpüppchen hielten. Auf der anderen Seite bediente sie mit der schillernden Samacandra, die einer Göttin gleich und das andere Geschlecht um den Verstand tanzte, eben jenes Klischee, dem sie wegen ihres Erfolgs nicht mehr entkommen konnte. Sie schaffte einen wackeligen Spagat zwischen verdientem Wohlstand und champagnergeflutetem Wolkenkuckucksheim, der sie eine Menge Kraft kostete. Gerne hätte sie die Bürde geteilt, mit jemandem, der sie verstand. Was sie nicht war, und was sie niemals mehr sein würde, war das brave, fügsame deutsche Hausmädel. Daran konnte kein noch so galanter Anian Tuchel etwas ändern. Nie.

Ani.

Der junge Mann hatte ein fürchterlich verwirrendes Gedankenspiel in ihr ausgelöst. Sie schüttelte sich, wofür sich ihre Gehilfin entschuldigte, weil sie glaubte, etwas falsch gemacht zu haben.

„Nein, nein", beteuerte Isabella eilig. „Es ist nicht Ihre Schuld, Herta. Bitte machen Sie weiter. Männer, Sie wissen schon ..."

Die Maskenbildnerin lächelte verständnisvoll in den Spiegel und beendete ihre Arbeit.

Die alles entscheidende Frage war, wie Anian reagieren würde, wenn er von Samacandra erfuhr.

Isabella betrachtete ihr Gesicht.

Da saß sie nun, zurückgesetzt in die Realität und kämpfte mit derselben banalen Schwäche, die letztlich jede Frau umtrieb:

War dieser Kerl der richtige für sie?

Fest stand, sie würde sich nicht für ihn verbiegen, sie war die, die sie war. Punktum. Aber der Rest?

Verflixt, sie hatte einfach ein gutes Gefühl bei ihm. Sie stellte hohe Ansprüche an ihre Verehrer. Schon einige hatten Hoffnung in ihr geweckt und waren dann gnadenlos abgestürzt. Viel zu oft war sie für einen Mann nur die verruchte Tänzerin, als die er sie sehen wollte, sogar im Bett.

· Das sollte ihr mit Ani nicht passieren.

Isabella grübelte. Sollte sie es wirklich wagen? Sie hatte keine Lust, erneut enttäuschts zu werden. Ein Test, ja genau. Einen, bei dem sich sein wahrer Charakter offenbarte. Sie wollte ihren Plan eigentlich erst übermorgen in die Tat umsetzen. Wozu warten? Sie schüttelte den Kopf. Ihr Vorhaben barg ein enormes Risiko, nicht nur für sich, sondern auch für alle anderen Beteiligten. Es wäre mehr als eine Heldentat – ein echter Liebesbeweis, oder nicht? Gott im Himmel, sie interpretierte schon mehr in die Sache, als überhaupt gelaufen war.

Kismet, das sollte es sein! Sie würde die Entscheidung einfach dem Lauf der Dinge überlassen, aus dem Bauch heraus. Oh, es konnte sie den Kopf kosten, wenn sie falsch lag. Sie hielt den Atem an und stellte sich Ani vor. Die erste Aufgabe hatte sie ihm ja bereits gestellt. Wenn er etwas für sie empfand, wartete er draußen vor dem Theater. Jedenfalls wünschte sie sich das.

Warum zum Henker gab es hier drinnen keine Uhr, wie spät es wohl war?

Sie würde ihn für die lange Wartezeit entschädigen müssen. Das waren die profanen Dinge, mit denen sie sich zuerst einmal auseinandersetzen musste. Mit der richtigen Garderode wäre immerhin ein Anfang gemacht. Unter normalen Umständen wäre sie nach Hause gefahren und hätte sich in aller Ruhe umgezogen, sich unter Dutzenden das richtige Kleid und die passenden Schuhe ausgesucht. Natürlich konnte sie jemanden mit einer persönlichen Nachricht nach draußen schicken. Das Rendezvous vielleicht auf einen anderen Tag zu verschieben, doch sie spürte, dass dadurch ein natürliches Prinzip gestört würde, die sie sich nicht erklären konnte. Es kam nicht infrage, das Schicksal herauszufordern, also war jetzt bitteschön etwas Einfallsreichtum gefragt. Sie wollte sich für ihre Verabredung herausputzen, nicht übertrieben, nur normal hübsch.

Das Problem bestand darin, dass es im opulenten Universum der Theaterschaffenden keine Normalität gab. Das Make-up war auffällig, die Kostüme erst recht.

Isabella biss sich auf die Unterlippe. Von draußen brandete wieder Lärm gegen die geschlossene Garderobentür, der sie daran erinnerte, dass die Zeit nicht stehengeblieben war.

Ihre Umkleide bot ausreichend Platz für vier Personen, die sich gleichzeitig um die Hauptdarstellerin kümmerten, während sie sich für ihre unterschiedlichen Rollen von einem Kostüm in das nächste zwängte und gleichzeitig die neueste Regieanweisung entgegennahm. Es gab neben dem breiten beleuchteten Schminktisch ein Perückenregal, zwei niedrige Barhocker, einen fahrbaren Kleiderständer, einen runden Beistelltisch und sogar ein schiefes Wandbild. An eine Uhr hatte allerdings niemand gedacht. Dafür waren die Regieassistenten da, die allerdings nie in der Nähe waren, wenn man sie brauchte.

Isabella blieb nichts anderes übrig, als die Tür einen Spalt breit zu öffnen. Sofort schwappten ihr begeisterte Zurufe entgegen. Drei Aufpasser gaben sich alle Mühe den Ansturm zu bremsen. Hastig tippte sie einem von ihnen auf die Schulter, um ihn nach dem Garderobier zu schicken. *Und die Uhrzeit, bitte sehr!* Der Angestellte tauchte nur Minuten später mit dem Gesuchten im Schlepptau wieder auf. Isabella erklärte ihrer Maskenbildnerin und dem Garderobier, was sie wollte, und stellte ihnen für die Überstunden ein fürstliches Zubrot in Aussicht. Endlich warf auch jemand eine Uhrzeit in den Raum.

Es war 21.32 Uhr. Da lag ihr Wangenkuss für Ani genau drei Stunden zurück.

Ob er noch auf sie wartete?

Die Tänzerin tat jedenfalls so, als glaubte sie daran.

Die serbische Polizei, die den Nachlass des Menschenhändlers Radovan durchstöberte, fand neben einer geradezu schwindelerregend hohen Summe Bargeld, etliche Ausweisdokumente. Teils waren es unglaublich echt wirkende Fälschungen, teils die originalen Papiere seiner Opfer. Ein Großteil der darin erfassten Menschen war nicht mehr auffindbar. Wenn, wie zu befürchten stand, sie nicht von Radovan entsorgt worden waren, dann hatten sie sich entweder auf eigene Faust und gut Glück als Illegale durchgeschlagen oder waren zutiefst desillusioniert in ihre Heimatorte zurückgekehrt.

Dem Schicksal dieser verloren gegangenen Seelen nachzuspüren, würde Jahre in Anspruch nehmen, und wie ziemlich alle Polizeireviere dieses Planeten, war auch das in Subotica chronisch unterbesetzt.

Milena Horvath hatte Glück im Unglück.

Sie erhielt das DIN A4 große Schriftstück der Vereinten Nationen, ein Passersatz, der sie als asylsuchende Kosovo-Albanerin aus Pristina auswies. Ihr einziges Überbleibsel von Wert, war das silberne Schutzamulett, das ihr die gute alte Unica vermacht hatte.

Es hatte längst seinen Glanz verloren, sah keineswegs mehr wertvoll aus. Das, was es verkörperte, manövrierte die traumatisierte Frau aus dem untergehenden Jugoslawien in so etwas wie eine sentimentale Abhängigkeit.

Milena war als einzige übriggeblieben.

Aus ihrer Familie, aus ihrem Heimatdorf. Was konnte als letztes Erinnerungsstück daran grausamer sein als das Zeichen der Schicksalsgöttin Tyche? Eine Ironie, die Milena nicht bewusst war und sie wahrscheinlich nur deshalb an dem Amulett festhalten ließ. Sie hätte es niemals übers Herz gebracht, das Ding einfach wegzuwerfen. Wie um sich selbst zu beweisen, dass ihr Glaube nicht von einem Stück Metall abhing, beließ sie es trotzig am Reißverschluss ihres kleinen Reiserucksacks. Sollte es sich von alleine lösen, dann war das eben so. Schicksal.

Nur wenige Tage später wurde sie mit nichts als ihrem Gepäckstück und der Vergangenheit, die man ihr buchstäblich vom Leib gerissen hatte, in dem Reisebus der Hilfsorganisation mit den roten Käppis und den gelben Westen über die Grenzen Ungarns nach Deutschland gefahren.

Der Talisman hatte sie bisher nicht verlassen. Mit dem Glück war es eine andere Sache. Der Empfang in der Bundesrepublik fiel nüchtern aus, das Auftauchen der Flüchtlinge löste keine Begeisterungsstürme aus. Mit einem Wust aus Bescheinigungen und Anträgen, wurde aus einer heimatvertriebenen Frau in Fleisch und Blut, ein formgebundener Verwaltungsakt. Eine Maßnahme, die den ausführenden Organen offensichtlich dazu diente, dem Elend nicht ins Auge sehen zu müssen, denn ein Verwaltungsakt löste kein Mitleid aus. Ein Verwaltungsakt konnte herumgereicht werden und man musste ihm nicht wegen des Verlusts seiner Familie kondolieren.

Während man Milena die Strapazen der Flucht ansah, ließ sich ihr Vorgang ohne weiteres bei den übrigen im Aktenschrank ablegen. Ihre Personalakte hatte in Deutschland eine feste Bleibe gefunden, noch bevor man ihr ein Bett zuwies. Wären da nicht ein paar freiwillige Helfer gewesen, die das Elend erträglicher machten, Milena hätte sich vermutlich in Verzweiflung aufgelöst. Oder sich umgebracht. Sie hatte eine Menge Hoffnung in Deutschland gesetzt, aber dass sie ausgerechnet hier ihre Seele gegen ein Aktenzeichen eintauschen musste, war für sie nur schwer zu begreifen.

Sie ist nahe daran, ihre Odyssee zu beenden. Wenn es ihr gelingt, den für sie ausgewählten Bestimmungsort pünktlich zu erreichen, winkt ihr die Aussicht auf einen dauerhaften, gesicherten Aufenthalt. Ein Zugticket und ein wichtig aussehendes Blatt Papier, das ihr eine freundliche Helferin übersetzt hatte und auf dem ein hemdsärmeliger Mann mit Krawatte lustlos einen Abdruck des Bundesadlers hinterließ, war seit langem endlich ein gutes Zeichen. Dann musste sie ja unbedingt über diesen gruseligen, alten Mann stolpern.

Zuerst dachte sie sich nichts dabei, weil sie nur auf der Suche nach einem freien Sitzplatz gewesen war. An etlichen Personen lief sie achtlos vorbei, doch ausgerechnet sein Gesicht blieb an ihr haften. Sie hat schnell gemerkt, dass sie von den meisten Menschen in dem Land der kurzen Sätze und einem Wust aus Vorschriften im Kopf eher kritisch beäugt wird. Deshalb hält sie es für klüger, den Blick gesenkt zu halten. Hätte sie ihn mal lieber unten behalten. Ärger ist das letzte, was sie will.

Das Großväterchen besitzt sogar ein paar sympathische Züge, deswegen hätte sie sich im ersten Anlauf fast zu ihm gesetzt. Einer Eingebung folgend, hat sie dann aber genauer hingesehen.

Gott sei Dank … oder auch nicht. Dieses alberne, graue Jackett! Dessen billige Ballonseide hängt an dem dürren Männlein wie ein schlaffer Windbeutel. Er hat sie mit seinen feuchtblauen Augen angesehen, dass ihr gleich mulmig geworden war. Neben so einem eigenbrötlerischen Lüstling wollte sie dann doch lieber nicht sitzen. Erst weiter vorne, im nächsten Abteil war ihr eingefallen, was sie an ihm gestört hat.

Es war nicht sein sonderlicher Blick, es war die graue Jacke. Genauer gesagt, der linke Ärmel. Etwa in Schulterhohe befand sich ein grüner Aufnäher, darauf das Runolist, die schöne weiße Sternblume. Die deutsche Blume.

Wie aus dem Nichts flackerten plötzlich die Worte aus Unas Brieflein vor ihrem geistigen Auge auf. Eine Ewigkeit hat sie nicht mehr daran gedacht, doch nun zogen die Zeilen im Telegrammstil an ihr vorbei:

Sie lächelten und trugen das Schreckensmal einer hübschen Blume an ihren Ärmelaufschlägen. Die Hölle ist Deutsch.

Milena wurde schlecht. Was in aller Welt hat sie nur falsch gemacht, dass der Himmel sie so hart straft?

Am Ende von allem, sie darf schon auf nichts Gutes mehr hoffen, bekommt sie es also auch noch mit dem Teufel höchstpersönlich zu tun. Fantastisch. Ein ungläubiges Lachen drang fremd aus ihrer Brust.

„Fino", seufzte sie, *na, schön*, und drehte um. Das Leben, ihr Leben, hat einen hohen Preis.

Vom Einstiegsbereich des Zugs beobachtete sie den alten Mann eine Zeit lang durch die Schiebetür. Auch in einer weiteren Sache hatte die alte Una recht behalten. Das Böse gibt sich erstaunlich harmlos. Er ließ sich von der vorbeiziehenden Landschaft hypnotisieren, wirkte abwesend. Später, als ihm das Kinn auf die Brust sank, wagte Milena es und mogelte sich an ihm vorbei. Seine Stirn, die am Fenster klebte und sein Atem, hinterließen auf der Scheibe einen Film.

Wie er da so schlief, so friedlich, beinahe wie ein Kind, fiel es ihr schwer, den Greis als teutonischen Blumenteufel zu sehen. Unas letzte Zeilen an sie waren eine Mahnung aus Tagen, die derart weit in der Vergangenheit liegen, dass sich Milena gar nicht mehr sicher ist, ob sie selbst überhaupt noch ein Teil davon ist. Die alte Frau, an die sie sich nicht einmal erinnern kann, weil sie noch zu klein war, könnte sich auch geirrt haben.

Ein gewaltiger Ruck zog ihr beinahe den Boden unter den Füßen weg.

Der Zug quietschte, einige Passagiere hatten der Fliehkraft nur wenig entgegenzusetzen. Menschen wurden in die roten Sitze gedrückt, ihre Sitznachbarn kamen auf sie zugeflogen. Die Mitreisenden im Durchgang verloren das Gleichgewicht und greifen nach allem, was ihnen Halt bot.

Milena taumelte einige Reihen nach vorn. Nur knapp konnte sie der Wölbung des Messinggriffs an der Abteiltür ausweichen.

Der Intercity 118 Alpenland stand.

Die folgende Durchsage auf Deutsch verstand sie nicht, der weinerliche Tonfall der Sprecherin ließ allerdings darauf schließen, dass etwas Schlimmes passiert sein musste. Milena sah nach dem Großväterchen.

Leute kamen ihr entgegen, viele drängten zu den Seitenfenstern. Sie musste sich ihren Weg die zwei, drei Sitze zurück freikämpfen. Auch der Alte stand am Fenster. Er schloss es gerade – hatte wohl auch neugierig nach draußen geglotzt – streckte seine Glieder. Der graue Blouson hob sich. Aus dem Bund der Anzughose blitzte schwarz ein Knauf. Es dauerte den Bruchteil einer Sekunde, bis sich in ihrem Kopf ein Bild zusammensetzte. Es war das Bild einer Pistole.

Der Mann drehte sich um.

Er war von kleiner Gestalt, nur wenig größer als sie. Seine graublauen Augen, die einmal strahlend blau gewesen sein mussten, wirkten wässrig friedvoll, aber dahinter wohnte ganz sicher der Teufel.

Also doch!

Sie reagierte nicht schnell genug, um abzuhauen, also ließ sie sich forsch auf die Polster fallen. Panisch zog sie ihren kleinen Rucksack an ihre Brust. Eine Tragetasche ist keine kugelsichere Weste. Trotzig starrte sie ihren Widersacher an.

Sie wird schreien, wenn es nötig wird.

Laut.

Sehr laut.

*
O

Die Aufregung macht dem alten Tuchel zu schaffen. Irgendwo in seiner Hosentasche muss er doch ein Schnäuztuch haben.

Nur nicht aus dem Leder gehen, denkt er sich und tupft sich die Stirn.

Etwas Eisiges hat sich zwischen seine Schulterblätter geklemmt, ein äußerst unangenehmes Schuldgefühl. Wenn die Frau nur nicht schreit. Das kann er jetzt gar nicht gebrauchen. Er hat eine Bestimmung!

Am liebsten würde er ihr den Rucksack wegnehmen. Zu gern würde er den Anhänger daran näher untersuchen, ihn in den Finger drehen, um herauszufinden, ob er echt ist.

Das Weibsbild hat ihn gestohlen. Woher sollte sie es sonst haben? Was würde sie wohl unternehmen, wenn er es ihr gleichtäte? Weit käme er nicht, soviel ist klar. Zwar fühlt er sich heute fit wie lange

111

nicht mehr, aber Zeit ist nun mal ein relativer Begriff, besonders im Alter. Die Walter P38 in seinem Hosenbund kneift ihn in die Speckfalte.

„Ein schönes Stück haben sie da", sagt er laut zu ihr.

Vielleicht kann er etwas aus ihr herauskitzeln.

Mit halb erhobenem Zeigefinger deutet er zaghaft auf den Rucksack, doch zu seinem Leidwesen übt sich die Zigeunerin in Gleichmut. Verkrampft drückt sie sich noch tiefer in den durchgesessenen roten Schalensitz.

Ja, sie weiß es!

Er könnte ihr mit der Pistole drohen … nein, er schüttelt den Gedanken ab. Zu abwegig. Die Herumtreiberin würde schnurstracks zur Polizei rennen. Andererseits hat sie noch keinen Alarm geschlagen. Der Veteran muss schlauer vorgehen. Erschießen? Auch nein, zu laut. Außerdem braucht er die Kugeln für etwas wichtigeres. Männer mit über Achtzig sind nicht die zielsichersten Schützen.

Der verdammte Schlüsselanhänger. Am Ende ist er nur eine billige Imitation!

Er räuspert sich laut.

Die Frau sieht ihn direkt an. Was für Augen. Schon wieder schnellt sein Puls in die Höhe, ein Hitzeschub steigt seinen Hals empor.

Es bedarf einer starken Willensanstrengung, den Kopf abzuwenden und ihn zum Fenster hinzudrehen. Anian Tuchel haucht einen großen weißen Fleck gegen das kühle Glas. Mit seinem Finger malt er einen Kreis auf die beschlagene Scheibe. Darüber kreuzt er drei Linien zu einem auf die wesentlichen Merkmale reduzierten Stern.

Keine Reaktion.

Schnell, als sein Werk sich bereits in Nichts auflösen will, umrandet er es mit einem großen Herz.

Endlich kräuseln sich die Mundwinkel der Frau. Ein angedeutetes Schmunzeln. Bereitwillig nimmt sie ihre Hand ein wenig zur Seite und gewährt dem Alten einen kurzen Blick auf das gute Stück.

Er kneift die Augen zusammen. Als er näher heranrücken will, bedeutet ihm die Frau entschieden, dass er bleiben soll, wo er ist.

Aber da ist er sich schon sicher. Gerade weil sich das Metall stark verfärbt hat, ist er von seiner Echtheit überzeugt.

Himmelherrgott, was hat das nur zu bedeuten?

Die scharf geladene Waffe in seinem Kreuz wiegt auf einmal bleischwer. Ihr Metall fühlt sich fremd und kalt an. Sie möchte unter dem Blouson hervorkriechen. Bis gerade eben war er sich sicher, auf dem richtigen Weg zu sein.

So lange hat ihn das Schicksal im Stich gelassen und ausgerechnet jetzt schlägt es zu? Das wäre glatt ein boshaftes Stück Ironie. Nach all der Zeit. Viel hat Anian falsch gemacht. Ist das jetzt die Retourkutsche dafür?

Sein angeschlagenes Pensionistenhirn spielt verrückt, die Logik eines langen Lebens steht Kopf. Verzweifelt versucht er sich an dem honigsüßen Blick der vermeintlichen Zigeunerin festzuhalten. Ihr kurzes Lächeln hat ihm gefallen.

Es war von der Art, des nicht genug davon Bekommens. Man möchte es geschenkt, man möchte, dass einem das Lächeln ganz alleine gehört. Ein Lächeln, das man den ganzen Tag ansehen möchte.

Die Atemluft des Alten wird knapp. Er fährt mit dem Zeigefinger durch seinen Kragen. *Absurd* ist das Wort, das ihm einfällt. *Völlig absurd*, dass er die Frau, diese Zigeunerin, kennt.

Unmöglich. Oder?

Sie erinnert ihn an einen Herbstabend in Wien, an Menschen, die er im Krieg zurückgelassen hat. Leben, die er nicht festhalten konnte.

Das ist aber auch warm in diesem Abteil!

Anian Tuchel kann nur noch in Sukkaden denken. Tief in sein Unterbewusstsein dringt die Sirene eines Rettungswagens. Der Waggon wackelt, weil wieder einige Schaulustige die Fensterseite wechseln. Ihm wird übel.

Er muss die Frau unbedingt fragen, denkt er, ohne genau zu wissen, was er fragen will.

Er versucht es trotzdem.

„Sprechen Sie Deutsch?", keucht er.

Die Frau versteht nicht.

„Ver-ste-hen Deutsch?", wiederholt er, als müsse er nur deutlich genug sprechen, um sie davon zu überzeugen, dass sie seiner Sprache mächtig ist.

„Ne", antwortet sie leise. Sie sagt noch etwas in einer Sprache, die er nicht kennt, aber seinen Verdacht auf ihre osteuropäische Abstammung erhärtet.

„Aha", entgegnet der Greis ratlos, nickt und lässt sich zurückfallen. Erschöpft blickt er aus dem Fenster des stehenden Zuges.

Weiter voraus, wo sich die Zugmaschine des ICE befindet, dessen Ventile ein ums andere Mal fauchend Luft ablassen, zuckt blaues Licht über die spiegelmatte Lackierung der Wagons. Dort vorne liegt also wirklich ein Mensch. Zerfetzt von der Gewalt einer gut Vierhundert Tonnen schweren Maschine, die auf über Zweihundert Km/h beschleunigt wurde.

Er wischt sich kalten Schweiß von der Stirn. Ein Gedankenblitz.

Blumen! Natürlich, jede Frau liebt Blumen!

Schwungvoll dreht er sich zur Seite und präsentiert stolz seinen linken Ärmel. Schulmeisterlich grinsend tippt er auf das Abzeichen.

„Wissen Sie, was das ist?", sprudelt es aus ihm heraus. „Das ist ein Edelweiß! Die schönste Blume hier bei uns in Bayern. Sehr selten."

Obgleich sämtliche Farbe aus dem Gesicht der Frau weicht, lässt er sich nicht entmutigen. „Das gute Stück wächst nur hoch droben am Berg!" Sein Arm schnellt in die Höhe.

Entsetzt weicht die Frau zurück, klappt den Mund auf und zu, krallt sich in der weinroten Armlehne fest.

Leicht irritiert fährt der Alte fort, „Früher haben die jungen Burschen, die was auf sich gehalten haben, ihrer Liebsten so ein Blümlein erstiegen. Das hat großen Mut und sehr viel Kraft gekostet, aber am Ende hat es dann ein Busserl von der Angebeteten gegeben."

Er macht zur Untermalung seiner Erklärung die entsprechenden Gesten, wirkt dadurch jedoch nicht vertrauenswürdiger als zuvor. Außerdem kostet ihn die viele Bewegung im stickigen Abteil zusätzlich Kraft. Ein Schüttelfrost beutelt ihn.

„Wissen's", führt er weiter aus. „Wie ich noch jung war, bin ich Soldat gewesen. Gebirgsjäger. Das Edelweiß ist unser Abzeichen."

Er salutiert, formt mit seinen Händen eine Bergspitze, krümmt den Finger wie zu einem Gewehrschuss und deutet wieder auf seinen Ärmel.

Die Frau sitzt kaum noch, hat sich bereit zum Sprung gemacht. Es macht den Eindruck, als könne sie sich nicht entscheiden, in welche Richtung sie davonlaufen will. Ihre Lippen formen einen lautlosen Hilfeschrei, der nur deshalb ihre Kehle nicht verlässt, weil sie sich nicht sicher ist, ob ihr in dem fremden Land auch wirklich jemand zu Hilfe kommt.

In diesem Moment geschieht etwas Seltsames mit den Augen der Frau.

Das leuchtende Gold verschwimmt. Die Wärme und die Süße der Farbe weichen einem erlösenden Zorn. Widerstand, Feindseligkeit brechen sich Bahn. Der alte Mann hat schon viele Menschen mit diesem Ausdruck gesehen. Es ist ihr letztes Aufbäumen, das Versprechen, sein Leben so teuer wie möglich zu verkaufen.

Das hat er nicht gewollt. Plötzlich wird der Raum um ihn eng. Flirrend wölbt sich sein Blickfeld, dann dehnt es sich aus. Die Geräusche dazwischen klingen hohl und schrill zugleich. Dort wo seine Haut den Kleidungsstoff berührt, ist alles feucht, in die noch hohlen Stellen tröpfelt Schweiß. Der gebrechliche Passagier blinzelt. Erneut wischt er stöhnend seinen Hemdkragen aus. Luft. Er braucht unbedingt frische Luft.

Das Fenster! Er versucht aufzustehen, doch da ist kein Boden mehr unter seinen Füßen. Schwarzes Nichts stürzt auf ihn zu.

Zeit und Raum weichen einer von kaltem Licht erfüllten Leere, sie fallen einfach aus dem Rahmen, wie Anian Tuchel aus dem kunststoffbeschichteten Schalensitz.

Diese Augen.

Noch nicht, noch nicht, betet er stumm und krallt sich an der Gegenwart fest.

Seine Bestimmung hat eine Wendung erfahren, er darf jetzt nicht sterben. Bevor die Welt in Finsternis versinkt, spricht er den Namen aus. Ob laut oder in Gedanken, er kann es nicht mehr unterscheiden.

„Milena.“

Reichlich nervös, als habe sie einen Prämieren Auftritt vor sich, hastete Isabella zum Nebeneingang. Sie hatte sich, entgegen ihrer Gewohnheit, für einen unkompliziertes Auftritt entschieden. Kein Lippenstift, kein Puder, nur etwas Rouge auf den Wangen und dünnen Lidstrich. Hübsch. Bieder. Waffenlos. Normal.

Ani, der einfache Soldat, sollte sich nicht in ihr Fantasiewesen Samacandra, die unerreichbare Königin des Mondes verlieben, sondern in sie. Isabella, eine Frau, die selbstbewusst und fest im Leben stand. Obwohl … für ihren privates Vergnügen hatte sie sich die volle Unterstützung ihrer hilfsbereiten Maskenbildnerin und des ideenreichen Garderobiers gesichert. Unsichtbare Hausgeister, ohne deren wertvolle Ratschläge sich eine verhätschelte Revuetänzerin schwertat, was außerhalb ihres Elysiums als „normal" galt.

Nachdem Isabella abgeschminkt war und sie ihre schwarze Perücke abgelegt hatte, verriet sie ihnen, was ihr vorschwebte. Es entbrannte eine kurze, aber hitzige Diskussion darüber, welche Aufmachung dem Anlass angemessen erschien. Ihre beiden Helfer legten einen erstaunlichen Enthusiasmus für die unerwartete Aufgabe an den Tag. Sie musste die Angestellten nicht zu absoluter Verschwiegenheit verpflichten, denn das war ihr Richtmaß. Angestellte, die ihre Klappe nicht halten konnten und der Presse steckten, dass sich die berühmteste Tänzerin der Stadt heimlich mit einem Soldaten traf, würden nie wieder ein Bein auf den Boden bekommen. Sie hätten der Welt vielleicht ein modernes Märchen geschenkt, dem Millionen von Lesern folgen konnten, doch ihr eigenes Leben würde zu einem Albtraum aus Gerichtsklagen und Geldstrafen. Isabella war die Vorstellung unangenehm, aber das war ihr Metier.

Herrje, Ani hatte wirklich keine Ahnung, wem er heute Abend sein Geleit angetragen hatte.

Wollte sie sich unter diesen Voraussetzungen wirklich verlieben? Ständig verstrickte sie sich in solchen Überlegungen. Hätte sie ihre ganze Karriere auf Selbstzweifeln aufgebaut, sie wäre niemals zu Samacandra geworden. Die Zukunft war nun mal voller Risiken, man musste sie auf sich zukommen lassen, nur dann konnte man sich gegen das sie begleitende Unheil wappnen. Mut war Isabellas Rüstzeug, der Mut, kein strammdeutsches Mädel zu sein, deren Lebensinhalt es war erbtüchtig zu sein.

Mutter zu sein, konnte sie sich vorstellen. Nicht gleich morgen, auch nicht in den nächsten vier bis fünf Jahren. Aber dann, warum nicht? Eine eigene Familie. Wo würden sie leben? Wien? Eher nicht.

Zu groß. Das Land kam auch nicht in Frage, dafür war sie zu viel herumgekommen in der Welt. Kleine Städte waren nett. Innsbruck war schön oder warum nicht Lübeck? Der Ort war gut genug für die Buddenbrooks gewesen dort unterzugehen, er wäre es auch für sie. Außerdem liebte sie Marzipan. Vielleicht ließe sich ihr Wiener Haus zu einem guten Preis verkaufen…

Grillen. Das war es, was ihr im Kopf herumhüpfte, sonst nichts. Spinnerte Zukunftsaussichten, die sie an einen Mann verschwendete. Ein Mann, der womöglich ungeduldig geworden war und schon gar nicht mehr auf sie wartete. Sie hatte Schmetterlinge im Bauch, wie eine Halbwüchsige. Das fühlte sich einerseits gut an, andererseits wie ein Kontrollverlust.

Isabella hielt es nicht mehr aus. Sie bat den Garderobier, nachzusehen.

„Aber bitte heimlich! Der junge Herr soll nicht den Eindruck gewinnen, ich sei eine kleingläubige Person." Was sie freilich war.

Die Minuten des Wartens zogen sich in die Länge wie Chewinggum, auf den sich die Amis so viel einbildeten. Bei einem Auftritt in Wiesbaden hatte sie einmal davon gekostet, doch das zähe Gekaue und der penetrante Geschmack nach Minze hatten ihr Kopfschmerzen bereitet.

„Draußen steht ein junger Mann, wie Sie ihn beschrieben haben", flüsterte ihr der Garderobier mit verschwörerischer Miene ins Ohr.

„Und er hat Sie auch wirklich nicht bemerkt?", hakte Isabella nach.

Der Ankleider schüttelte den Kopf.

Ohne es verhindern zu können, machte ihr Herz einen Freudenhüpfer. Im Spiegel konnte sie sehen, dass sie über das ganze Gesicht strahlte.

Die Maskenbildnerin, die ihr gerade mit einem weichen Pinsel über den Wangenknochen streichelte, hielt inne. „Fräulein Beuschelschütz sehen ganz bezaubernd aus", sagte sie und musste ebenfalls schmunzeln.

„Wir müssen etwas Passendes zu dem seltsam grünen Anzug finden, den ihr junger Verehrer da trägt", fügte der Garderobier ernst hinzu.

Sie entschieden sich für schlichte Eleganz, eine Winzigkeit über Normal. Isabellas dezentes Make-up wurde von einem langärmeligen Kleid aus robustem, hellgrünem Stoff vervollständigt. Über die Schultern warf sie sich, der Jahreszeit angemessen, eine helle Pelzjacke mit Stehkragen. Ihr natürlich braunes Haar lag zu einem Gibson tuck geflochten locker darüber.

Zufrieden zog Isabella eine Schublade unter dem Schminktisch auf. Darin lag ein längliches Etui, in dem sie eine lange silberne Kette aufbewahrte. Sie nahm das Schmuckstück heraus und legte es sich um.

Perfekt.

Bei aller Selbstkritik stellte sie erstaunt fest, dass ihr der Wandel guttat. Wenn sie ehrlich mit sich war, kam es sogar einer Befreiung gleich, sich des inzwischen viel zu eng sitzenden Korsetts aus Verstellung und Verkleidung zu entledigen. Es war ein Gewohnheitskostüm, das sie nur deshalb nicht ablegte, weil sie zu wissen glaubte, wie ihr Publikum sie sehen wollte. Auch die Maskenbildnerin und der Garderobier konnten ihre Verblüffung nicht verbergen.

„Perfekt!", schwärmten sie.

Ihr Ausstatter hielt Isabella eine graue Häkelkappe mit Krempe über die Haare. Keine Dame, die etwas auf sich hielt, verlasse ohne Hut das Haus, behauptete er. Die Tänzerin gab ihre Zustimmung.

„Ist das *normal* genug für ein *normales* Rendezvous?"

Die Hausangestellten zeigten in dieser Hinsicht keinerlei Bedenken, dankbar steckte Isabella ihnen zwanzig Reichsmark zu.

Vor der Tür, die nach draußen führte, blieb sie stehen. Ihre Hand schwebte über der Klinke. Sie drücken oder doch lieber umkehren? Wenn dieser Anian tatsächlich dahinter auf sie wartete, war er womöglich der richtige Mann für sie. Manchmal gab einem das Schicksal nur diese eine Chance im Leben. Sekt oder Selters? Warum musste es immer so kompliziert sein? Isabella schüttelte den Kopf.

Der Soldat und die Tänzerin, dachte sie träumerisch.

In Samacandras Welt war Ani nur eine Episode, eine nette Überschrift in den Wiener Klatschgazetten wert. Der Tänzerin wurden jede Menge Liebschaften sowohl mit Männern als auch mit Frauen nachgesagt. Nicht alles davon entsprach der Wahrheit, doch je schmutziger der Tratsch, desto heller leuchtete Samacandras Stern im Showgeschäft, worüber sie nicht böse gewesen war.

Der größte Nachteil lag in der Tatsache, dass Samacandras Ruf Kerle wie den Nazi-Bürgermeister Jung geradezu magisch anzog. Bodenständigere Männer, von der Sorte, zu der Isabella Anian zählte, scheuten die Bekanntschaft mit ihr in der Regel. Man(n) wollte sich ja nicht der üblen Nachrede aussetzen.

Nun, da sie im Begriff war, aus dem Scheinwerferlicht des Theaters zu treten, bereute Isabella ihren Lebenswandel beinahe. Ändern ließ es sich freilich nicht. Wenn Ani sie wollte, musste er mit dem zurechtkommen, was sie ihm vorsetzte, und wenn ihn das nicht verschreckte, dann wahrscheinlich ihr letztes, kleines Geheimnis. Der junge Mann vor der Tür brauchte Nerven wie Drahtseile. Gut so.

Mut. Die kurze Begegnung mit ihm hatte gereicht, sie davon zu überzeugen, dass Ani anders war als die Sorte Männer, die ihr bisher begegnet war. Nicht nur, dass sie sein vertrautes Gesicht noch immer nicht enträtselt hatte, – sie kannte schließlich Gott und die Welt – hinter den nachdenklich blauen Augen lag etwas jenseits des schafsköpfigen Führerkults der Massen. Nächstenliebe. Menschlichkeit, die von den Nazis noch nicht ans Hakenkreuz geschlagen wurde. Besäße Ani einen gewissen Bekanntheitsgrad, konnte er vielleicht nachempfinden, was in ihr vorging.

Isabella biss sich auf die Unterlippe. Sie vertrödelte wertvolle Zeit. Ani war Soldat, für ihn war Zeit vermutlich eine unersetzliche Ressource. Er hatte von Fronturlaub gesprochen. Seine Einheit wartete in Russland auf ihn. Schlimmes hörte man von dort. Möglich, dass er in einer Woche schon tot war.

Ihr schauderte bei dem Gedanken.

Eine Menge Unwägbarkeiten lauerten hinter dieser Tür. Ihre Hand zitterte, dann drückte sie die Klinke herunter.

In der ersten Stunde nach ihrem Aufeinandertreffen war Ani die breite Avenue neben dem Theater unzählige Male auf und abmarschiert. Nach zwei Stunden war ihm der Tabak ausgegangen. Er vertrieb sich die Zeit mit Nichtigkeiten, zählte am Nachbargebäude einhundertundzwölf dreireihige Fenster. Nur hinter vieren brannte verhangen das Licht. Acht Personen waren aus der breiten Eingangstür herausgekommen, drei hineingegangen. Von den über zweihundert Kirchtürmen der sechsundzwanzig Bezirke schlug es Sieben. Um diese Uhrzeit war die Seitenstraße wenig belebt.

Die Passanten, die aus dem Nachbargebäude kamen, beäugten den Mann in seinem auffälligen, grünen Trachtenanzug misstrauisch. Die Lodenjoppe hatte er übergezogen. Obwohl mit dem letzten Sonnenlicht ein wundervoller Herbsttag entschwand, wurde es kalt.

Ani zog den Kragen hoch und schob die Hände tief in die Taschen. Ein Fremder, der verdächtig untätig in einer Seitenstraße herumlungerte. Als ihm einleuchtete, dass früher oder später jemand die Gendarmen rufen würde, wenn er das ständige auf und ab Schlendern nicht sein ließ, setzte er sich in Sichtweite des Theaters auf eine Parkbank.

Dort meldete sich sein Verstand und schalt ihn einen formvollendeten Narren, der sich von einem vorwitzigen Weibsbild zum Affen

119

machen ließ. Was hatte er sich nur dabei gedacht, sich in so ein Tanzlieserl vom Theater zu vergucken? Gab es etwas Törichteres, als eine junge Frau anzuhimmeln, deren Lebenswandel der Volksmund als flatterhaft und unstet abtat? Das kurze Geplänkel, das sich zwischen ihm und ihr ergeben hatte, war für sich genommen schon eine irrwitzige Geschichte. Willi und Bernhard würden sie ihm ewig vorhalten.

Dabei war nicht einmal etwas passiert. Gut, ein Küsschen auf die Wange, aber ihren Namen hat sie ihm nicht verraten.

Die Zeit wehte zu ihm herüber. Neun. Er hob das Handgelenk und stellte seine Uhr nach dem letzten Schlag. Irgendwie musste er seine Gedanken ja beschäftigen. Wie lange konnte so eine Revue dauern?

Mit ein bisschen Glück hatte das Tanzensemble der Frau nur einen kurzen Auftritt. Ani hielt Ausschau nach einem Plakat. Ein Anschlag links neben einer der sieben Eingangstüren trug eines, auf das ein riesiger Mond gemalt war mit dem Schriftzug „Marchese Giabicomis *Ach wie ist mir* – in der Hauptrolle: Samacandra". Die lichtumflutete Silhouette einer Frau im Seitenprofil mit einer Krone und langem Umhang stand obenauf wie eine Königin. Ani interessierte sich weniger für die Reklame als für die Laufzeit des Stücks.

23:00 Uhr.

Er verdrehte die Augen, blickte schweren Mutes auf seine Uhr.

Weshalb ließ er es an dieser Stelle nicht einfach gut sein? Das war eine rhetorische Frage, denn noch bevor sie sich in seinem Kopf ausbildete, hatte er die Antwort darauf schon parat. Ani wollte nicht, dass die schöne Tänzerin mit den goldfließenden Bernsteinaugen und dem sie umwehenden, feinen Parfüm, von ihm enttäuscht wurde. Er stellte sich ihren niedergeschlagenen Blick vor, der von der Suche nach ihm abließ, weil er nicht mehr da war. Der Ausdruck, wenn auch nur ausgedacht, war ihm unerträglich.

Sie hatte sein Herz in der Hand. Das wäre nur zu verhindern gewesen, indem er ihr gar nicht erst die Zündhölzer angeboten hätte. Eine hochgeistige Einsicht. Sein Gedankenspiel machte aus der zäh abfließenden Zeit deswegen noch längst keine Tramway. Ungeduldig stapfte er in der Spur der elektrifizierten Straßenbahn einmal rund um den rechteckigen Grundriss des Spielhauses, beim zweiten Mal unterbot er die vorherige Zeit um gut fünf Minuten. Er schlug damit eine halbe Stunde heraus.

Um weniger aufzufallen, entfernte er sich vom Theater. Er lief die zehn Meter bis zum Donaukanal und erkannte, dass er von dort den Seiteneingang nicht mehr im Blick hatte. Hastig eilte er zurück, weil er um jede Sekunde bangte, die er sein Rendezvous verpasste.

120

Was stellten Tänzerinnen eigentlich für Ansprüche an einen Mann? Wäre ihr Lebensstil ein ähnlich rasant wie ihr Mundwerk, dann musste Ani sich warm anziehen. Sie war selbstbewusst, hatte einen eigenen Kopf, das gefiel ihm. Der Grund, weshalb er mit noch keiner Frau aus seinem Bekanntenkreis angebandelt hatte, war nicht, dass ihm keine gefiel. Es war auch nicht so, dass er noch nie geküsst worden war oder einen Busen gedrückt hatte. Bei allem Busserln und Schäkern war die Richtige einfach nie dabei gewesen.

Das Gefühl, das ihn bei der Tänzerin jedoch schon vom ersten Augenblick an gepackt hatte, war verwirrender, als alle seine bisherigen Erfahrungen mit Frauen. Nie hatte er sich einem Menschen so schnell so verbunden gefühlt. In ihrer Nähe schien die Welt zu schweben. Das war ein Gefühl, das er lange entbehrt hatte. Am Elbrus war er es ihm für eine Weile zurückgegeben worden, davon zu zehren war schwierig in einem Krieg, der sich zum Selbstzweck erklärte. Von einer Frau, der das Kunststück gelang, dem darin verstrickten Soldaten innerhalb einer Zigarettenlänge die Hoffnung darauf zurückzugeben, dass sein Schicksal mehr als nur Tod und Verderbnis für ihn bereithielt, wollte Ani wenigstens den Namen kennen.

Natürlich hoffte er auf mehr, aber dies in klare Gedanken gefasst, mochte das genaue Gegenteil heraufbeschwören. In diesem Sinne war Ani als Bergsteiger und Soldat ziemlich abergläubisch. Siege wurden nicht erdacht, sie wurden mit Taten erfochten, und für eine Frau wie diese, würde er sich auf jeden Kampf einlassen. Zudem roch sie gut.

Wenn sie doch nur aus der verdammten Tür treten würde.

Sei es, um ihm ihr Bedauern darüber auszudrücken, dass sie ihre vorschnell ausgesprochene Verabredung zurücknahm oder sie ihm für seine Standhaftigkeit dankte, aber für ein Têt á têt leider zu müde sei.

Beinahe verzweifelt schraubte er seine Ansprüche herunter, redete sich ein, dass es ihm genügte, ihre Stimme noch einmal zu hören, ihr Gesicht und die wunderschönen Augen noch einmal zu betrachten und ihren Duft noch einmal zu schmecken. Die Warterei war eine Qual. Gäbe sie ihm den Laufpass, würde er nach ihrem Namen fragen und sich dann betrinken.

Das war wenigstens eine Perspektive, denn die Tür rührte und rührte sich keinen Spalt breit. Es wurde Elf.

Wo in Gottes Namen hatte um diese Uhrzeit noch ein Lokal auf, in das man eine Dame ausführen konnte? Viel zu spät zermarterte sich Ani das Hirn, wie sich der Abend, nein, die Nacht gestalten sollte. Es war ein halbherziges Gedankenspiel, weil, wenn er ehrlich mit sich selbst war, dann gab es für eine hübsche Tänzerin vom Theater keinen vernünftigen Grund, sich mit einem groben Soldaten wie ihm einzulassen.

Abwesend glitt seine Hand über die Stelle an der Wange, auf die sie ihn zum Abschied geküsst hatte. Er versuchte sich in Erinnerung zu rufen, wie sich ihre Lippen angefühlt hatten. Waren sie weich gewesen? Zart? Er hätte besser aufpassen sollen.

„Ich hatte nicht erwartet, Sie noch anzutreffen", sagte eine Stimme neben ihm.

Er hob erschrocken den Blick.

Die Tänzerin musste einen anderen Ausgang genommen haben. Er hatte sie nicht bemerkt, was einem Frontschwein wie ihm nicht unbedingt zur Ehre gereichte.

Doch da stand sie. Ohne Vorwarnung.

Er wollte etwas entgegnen. Jedes Wort, das er sich im Vorfeld zurechtgelegt hatte, wirbelte vergnüglich wie ein Sturm im Wasserglas durcheinander. Der Überraschungsangriff war ihr gelungen.

„I … ich habe n … nicht gewusst wohin", druckste Ani herum. „I … ich kenne m … mich ja hier nicht gut aus."

Die Tänzerin lachte ihr glockenhelles Lachen.

„Mein lieber Ani, ich stelle fest, dass sich zu Ihrem unnachahmlichen Charme eine anerkennenswerte Portion Geduld gesellt hat. Ich denke, wir haben uns, jeder auf seine Weise, ein kleines Zigarettchen verdient, meinen sie nicht?"

Obwohl er es besser wusste, kramte Ani in seinen Anzugtaschen, nur um festzustellen, dass sein Vorrat an Zigaretten inzwischen aufgeraucht war. Er verzog die Mundwinkel zu einem zerknirschten Grinsen.

„Es tut mir leid, es verhält sich wohl so, dass …"

„…, dass *Sie* es einer Dame nicht zutrauen, die Labsal *Ihres* selbstgerollten Russentobaks ohne Lungenembolie zu überstehen und *Sie* daher die ganze Rauchware vorsorglich selbst inhaliert haben? Ich verstehe", fiel sie ihm spitzzüngig ins Wort.

Gespielt beleidigt verschränkte sie die Arme vor der Brust, was ihn ungemein verunsicherte.

„Aber nein! Ich meine, ja", stotterte Ani und suchte in seinen rasenden Gedanken nach einem Einwand. „Unglücklicherweise ist mein Vorrat an Zigaretten tatsächlich aufgebraucht", erklärte er. „Aber nicht, weil ich der Meinung bin, Sie seien ein empfindliches Frauenzimmer … von zierlicher Gestalt … schwach … zart. Selbstredend sind Sie von zierlicher Gestalt, nur …"

„Ani, Sie reden sich ja um Kopf und Kragen", platzte es fröhlich aus der Tänzerin heraus. „Lassen Sie es gut sein, ich wollte Sie doch nur ein wenig auf den Arm nehmen!"

Er spürte, dass ihm die Schamesröte ins Gesicht stieg. Wie einen leichten elektrischen Schlag traf es ihn, als er ihre Hand spürte, die sich unter seinem Arm hindurchwand und sich wie selbstverständlich bei ihm einhakte.

Am liebsten hätte er die Frau augenblicklich geküsst. Da er von der Situation jedoch heillos überfordert war, brachte er nur ein hölzernes „Ach so!" zu Wege.

Für den millionsten Bruchteil einer Sekunde stand die Zeit still. Es ziemte sich nicht, sich gleich bei der erstbesten Gelegenheit, einander Zuneigung zu schenken, und doch ließ sich der überdeutlich vernehmbar knisternde Funke zwischen den beiden jungen Menschen nur mit enormer Selbstbeherrschung davon abhalten, überzuspringen.

„Ich habe letztens jemanden im Theater von einer Verdunkelungsübung sprechen hören. Ob es wohl heute Nacht hagelt, was denken Sie?", fragte sie mit einer Hand auf ihrem Hut und einem sorgenvollen Blick in den Himmel.

Der Wehrmachtssoldat wusste nur zu gut, was sie meinte. In jeder größeren, deutschen Stadt gemahnte das regelmäßige Heulen des Sirenensignals die Einwohner, schleunigst einen Luftschutzbunker aufzusuchen. Wien war bisher von den alliierten Fliegerangriffen verschont geblieben, doch es gab rege Bautätigkeiten, die darauf schließen ließen, was der Stadt bevorstand.

Löschteiche wurden ausgehoben, massive Flugabwehrtürme aus dem Boden gestampft. So ein *Bombenhagel*, wie er von den Leuten liebevoll umschrieben wurde, konnte einem schon aufs Gemüt schlagen.

Nicht zuletzt, weil er seine eigenen Gedanken unbedingt sammeln musste, startete Ani eine nüchterne Analyse der Lage.

„Nein", fachsimpelte er. „Die Ostmark ist für den Feind noch viel zu weit weg. Die Russen halten wir in Schach, und die Amis müssten ihre Bomber ja über halb Deutschland schicken, was viel zu gefährlich ist. Und falls sie es doch wagen, dann bitte nicht heute Nacht, möchte ich mir wünschen."

„Wahrscheinlich haben Sie Recht!", nickte die Tänzerin. „Es wäre tatsächlich ein entsetzlicher Jammer, wenn uns ausgerechnet bei unserem ersten Rendezvous eine Bömbchen auf den Kopf fiele. Können Sie sich eine solche Ironie vorstellen? Ich Dummerchen mache mir wirklich andauernd Sorgen."

Belustigt von ihren eigenen Worten zuckte sie mit den Schultern.

„Ich denke, dass uns das Schicksal nur deshalb solche Streiche spielt, weil wir alle mit ihm verbunden sind", sagte Ani nachdenklich. „Anders wäre das andauernde Leben und Sterben wohl kaum zu ertragen. Wenn mir allerdings tatsächlich ein solcher Tod vorherbestimmt ist, dann müsste ich Fortuna bis in alle Ewigkeit dankbar sein, *Sie*, gnädiges Fräulein, vor meinem Ableben noch kennengelernt zu haben."

Reflexhaft berührte die Frau ihre teure Silberkette.

„Seltsam, dass Sie das ansprechen", sagte sie und plötzlich war jegliche Schelmerei aus ihrer Stimme gewichen. „Ihre Ansicht ist der meinen nämlich nicht ganz unähnlich! Das wäre schon ein doller Abgang, nicht wahr? Wir beide, Arm in Arm, kaum dass wir einander kennengelernt haben. Was wohl die Leute sagen? Für solche Fälle hätte ich gerne eine kleine Zauberkugel, die mir etwas über die Zukunft verrät. Sie nicht auch?"

„Liebe Dame", lächelte Ani leidgeprüft. „Das fragen Sie in diesen Tagen ausgerechnet einen Soldaten? Das wäre schon ein verfluchtes Zauberding, mit dem ich mir und meinen Kameraden beim Sterben zusehen müsste. Wenn Soldaten fallen, geht jede Romantik zum Teufel."

„Wie traurig Sie reden", erwiderte die Tänzerin. „Denken Sie denn niemals an die Zeit, wenn der Krieg endet? Irgendwann werden Sie den Waffenrock wieder ausziehen, das muss Sie doch mit Zuversicht erfüllen!"

„Oh, bitte missverstehen Sie mich nicht", sagte Ani ruhig. „Ich habe Zuversicht. Nur leider ist mein Zeitempfinden dabei ein anderes. Ich habe die bittere Erfahrung gemacht, dass es besser ist, meine Zukunft nicht auf die Zeit nach dem Krieg auszurichten, sondern lediglich auf die nächsten zwei bis drei Minuten. Wenn ich dann noch gesund an Leib und Leben bin, habe ich schon viel erreicht. Wenn ich dann noch ein warmes Bett, eine Mahlzeit im Bauch und mit einer reizenden Dame am Arm die Nacht begehe, brauche ich keine Zauberkugel mehr, um frohgemut nach vorne zu blicken."

Die strahlenden Augen der Tänzerin trotzten der Dunkelheit.

„Das ist doch ein Wort!", lachte sie mit einem aufmunternden Wink in Richtung Stadtinneres. Frisch entschlossen schleifte sie den jungen Mann hinter sich her. Der ließ es bereitwillig geschehen, denn er hatte nicht die leiseste Ahnung, wohin in dieser Stadt, mit einer Begleiterin, die vor Lebenslust überschäumte.

Die geplante Lokalrunde kam wohl nicht in Frage, wobei er den leisen Verdacht hegte, dass die Tänzerin es ihm zuliebe in Kauf genommen hätte. Zu jeder anderen Tageszeit wäre es ihm möglich gewesen, ihr zu bewiesen, dass in ihm ein kultivierter Mann steckte, der selbst vor dem Besuch einer Kunstgalerie oder eines Museums nicht zurückschreckte. Gesagt hätten ihm die darin ausgestellten Gegenstände nichts, denn sein Kunstverständnis beschränkte sich auf den Besuch im Heimatmuseum gleich neben der Pfarrkirche, und das war noch zu seiner Schulzeit gewesen.

Es war nur gut, dass die Tänzerin die Initiative ergriff. Die Frau war in dieser Stadt keine Fremde. Die altehrwürdigen Zeilen flogen als graue Schatten an ihnen vorbei, Ani hielt wie berauscht die Hand fest, die ihn zog. Wäre sie ihm in diesem Augenblicke entwischt, er wäre im Gewirr der Straßen auf ewig verloren gewesen. Sie hingegen wusste genau, wohin sie wollte.

Vor einer grauen Fassade, zwischen deren schlicht hervortretenden Pilastern wuchtige Sprossenfenster klemmten, blieben sie stehen. Oben, an einem der Pfeiler hing ein doppelt gerahmtes, goldenes Schild mit dem Schriftzug „Galopp – Tanzbar". Daneben tänzelte ein Lipizzaner-Hengst auf seinen Hinterläufen. Durch das dicke Mauerwerk drangen die unverkennbaren Rhythmen einer Bigband.

Voller Entzücken klatschte die Nachtschwärmerin in die Hände. Sie schloss die Augen und sog mit der kalten Luft ein Häppchen der Atmosphäre ein.

„Lauschen Sie", sagte sie glücklich. „Das sind *meine* zwei bis drei Minuten Lebenselixier. Musik!"

Sie erwartete keine Antwort, ihr Griff wurde fester und sie betraten das Etablissement.

In einem schmalen Empfangskorridor wurden ihnen die überflüssigen Kleidungsstücke abgenommen. Bereits hier war es unglaublich laut. Das durchdringende Fortissimo der Blechbläser lag in der Luft, lachende Menschen schunkelten zur Musik, unterhielten sich durch Zurufen, mit einer Hand am Ohr. Von einer Art Empfangschef wurden die Neuankömmlinge zum Hauptraum geführt. Sie erreichten eine weite, hell erleuchtete Fläche, auf der sich Menschentrauben im Kreise drehten. Die glatten, hohen Wände reflektierten das gleißende Licht unzähliger Glühlampen. Auf einem Podium gab ein siebenköpfiges Orchester die Gangart vor. Die Rhythmusgruppe spielte das vertraute aber unstatthafte *dadapp dadappda*, in das der Klavierspieler und ein Saxophonist einstimmten. Swing.

Als Ani den Kopf hob, sah er, dass auch über ihnen getanzt wurde. Eine breite, von weiteren Säulen getragene, Galerie umsäumte den Hauptsaal von drei Seiten.

„Als Bub war ich Messdiener", rief er lachend gegen die auf- und abschwellende Musik an. „Hier riecht es wie in einer Sakristei, aber es ist fantastisch!"

Es mochte ihn täuschen, doch ihm war, als fiele ein leichter, wehmütiger Schleier über die Gesichtszüge seiner Begleiterin.

„Kein Wunder", entgegnete sie nicht weniger lautstark. „Dieses Haus war bis vor kurzem ein jüdisches Vereinshaus. Der jetzige, deutsche Besitzer des *Galopp* hat mir erzählt, dass darin eifrig gebetet und gefeiert wurde."

Ani nahm die Information eher als Randnotiz wahr. Es wunderte ihn nicht, dass die Arisierung jüdischer Besitzungen auch in der Ostmark durchgesetzt wurde. Wenn die Regierung die Maßnahmen gegen die Juden guthieß, hatte das wahrscheinlich schon seinen Grund, daran gab es für seine Begriffe nichts zu deuteln. Dass es die Staatsgewalt nicht mit jeder einzelnen Regel so genau nahm, bewies doch die Tatsache, dass in manchen Häusern, wie in diesem, noch Jazzmusik gespielt wurde, ohne dass man befürchten musste, gleich verhaftet zu werden. Entweder hatte der neue Betreiber gute Beziehungen oder bezahlte noch besser.

Jedenfalls gab es für Ani keinen Anlass, sich der ausgelassenen Feierlaune der Menge zu entziehen. Seine Knie bewegten sich zur Musik und fingerschnipsend trieb er mit seiner Herzdame auf die Saalmitte zu. Es dauerte nicht lange, bis sie miteinander warm wurden. Wie zu erwarten, waren die improvisierten Figuren der Tänzerin fließend, doch auch der junge Soldat erwies sich als durchaus talentiert.

Bevor der Krieg ausgebrochen war, hatte es zum guten Ton der Wehrmacht gehört, dass die Unteroffiziere einen Tanzkurs absolvierten. Offensichtlich war der Kommandostab des Heeres der Meinung, dass ein Truppführer, der eine Frau beim Schwof anführte, ebenso gut ein paar bewaffnete Männer befehligen konnte. In dieser Hinsicht hätte das Oberkommando tänzerische Anis Leistung besonders zu würdigen gewusst. Mit größter Hingabe wirbelte er seine Tanzpartnerin über das Fischgrätenmuster des Parketts.

Es war ein wenig, als wären zwei Planeten aus der Bahn geraten. Bald drehten sie sich in die eine Richtung, bald in die andere, dann kreuzten sich ihre Wege und man musste fürchten, sie prallten mit Gewalt aufeinander. Doch im letzten Moment fingen sie ihre erhitzten Körper gegenseitig auf, um sich gleich wieder voneinander zu lösen.

Das synkopische Scheppern der Musik machte eine ausgedehnte Unterhaltung unmöglich. Der Swing übernahm im *Galopp* das Regiment, dessen lebensbejahenden Harmonien die Nachtschwärmer für einige Stunden ohne schlechtes Gewissen ihr Deutschtum unterordneten. Die Erinnerung an das, was draußen passierte, floss mit jedem vertanzten Schweißtropfen weiter davon. Zwischendurch gönnte man sich eine kleine Erfrischung entlang der Bar an der Westseite des Tanzsaals.

Einige Paare drehten sich nach der hübschen Tänzerin und ihrem jungen Begleiter um. Männer tuschelten hinter vorgehaltener Hand, die Frauen kicherten verstohlen. Ani kam das Verhalten merkwürdig vor, schenkte ihm aber kaum Beachtung. Er war viel zu sehr damit beschäftigt, das Tempo seiner Partnerin zu halten. Atemlos fand er seine Mitte, hatte seine Dämonen abgeschüttelt und befand sich ganz in der Gegenwart. Eine Nacht ohne Schatten, ohne Anfang, ohne Ende.

Dass sie irgendwann doch vorbei war, sah er erst, als das Orchester begann, die Instrumente einzupacken. Einzig das Klavier spielte noch die letzten wehmütigen Töne eines Liedes, das mehr zum Gehen, denn zum Tanz aufforderte. Die meisten Gäste, bis auf das innig aneinander geschmiegte Pärchen, das auch noch das Schließen der Klaviaturklappe voll auskostete, verstanden den musikalischen Wink. Mühevoll fanden die beiden ins hier und jetzt zurück. Feucht vom Schweiß klebten ihnen die Kleider am Leib, ihre Augen mochten einander nicht loslassen.

Als sie sich umdrehten, waren die Musiker gegangen. Ein älterer Herr fegte den Boden.

Beschwingt lösten sie ihre Garderobe aus. Ani versicherte seiner Partnerin gleich mehrfach, wie elegant sie sich zur Musik bewegte. *Als gebe sie die Figur eines amerikanischen Starletts ab*, meinte er. *Wenigstens die Babelsberger Ufa-Studios müssten sich für eine so begnadete Tänzerin schon interessieren.*

Die junge Frau tippte sich lächelnd an die Nasenspitze und legte ihrerseits nach, dass auch er ein ganz hervorragender Tänzer sei. Was sie jedoch hart ankam, sagte sie, sei ihr anhaltendes Unvermögen, Anis Gesicht einem bekannten Namen zuzuordnen.

Er wirke wie einer dieser Bergsteiger vom Film, drahtig, kraftvoll und in den Augen das Fernweh eines Louis Trenker.

Sie mussten beide lachen und Ani sah die Gelegenheit gekommen, etwas mehr über seine geheimnisvolle Begleitung zu erfahren.

„Was sagt eigentlich Ihre Familie dazu, dass Sie sich als Tänzerin verdingen?", fragte er, ohne groß nachzudenken.

Als er ihren leicht verstimmten Blick erhaschte, schob er kleinlaut nach: „Ich meine damit natürlich nicht, dass ich Ihren Beruf für unlauter halte! Es ist nur …"

127

„…, dass man leicht in Verruf gerät, wenn man sich der liederlichen Verführungskraft des Theaters aussetzt?"

Nachdenklich schlüpfte die Tänzerin in ihre Pelzjacke.

„Sie haben ja nicht ganz unrecht", gestand sie. „Ich stamme aus einer Ulmer Kaufmannsfamilie mit einer traditionsreichen Firmengeschichte. Wir waren nicht unbedingt wohlhabend, aber ganz gut aufgestellt. Meine Mutter hätte es gerne gesehen, wenn ich entweder betucht eingeheiratet oder wenigstens ihren Haushalt weitergeführt hätte. Mit beidem konnte ich mich beim besten Willen nicht anfreunden, was mir unweigerlich den Groll meines Vaters einbrachte. Es gab einen heftigen Streit, in dessen Folge ich von zu Hause ausgerissen bin. Jung und dumm habe ich mich auf den nächstbesten Filmemacher eingelassen, geheiratet, und mich gleich darauf wieder von ihm scheiden lassen. Nun ist das Theater meine Familie, wie man so schön sagt."

„Oh, tut mir leid", sagte Ani. „Es lag nicht in meiner Absicht, böse Erinnerungen zu wecken. Die Frage nach Ihrer Familie war unangebracht."

„Lassen Sie nur", beschwichtigte sie den jungen Mann. „Es belastet mich längst nicht mehr. Da gibt es andere Dinge, die mir inzwischen wesentlich wichtiger sind."

Sie streifte mit ihrer Hüfte kokett sein Becken und trat an ihm vorbei in die herbstwerte Finsternis. Anis Gesicht nahm eine blattrote Färbung an, sein Herz musste einen Gang herunterschalten, bevor er ihr nachfolgte. Die Frau hakte sich wie selbstverständlich bei ihm unter. Ihr Betragen gab ihm Rätsel auf, ihn sonderlicher Weise aber nicht schreckte, sondern ihn vielmehr reizte. Er kannte ihren Namen noch immer nicht, und ihm war unbegreiflich, warum ihm das gefiel.

„Wie wird es nun weitergehen?", schlug sie ihre Augen mit einer solchen Unschuld zu ihm auf, dass er Nöte hatte, sich auf den eigenen zwei Beinen zu halten.

Meinte sie den Fortgang der Nacht, die bald zum Tage wurde oder wollte sie auf etwas anderes hinaus? Hilfesuchend blickte er sich in den leergefegten Gassen um. Nur das Mondlicht schimmerte auf dem polierten Kopfsteinpflaster.

„Ich wünschte, ich wüsste es", murmelte er.

Sie boxte ihn mit der freien Hand gegen den Oberarm. „Aber ich weiß es, liebster Ani! Sie führen mich jetzt in ein Kaffeehaus aus", bestimmte sie.

„In ein Kaffeehaus …", wiederholte er verdutzt. „Ich bezweifle stark, dass um diese Uhrzeit …"

„Lassen Sie das mal schön meine Sorge sein", lächelte sie ihm liebenswürdig zu und ließ sich nicht mehr von ihrer fixen Idee abbringen.

Seufzend gab Ani nach. Ihre Entschlossenheit imponierte ihm, obgleich er wusste, dass sich davon keine noch so verschlossene Kaffeehaustür einschüchtern ließ. Schulter an Schulter setzten sie ihren Weg fort.

Ihre Schritte erzeugten ein verhaltenes Echo auf dem frühnächtlichen Straßenbelag zwischen den turmhohen Häuserriesen.

Sie waren gar nicht weit gekommen, da glaubte Ani plötzlich die Orientierung wiedergefunden zu haben. Verblüfft registrierte er, dass sie genau jenes Gebäude ansteuerten, das er am Nachmittag bereits mit Bernhard und seinem Bruder besucht hatte. Das weiße Barockgebäude, die hohen Schaufenster, darüber die goldenen Lettern. Kein Zweifel.

Alles lag in völliger Dunkelheit. Ani versuchte ein Blick hinter die verwaisten Scheiben zu erhaschen.

„Sehen Sie", sagte er. „Alles dicht. Da ist nichts zu machen."

„Ich weiß", antwortete die Tänzerin prompt.

Sie sah sich um, dann zog sie Ani hinter einen Vorsprung. Die Kraft, mit der sie ihn gegen die Schultern drückte, überraschte ihn. Für einen Moment war ihm, als zöge sie zurück, doch dann kamen ihre Lippen seinem Gesicht sehr nahe.

Es stand noch ein vergessener Hauch Kaffeehausatmosphäre in der Luft, der sich nun mit ihrem Duft mengte. Er hatte nichts dagegen, also neigte er ihr seinen Kopf entgegen. Doch statt des erwarteten Kusses, kam etwas anderes.

„Ani, ich hoffe Sie nehmen es mir nicht übel, aber ich habe Sie nicht ohne Hintergedanken an diesen Ort gelotst." Ihre Augen schimmerten fuchsschlau im schummrigen Gassenlicht.

In seiner Magengrube krampfte sich etwas zu einem unguten Klumpen zusammen, der Ani verriet, dass seine Romanze unvermutet eine ziemlich ungute Richtung einschlug.

„Beantworten Sie mir eine Frage", begann die Tänzerin flüsternd, aber so eindringlich, dass Ani sofort klar wurde, wie viel von seiner Antwort abhing.

„Angenommen, Sie verspürten zu einer bestimmten Person eine tiefgründige, schicksalhafte Verbundenheit. Weiter angenommen, Sie kämen entgegen jeglicher Vernunft zu der Erkenntnis, dass selbige Person aus ihrem Leben nicht mehr wegzudenken sei, aber Ihnen die Zeit davonliefe. Angenommen, dies alles verhielte sich so, wäre es unter diesen Umständen nicht unabdingbar, diesem liebgewonnenen Menschen seine eigene Seele offenzulegen?"

Eine unangenehme Pause entstand, in der Ani nicht wusste, was er sagen sollte. Ein wenig verlegen versuchte er, dem Honiggold ihres hoffnungsfrohen Blicks auszuweichen.

Darin lag eine Dringlichkeit, die ihn derart in die Zwickmühle brachte, dass es einfach aus ihm herausplatzte: „Also gut." Er hob geschlagen die Hände in die Höhe. „Ich wollte es Ihnen eigentlich nicht verraten, weil sowas für mich keine Bedeutung hat …"

Die Frau erstarrte und, weil er ihr so nahe bei ihr stand, nahm er deutlich wahr, wie sich ihre Pupillen verengten. Hingegen nahm, vermutlich aufgrund seiner unerwarteten Beichtansage, der Hof ihrer Augen wie geschmolzenes Edelmetall zu.

„Wirklich", strauchelte er über einen kaum zu bändigenden Wortschwall. „Eine solche Sache ist kaum der Rede wert. Ich war nur einmal am Mont Blanc. Zum Ski fahren. Den Gipfel habe ich wegen des Nebels nie gesehen, aber mein Bruder hat bei der Bewerbung einfach so getan, als ob ich jeden Winter dort oben zugebracht hätte. Bergführer bin ich nur im Zivilen, aber weil ich Geburtstag hatte, wurde ich von meinem Kompaniechef für die Drittbesteigung vorgeschlagen. Als das Foto schließlich gemacht wurde, hatte ich die Reichsfahne nur zufällig zwischen meinen Fingern, weil der Leutnant, der sie eigentlich halten sollte, eine Rast eingelegt hat und ich sie ihm kurz abgenommen habe, damit er seinen Rucksack wieder anschnallen konnte. Bis ich geschaut habe, hat der Apparat schon geblitzt."

Reumütig sank sein Kinn auf die Brust, als erwarte er sekündlich die ihm für seine Schandtat zustehende Schelte.

„Ani?" Die Tänzerin zog ihre Stirn kraus. „Ich verstehe leider überhaupt nicht, was Sie mir sagen wollen!"

Das Gesicht des jungen Mannes wurde noch zerknirschter.

„Na, das Foto!", sagte er bedrückt, „Sie erinnern sich? Das Foto!"

„Welches Foto denn?" Die Frau gab sich über allen Maßen irritiert, was ihm aufs Gemüt schlug.

„Aber … aber Sie haben mir doch soeben erklärt, dass Ihnen mein Gesicht bekannt vorkommt!"

„… ja, schon …"

„Deswegen."

„Was? Aber Ani, ich verstehe nicht."

Der Wehrmachtssoldat schnaufte tief durch und unternahm einen neuen Anlauf. Sprach er Suaheli?

„Das Foto. Niemand hat mich gefragt. Irgend so ein Propagandasepperl, vielleicht Goebbels selbst, hat dann die Aufnahme in die

Finger bekommen. Jedenfalls wurde sie in seinem Namen abgesegnet und auf sämtliche Postkarten und Plakate im Reich gedruckt."

„Was zum Kuckuck soll das denn für eine Aufnahme sein?" Nun war es die Frau, die zunehmend an ihrem Verstand zweifelte.

„Na, eben jene Aufnahme, die Johann Holger von mir unterm Elbrusgipfel geschossen hat."

Anis Nerven lagen blank. Wieder entstand eine nervenzerfetzende Pause. Er hatte einfach alles falsch gemacht, mit seinem sinnlosen Geschwafel die Frau fürs Leben vergrätzt. Warum konnte er nicht einfach das Maul halten?

Mit quälender Langsamkeit öffneten sich der zartrosa Mund der wunderschönen Tänzerin. Vieles, was daraus kommen würde, konnte sich Ani vorstellen, nur mit einem hatte er nicht gerechnet: Lachen.

Zuerst öffneten sich ihre Lippen nur einen Spalt breit. Dann traten, wie Perlen an einer Schnur, ihre Zähne hervor. Links und rechts des Mundes zeichneten sich jeweils zwei fadendünne Grübchen ab, die das ganze Gesicht der Tänzerin in fröhliche Erleichterung setzten.

Ganz Wien, so schien es Ani, lachte in dieser Nacht mit ihr. Es dauerte ein Weilchen, bis sie wieder zu Atem kam.

„Ach du liebe Zeit!", hielt sie sich den Bauch. „Was für ein fürchterliches Missverständnis! Sie müssen mich für eine durch und durch alberne Ziege halten!"

„…was? Nein!"

Die junge Frau schniefte und wischte sich mit den Fingerspitzen eine Träne von der Wange. Allmählich errang sie die Fassung zurück.

„Bitte verzeihen Sie mir", sagte sie schließlich, „dass ich so lange auf dem Schlauch gestanden habe."

Prüfend nahm sie sein Gesicht in Augenschein. Diesmal sachlicher, aber nicht ganz ohne den gewohnten Vorwitz.

„Dann sind Sie das also!", stellte sie fest. „Ja, ich meine mich nun tatsächlich an Sie zu erinnern. Letzten Monat war ihr Motiv *der* Absatzschlager in Wien und im ganzen Reich. Der unverschämt gutaussehende Bergfex, der sämtliche deutsche Mädels um den zarten Verstand gebracht hat."

Sie ahmte seine Pose nach, in der er mit fliehendem Kinn und zusammengekniffenen Augen der Höhensonne trotzte.

„Ja. Ich … ich gestehe", stammelte Ani, dem die Verunsicherung noch immer anzusehen war. Ihm wurde etwas leichter, da die Tänzerin seine Bekanntheit offenbar mit Humor nahm.

Hätte Willi während der Zugfahrt hierher an einem Souvenirstand nicht mit einer Ansichtskarte herumgewedelt und feixend ein

Autogramm verlangt, hätte er wohl selbst nichts von seinem eigenen Geheimnis erfahren. Auf der Rückseite fand sich außer dem Stempel der Autorisierungsbehörde nur das Datum der ersten Elbrus-Eroberung. Anis Name wurde nicht erwähnt.

„Einen Punkt in ihrem Geständnis finde ich sehr bemerkenswert", unterbrach die Frau seinen Gedankengang.

„Und der wäre?"

„Sie haben doch eben behauptet, dass es Johann Holger war, der das Foto von Ihnen gemacht hat, nicht wahr?"

„Ja. Genauso war es. Später hat er mir sogar die Leviten gelesen, weil ich dort oben gegen einen Befehl verstoßen hatte. Ich würde sogar behaupten, dass er mich damit vor einer Menge Ärger bewahrt hat."

„Hm", machte die Frau und ihre Hand berührte wie zufällig den silbernen Anhänger ihrer Kette. „Das sieht ihm ähnlich. Wie klein die Welt doch manchmal ist. Sie werden es mir vielleicht nicht glauben, aber eben dieser Johan Holger, von dem Sie sprachen, hat mir dieses Schmuckstück zum Geschenk gemacht."

Ani trat näher und betrachtete es. Ein hübscher silberner Ring, darüber vier zu einem Stern gekreuzte Streben. Das Symbol war so ungewöhnlich, dass ihm sofort wieder einfiel, wo er es schon einmal gesehen hatte: Eingekratzt in die Wand der Schutzhütte auf dem Elbrus.

Die Tänzerin erzählte weiter: „Es liegt einige Jahre zurück, dass er mir den Hof gemacht hat. Wir waren damals sehr verschossen ineinander und haben schnell geheiratet. Zu schnell."

Die Worte versetzten Ani einen Stich. Eine verheiratete Frau vom Theater; noch dazu die Verflossene des Bergfilmers. Da waren Scherereien doch unausweichlich. Er hätte besser das Weite suchen sollen, als er noch Gelegenheit dazu hatte.

„Am Anfang hat es ganz gut geklappt mit uns", fuhr sie fort, „aber dann hat sich Johann voll und ganz der Kletterei verschrieben und ist von einem Tag auf den Nächsten verschwunden. Aus dem Himalaya habe ich dann eine Postkarte bekommen. Darauf hat er sich bei mir entschuldigt, aber auch eingeräumt, dass ihn das Eheleben mehr einschränkte als erwartet. Seine Freiheit, die für ihn auf dem Dach der Welt lag, war ihm wichtiger als ich." Sie sagte das, ohne verbittert zu klingen. „Wir sind das geworden, was man gemeinhin *gute Freunde* nennt, und schreiben uns gelegentlich. Auch wenn unsere Ehe letztendlich schneller annulliert war, als es gedauert hatte, das Aufgebot zu bestellen, habe ich sehr lukrative Engagements am Theater erhalten. Der Name Holger hat mir ein paar wichtige Türen geöffnet, aber ich habe ihn nicht behalten."

Der giftige Klumpen Eifersucht zwischen Anis Rippen breitete sich nicht weiter aus. Das Leben war kein Hort der Vollkommenheit. Es erinnerte einen in jeder Lage daran, dass man es sich verdienen musste. *Mach was draus*, schien es Ani zuzurufen. Eine annullierte Ehe war besser als eine geschiedene Frau, war besser als eine untreue Ehefrau.

Theater, dachte Ani einmal mehr.

Er lenkte die Aufmerksamkeit auf den Anhänger.

„Genau dieses Zeichen habe ich auf dem Elbrus gesehen" sagte er. „Eingekratzt ins Wellblech eines Höhenlagers. Ein Rad, dem die Speichen abhandengekommen sind."

„Mich würde nicht wundern, wenn es Johann gewesen ist, der sich dort verewigt hat. Seine Schwäche fürs Theatralische ist unter den Filmleuten fast schon legendär. Er hat griechische Mythologie an einer theologischen Fakultät studiert und sich in Nepal irgendwelche buddhistischen Weisheiten einverleibt. Mir war das immer eine Nummer zu hoch, aber Johann hat fest daran geglaubt, dass die Wege eines Menschen vorgezeichnet sind. Dass auf rätselhafte Weise alles mit allem verbunden ist." Sie spielte mit dem silbernen Schmuckstück. „Ich muss zugeben, dass ich seine Sicht der Dinge bis heute als liebenswerten Spleen mit Hang zum Aberglauben abgetan habe. Ausgerechnet von diesem Schmuckstück, dass ich heute trage, hat Johann behauptet, dass es das Attribut der altgriechischen Schicksalsgöttin Tyche sei. Eine sehr launische Unsterbliche, mit der man es sich besser nicht verdirbt. Daher beginne ich mich so langsam zu fragen, ob ich das Schicksal nicht vielleicht ein wenig unterschätzt habe."

„Wie das?", fragte Ani, dem seine eigene Geschichte schon verrückt genug vorkam. Er kannte die Bibel. Seine Eltern hatten ihn katholisch erzogen, weshalb ihm jede anderweitige spirituelle Strömung wie Gotteslästerung anmutete. Doch aus dem Stand wollte ihm keine einzige Stelle in dem heiligen Buch einfallen, in dem nicht Gott, sondern das Schicksal die Wege eines Menschen lenkte. Eine Handlung ohne Gottes Zutun war schlicht undenkbar, alles andere Zufall oder Teufelswerk.

„Es ist in der Tat ein bemerkenswerter Zufall", sprach Anian aus, was er gedacht hatte.

„Ich denke, es ist mehr als das", sinnierte die Tänzerin. Es war das erste Mal, seit sie sich begegnet waren, dass ihre Wangen rot anliefen. Die bis dato selbstbewusste junge Frau schlug einen ungewöhnlich ernsten Ton an. „Ehrlich gesagt, frage ich mich schon die ganze Zeit, was nur in mich gefahren ist. Nichts für ungut, Ani, aber welche anständige Frau lässt sich von einem wildfremden Mann ausführen, nur weil er ihr eine Zigarettenflamme gereicht hat?"

Kurz bevor das Herz des jungen Soldaten in tausend kleine Stücke zerspringen konnte, legte sie ihre Hand auf seinen Arm, dessen Härchen sich umgehend aufstellten. Sie waren einander so nah, dass er auf Anhieb sah, wie sich ihr Gesicht veränderte, als fiele eine Theatermaske. Dahinter stand das unerfüllte Bedürfnis, sich fallen lassen zu dürfen, die Hoffnung, aufgefangen zu werden und das Verlangen, nicht laufend ihre Liebe an falsche Versprechungen zu verschwenden.

Ani ließ sich von ihrer Stimme umströmten, wie von dem lindenfrischen Duft ihres Parfüms.

„Ich weiß, dass es mehr als verrückt klingt", sagte sie. „Aber die Begegnung mit Dir scheint mir mehr als nur Zufall zu sein. Dein Zündholz hat eine Leere in mir erhellt, von der ich gar nicht bemerkt habe, dass sie existiert! Kaum dass wir uns getrennt haben, klaffte sie auf wie eine entsetzliche Wunde, für die es kein Heilmittel gibt. Jetzt stehe ich hier mit Dir und bin mit mir in einem Einklang, den ich noch nie zuvor verspürt habe. Nein, es ist kein Zufall, das kann nie und nimmer sein. Es war von Anfang an Bestimmung. So muss es sein."

Ihre Fingerspitzen wanderten zu seinem Kinn. *Du*, wie herrlich sich das anfühlte, dass sie sich ihm so nahe fühlte. Ani ergab sich dem wohligen Schauer, der durch seinen Körper jagte, wie milde Stromstöße zur Erbauung von Blut und Knochen. Erst als das Gefühl ein wenig abklang, fand er zu einer Antwort.

„Ich halte Sie keineswegs für verrückt." Gerne hätte er ihr das vertrauliche *Du* vergolten, doch er konnte nicht In jedem Märchen – und was anderes konnte dies sein? – mussten die tragenden Figuren zunächst einen Bann durchbrechen, bevor es zu einem guten Ende kam. Wieso sollte es sich ausgerechnet in *seinem* Märchen anders verhalten? Der Bann war der Name, und er durfte nicht vor der Zeit oder durch eine List ausgesprochen werden, sonst durchschnitt Tyche ihr Band.

In dieser Vorstellung hatte sich Ani verfangen. Deshalb biss er sich auf die Zunge und fuhr getragen fort: „Im Gegenteil war es nicht mein Licht, dass Ihr Innerstes erhellte, sondern Ihr Wesen, das mir verständig machte, dass es etwas auf der Welt gibt, weswegen es mir vielleicht gelingen könnte, diesen Krieg zu überdauern. Bei allem, was mir bisher an Plage und Leid auferlegt war, fühlt sich Ihre Gegenwart wie das Versprechen darauf an, dass es mit mir doch noch ein gutes Ende nimmt."

Er griff nach ihren Fingern und zog sie an seine Brust. Sein Daumen empfand die Spur ihrer Knöchel nach.

„Ani, ich bin keine Heilige!", wehrte sie sich gegen die Überhöhung.

Er schmunzelte.

„Jesus, Maria und Josef, ich bin gerade froh, dass Sie keine sind. Ich habe nicht von einer Märtyrerin gehört, die so wundervoll tanzt, wie Sie oder überhaupt je getanzt hat. Mir ist Ihre Anwesenheit heilig, ein Gefühl, als schlüge ich nach einem langen Aufstieg zum Gipfel endlich an der Ausrast an. Dort droben herrscht eine Ruhe wie sonst nirgends. Sie müssen verzeihen, aber ein besserer Vergleich als mit der Bergsteigerei will mir nicht einfallen.“

Für eine Weile verfielen sie in tiefes Schweigen. Die Buchstaben, Silben, Wörter und Sätze schienen aufgebraucht. In diesem Moment waren sie nur zwei Hüllen, die sich an ihrer Daseinsberechtigung erfreuten.

Ani, der die Tänzerin um wenige Zentimeter überragte, legte behutsam einen Arm um sie. Die Frau ließ es sich gefallen, drückte ihre Wange gegen seinen Brustkorb und umschlang seine Hüfte. Jeder spürte das Verlangen des anderen, doch ebenso genossen sie die Freiheit, es zu genießen.

Nach einer gefühlten Unendlichkeit lehnte sie sich ein Stück zurück. Ihre Hände fühlten nach seinem Herzschlag, der sich kräftig regte.

„Es … es gibt da noch etwas“, hob sie schuldbewusst die Stimme, „etwas, das ich Dir noch nicht gesagt habe.“

Ani neigte den Kopf zur Seite. Für ihn stand fest, dass es nichts gab, womit sie seine Zuneigung erschüttern konnte.

Ihre Lippen zuckten unsicher, die schönen Augen wichen seinem Blick aus und glitten ziellos über Anis Körper. Deutlich war der Kampf zu sehen, den sie mit sich selbst ausfocht. Dann, als hätte sie eine Entscheidung getroffen, nickte sie entschlossen.

„Ich, finde, ich sollte …“, wählte sie die Worte zögerlich. „… ich halte es für das Beste, es Dir zu zeigen …“ Sie wand sich. „… etwas, das vermutlich mehr über mich aussagt als jede schlaue Erklärung.“

Jetzt war es Ani, der nicht verstand. Er schniefte verlegen. Was konnte denn schlimmer sein als eine geschiedene Frau vom Theater?

Die Tänzerin sah ihn direkt an, war wieder in ihrem Element.

„Ich will Dir etwas zeigen. Etwas, das mir so wichtig ist, dass ich es noch keiner Sterbensseele anvertraut habe. Ich hoffe, ich bereue meine Entscheidung nicht, aber ich habe noch nie einen Menschen wie dich getroffen. Wenn Du versprichst zu bleiben, lege ich mein Leben Deine Hände, versprochen. Wenn Du es aber nicht ernst meinst und lieber gehen möchtest, so tue es jetzt, denn nachher ist es zu spät. Ich werde Dir nicht gram sein, falls du gehst, aber wenn Du mich haben willst, so musst Du mich mit allem nehmen, was dazugehört.“

Ani verspürte ein geradezu unvernünftig leichtfüßiges Liebesglück. Er dachte gar nicht daran, den Schwanz einzuziehen. Was sollte schon groß passieren? Diese Theaterleute machten für gewöhnlich ein größeres Bohei um eine Sache, als tatsächlich dran war.

Wenig argwöhnisch ließ er sich deshalb um das Rechteck des Kaffeehauses führen. Sie folgten einer gepflasterten Gasse, huschten an der Hofburg vorbei, entlang einer schnurgeraden Häuserzeile. Fast einmal um das gesamte Areal. Vor einem schmalen vergitterten Zugang, der unscheinbar zwischen einem der vielen Fenster- und Torbögen verschwand, blieben sie stehen. Mehrmals sah sich die Tänzerin verstohlen um. Das eingelassene Tor war nicht verschlossen. Sie vergewisserte sich erneut, dass niemand ihnen folgte, dann schob sie erst Ani dann sich hindurch. Sie traten in einen nach oben hin offenen, beklemmend engen Korridor. Es stank nach Urin, man musste sich in Acht nehmen, nicht in ein feuchtes, schlüpfriges Etwas zu treten.

„Ich komme mir ein wenig vor wie ein Gangster in einem Kriminalroman", gluckste Ani halblaut, zuckte jedoch sofort zusammen, als er mit einem energischen „Pssst" zur Ordnung gerufen wurde.

Als er die gereizte Panik in den Augen der Frau sah, schoss es endlich auch ihm heiß und kalt in den Rücken. Er begriff, dass es seiner Auserwählten um deutlich mehr ging als um einen neckischen Streich unter frisch Verliebten. Möglich, dass er sie unterschätzt hatte.

Vor einer weiteren, von Unrat halb verstellten Tür, hielt sie inne. Sie spähte zurück und lauerte auf ein Geräusch in der Dunkelheit. Ani schwante, dass ein Rückzieher möglicherweise doch kein Fehler gewesen wäre. Zu seinem Erstaunen zog die Tänzerin einen alten Eisenschlüssel aus ihrer Jackentasche. Bevor sie ihn in das Schloss führte, räumte sie ziemlich burschikos ein paar halb verrottete Bretter beiseite, die an der Tür lehnten.

Schon wieder warf sie einen unsteten Blick nach hinten. Zwischen den engen Häuserfluchten wuchs sich selbst das leiseste Geräusch zu einem aufsehenerregenden Getöse aus.

In einer Ecke wühlten Ratten im Unrat, deren Rascheln und Quieken in dem, kaum für Menschen erbauten, Durchschlupf widerhallte. Weder die hübsche, junge Frau in ihrem schicken Kleid, noch er in seinem grünen Trachtenanzug, passten in diesen hinterläufigen Abort. Mit wachsendem Unbehagen sah Ani zu, wie sich der Schlüssel drehte. Einmal.

Zweimal.

Dreimal.

Er hoffte stillschweigend, dass sich die Tür nicht entriegeln ließ.

Es klackte.

Die Tänzerin musste das massive Holz der Tür, die sich im Rahmen bereits verzogen hatte, mit der Schulter kräftig nach innen drücken. Die untere Hälfte des Türblatts kratzte scheußlich über den ungleichmäßigen Steinboden.

Offen.

Sie lauschte hinein. Nichts.

Auf ihr Zeichen zwängte sich Anian durch den Spalt. Er nahm seinen Tirolerhut ab. Eilig folgte sie ihm, drückte die Tür hinter sich zu und sperrte wieder ab.

Innen konnte man kaum die Hand vor Augen erkennen. Es roch noch übler als draußen. Eine Mischung aus Kot, Moschus und Schimmel. Für einen Moment verlor Ani die Orientierung. Er musste aufpassen, nicht über einen Stapel feucht gewordener Kartons zu stolpern, die sich an einer Wandseite bis zur Decke auftürmten. Von überall her raschelte es. Aus den Ritzen mehrerer Lichtschächte verteilte sich ein spärlicher Dämmerschimmer an den Rändern der dunkelfeuchten Wände. Der süße Duft seiner, mit der Dunkelheit offenkundig bestens vertrauten, Anführerin, bildete den einzig vertrauenswürdigen Kontrast zu dem Moloch, in dem sie sich bewegten.

Da sich Anis Augen nur mühsam an die Finsternis gewöhnten, folgte er seiner Nase. Nach und nach zeichneten sich graue Konturen ab. Ein Klosett von dessen Rändern die Emaillierung abplatzte, eingepasst in eine Wandnische. Es sah nicht aus, als verfüge es über fließend Wasser, aber ein daneben stehender Metalleimer der leckte, verriet Ani, dass es noch in Gebrauch war.

Sie schlichen weiter an einer verschlossenen Bürotür vorbei. Eine Treppe führte nach oben. Der Gang verengte sich rechter Hand, dicke, Sammet rote Wandteppiche halbierten den Laufweg.

Ani wusste, was dahinter lag. Er hatte am Nachmittag mit Willi und Bernhard auf der anderen Seite gesessen und Kaffee getrunken. Der findige Geschäftsführer hatte seinen Gastraum durch diese Maßnahme um ein paar Zoll erweitert. Jetzt, da Ani wusste, wo er sich befand, fragte er sich umso mehr, was er hier sollte.

Die Antwort ließ nicht lange auf sich warten.

Ganz am Ende des Gangs gab es zu seiner linken eine stuckverzierte Aussparung, die auf den ersten Blick wie ein Bilderrahmen ohne Bild wirkte. Statt eines Gemäldes hing dort ein ziemlich schäbiger Fetzen Stoff, der offensichtlich nur dazu diente, sich nicht näher mit dieser künstlerischen Überflüssigkeit beschäftigen zu müssen.

Vorsichtig klopfte die Frau gegen die Umrandung. Viermal kurz, dreimal kurz.

Zunächst geschah nichts, dann wurde der quadratische Bildausschnitt nach innen gezogen. Die untere Kante des Rahmens befand sich zwei Hand breit über dem Boden, so dass man sozusagen in das Bild hineinsteigen musste.

Die Frau flüsterte etwas zur Begrüßung und trat ein. Zögerlich folgte Ani – ohne Aufforderung. Kaum überschritt er über die Schwelle, wich er schlagartig zurück. Der Raum erwies sich als stickig kleines Geheimversteck. Wenig größer als eine Besenkammer.

Die Wände strotzen vor Schimmel, zwei fleckige Matratzen belegten den staubigen Betonfußboden. Darauf lagen ein paar zerknüllte Decken, ähnlich der, in die sich die Revuetänzerin einige Stunden zuvor zum Schutz gegen die kühle Herbstluft gewickelt hatte. Auf der ersten Matratze standen zwei schwarze Reisekoffer und ein lederner Rucksack. Mehrere halbleere Gläser und Teller mit Essensreste stapelten sich an den unbelegten Wandseiten.

Auf dem Lager kauerten drei ausgemergelte Gestalten. Ihre Köpfe waren Totenschädel, sie trugen Straßenkleidung, die nicht ihre eigene war. Sie befanden sich auf dem Sprung, man konnte nur raten, wie viele zehrende Aufenthalte sie schon hinter sich gebracht hatten.

Der Mann, der den beiden anderen Kreaturen vorstand, war ein Schatten seiner selbst. Seine Haut schimmerte aschfahl, das Gesicht war unrasiert, unbewegt. Kleine schwarze Mausaugen lagen in tiefen, rot umränderten Höhlen und glotzten wie tot in Anis Richtung. Seine Sachen, die ihm wie verbeultes Sackleinen am Leib hingen, beließen dem Mann nur einen mageren Rest menschlicher Würde. Die Fetzen unterstrichen die prekäre Lage, in der sich das Dreiergrüppchen befand. Schützend hielt er seine langen stecknadeldürren Arme über eine Frau und ein Mädchen.

Die Frau bestand ebenfalls nur noch aus Haut und Knochen. Ein dicker Kropf hüpfte, trockenen Speichel schluckend, in ihrem Hals auf und ab. Einzelne, fadendünne Haare lugten wirr unter einem Kopftuch hervor, das so eng gebunden war, dass ihre Gesichtshaut über den knochigen Wangen spannte. Wenn sie einmal eine Schönheit gewesen war, hatte das ewige Versteckspiel nichts mehr davon übriggelassen.

Den erschreckendsten Eindruck aber erweckte das Mädchen.

Das Kind mochte sieben Jahre alt sein, aber ihre Züge waren die einer Greisin. Die Haare grau, der Körper kraftlos, eingefallen, ohne Lebensmut. Ani hatte das schon bei einigen Männern – nicht nur den Frischlingen – in ihren Schützenlöchern erlebt, wenn die ersten Angriffe über sie hinwegrollten. Ein einziger Tag im Feld kostete einen ganzen Sommer.

138

Das Mädchen hustete rau in ein dreckiges Taschentuch. Die sorgenvollen Minen der aufgescheuchten Höhlenbewohner wanderten abwechselnd zwischen der Revuetänzerin, der sie offensichtlich vertrauten, und Ani, dem Fremden, hin und her.

„Das ist es", offenbarte ihm seine anonyme Begleiterin in einem bestürzend ruhigen Tonfall.

Der Wehrmachtssoldat begaffte die gehetzten Menschen vor sich, getroffen von einem kaum fassbaren Erkenntnisgewinn. Ein reflexartiger Würgereiz überkam ihn, der von dem entsetzlichen Panikgefühl ausging, das von ihm Besitz ergriff.

„Was zum ...", stammelte er.

Weiter kam er nicht. Er durfte gar nicht hier sein. Niemand durfte das. Allein das Wissen um diesen Ort brachte sie alle in Lebensgefahr.

Die Tänzerin kam seinen schlimmsten Befürchtungen zuvor.

„Das hier sind Gero Abelmann, seine Frau Rose und ihre Tochter Esther", stellte die Frau ihre Schutzbefohlenen vor. „Sie... "

„Ja, Himmel, Arsch und Zwirn", fauchte Ani erzürnt und sah die vor Furcht bebende Familie vorwurfsvoll an. Er musste gar nicht raten, wer *die* waren. „Das sind Juden!",

„Nein", widersprach seine Begleiterin heftig.

„Nein?"

„Nein."

Entschieden trat sie an ihn heran. Ihre Stimme flatterte und sie suchte Anis Hand.

„Ani, das sind Menschen!", bekräftige sie vehement. „Vertriebene, denen man ohne jeden Grund die Daseinsberechtigung abgesprochen hat und, die man nun wie Lämmer zur Schlachtbank führt. Ist dir klar, dass die Gestapo allein in den letzten zwei Jahren mehrere 10.000 Juden aus der Ostmark hat abtransportieren lassen? Niemand weiß wohin, und keiner wird je zurückkommen. Wenn die Gestapo einmal jemanden weggeschafft hat, bleibt derjenige auch weg."

Anis Nackenhaare stellten sich angesichts dieser Naivität auf. Oder war er es, der naiv war? Er hatte sich von einer schönen Frau, über die er gar nichts wusste, in die Irre führen lassen. Selbstzweifel befielen ihn, sein Herz und sein Hirn gerieten in einen heftigen Widerstreit. Er steckte knietief in der Scheiße. So hatte er sich den Ausgang des Rendezvous bestimmt nicht vorgestellt. Nahezu automatisch übernahm er die reichsbürgerliche Phrasendrescherei des täglichen Sprachgebrauchs.

„Die Gestapo tut einfach ihre Arbeit. Eine Umsiedelungsaktion ist noch längst kein Akt der Unmenschlichkeit. Außerdem trifft es ja nicht gerade die Falschen. Diese ... Leute ... haben ihren eigenen

Messias gefoltert und ans Kreuz geschlagen hat. Alle Welt verachtet sie. Sie besitzen nicht einmal einen eigenen Staat, in dem sie willkommen wären. Gleich, wo sie sich ausbreiten, bereichern sie sich an den Spargroschen ihrer Mitmenschen und verbünden sich zu ihrem eigenen Vorteil mit dem Feind. Ich habe mit eigenen Augen gesehen, was diese Ungeheuer in Katyn angerichtet haben!"

Gero Abelmann, der jedes Wort genau verstanden hatte, richtete sich augenblicklich auf. Zur Verteidigung seiner Liebsten bereit, stellte er sich schützend vor sie. Seine knochigen, kleinen Fäuste ballte er so fest, dass das Weiße daran hervortrat. Die Frau tätschelte beschwichtigend Abelmanns Unterarm und er entspannte sich etwas, wobei der den Eindringling feindselig anblitzte.

„Katyn ist nicht Wien", widersprach die Tänzern. „Ich bin sicher, die Abelmanns haben mit dem, was Du in Polen gesehen hast, nichts zu tun. Der hässliche Jude ist ein Schreckgespenst, das es nicht gibt. Genauso wenig wie es den Schwarzen Mann, die Weiße Frau oder den Ritter Schreckenwald gibt. Sie sind Ausgeburten unserer eigenen Ängste und Vorurteile und dienen einzig dazu, unsere einfältige Kindsnatur auszumerzen. Ani, wir sind zu alt, um an Ammenmärchen zu glauben, selbst wenn sie uns von der Volksaufklärung verschrieben werden. Der Mensch hat immer einen Wert, und nur weil ihn die ganze Welt ablehnt, heißt das noch lange nicht, dass die ganze Welt im Recht ist. Es ist leicht, etwas zu verurteilen, für das man keine Verantwortung übernehmen muss", sagte sie betont ruhig.

Sie hielt Ani den Eisenschlüssel hin, der ihnen den Zugang zu diesem ganzen Schlamassel ermöglicht hatte.

„Ein unscheinbares, angehauchtes Stück Eisen. Ich halte es in meiner Hand, als wäre es ein belangloser Gebrauchsgegenstand, doch es ist der Schlüssel zur letzten Tür, hinter der man noch einen marginalen Rest Achtung findet. Ich hätte ihn ablehnen können, doch es hätte bedeutet, dass ich damit die Augen vor der Wahrheit verschließe. Ich hätte ihn nehmen und dann einfach vergessen können, dass es ihn gibt, hätte meine Hände in Unschuld baden und darüber hinwegsehen können, was meine eigenen Landsleute anrichten. Ich hätte ihn einer anderen Person überlassen können, jemandem, der die Gefahr besser einzuschätzen weiß als ich dummes Frauenzimmer. Aber, das habe ich nicht, denn das, was ich will ist: Verantwortung übernehmen."

Forsch bohrte sie die abgerundete Spitze des Schlüssels in Anis Oberarm.

„Und soll ich Dir sagen, warum mir diese Verantwortung so wichtig ist, hm?"

140

Da ihr unfreiwilliger Komplize mit den Achseln zuckte, lieferte sie ihm die Antwort postwendend.

„Weil ich diese Heuchelei, die Lügen, faulen Parolen und das inhaltslose Geschwätz satthabe. Unsere engstirnige Ideologie verwandelt Menschen in Nutzvieh. Wir verwandeln uns in die Herrenrasse, zwingen den Rest der Welt in Schlachthaltung und verhalten uns wie Schweine. Was zählt da ein Jud im Schweinestall? Wir hängen ihm die widerlichsten Taten an und zwingen ihn gleichsam dazu, diese zu begehen. Verweigert er sich unserer Borniertheit, demütigen wir ihn. Tut er es nicht, demütigen wir ihn auch, es ist unmöglich diesem Kreislauf zu entkommen. Und was tun die vielen Ferkel im Schweinestall? Nichts. Sie quieken fröhlich vor sich hin, halten das Ringelschwänzchen in den Wind und laben sich an der Muttersau.“

Sie wies auf Gero Abelmann.

„Ani, ich bitte Dich, sieh Dir diesen Mann genau an. In einem Leben vor diesem, war Gero ein Dentist. Promoviert. Ein Doktor! Jahrelang hat er in einer Salzburger Klinik Zähne gezogen und dafür jede Menge Belobigungen seiner Vorgesetzten eingeheimst. Vorbei. Sein Vater war Offizier im ersten großen Krieg. Auf französischem Boden fiel er für das Reich. Gero hat ihn nie kennengelernt. Weder die Leistungen des Sohnes noch die des Vaters erfahren Wertschätzung in unserem Land, weil sie von Juden erbracht wurden. Und Frau Abelmann hier, die liebenswürdige Rose. Sie unterstützte ihren Ehemann in allen Belangen, stand ihm als Assistentin in der Klinik bei, führte brav und ohne zu murren den Haushalt nach reichsdeutscher Art, zog nebenbei ein Kind groß und kann über alledem einen Universitätsabschluss vorweisen. Ihr einziger Fehler – außer eine Frau zu sein – ist es, Gottes Gebote nach der Tora zu befolgen. Die Abelmanns sind so germanisch wie der Führer es ist, ebenso könnte man die Leute nach der Größe ihrer Schuhe verachten.“

Ani bekam keine Gelegenheit seine Einwände geltend zu machen. Ein Teil von ihm ließ sich sogar davon beeindrucken, wie sehr sich die hübsche Revuetänzerin in Rage redete.

„Wenn ich auch nur für den winzigsten Anteil einer Tausendstelsekunde den Einflüsterungen der Partei Glauben schenkte und es tatsächlich ein schwerwiegender Straftatbestand wäre, Jude zu sein, dann muss die Frage gestattet sein, weshalb nicht wenigstens die Kinder verschont werden. Ich kenne keinen Gott, sei es Allah, Jehova, Brahma oder Jahwe, der gerade den Jüngsten seine Gnade versagt. Allerdings kenne ich mehrere Nazi-Parteigänger persönlich, die es jeden Tag und ohne mit der Wimper zu zucken, unter jedem noch so fadenscheinigen Vorwand tun. Esther Abelmann muss für ihr Dasein büßen, obgleich sie in dieser Welt weniger Sünden zu beichten hat als du und ich zusammen. Kinder, Ani, sie verschonen nicht einmal die Kinder!"

Sie hielt den Schlüssel hoch.

„Drei Menschenleben sind mir anvertraut. Welches Recht habe ausgerechnet ich, über deren Wohl und Wehe zu bestimmen; welches Recht dazu maßt sich überhaupt irgendjemand an? Hätte ich auch nur einen Augenblick gezögert, als mir dieser Schlüssel angeboten wurde, ich hätte mich in keinem Spiegel mehr ansehen mögen. Glaub mir, ich weiß, wovon ich spreche. Das Theater, in dem ich arbeite, hat eine Zeit lang ganz herausragende Persönlichkeiten hervorgebracht. Jeder und jede einzelne von ihnen eine wahre Koryphäe der Kunst. In weniger als einem Jahr sind sie der Reihe nach alle verschwunden. Musiker, Tanzpartner, Freunde. Weg. Ohne ein Wort des Abschieds, ohne einen Hinweis darauf, wohin sie gingen, ohne Hoffnung auf ein Wiedersehen. Erst spät habe ich erfahren, dass sie nicht die einzigen waren. Zehntausende, Ani, zehntausende Menschen verschiebt man auf Güterwaggons ins Nirwana. Dieser Schlüssel ist der einzige Hoffnungsschimmer, der diesen Menschen bleibt. U-Boote werden sie genannt und werden doch unerbittlicher gejagt als der ärgste Feind."

Sie goss den goldenen Schauer ihres festen, überzeugten Blicks über ihm aus.

„Ani, Du bist Soldat. Sag mir, dass Du Dein Leben für mehr aufs Spiel setzt als für die Lüge vom Lebensraum im Osten oder für die Illusionen einer überlegenen Herrenrasse, während sich das Deutschtum ausgerechnet mit den Japanern gleichstellt. Sag mir, dass Dein gesunder Menschenverstand funktioniert und Du mehr bist als ein gleichgeschalteter Handlanger für dieses nimmermüden Mahlwerk."

Ani wusste, seine Tänzerin würde ihren Blick nicht mehr von ihm wenden, bis sie ihre Antwort hatte. Ihre leidenschaftliche Ansprache beklemmte ihn mehr als er zugeben wollte, ihr Verhalten war Verrat. In ihrem lästerlichen Redeschwall hatte sie den Führer beleidigt und seine Autorität untergraben. Jeder tumbe Gemeindediener in Deutschland wurde unablässig vor der Gefahr der Zersetzung gewarnt. Noch auf der Zugfahrt hatte er die scheinbar lächerlichen Faltblätter belächelt, deren Inhalt die Landser aufrief, nicht blindlings in die Venusfalle einer attraktiven Volksverräterin zu tappen. Bruder Leichtfuß war nach fünf Jahren wirklich keine Zier für die Wehrmacht. Da stand er nun, mitten in einem Judennest, machte sich des schweren Volksverrats schuldig und wurde von der Frau, in die er sich verliebt hatte, aufgefordert, unverzüglich sein gesamtes Weltbild zu ändern.

Ein kaum wahrnehmbares Zünglein flüsterte ihm zu, dass er die Frau vielleicht nicht aufgeben musste, doch die harte Wahrheit posaunte es regelrecht heraus: Er war mächtig im Arsch.

Ein atemberaubendes Parfüm, eine Zigarette und ein honigsüßer Augenaufschlag, es hatte nicht viel bedurft, ihn aufs Glatteis zu führen.

„Ani …“, drängte ihn die verletzlich anmutende Stimme.

Sie erreichte seinen angegriffenen Verstand nicht mehr. Sein ganzer Körper fühlte sich taub an, in seinem Kopf herrschte gähnende Leere. Er konnte rein gar nichts denken. Verwaschen und undeutlich hörte er, dass sein Mund etwas von sich gab, dass seinen Geist noch nicht passiert hatte.

„Ich … ich kann das nicht.“

Kaum hatte er es ausgesprochen, wirbelte er herum und wurde von seinen Füßen aus dem viel zu engen Raum getragen. Sie schleppten ihn durch den schummrigen Botengang, ließen ihn strauchelnd vorwärts trippeln, bis er den angerosteten Knauf der Ausgangstür ertastete. Kraftvoll rüttelte er daran, doch das verzogene Holz bewegte sich in den Angeln keinen Millimeter. Wutschnaubend hämmerte er mit der Faust dagegen. Ani sah sich nach einer Alternative um. Wie sollte er diesem gottverfluchten Rattenloch entfliehen? Er meinte, sich an ein kleines rechteckiges Fenster über den alten Spülklosetts zu erinnern. Mit etwas Glück passte er hindurch. Fluchend hetzte er zurück.

Es gab zwei Oberlichter, über jeder Schüssel eines. Wenn er sich auf den schlüpfrigen Rand des einen Beckens stellte, musste er weit nach oben greifen, um einen Riegel aufzuschieben, der den Weg hinaus freigab. Ani versuchte mit den glatten Absätzen seiner Schuhe sicheren Tritt zu finden, als sich die Schritte näherten. Das Geräusch auf dem schäbigen Fliesenboden wurde zögerlicher. Die Tänzerin verlangsamte das Tempo.

Ani spürte den Bernsteinblick in seinem Rücken und auf seinen Schultern die Last ihrer Enttäuschung. Seine Finger krallten sich in den bröckeligen Fenstersims über ihm. Die jugendliche Kraft sich daran hochzuziehen hatte ihn schlagartig verlassen. Niedergedrückt lehnte er die schweißfeuchte Stirn an das kalte Betonwerk. Er wagte nicht sich umzudrehen.

Wo war sein Hut? Hatte er ihn verloren? Es war nicht wichtig. Nicht mehr. Staub rieselte auf seinen Anzug, die festen Ledersohlen rutschen über den schmierigen Schüsselrand.

Wie ein langsam einsetzender Regenschauer tröpfelten die Schritte seiner geheimnisvollen Bekanntschaft auf ihn herab.

Trap. Trap. Trap.

Ani erwartete ein Gewitter aus Tränen, Schuldzuweisungen und Groll. Vielleicht wollte sie ihn umbringen, weil er zu viel wusste. Ihr blieb eigentlich nichts anderes übrig, wenn sie am Leben hing. Sie hatte nicht zu viel versprochen, als sie ihm gesagt hatte, dass sie es in seine Hände legte.

Der Soldat stieg von der unwürdigen Erhöhung und spannte die Glieder. Ein weiteres Mal ließ er sich nicht übertölpeln. Er wappnete sich innerlich gegen einen Überraschungsangriff. Körperlich war sie ihm nicht gewachsen, aber einen feindlichen Agenten zu unterschätzen, wäre fahrlässig gewesen.

Sie kam näher, sah ihm unverwandt in die Augen. In Gedanken verpasste er ihr einen kräftigen Hieb gegen das Kinn, der sie zu Boden schickte. Er blinzelte. Sanft schob sie ihre Hand unter seine Joppe. Ein wohliges Gefühl wanderte über seine Brust. Seine Muskeln entspannten sich, aufrechten Hauptes ergab er sich. In seinem Haar hingen graue Staubfäden, sein schöner grüner Anzug starrte vor Dreck.

Die Tänzerin zog Ani zu sich.

Ani war ihrem Hals so nahe, dass ihn ihr Duft, die Mischung aus Lindenblüten und seifiger Orange, beinahe erschlug. Der Augenblick verwischte. Ihre blasse Haut zwischen Ausschnitt und Kinn schied sich von den grobkörnigen Schatten der Nacht wie feinster Thassos-Marmor.

„Ich wünschte um Ihretwillen, ich besäße mehr Mut", flüsterte er mit angehaltenem Atem, weil er ihren Geruch so lange wie möglich bei sich behalten wollte.

Bei ihrer ersten Begegnung war es das erste gewesen, das er von ihr wahrgenommen hatte, noch bevor sie sich gegenüberstanden. Nach dieser Umarmung würde es das letzte sein, das ihm von ihr blieb. Nicht in tausend Jahren wollte er sich in eine derart verbrecherische Unternehmung verwickeln lassen, das hätte seine persönlichen Ansichten und Prinzipien unweigerlich zum Einsturz gebracht. Er würde sie nicht verraten, das schwor er sich im Stillen.

Was sein Herz bereits wusste, war längst nicht in seinem Verstand angekommen. Ihre Unvernunft reizte, ihre feminine Auflehnung lockte ihn. Sie war keine gewöhnliche Frau, sie war die Loreley, die ihn ins Verderben stürzte. Ani war den Fängen der geheimnisvollen Kollaborateurin ausgeliefert, hatte sich im Netz der Spinne längst verfangen. Sie hatte ihn nur noch nicht ausreichend gekitzelt.

Die Frau zupfte ihm einen grauen Faden aus den blonden Haaren, dabei glänzten ihn ihre goldschmelzenden Augen an.

„Beweise mir, dass ich es bin, die falsch liegt", entgegnete sie, nicht ohne eine Spur des Bedauerns für seine Situation. „Sag mir, dass der Wille, ein Menschenleben auszulöschen, mehr zählt als es zu erhalten. Was tust Du mit einem Abelmann oder mit zweien oder dreien von ihnen, wenn Du Gott spielen darfst? Wie handelst Du in seinem Sinne, wenn er, wie so oft in diesen Tagen, nicht anwesend ist? Tod oder Leben?" Liebevoll klopfte sie etwas Staub von seinen herabhängenden Ärmeln. „Ich teile Deine Bedenken, weil ich weiß, was das Richtige wäre. Glaube mir, es ist leichter den Schlüssel in der Tasche zu behalten, als ihn zu benutzen. Aber *richtig* ist nicht gleich das Rechte."

Der junge Mann löste sich nur ungern von der Frau, die ihn um den Verstand brachte, doch er brauchte Abstand, für sein letztes, müdes Aufbäumen.

„Es ist mir unbegreiflich, was uns diese Ju … diese Leute angehen. Sie sind gefährlich", sagte er heiser.

„Gefährlich?", die Tänzerin stand wie ein trutziger Fels in der Brandung. „Die ganze Unsinnigkeit, die sich hinter diesem Wort verbirgt, geht von der Strafe dafür aus, sich dazu herabzulassen, Erbarmen zu zeigen. Sollten wir sogenannten Arier tatsächlich einmal die Welt beherrschen, welche Zukunft hat dann unsere Art, wenn sie sich nicht einen Funken Menschlichkeit behält? Die Ziele des Führers in allen Ehren! Von mir aus soll er seinen Krieg haben, doch nicht er führt ihn, sondern seine Soldaten. Du, Ani, Du tötest für ihn. Hitler muss dem Feind nicht beim Sterben zusehen, für ihn hat er kein Gesicht. Aber Du hast die Gesichter gesehen, oder? Wie viele Unschuldige waren darunter?"

Der Soldat drückte einen Kloß im Hals hinunter. Das Thema war ihm unangenehm. Von seiner Einheit wurde mehr Kampfgeist erwartet als von anderen Truppenteilen. Ani hätte nicht annähernd eine exakte Hochrechnung darüber abgeben können, wie hoch die Schussauslastung seines Gewehrs war, aber er hatte es noch nie auf Unschuldige richten müssen. Darüber, was passierte, wenn der SD nach dem Ende der Kampfhandlungen das Gefechtsfeld erreichte, zerbrach er sich nicht den Kopf. Auf wie viele Familienväter er geschossen hatte, wusste er nicht, aber mit einer Waffe im Arm spielte das keine besondere Rolle, weshalb sie für ihn nicht der Kategorie *unschuldig* angehörten. Allein das Wort in einem Krieg zu gebrauchen, schien ihm unpassend. Schmerzverzerrt waren die Gesichter, die an ihm vorüberzogen, manche davon bedauernswert, manche wirkten erlöst, doch keines von Unschuld gezeichnet.

Das änderte nichts daran, dass die Worte der Tänzerin einen Nachhall erzeugten. Ani sträubte sich dagegen, doch mehr, weil er die schlichte Wahrheit bisher ignoriert hatte. Schweigen war eine unabdingbare Eigenschaft für einen überzeugten Parteigänger, aber vielleicht waren seine Überzeugungen gar nicht so fest gemauert. Liebe erschütterte offenbar Anis eingefahrenes Blut- und Boden-Dogma. Er verehrte den Führer mit ähnlicher Glaubenstreue wie den Allmächtigen – beide wachten über sein Wohlbefinden, also konnte es nichts schaden, wenn man sich ehrfürchtig zeigte. Der NSKK und später der NSDAP war er beigetreten, weil es jeder im Ort tat. Dass die verbreiteten, für allgemein gültig erklärten Ansichten über die sogenannten *Volksverbrecher* im Reich kaum haltbar waren, hatte ihn bisher nicht sonderlich gestört. Warum auch? Es hatte ihn nie direkt betroffen, selbst wenn es wenig einleuchtend war, in welchem Ausmaß das Judentum an sich einen schädlichen Einfluss auf das Naturell der Volksgenossen haben sollte. Davon verstand er ohnehin nur so viel, dass es gut war, Deutscher zu sein und dass seine Kultur der jüdischen weit überlegen war.

Dass große Lücken in dieser Logik klafften, war eigentlich für niemanden zu übersehen, aber mit so etwas setzten sich Leute auseinander, die ein dickeres Soldbuch als er besaßen. Ihn als Landser ging das nichts an, er war nur das Werkzeug. Es ging um die Ehre, und so viel verstand er doch, dass er diese zu verteidigen hatte. Wie hatten sie es den Franzmännern gezeigt, den Tommies und den Russki. Ach, der ganzen Welt.

Er hätte sich nie zu träumen gewagt, wie weit er mit seiner Division vorstoßen würde. Zwischen all den schrecklichen Bildern lag auch ein Abenteuer, das er ohne den Krieg nie gewagt hätte. Obgleich er inzwischen kriegsmüde geworden war, ließen sich die Erfolge, zu denen er mit seinem Blut und Schweiß beigetragen hatte, nicht mehr auslöschen.

Er hatte Großes vollbracht, oder nicht?

Aus der Niederlage der Vergangenheit hatte die Oberste Heeresleitung gelernt, der Armee den Rücken freizuhalten. Die militärischen Siege durften keinesfalls durch Verrat aus dem Innern der Heimat gefährdet werden. Ein paar subversive Juden vorsichtshalber in diesen modernen Konzentrationslagern, die im Osten wie Pilze aus dem Boden schossen, in Sippenhaft zu nehmen, war nur logisch. Die umfriedeten Baracken, die in den Wochenschauen gezeigt wurden, strahlten geordneten Kasernencharakter aus. Darin gab es zumindest etwas zu essen und man hatte ein Dach über dem Kopf. Das waren Annehmlichkeiten, die Ani oft schmerzlich vermisste.

Er konnte ebenso wenig weglaufen wie die Menschen, die von der SS daran gehindert wurden. Wollte man den Unterschied sehen, konnte man schon eine Ahnung davon bekommen, wie es hinter den hohen Stacheldrahtzäunen wirklich aussah. Himmlers Mordbuben waren nicht zimperlich, bestimmt fiel der eine oder andere Tote an. Doch was waren das gegen die zu Tausenden gefallenen Kameraden an der Front?

Jeder hatte sein eigenes Päckchen zu tragen, war Anis kaltherzige Folgerung, wenn er sich in die eigene Tasche log.

Bei dieser Überlegung stieg Übelkeit in ihm auf. Die Abstumpfung des Krieges hatte ihn der richtigen Antworten auf die wirklich drängenden Fragen des Lebens beraubt. Er sah den Wald vor lauter Bäumen nicht, weil ihm die Welt der Nationalsozialisten die Sicht auf den einzelnen Menschen nahm. Sein Problem war, dass diese einfache Änderung seiner Sichtweise sich bereits gefestigt hatte, obwohl sie ihn gerade umbrachte.

„Das ist ein Fehler", wisperte er. „Ein gewaltiger Fehler, und *ich* werde ihn begehen. Das begreife ich nicht. Warum ich?"

Die Revuetänzerin nickte, als hätte sie auf die Frage gewartet. „Das ist nicht leicht zu erklären", begann sie. „Die Kurzfassung lautet, dass ich der Welt etwas von dem zurückgeben möchte, was sie mir geschenkt hat. Doch das wäre nur die halbe Wahrheit."

Sie brauchte nicht weiterzusprechen. Ani las es in ihren Augen.

Ich wünschte, du wärst ein Teil meiner Welt.

Mehr gab es nicht zu sagen. Hand in Hand gingen sie zurück. Der Soldat hatte seine Bewährungsprobe bestanden.

In Alarmstimmung hatte Gero Abelmann seine kleine Familie bereits für die bevorstehende Flucht gerüstet. Er nahm den Koffer, Rose schnallte sich den Rucksack auf den Rücken, Esther hielt ihre Eltern ängstlich bei den Ärmeln. Erleichtert nahmen sie zur Kenntnis, dass der junge Mann zurückkehrte und offensichtlich nicht in der Absicht, sie zu verraten.

„Also", fragte Ani. „Wie kann ich helfen?"

Augenblicklich übernahm die Tänzerin das Kommando.

„Das Wichtigste ist jetzt, dass wir sofort handeln. Bald nehmen die Konfiseure ihre Arbeit auf, dann ist es zu spät. Jeder zusätzliche Tag birgt das Risiko, entdeckt zu werden. Du ahnst nicht, wie viel mir Deine Hilfe bedeutet! Trüge ich hundert Namen, ich würde sie Dir zum Dank alle nennen. Das nenne ich Schicksal."

Ani sah auf seine Armbanduhr und seufzte.

„Da wir jetzt Spießgesellen sind, sollte ich Dich wohl auch Duzen. Naja. Es ist schon zum Verrücktwerden, da wünsche ich mir seit über sieben Stunden nichts sehnlicher, als Deinen Namen zu erfahren,

möchte aber in dieser Umgebung und unter der furchtbaren Eile so
etwas Schönes nicht einfach hingeworfen wissen."

Sie lachte.

„Du hältst mich immer noch für eine Heilige. Na schön, verschieben wir das auf später. Inzwischen sollte ich schleunigst meinen Kontakt in der Rauhensteingasse aufsuchen. Er nennt sich Ahas und besitzt einen kleinen Gutshof außerhalb von Wien. Die sichere Route in die Schweiz übernimmt dann er. Ich werde ihn gleich verständigen, damit er die Abelmanns abholen kommt. Bring Du sie zum Theater. Ich treffe euch an der Stelle, an der wir uns kennengelernt haben. Du erinnerst dich an den Weg? Gut. Ihr müsst unentdeckt bleiben."

Noch nie hatte sich Ani einer Frau unterordnen müssen, besonders nicht einer, die genau zu wissen schien, was sie wollte. Egal, ob sie ihre Liebe nur vorschützte und er in ihre Falle getappt war, hatte er nun einen Auftrag auszuführen, der gelingen musste, wenn er aus dieser Nummer wieder heil herauskommen wollte.

„Wir treffen ein paar letzte Vorkehrungen, dann machen wir uns auf den Weg", befand er. „Schaff Du nur diesen Ahas ran."

„Wie du meinst." Sie nickte anerkennend. „Aber wartet nicht zu lange mit dem Aufbruch. Die Frühschicht der Bäcker beginnt um halb drei."

Bevor sie ihn endgültig verließ, drehte sich die Tänzerin noch einmal zu ihm um.

„Ich werde den Schlüssel außen an der Tür stecken lassen. Vergiss nicht abzuschließen, Schatz", neckte sie ihn und küsste Ani auf dieselbe Stelle wie beim ersten Abschied. Auf seinem Gesicht breitete sich eine Wärme aus, die in ihm eine wohlige Erinnerung an eine Zukunft wachrief, die noch nicht eingetreten war. Darin lag das Versprechen eines gemeinsamen Lebens, an der Schwelle eines Zuhauses, das es noch nicht gab.

Dann war sie fort.

Routiniert instruierte Anian seine drei Schutzbefohlenen, alles gut festzuzurren. Er rüttelte an den Packsäcken herum, bis er zufrieden war. Aus reicher Erfahrung wusste er, dass selbst das leiseste Klappern, Rascheln oder auch nur das kaum wahrnehmbare Reiben von Stoff auf Stoff im volltönenden Schweigen der Nacht einen Heidenlärm verursachten. Er durchstöberte Geros Koffer auf unnötigen Ballast, warf Unterwäsche, einen Mantel, ein paar Kleidungsstücke, Schuhe, und eine angebrochene Flasche Wein heraus. Die Sachen würden vielleicht der nächsten Familie, die hier unterkam, ebenfalls gute Dienste erweisen. Er faltete sie ordentlich auf einer Matratze zusammen. Die Toilettenartikel wickelte er in eine Strumpfhose des

Mädchens, ebenso wie eine Taschenuhr, ein gerahmtes Foto der Familie und die wenigen Reichsmark, die sie noch besaßen.

Klaglos verfolgten die Abelmanns sein Treiben. Sie wirkten fast unbewegt.

Ganz in seinem Element entzündete Ani einen Kerzenstumpf. Damit rußte er ein Stück Stoff an, mit dem er die Gesichter und Hände der Eltern schwärzte. Das Mädchen blieb außen vor, es begann zu zetern als der fremde Mann sie berührte. Sich selbst verpasste er ebenfalls keine Kriegsbemalung, er war es nicht, der sich verbergen musste.

In weniger als zehn Minuten begaben sie sich in Feindesland. Ungesehen und beinahe geräuschlos flogen sie wie nächtliche Schatten durch die unbelebte Innenstadt von Vorsprung zu Vorsprung. Bei jeder Gelegenheit passten sie sich den dunklen Winkeln und Fluchten ihrer Umgebung an. Niemand, der um diese Uhrzeit auf den Beinen war, bemerkte die geisterhaften Gestalten.

Zum Klang des Drei-Uhr-Läutens, das vom Dom zu ihnen scholl, verkrochen sie sich hinter einer Buschgruppe am Rande eines Stadtparks. Von dort hatte Ani das Bürgertheater gut im Blick. Er zählte die Minuten an seiner Uhr ab, um in der Aufregung das Zeitgefühl nicht zu verlieren. Alle Fünf Minuten zog er einen Strich in den aufgelockerten Erdboden neben sich. Er schätzte, dass die Rauhensteingasse, in der dieser Ahas wohnte, nicht in unmittelbarer Nähe zum Theater lag, jedoch auch nicht so weit davon entfernt, als dass sein Haus nicht fußläufig zu erreichen war. Anis dreiste Komplizin sollte dank ihrer Ortskenntnis nicht länger als 30 Minuten für die Strecke brauchen. Hoffte er. Wien war eine ordentliche Stadt, die des Nachts bestimmt gründlich kontrolliert wurde, man durfte nur den Gendarmen nicht in die Arme laufen.

Die vierte Linie, die er ins Erdreich ritzte, war das abgemachte Zeichen für Rose, sich vorzubereiten. Ani wollte die Familie einzeln zum Theater führen, das erschien ihm sicherer als das Wagnis, gemeinsam erwischt zu werden. Gero Abelmanns Frau ergriff Anis Oberarm und lehnte sich gegen seine Schulter. Sie gaben ein verliebtes Paar, dass sich einen romantischen Ausflug de l'amour zu später Stunde gönnte.

Er hoffte, dass er die klapperdürre Rose nicht küssen musste, wenn es brenzlig wurde. Ihm schlug beißender Schweißgeruch entgegen, schon diese eine, kleine verräterische Kleinigkeit konnte im Kaffeeduft verliebten Wien tatsächlich zum Problem werden.

Alles lief glatt.

Vor dem Nebeneingang des Theaters zog Ani die Aschentonnen ein wenig enger zusammen. Rose kauerte sich dahinter, während er zurück schlich.

Als nächste war Esther an der Reihe.

Ani nahm das Mädchen auf die Arme. Sie wog fast nichts. So rasch es ging, eilte er die Straße entlang. Für den Fall, dass sie diesmal aufgehalten würden, hatte er sich die Behauptung parat gelegt, seine kranke Tochter in ein Krankenhaus bringen zu wollen.

Schwammig, aber es kam nicht dazu.

Anian übergab Esther wohlbehalten in die Arme ihrer Mutter. Kaum wollte er sich allerdings das dritte Mal zu den Büschen aufmachen, da drang ein schriller Pfeifton um die Ecke des Nachbargebäudes. Im milchigen Kegel einer Straßenlaterne erschien die uniformierte Silhouette eines Schutzmannes der Ordnungspolizei. Der Blick des Gesetzeshüters traf Ani just in dem Augenblick, als er zwischen den Tonnen hervortrat.

Er handelte blitzschnell.

Weit ausholend warf er Mutter und Tochter ein geflüstertes „Entschuldigung" zu, dann beugte er sich kopfüber in eine der Mülltonnen hinein. Laute, grunzende Geräusche ließen keinen Zweifel aufkommen, dass sich gerade ein Betrunkener darin entleerte. Als der Schutzmann auf halber Strecke war, torkelte ihm Ani entgegen. Der Kerl durfte keinesfalls in Roses und Esthers Nähe gelangen.

Der Jungschauspieler hatte keine Ahnung, wie er den Gesetzeshüter zum Umkehren bewegen sollte. Schlimmstenfalls würde er an ihm vorbeirennen und die ganze Aufmerksamkeit auf sich ziehen. Ani war ein passionierter Kraxler, kein Läufer. Hoffentlich konnte er sich die Rennerei ersparen.

„Wo will der feine Herr denn um diese Uhrzeit hin?", versuchte der Polizist den offenbar stark alkoholisierten Passanten anzuhalten. Dabei drehte der Wachtmeister sich leicht zur Seite, damit er leichter an das Halfter seiner Dienstpistole fassen konnte. Die andere Hand streckte er aus.

Anian wankte in Schlangenlinien auf ihn zu. Immer gerade so viel, dass sein Kontrahent im Nachfolgen nicht auf den dummen Gedanken verfiel, die Waffe zu zücken. Weil Ani nach wie vor keinen Schimmer hatte, wie er vorgehen wollte, begann er lallend aus einem schlüpfriges Gedicht zu rezitieren. Es stammte vom verfemten Frank Wedekind und trug den passenden Titel *Morgenstimmung*. Es war das einzige Stück Lyrik, das er auswendig konnte.

„Leise schleich ich wie auf Eiern mich aus Liebchens Paradies, wo ich hinter dichten Schleiern meine besten Kräfte ließ! Tra …"

150

„Papiere!", unterbrach ihn der Beamte barsch und versuchte nach ihm zu greifen.

Ani duckte sich geschickt weg.

Mit einer halben Drehung war er im Rücken des Schutzmannes und an ihm vorbei. Jetzt musste er nur noch dafür sorgen, dass es so blieb.

„Traurig spiegelt sich der bleiche Mond in meinem alten Frack; Ach, die Wirkung bleibt die gleiche", setzte er seinen fidelen Singsang fort.

„Stehenbleiben", zischte der Polizist.

Ani gehorchte.

Er machte auf der Hacke kehrt und hielt urplötzlich mit seinem Gesicht auf die Brust des übertölpelten Amtmanns zu. Unbeholfen fummelte er an einem der silbernen Uniformknöpfe herum. Eine beispiellose Respektlosigkeit für jemanden, der dies in nüchternem Zustand gewagt hätte.

„Ach, die Wirkung bleibt die gleiche", säuselte Ani und beendete die Strophe. „Wie das Kind auch heißen mag."

Für den Augenblick lag die Ahnung eines Donnerwetters über der unwirklichen Szenerie. Ani machte sich darauf gefasst, die Abreibung seines Lebens zu kassieren. Der Unterkiefer des hageren Polizisten mahlte bedrohlich, seine Wangen waren eingefallen, womit er dem Erscheinungsbild eines mustergültigen Asketen entsprach. Die schwarz glänzenden Handschuhe ballte er zu glatt gespannten Fäusten. Der Tschako mit dem silbernen Reichsadler saß passgenau auf seinem eckigen Kopf, die grünen Kragenspiegel über der Kehle zugeknöpft. Dem Büttel stand ein undefinierbares, unheimliches Funkeln in den Augen. Mehrmals wölbte sich sein Brustkorb, einzig der schmale lederne Koppelriemen hinderte ihn daran, in einer gewaltigen Explosion zu bersten.

Doch dann, ganz ohne Vorwarnung, entspannte sich das Gesicht des Polizisten. Gewichtig legte er seine Pistolenhand eben an jene Stelle, die Ani zuvor berührt hatte.

Er räusperte sich.

„Wilhelmine, Karoline, 's ist gesprungen wie gehupft,

Nur dass hier die Unschuldsmine, dort dich die Routine rupft.", führte er die Zeilen des Gedichts mit trockenem Humor zu Ende.

Damit nahm er Ani den Wind aus den Segeln, und um ein Haar hätte der vergessen, weiter den Saufbruder zu spielen. Ungelenk applaudierte er dem uniformierten Dichter, die grauen Fassaden warfen sein monotones Klatschen freudlos zurück. Doch statt den Beifall mit der Würde eines wahren Künstlers entgegenzunehmen, packte der Schutzmann den Delinquenten am Handgelenk.

„Jetzt lassen wir das Gehopse aber mal sein, gelln´s junger Mann?",
sagte er in einer dialektreichen Mischung aus strengem Amtsstubendeutsch und wenig anteilnehmenden Großstadtmundart. „Also, wer
sind wir denn und wohin wollen wir in diesem Aufzug?"

Da es keinen Sinn machte, seine Person zu verleugnen, weil die Urlaubspapiere in der Innentasche seiner Trachtenjacke steckten, antwortete Ani befehlsgewohnt: „Anian Tuchel aus Garmisch-Partenkirchen, Reichsgau Bayern. Gebirgstruppe. Genehmigter Urlaub, bis
Ende übernächster Woche. Dokumente: Jackentasche, Innenseite. Bin
auf dem Rückweg ins Quartier", vermeldete er mit einem angedeuteten, militärischen Gruß.

Bevor er die Bescheinigungen hervorkramen konnte, hielt ihn der
Ordnungspolizist zurück.

„Ostfront?", wollte er wissen und meinte damit Anians Einsatzgebiet.

Ani brummte zustimmend.

„Schöner Scheiß, das", befand der Wachtmeister, der dem Alter
nach zu urteilen, Anis Vater hätte sein können. „Einer meiner Neffen
ist bei Balakleja liegen geblieben, der andere schon vorher an der
Somme." Hörbar sog er die Wiener Nachtluft ein. „Wer weiß, was die
beiden dafür gegeben hätten, jetzt an ihrer statt hier vor mir zu stehen." Väterlich klopfte er dem jungen Soldaten auf die Schulter. „Ich
denke, wir sollten dafür Sorge tragen, dass Sie auf ihrem Heimweg
keine Dummheiten anstellen. Keine Widerrede, junger Mann. Wir
schaffen Sie jetzt in Ihr Bett. Wo haben´s denn Ihr Unterkommen?"

Ani stöhnte innerlich auf. Das letzte, was er jetzt gebrauchen
konnte, war ein übereifriges Kindermädchen, das ihn zurück auf
seine Stube brachte. Unter normalen Umständen – so wie er sich den
Abend eigentlich vorgestellt hatte – wäre er dem Schutzmann sicherlich dankbar für dessen Zuvorkommen gewesen, zumal der Mann
ähnliche Verluste erlitten hatte, wie zahllose andere Familien im
Reich. Ani hegte durchaus Sympathien für den Polizisten und ertappte sich bei dem ungerechten Gedanken, dass ein Gero Abelmann
nicht wie andere Väter und Söhne für sein Land kämpfen musste,
sondern einzig für das bloße Recht auf seine Existenz. Die Rechnung
ging natürlich nicht auf, denn Abelmanns Leben wurde für das Große
Ganze geopfert, weil er am Leben war. Der Soldat durfte wenigstens
um seine mageren Erdentage kämpfen, ein Hoffnungsschimmer, der
dem Familienvater nicht in Aussicht gestellt wurde. Er war tot, solange er auf deutschem Boden stand.

Ani musste den Streifenbeamten schleunigst loswerden.

Er haderte mit sich selbst, wenn er daran dachte, in welche Gefahr er sich begab. Der Familie bei der Flucht zu helfen, mochte ja der gerechten Sache dienen, aber es war und blieb verboten. Wie weit würde er für diese Frau gehen?

Die Frage steuerte ins Leere, denn er empfand die Erlangung ihrer Liebe als seine Bestimmung. Ließe er darin nach, er würde sie für alle Zeit aus den Augen verlieren, und allein der Gedanke daran erfüllte ihn mit unerträglichem Schmerz. Als Kind hatte er oft brennendes Heimweh gehabt, das ihn nicht annähernd intensiv quälte. Er verdiente sich das Recht an ihrem Namen, oder ging bei dem Versuch, ihn für sich zu erobern, unter.

Je weiter er sich vom geplanten Treffpunkt am Bürgertheater entfernte, desto heftiger spürte er, wie die zunehmende Entfernung sie entzweite.

Er musste handeln.

„Brigittenau", bestimmte Ani die Richtung und hoffte, dass die Angabe den Gendarmen davon abhielt, ihn zu begleiten.

Doch der nahm das Ziel bereitwillig entgegen, ohne den Griff um das Handgelenk seines neu gewonnenen Mündels zu lockern. Sein Vertrauen in den ortsfremden Trunkenbold war begrenzt. Linkerhand ließen sie den Park liegen und gingen nach rechts auf die breite Prachtstraße der vorderen Zollamtsstraße zu, eine vom Laternenlicht erhellte Allee, die von stramm gewachsenem Bergahorn im Schatten flankiert wurde. Weiter vorne schälten sich die rechteckigen Umrisse einer einfachen Brückenkonstruktion aus dem Dunkeln. Daneben stieg der leicht muffige Algengeruch eines nahen Seitenarms des Donaukanals empor.

Man müsste es nur ein wenig näher heranschaffen. Anis letzte Chance.

Gottserbärmlich wimmernd gab er einen beginnenden Übelkeitsausbruch vor. Er krümmte sich, woraufhin der wachsame Amtmann ihn losließ und sogleich einen angeekelten Schritt zur Seite tat als der Schwemmbruder die Hand auf seinen Mund presste. Ani packte die Gelegenheit beim Schopf, um hinunter auf ein betoniertes Stück Uferböschung zu springen. Dort beugte er sich weit nach vorn und tat, als erbräche er sich in den schwarz mäandernden Kanal. Der Schutzmann beobachtete ihn besorgt.

„Lehnen Sie sich nicht zu weit …", rief er noch aus, da war es schon passiert. Es klatschte.

Dass die Idee nicht zu seinen besten zählte, bemerkte Ani erst, als er in die über ihm zusammenschwappende Bracke des Donauarms eintauchte. Das stinkende Brauchwasser empfing ihn mit einer eiskalten Umklammerung. Hier war der Fluss beileibe nicht das schöne blaue Walzererlebnis, das Johann Strauss dem Trübsal eines früheren Krieges entgegengesetzt hatte.

Die Strömung war nicht stark, doch irgendetwas zog den jungen Mann augenblicklich in die Tiefe und mit sich fort. Als sein Kopf an die Oberfläche gelangte, hörte er das entfernte, aufgeregte Fiepen einer Signalpfeife. Als würden seine Lungen von einer Garnitur feiner Stopfnadeln gespickt, schnappte er krampfhaft nach Luft. Er hatte die Herbstkälte, die seinen Brustkorb einschnürte, grob unterschätzt. Nach wenigen Sekunden glaubte er die Besinnung verlieren zu müssen. In wilder Panik suchte Ani nach etwas, woran er sich festhalten konnte, fand aber nur den Rand der feucht glitschigen Stützmauer. Zu spät bemerkte er den Brückenpfeiler, der auf ihn zukam und schlug kreuzlings dagegen. Die schaumige Brühe, die er schluckte, raubte ihm das letzte bisschen Atem, röchelnd warf er mit linkischen Paddelbewegungen die Sturzfluten beiseite. Der Filz seines schneidig grünen Anzugs saugte sich voll. Je heftiger er sich wehrte, desto schneller verließen ihn die Kräfte. Eigentlich war er ein guter Schwimmer, doch die dunkelkalten Wogen drückten ihn unaufhörlich unter Wasser. Seine Arme erlahmten, dann die Beine. Eine unbeschreibliche Müdigkeit überfiel ihn.

War das, was er rechts aus den Augenwinkeln entfernt wahrnahm, eine Uferböschung?

Er rieb mit tauben Gliedern auf das Trugbild zu, das seine Sinne gereizt hatte. Verzweifelt suchten seine Füße nach festem Grund. Bei jedem Tritt ins Leere tauchte er unter. Er konnte seinen Kopf kaum mehr an der Oberfläche halten. Bald war es vorbei. Ertrinken war ein gnädiger Tod, erzählte man sich.

Der Kegel eines Scheinwerfers streifte über sein Haupt, doch Ani verfügte nicht mehr über die Kraft zu winken. Eine Welle der Gleichgültigkeit erfasste ihn.

Sollte ihn die Donau doch verschlucken. Ein letzter Erinnerungsfetzen erhob sich aus der aufkeimenden Finsternis.

Ein Name.

Nein, kein Name. Ein Bild.

Eine Ikone.

Die Muttergottes? Ein Engel?

Silbern glänzend schälte sich ein schwacher Mondstrahl aus seiner muffig schwarzen Zudecke.

Sie.

Sie, die nur für ihn tanzte. Vor dem Theater.

Anmutig, aufregend, winden sich ihre Formen um seinen unbeweglichen Körper.

Wenn er nur wüsste, wer sie war. Ihr Name … er kam nicht drauf.

Er musste sich erinnern, wenigstens bevor er endgültig den Geist aufgab.

Anis Zehenspitze stieß an einen Stein, dann spürten es auch seine Fersen.

Grund.

Grund!

Endlich fester Boden.

Am ganzen Körper zitternd, plantschte er vorwärts, bis ihm das Wasser fast nur noch bis zur Hüfte reichte. Halbtot arbeitete er sich auf Knien weiter, bis zu einer ausladenden Strandfläche aus Kies. Kaum befingerten seine abgestorbenen Finger das trockene Ufer, sank er mit rasselnden Lungen darauf nieder.

Die Zeiger seiner Armbanduhr standen still.

Weiter kam er nicht. In Trance verfolgte er, wie sich jemand über ihn beugte. Vielleicht ein Mann oder eine Frau. Vielleicht ein Dämon. Das Rütteln ließ er stoisch über sich ergehen.

Jemand packte ihn bei den Schultern und den Beinen. Er fühlte sich schwerelos. Stimmen flüsterten aufgeregt durcheinander. Eine Autotür schlug.

Dann dämmerte er weg.

Der alte Tuchel erwacht in einem Krankenhausbett, das in einem engen sterilen Zimmer mit dem Kopfende an der Wand steht. Er erkennt einen Tisch, davor zwei Plastikstühle. Es riecht nach Urin. Keuchendes Husten dringt von der Fensterseite zu ihm. Zwischen der Wäsche eines weiteren Bettes lugt das Haarbüschel eines schlafenden Mannes hervor.

Die sommerliche Abendsonne dringt warm durch das große Fenster. Warum ist er in einem Krankenhaus?

Er zuckt zusammen, weil er doch noch etwas zu erledigen hat. Was war es noch gleich?

Die Pistole! Verflixt.

Mit banger Vorahnung tastet er seinen Körper ab, stellt fest, dass er unter einer dünnen Überdecke liegt. Er hebt sie an und sieht, dass man ihn ausgezogen und in einen weißen Patientenkittel gesteckt hat. Seine Kleider kann er nirgends entdecken. Als er sich aufrichten will, um nach ihnen zu suchen, bemerkt er, dass er an ein Sauerstoffgerät angeschlossen ist. Kühle Luft strömt ihm in die Nase. Sein Kopf sinkt zurück auf das Kissen. Er muss nachdenken.

Wenn jemand die Pistole in seinem Hosenbund entdeckt hat, wird die Polizei nicht lange auf sich warten lassen. Wozu hat er das Ding noch gleich dabeigehabt?

Die Frau mit den Bernsteinaugen fällt ihm ein. Eine Zigeunerin. Ihr Name liegt ihm auf der Zunge, wieso kennt er den Namen einer Zigeunerin? Er sieht ein Zugabteil vor sich. War er auf Reisen?

Seine Gedächtnislücken zermürben ihn. Zunächst sollte er in Erfahrung bringen, wo er sich gerade befindet. Gibt es denn hier keinen Arzt oder eine Schwester, die ihm Auskunft geben können?

Fahrig suchen seine Finger nach einem Kabel, nach der Notrufanlage, dem roten Knopf, der doch hier irgendwo angebracht sein muss. Er bekommt den Sender zu greifen und hält, kurz bevor er den Alarm drückt, inne.

Wie spät ist es?

Er sieht sich um. Keine Uhr.

Fieberhaft betätigt er die Notruftaste.

Eine blonde Pflegerin, die einen Kasak mit dem Kliniklogo auf der Brust trägt, das ihm vor den Augen verschwimmt, steuert zielsicher auf ihn zu. Ihr Pferdeschwanz wedelt hinter ihr her, sie trägt weiße Hosen wie ein Arzt.

Der alte Mann begreift nicht, warum Frauen heutzutage lieber Hosen als Röcke anhaben und vergisst darüber zu fragen, was ihn eigentlich beschäftigt.

„Oh, Herr Tuchel, Sie sind wach", flötet sie ihm zu. „Ich werde gleich den Arzt verständigen." Schon ist sie wieder verschwunden.

Etwas später kommt ein junger Mann herein. Sein Auftreten ist bis auf den Drei-Tage-Bart makellos, nur den osteuropäischen Akzent nimmt ihm der greise Patient übel, schweigt sich darüber aber geflissentlich aus. Der freundliche Assistenzarzt lässt Herrn Tuchel wissen, dass dieser sich im Klinikum Starnberg befinde und er einen, vermutlich dem Alter geschuldeten, dissoziativen Anfall erlitten habe, begleitet von einer, nicht unüblichen, Synkope. Kurz, ein Schwächeanfall.

Er sagt, es wäre besser, er, Herr Tuchel, verließe das Bett heute allenfalls zur Verrichtung seiner Notdurft. Morgen könne man weitersehen, eine Nacht zur Beobachtung schade nicht. Jetzt gelte es, den Genesungsprozess in Gang zu setzen.

Ob man einen ungewöhnlichen Gegenstand gefunden habe? Nicht, dass der Herr Doktor davon wisse, aber er könne ja mal nachfragen.

Die Uhrzeit? Es sei wohl bald fünf. Am Abend. Das Abendessen ist bestimmt lecker.

Der Wehrmachtsveteran reibt sich stöhnend die Schläfen. Noch während des ausufernden Anamnesegesprächs ist ihm alles wieder eingefallen: Die Pistole war sein Rachewerkzeug und in vier Stunden wird der Bayerische Ministerpräsident Rudolf Duslach die Erste Gebirgsdivision, Anians alte Garde, außer Dienst stellen.

Seinen Mordplan kann er begraben. Die Waffe ist weg und selbst wenn er es noch rechtzeitig nach Garmisch schafft – was unter den gegebenen Umständen völlig ausgeschlossen ist – müsste er Duslach den Hals mit den bloßen Händen umdrehen. Anian Tuchel hält die von Arthritis knotigen Finger hoch.

„Hinterfotziges Russenbrut!", brüllt er dem Assistenzarzt seinen Verdacht auf dessen Zugehörigkeit hinterher. Hat sich denn alles und jeder gegen ihn verschworen? Wo der Tag doch so gut angefangen hat!

Steif lächelnd kommt die Schwester zurück. Im Gegensatz zu dem Nachwuchsarzt hat sie das Geschrei ihres griesgrämigen Patienten sehr wohl vernommen. Sie schüttelt Herrn Tuchels Kopfkissen auf, legt ihm die Speisekarte für das Abendessen hin und fragt beiläufig, ob er seine Schwiegertochter sehen möchte, die draußen vor der Zimmertür auf ihn wartet.

Anians Augen weiten sich vor Erstaunen.

„Meine was?", hakt er ungläubig nach.

„Ihre Schwiegertochter", wiederholt die Pflegerin ruhig. „Die schüchterne Dame, die kein Wort Deutsch spricht. Sie haben den Rettungsdienst vor Ihrer Einlieferung doch ausdrücklich darum gebeten, sie unbedingt im Krankenwagen mitzunehmen."

„Ich habe was?", der alte Mann ist durcheinander. „Der Doktor sagte eben, ich sei ohnmächtig gewesen!"

„Nun, das waren Sie auch", räumt sie ein. „Aber erst später. Der Notarzt, der wegen eines anderen … Falles … schon vor Ort war, hat sich auch um Sie gekümmert. Plötzlich haben Sie sehr lautstark nach der Schwiegertochter ihres verstorbenen Sohnes gerufen. Sie sagten, die Dame verstehe kein Deutsch, Sie seien ihr einziger noch lebender Angehöriger. Haben die Kollegen da etwas falsch verstanden?"

Die Pflegerin hält ihm misstrauisch einen Kugelschreiber entgegen, mit dem Anian seine Essenswünsche ankreuzen soll.

„Nein, nein. Natürlich nicht.", versichert er eilig. Er, der mit seiner Frau Gisela nie einen Sohn gezeugt hat, zeichnet ein schnelles Kreuz auf die Speisekarte. „Bitte seien Sie so freundlich und schicken Sie die Dame herein."

„Gerne", nickt die Schwester. „Wie heißt sie denn?"

„Wer?", hakt der alte Mann nach.

Die Frau reagiert hellhörig. „Na, ihre Schwiegertochter. Wie ist ihr Name?"

Anian Tuchel fährt der Schreck in die Glieder. Er hat keine Ahnung. Ungeschickt laviert er herum.

„Sie kommt aus Jugoslawien, wissen Sie, das ehemalige, meine ich. Die haben da alle so merkwürdige Namen, die man sich nur schwer merken kann."

„Wie Jaska? So nennt man mich nämlich. Da, wo ich herkomme!", erklärt die Krankenschwester spitz.

Anian schüttelt die Bemerkung ab.

„Jeder muss einen noch ausgefalleneren Namen haben, Hauptsache anders. Warum sollte es auch im Ausland anders sein als bei uns? Sie bringen mich ganz durcheinander. Mein Gott, wenn er mir der blöde Name doch nur einfallen würde."

Dann, wie ein Geistesblitz steht er auf einmal vor ihm. Es ist mehr als nur eine Ahnung. Es ist Gewissheit.

Ein altes Mütterlein taucht vor seinem inneren Auge auf. Zerfurcht. Drahtige Strähnen lugen unter einem rosafarbenen Kopftuch hervor. In ihrem, von Falten umrahmten Maul, fehlen jede Menge Zähne. Sie hat den Namen des Kindes nur ihm verraten, damals in dem verlotterten Schweinsverschlag. Ganz leise hat sie geflüstert, niemand sonst hat ihn gehört.

„Milena!", befreit er sich aus einer Erinnerung, die schon ewig lange zurückliegt. „So ist der Name meiner Schwiegertochter. Milena."

Die Krankenschwester überlegt einen Moment, dann schreitet sie zur Tür, öffnet und bittet Frau Milena Tuchel, hereinzukommen.

Argwöhnisch tritt Milena ein. Trotz ihres Misstrauens ist sie eine stolze Erscheinung. Ihre Haltung ist die einer Löwin auf dem Sprung. Sei nähert sich auf Fersen dem Fußende des Krankenbetts, als erwarte sie jede Sekunde von dem darin liegenden Alten angefallen zu werden.

Hinter ihr schließt sich die Türe sacht.

Anian gibt sich große Mühe eine sanftmütige Miene aufzusetzen und entblößt seine Zähne.

„Hallo Milena", bringt er rau lächelnd hervor. „Es ist lange her, aber Du musst keine Angst vor mir haben." Er streckt ihr seine Hand entgegen, doch sie weicht zurück. „Ich weiß, Du sprichst nicht meine Sprache", sagt er kopfschüttelnd. „Mir selbst kommt das auch alles mehr als absurd vor, und dennoch stehst Du hier vor mir."

Die Frau erzittert, tastet sich unentschlossen rückwärts. Sie findet eine Stuhllehne, an der sie sich festhalten kann. Entkräftet lässt sie sich auf das Möbelstück nieder, starrt den alten Mann unablässig an. Ihren kleinen Rucksack, an dem sie sich im Zug wenigstens noch festklammern konnte, trägt sie nicht mehr bei sich. Sie hat ihn aus irgendeinem Grund nicht mit ins Zimmer genommen, gleichwohl Anian gerne noch einmal einen Blick auf den hübschen Anhänger geworfen hätte.

Ihm entgeht keineswegs, dass Milena unter Schock steht. Doch wenn er nicht will, dass sie ihn verlässt, muss er ihr irgendwie begreiflich machen, woher er ihren Namen kennt. Es ist ohnehin ein Wunder, dass sie auf ihn gewartet hat.

Damals, in einer Zeit, von der er geglaubt hat, sie liege längst hinter ihm, hatten ihm die Umstände keine andere Wahl gelassen. Doch jetzt hat er sie. *Die* Wahl.

Er kramt in seinem Verstand nach einem schlauen Anfang, nach universalen Wörtern, die sich in jeder Sprache verstehen lassen.

Milenas Gesichtsausdruck hat nichts für Höflichkeiten übrig. Weshalb der Tattergreis mehr über sie weiß, als sie über ihn, ist für sie augenscheinlich ein Rätsel, das er gefälligst zu enthüllen hat, bevor sie ihm eine Szene macht.

Es soll so sein. Am Ende sind es ausgerechnet jene beiden Wörter, die Milena und ihn zwar verbinden, jedoch viel mehr dazu beitragen werden, sie zu verstören als zu beruhigen.

Anian Tuchel presst den Kloß, der ihm im Hals steckt mit einem trockenen Räuspern heraus.

„Sudbinka Selo", raunt er ihr zu.

Ein gepresster Laut verlässt Milenas Lippen. Sie beginnt hemmungslos zu schluchzen. Der Ruck, der ihren Körper erschüttert, ist so heftig, dass sie sich kaum noch auf ihrem Sitz halten kann. Sie zittert und bebt, dann springt sie auf. Der Stuhl fällt polternd um. Geweckt von dem Lärm fragt der konsternierte Bettnachbar, ob es das jetzt gebraucht hat.

Weinend stürzt Milena aus dem Zimmer.

Der alte Tuchel schimpft sich einen Idioten.

Umständlich schlägt er die Bettdecke zurück. Er muss ihr nach. Irgendwie muss es ihm gelingen, ihr die Geschichte, die auch ihn eingeholt und überfahren hat, begreiflich zu machen. Nachdem er sich von den vielen EKG-Drähten und den Beatmungsschläuchen befreit hat, schlurft er mit kurzen schnellen Schritten barfuß über das graugrüne Krankenhauspolymer auf den Flur hinaus. In welche Richtung er sich auch dreht, von Milena keine Spur.

Sie ist weg.

Er bittet am Patientenempfang um Auskunft und erfährt, dass seine Schwiegertochter die Station gerade sehr aufgelöst verlassen hat. Sie hat den Aufzug zum Ausgang genommen. Warum er nicht in seinem Bett ist. Den vorwurfsvollen Blick, der ihm zum Fahrstuhl folgt, registriert Anian nicht.

Er bearbeitet die Automatenknöpfe energisch mit seinem Zeigefinger, bis sich die Schiebetüren nach einer gefühlten Ewigkeit öffnen und drängt wehenden Kittels in die Kabine. Unbeeindruckt von der Ungeduld des Patienten setzt der Aufzug in aller Seelenruhe zur Fahrt nach unten an. Musik dudelt aus dem Lautsprecher an der Decke.

Sei zufrieden.

Ani betet, dass er Milena noch rechtzeitig abfangen kann.

Als Ani zu sich kam, war er von gedämpfter Großstadtstille umgeben. Kleinere Vogelarten verschafften sich durch lautes Rufen Gehör, sonores Motorenbrummen aus verschiedenen Richtungen lieferte ihnen die Begleitmusik.

Es war spät am Tag. Hoch über Anis Kopf hingen Stahlträger. Das Flachdach einer Lagerhalle, lehmiges Fabriklicht umwaberte ihn. Der Geruch von Schmierfett paarte sich mit einem anderen, zuerst undefinierbaren, dann seifigen Duft.

Ani erkannte den Anklang von Lindenblüten und irgendeine Zitrusfrucht. Orange oder vielleicht Zitrone.

Neben ihm kniete, schemenhaft umrissen, eine Frau.

„Sie sind das hübscheste Fräuleinwunder, das ich jemals in meinem Leben – fast – kennengelernt habe", flüsterte er mit spröden Lippen. Seine Stimme klang ausgezehrt.

„Ich möchte wetten, dass wir einander besser kennengelernt haben, als es die verliebtesten Paare dieser Welt voneinander behaupten können", entgegnete sie, wobei ihr zartes Lächeln die Erleichterung darüber verriet, dass Ani am Leben war.

Sein Herz machte einen Freudensprung. Seine Sinne kehrten langsam wieder zu ihm zurück, und er fand Gelegenheit sich umzusehen.

„Wo sind wir?"

Er lag auf einer Pritsche, ohne einen Fetzen Stoff am Leib, warm verpackt und unter einem dicken Stapel Wolldecken. Seine Kleider konnte er nirgends ausmachen. Sie waren umgeben von rohen Backsteinwänden. An der linken Seite gab es ein kleines nischenartiges Fenster, dessen Front vergittert war.

„Hat man uns erwischt?", fuhr Ani hoch.

„Keine Angst", sie legte ihm beruhigend ihre warme Hand auf die Schulter. „Hier sind wir sicher. Ahas hat uns in einem seiner Lagerhäuser untergebracht. Wir können so lange hierbleiben, bis es Dir besser geht."

„Ahas ...", grübelte Ani.

Ein Gedankenmosaik umtänzelte ihn, dessen Einzelteile sich noch nicht ganz fügen wollten.

Die Frau.

Er.

Sie drehten sich im *Galopp* zur Musik. Lachten. Kokettierten. Das Kaffeehaus. Der bestialische Gestank im Hinterhof. Die Tür. Ein langer, dunkler Gang. Das Versteck. Darin drei Personen, ein Mann, eine Frau, ein Kind. Eine Familie.

Die Abelmanns.

„Wie geht es …", hob er zu sprechen an.

Die Tänzerin erriet seine Frage, bevor er sie aussprach.

„Sie sind in guten Händen. Ich soll Dich von ihnen grüßen. Sie sind Dir für Dein Eingreifen sehr dankbar. Sie haben mir alles erzählt." Ernster sagte sie: „Das war sehr mutig, aber auch ziemlich dumm von Dir. Wenn Gero nicht alles mitangesehen hätte, wärst Du jetzt vermutlich tot. Wir haben die Abelmanns aufgegabelt und haben mit Ahas am Steuer so schnell es ging, alle Stellen entlang des Kanals abgefahren, an denen es möglich ist, an Land zu kommen. Gero und Ahas haben Dich schließlich, halb an Land, halb im Fluss liegend, herausgefischt. Es war pures Glück, dass wir Dich rechtzeitig gefunden haben."

„Oder Vorsehung.", murmelte Ani in sich hinein, bevor er in festerem Tonfall gestand, „Offenkundig bin ich es, der sich bei Gero bedanken sollte."

Unversehens küsste sie ihn auf die Wange.

„*Ich* bin es, die dankbar ist. Ich dachte schon, Du bist tot."

Ani war in den frühen Morgenstunden gerettet worden. Er rührte sich die ganze Zeit über nicht. Einmal hatte seine Atmung sogar ganz ausgesetzt.

„Du warst kreidebleich und bist plötzlich blau angelaufen. Ich … ich habe mich ganz nah an Dich gedrückt, um Dich warm zu halten", beichtete sie ihm mit geröteten Wangen. „Nackt. Nur eingehüllt in diese Decken."

Allein die Vorstellung heizte Ani ein. Auch wenn es sich eigentlich nicht schickte, seinen erbärmlichen Zustand auszunutzen, konnte er sich die Bemerkung nicht verkneifen, dass er bei ihrem Wiederbelebungsversuch wenigstens für den Anklang einer Sekunde gerne bei Verstand gewesen wäre. Soweit er sehen konnte, war sie im Gegensatz zu ihm wieder vollständig bekleidet.

„Ich habe den aufregendsten Akt meines Daseins verpasst", bemitleidete er sich selbst und fügte seufzend hinzu, „Wenigstens bin ich noch am Leben."

„Und darüber bin ich sehr froh", lachte die Tänzerin. „Ich denke, es macht Ahas nichts aus, wenn wir seine Gastfreundschaft ein wenig verlängern."

Mit einem schelmischen Grinsen schob sie ihn auf der engen Pritsche ein wenig zur Seite und schlüpfte zu ihm unter den Deckenstapel.

„Du bist immer noch kalt", stellte sie besorgt fest, als sie sich fest an ihn schmiegte. Doch gleich darauf sagte sie: „Ach nein, nicht überall."

Anis Begierde schwoll an, es war ihm peinlich, dass er seine überbordende Männlichkeit nicht besser im Griff hatte.

Unter den Decken entledigte sich die Tänzerin Stück für Stück ihrer Garderobe. Kleid, Strumpfhose, Unterwäsche, alles landete nach und nach im Staub des gestampften Bodens. Sie drängte sich an ihn.

„Es fühlt sich besser an, wenn Du bei Bewusstsein bist", stellte sie aufreizend lächelnd fest.

Ani war am Ziel seiner Träume. Noch vor ein paar Stunden hatte er noch Todesangst verspürt, nun raste sein Puls vor Verlangen. Er atmete ruhig, doch in seinem Innern tobte ein Sturm.

Die beiden hatten Besseres verdient als eine Lagerhalle, kratzige Wolldecken und einen ungemütlichen Bettenersatz. *Sie* hatte Besseres verdient. Ani hätte gerne ein Zimmer und saubere Bettwäsche gehabt, ein Anspruch, der ihm angesichts ihrer Lage als eher zweitrangig erschien. Wählerisch zu sein, war in diesen Tagen ein Luxus, den sich das einfache Volk nicht leisten konnte. Ein Augenblick wie dieser war kostbarer als eine Reichsfettkarte und dazu ein Regal voller Butter. Die Gelegenheit auszulassen, wäre ein Frevel an den unergründlichen Mächten des Universums gewesen.

Ani bettete ihr wunderschönes Gesicht behutsam auf seine nackte Brust. Seine Leidenschaft erfuhr Berechtigung, als sich auf seiner Haut die Spur ihres Lächelns abzeichnete. Sie küsste ihn.

Da wusste er, dass er richtig handelte.

Später, nachdem sich ihre Herzschläge wieder verlangsamten, sank ihr Kopf beständig schwerer werdend auf seine Brust, bis die Tänzerin schließlich ganz einschlief. Ihr Name war noch immer nicht gefallen, aber Ani war zufrieden. Endlich, als sein Glied erschlaffte, döste auch er ein.

Sie verließen ihr Liebesnest erst in der darauffolgenden Nacht. Ani hatte noch einmal geschlafen, die Strapazen seines gewagten Badeausflugs abgelegt. Er fühlte sich ausgeruht.

Seine Liebste saß neben ihm und beobachtete sein Erwachen. Ihre Augen leuchteten erfüllt, das Gesicht wirkte porzellanfein. Sie hatte ihre Haare geordnet, soweit das ohne Bürste möglich war und sich bereit aufzubrechen, die graue Häkelkappe aufgesetzt. Ihre Hände ruhten auf einem ordentlich gefalteten Stapel Kleidungsstücke. Anis luftgetrockneter Trachtenanzug.

Ani sah sie lange an, dann küsste er sie. Die Decken rutschten über seinen nackten, muskulösen Oberkörper.

Ohne Worte erhob er sich.

Als hätte er dafür ewig Zeit, zog er sich an. Keine Sekunde mehr, schwor er sich, wollte er seine Angebetete aus den Augen lassen. Kleidungsstück für Kleidungsstück nahm er in Empfang und schlüpfte hinein. Unentwegt blickten sie einander an. Hemd und Hose fühlten sich noch etwas klamm an. Schnellstens wollte er in frischere Wäsche schlüpfen.

Es gab für sie keinen vollkommeneren Moment als diesen. Es war ihr Märchen vom Soldaten und der Königin, die man beide am Rande des Hades ihrem Schicksal überlassen hatte. Wider alle Weisheit waren sie dem Styx entstiegen. Er nahm seine Auserwählte bei den Händen – denn das war sie nun für ihn – und zusammen ließen sie als füreinander bestimmtes Paar den Fluss des Totenreichs hinter sich.

Wiens verwinkelte Gässlein und die breiten Boulevards, so schien es ihnen, waren in dieser Nacht trotz der Verdunkelung besonders malerisch erleuchtet. Sie traumwandelten über das geschliffene Kopfsteinpflaster, ohne überhaupt Kenntnis davon zu nehmen, dass sie sich fortbewegten. Es waren die glücklichsten Stunden in Anis Leben und es hätte ihm rein gar nichts ausgemacht, sich mit seiner charmanten Begleiterin noch bis in alle Ewigkeit durch die Gegend treiben zu lassen und dabei Sterne zu zählen.

Fast unsanft war das Erwachen, als sie vor einem schmucken Biedermeierhäuschen zu stehen kamen. Die Tänzerin stieg alleine die wenigen Stufen zur Tür hinauf und drehte sich auf dem Absatz um. Ihre schlanke Gestalt wurde von zwei Laternen im Eingangsbereich wunderbar beleuchtet.

Ani lehnte sich bewundernd an ein schmiedeeisernes Zaunelement. Die Frau wusste wahrlich mit ihren Reizen umzugehen. Er nahm das Haus näher in Augenschein. Es gefiel ihm. Ein zweigeschossiger weiß getünchter Bau mit klassischem Sockel – und Giebelgesims. Spielerisch verlief eine Balustrade aus Gusseisen im Obergeschoss über zwei Fensterlängen.

„Frauen, die ein anständig gebautes Haus zu schätzen wissen, finde ich äußerst anziehend", gab der nächtliche Belami fachmännisch grinsend zum Besten, wobei er den Kommentar nur anbrachte, um seiner Herzdame noch ein Weilchen länger Gesellschaft zu leisten.

Es war Zeit, Abschied zu nehmen.

Vorerst. Solange zumindest, bis er sich gewaschen hatte und anständig gewandet zurückkehren würde.

Er hatte sich alles genau überlegt. Die Sache duldete keinen Aufschub, Wilhelm und Bernhard mussten auch mit dabei sein.

„Ja", nahm sie den Scherz auf. „Es ist recht solide Handwerkskunst.
Einfach und doch stilvoll. Der Schwager meiner Tourneebegleiterin
hat mir dieses Kleinod vermittelt. Er handelt mit Immobilien."

In ihrer Zuneigung zu Ani und dem erlösenden Gefühl, ihr sicheres
Zuhause erreicht zu haben, war sie zu zerstreut gewesen, um auf ihre
Worte zu achten. Schon bereute sie das Gesagte.

„Es gehört Dir?", Anian machte große Augen.

„Ja."

Vor Schreck rutschte sein Ellenbogen vom Geländer des Zauns, an
dem er lehnte, ab. Er verlor das Gleichgewicht und sein Schädel verfehlte nur um Haaresbreite einen Knauf.

Nicht im Traum wäre ihm eingefallen, das Gewerbe seiner Geliebten herabzuwürdigen. Dass sich mit Schautanz jedoch eine derart an-
sehnliche Stange Geld machen ließ, die ausreichte sich davon ein
Häuschen wie dieses zu kaufen, hätte er nicht gedacht.

Ani erinnerte sich an die Nacht im *Galopp*. Sie kenne den Besitzer,
hatte sie behauptet. Zu Hause in Garmisch kannte er auch den einen
oder anderen Betreiber einer Schänke, was er dem Bekanntheitsgrad
der Molkerei seines Vaters zu verdanken hatte. Aber sein Heimatort
war nicht Wien.

Das Tanzlokal war früher ein jüdisches Gemeindehaus gewesen,
überlegte Ani weiter. Sie besaß den Schlüssel für den Dienstbotenein-
gang eines Kaffeehauses, in dem die Ehefrau des Gauleiters verkehrte.
Mosaiksteinchen um Mosaiksteinchen fügte sich ein Muster zusammen, doch wie passte da eine gewöhnliche Tänzerin vom Theater hinein?

Die mögliche Antwort schmeckte Ani überhaupt nicht. Was, wenn
er nur die billige Zutat für den ausgebufften Taschenspielertrick einer
Hochstaplerin war? Er hasste es, wenn er sich seiner Gefühle nicht
sicher sein konnte. Im Berg war so eine innere Zerrissenheit lebens-
gefährlich, dann kletterte man einfach nicht. Ein halbes Seil war gar
kein Seil, *alles oder nichts*. Die Entscheidung fiel ihm nicht schwer. Er
wollte diese Frau, um jeden Preis.

Damit sie seine Gedankengänge nicht erriet, blieb er bei seiner Be-
wunderung für das Haus, das ihr gehörte.

„Mit Kleinigkeiten schlägst Du Dich nicht herum, wie?", kalauerte
er, drehte den Spieß aber sofort in eine andere Richtung. „Genau das
schätze ich an Dir. Du bist keine Frau großer Konventionen, übst Dich
in Bescheidenheit und scheinst in Deiner Anmut doch meistens über
den Dingen zu stehen. Was eine Tourneebegleiterin ist, macht oder
tut, weiß ich nicht. Meine Begleiter sind mein Bruder und dessen
Freund. Keiner von ihnen kam je auf die Idee, mir ein Haus zu

vermitteln, weshalb ich schließe, dass an Dir mehr dran ist, als ein Cancan tanzendes Starlett vermuten lässt."

„Macht Dir die Vorstellung Angst?", neigte sie fragend den Kopf.

Ani musste nicht lange nachdenken.

„Nein!", sagte er. „Ich wage sogar zu behaupten, dass gestern *Du* der bessere Soldat gewesen bist. Du hast einen starken Willen und kämpfst zäh und verbissen, wenn es darauf ankommt. Bei Gefahr kennst Du keine Furcht. Zweifellos ist es für mich günstiger, Dich zu küssen, als Dich zum Feind zu haben. Was muss ich mehr wissen?"

Sie winkte erheitert ab.

„Du wärst erstaunt, Ani, wie viel Furcht ich in mir herumtrage, wie wenig stark ich bin, und wie gern ich manchmal alles hinschmeißen will. Zeit meines Lebens habe ich, wie Du sagst, kämpfen müssen, rein gar nichts wurde mir in den Schoß gelegt. Hinter allem, was ich tue, steckt harte Arbeit, deren Lohn am Ende stets aus Tränen, Schweiß und Verlust besteht. Darum küsse ich, wie ich lebe. Mit Leidenschaft. Glaub es oder nicht, mein letzter Kuss aus Liebe liegt Jahre zurück."

„Das möchte ich nur zu gerne glauben", witzelte Ani. Es klang unbedarfter, als er es meinte. „Mir mag nur nicht einleuchten, was Du an mir findest, wo Du Dir doch nur den nächstbesten Bohemien am Theaterausgang greifen musst. Ich kenne keine Frau mit Haus, die auf einen Habenichts wie mich angewiesen ist."

Ihre Gesichtszüge versteiften sich. „Es ist mir bitterernst, Ani", bekundete sie streng.

Durchdringend sahen ihre Adleraugen von oben auf den jungen Mann herab, dem es an etwas Profanen wie dem nötigen Selbstvertrauen mangelte, um sie wenigstens nach ihrem Vornamen zu fragen. Ihr war anzumerken, dass die Zeit für Spielchen vorbei war. Ihr warmgoldener Blick wurde glasig.

„Ich wollte mich noch nie in den *Nächstbesten* verlieben. Du hast etwas in mir losgetreten, dass ich seit langem vermisse. Ich hätte nie erwartet, dass mir ein Mensch noch einmal so viel bedeuten könnte. Alleine die Vorstellung, Du sagst mir gleich auf Wiedersehen, bereitet mir einen derartigen Seelenschmerz, dass ich Dich schier anschreien möchte, es nicht zu tun."

Sie sackte auf den Stufen zusammen. Geistesgegenwärtig sprintete Ani hinauf. Sie fiel ihm in die ausgestreckten Arme, nonchalant fing er das wenige ihres Gewichts auf. Gemeinsam gingen sie sich im Türrahmen zu Boden. Liebevoll streichelte er ihren Nacken, woraufhin sich ihre Lider flatternd öffneten.

„Was meinst Du, werden wir es denn je weiter schaffen als bis an diese Schwelle?", hörte er sie matt flüstern.

„Da bin ich mir sicher", antwortete er und meinte es auch so.

Ihre Lippen verschmolzen zu einem Kuss, der gleichzeitig das ewige Versprechen beinhaltete, jenes, das nur Liebende abgeben können, die einander fortwährende Treue schwören. Ihre Berührungen füreinander waren Poesie. Weich und endgültig. Alles daran war richtig und fügte zusammen, was zusammengehörte. Nur eine Sache fehlte, doch Ani musste nicht danach fragen.

„Isabella", gab die Tänzerin ihren Namen glücklich lächelnd preis.

Sie hatte ihn ausgesprochen. Den Namen, der allem einen Sinn gab. Der einzige Grund, den Anian Tuchel noch brauchte, um sich als vollkommenes Geschöpf Gottes zu erfahren. Ihm war, als habe sein Leben gerade erst begonnen. Vergessen waren die Opfer, die er bis zu diesem Punkt erbracht hatte. Alles, was zählte, vereinigte sich in der einen Person vor ihm.

Isabella.

Sie, nur sie, war es die ganze Zeit gewesen. Sie war seine Vergangenheit, Gegenwart und seine Zukunft. Sein Schicksal.

Schon immer gewesen.

„Isabella", ließ er sich ihren Namen auf der Zunge zergehen, „ich liebe Dich!"

Ihre Augen flammten auf.

„Ich empfinde wie Du", sagte sie euphorisch.

Es klang so unumstößlich, als verkünde sie eine Selbstverständlichkeit, die über jeden Zweifel erhaben war. Damit ermutigte sie Ani, seinem Wunsch Taten folgen zu lassen. Er würde sie fragen, ob sie ihn heiraten wollte. Nur nicht gleich.

Aus zwei Gründen zögerte er. Zum einen brannte er darauf, die gute Nachricht Wilhelm und Bernhard zu erzählen. Seinen Bruder hatte er zum Trauzeugen ausersehen und Bernhard gehörte praktisch zur Familie. Er konnte die Rolle des Brautführers übernehmen, falls Isabella keinen aufbringen konnte. Der Segen der Familie war ihm wichtig. Außerdem machten sich die beiden bestimmt schon Sorgen und er würde ein bisschen Flunkern müssen, was die Umstände anging, die zu seiner Entscheidung geführt hatten.

Sein grüner Trachtenanzug, der einfach nicht richtig abtrocknen wollte, kratzte auf seiner Haut. Das war der andere Grund. Er stank nach den Ausdünstungen des Donaukanals und konnte sich selber kaum noch riechen. Dem Wohlgeruch seiner Isabella hatten die vergangenen Ereignisse nichts anhaben können, aber er lechzte nach einem Stück Seife. Auch wenn er es nicht gerne zugab, er benötigte frische Kleider und somit blieb nur seine Uniform übrig. Schlafen musste er nicht, das hatte Zeit.

Nicht lange, dachte er. *Ich brauche nicht lange.*

In Gedanken flog er die Streck ab und war schon wieder zurück, um sie zu seiner Frau zu machen. Er flüsterte ihre beiden Namen, zusammengefasst in einem, so leise, dass sie ihn nicht hörte.

„Frau Isabella Tuchel."

Das hatte einen herrlichen Klang.

Die nächtlich kühle Herbstluft genießend, schmiegten sie sich auf den Stufen eng aneinander. Wären Passanten an ihnen vorübergekommen, sie hätten eine lebendige Statue erblickt, geschlagen aus einem grauen Marmorblock. Keine irdische Kraft wäre in der Lage gewesen, sie von ihrem Sockel zu stoßen.

Ani und Isabella wussten, dass sie nicht ewig vor der Tür ausharren konnten, doch sie hofften inständig, dass sie sich irrten.

Die Kirchenglocken trugen verhalten ein überwundenes Viertel an das glückliche Paar heran. Ani schob den Ärmel hoch, um auf seine Armbanduhr zu sehen. Die Zeiger standen immer noch.

„Mich friert", schloss sich Isabellas bedauernde Stimme dem Abschiedsgeläut an.

Er küsste sie erneut. Ihre Lippen schmeckten herrlich zart, die Nasenspitze kalt, ihr Atem heiß.

„Du solltest schnell hineingehen. Mir ist es ohnehin ein Rätsel, dass sich bei dieser Saukälte noch keiner von uns den Tod geholt hat. Geh ins Haus und sorge dafür, dass es nicht doch noch geschieht", befahl Ani fürsorglich und half ihr, sich aufzurichten.

Bedächtig strich Isabella über die Falten ihres Kleides und ordnete ihr Haar. Sie wollte das Unvermeidliche, solange es ging, hinauszögern. Noch während sie umständlich nach dem Hausschlüssel suchte, entglitt ihr die schüchterne Frage, ob Ani nicht hereinkommen wolle.

Verlegen kratzte sich der junge Mann am Kopf.

„Isabella", er rief ihren Namen beinahe. „Du darfst mir glauben, dass ich nichts lieber täte, aber ich muss Dich bitten, mich für eine kurze Zeit zu entbehren. Bevor ich durch Deine Tür trete, will ich noch eine Sache erledigen, ohne die mein Glück nicht vollkommen wäre. Sorge Dich nicht, denn nie in meinem Leben hatte ich die Zukunft klarer vor Augen als jetzt. Dass ich zurückkehren werde, ist abgemacht!"

Nur diese eine Sache. Hin und wieder zurück, dann würde er bleiben. Zumindest, bis sein Urlaub vorbei war, der Rest würde sich schon irgendwie finden, da war er sicher. Waren sie erst verheiratet, lag ihnen die Zeit zu Füßen.

169

Isabella griff sich an die Brust.

„Schwöre es", raunte sie ihm zu. „Schwöre bei allem, was Dir heilig ist. Komm so bald wie möglich zu mir zurück."

„Ich schwöre! Bei allem, was mir heilig, lieb und teuer ist", versicherte er, dann küssten er sie zum Abschied.

Er rannte so schnell ihn die Beine trugen. Das schaumige Abwasser der Donau hatte den Filz seines einst schmucken Trachtenanzugs steif und unbeweglich gewalkt. Seine Lungenflügel mussten ebenfalls einiges abbekommen haben, denn das Laufen fiel ihm schwer. Beflügelt von seinem Glück flog der Asphalt unter Anis Füßen nur so dahin. Unterwegs orientierte er sich am Glockenturm des Stephansdoms im Südosten der riesigen Stadt.

Wenn er nur wieder zurückfand!

Gloriettegasse. So hieß die Straße in der Isabella wohnte. Das war sein Ziel. Er durfte nur nicht zu viele Schlenker und Umwege machen, wenn er sie schnell wiedersehen wollte.

Ani rannte, bis ihm seine Lungen ein rasselndes Lied pfiffen. Willis und Bernhards Unterkunft wollte einfach nicht näher heranrücken. Den Blick auf seine Armbanduhr konnte er sich sparen, auf dem Zifferblatt gab es nichts mehr zu sehen. Als er die linke Wienzeile überquerte, brauste ein Konvoi aus drei dunklen Horch-Limousinen an ihm vorbei in die Gegenrichtung.

Ein unerklärliches Unbehagen befiel ihn, er schenkte den Fahrzeugen aber weiters keine Beachtung. Häuserzeile um Häuserzeile ließ er hinter sich, bis die biedere Pracht der Wohnviertel allmählich abnahm. Mehrere schäbige Blöcke reihten sich aneinander, und er wusste, dass er endlich richtig lag.

Ani fiel gegen die Haustür und trommelte mit beiden Händen dagegen. Aus einem Fenster oberhalb drohte jemand damit, die Gendarmerie zu rufen, wenn der Lärm nicht auf der Stelle aufhöre. Schließlich öffnete ihm eine verschlafene Haushälterin. Grußlos zwängte sich Anian an ihr vorbei. Wilhelm lugte in Unterhosen aus einem Türspalt neben dem Treppenaufgang.

„Ani?"

Der kleine Bruder schob sich an ihm vorbei ins Zimmer. Um die Hauswirtin zu beschwichtigen, hob Willi entschuldigend die Schultern und machte mit dem Zeigefinger eine kreisende Bewegung um seine Stirn.

„Mein Bruder", sagte er, als ob das zur Erklärung reichte. der Die Frau verbarg ihre Empörung über die zwielichtige Erscheinung zu dieser unchristlichen Stunde nicht. Wie spät es wohl war?

Eilig schloss Willi die Tür, bevor sie etwas erwidern konnte.

„Bist Du vollkommen übergeschnappt?", kreischte er im Flüsterton.

Die Kammer, in der sie standen, war nur wenig größer als Anis Unterkunft. Wie bei ihm stand die Waschschüssel neben der Tür auf einem wackeligen Beistelltisch. Knapp darüber hing ein halb blinder Spiegel und noch weiter oben ein übergroßes Holzkreuz mit dem gepeinigten Herrn Jesus daran. Es gab drei Stühle, einen größeren Esstisch, und zwei Betten, die entlang einer Eckwand angeordnet waren. Im Bett unter dem Fenster rollte sich Bernhard in seine Decke. Er erlaubte sich lediglich ein Blinzeln, rollte mit den Augen und drehte sich zur Wand.

„Hat sich der feine Herr Bruder endlich von seiner Sauftour erholt", schimpfte Wilhelm vorwurfsvoll. „Und jetzt meint er, dass er die nächste Runde einläuten kann, wie? Ich glaub, Du spinnst, es ist zwei Uhr in der Nacht! Wir haben Besseres zu tun, als darauf zu warten, dass der saubere Herr Kantonist seinen Fetzen Rausch ausschläft. Du schaust jetzt, dass Du Dich schleichst und uns den nötigen Schlaf gönnst. Wenn Du was willst, können wir morgen ja wieder ..."

So viel zum Thema Sorgen.

„Ich brauche dich aber *sofort*", drängte Ani dazwischen. „Dich, und den Bernhard am besten auch gleich."

Der flehentliche Unterton in der Stimme seines Bruders gefiel Willi nicht. Es war nicht üblich, dass Ani um Hilfe bat, im Gegenteil musste man ihm normalerweise das kleinste bisschen Fürsorge regelrecht einbläuen.

„Du steckst in Schwierigkeiten", stellte Willi mit sorgenvoller Miene fest und setzte nach. „Verflixt Anian, das ist unser erster Freigang seit Jahren. Was hast Du angestellt?"

Auch Bernhard richtete sich, hellhörig geworden, auf.

„Nichts, wofür man sich schämen müsste", versuchte Ani die Atmosphäre aufzulockern, doch er war selbst zu angespannt, als dass es ihm gelang.

Ein Überschwall aus Silben sprudelte aus ihm heraus. Er sprach ohne Punkt und Komma. Wilhelm und Bernhard wurden nicht schlau aus seinen Worten, sodass Willi seinem kleinen Bruder übers Maul fuhr. Er bat sich – gnädigst – aus, dass ihm Ani die Geschichte langsam und vor allem zeitlich geordnet erzählte.

Im zweiten Anlauf wurde den beiden Zuhörern die Angelegenheit aber auch nicht klarer. Erst bei dem Wort „Heirat", horchte Wilhelm auf.

„Moment", rekapitulierte er. „Du bist kaum drei Tage in Wien und willst heiraten? Eine Revuetänzerin. Heute noch. Die hat dir was ins

Bier getan, wie viel hast Du getrunken? Kruzetürken, was bist Du nur für ein Depp!"

Bernhard, nebenan im Bett, brach in gurgelndes Gelächter aus.

„Ach, du heilige Scheiße", war das einzig von Nutzen, das ihm dazu einfiel. Er wiederholte es gleich mehrfach.

„Ich weiß, es klingt verrückt ...", gestand Ani. Als er sich selber reden hörte, begriff er erst, wie grotesk sich sein Ansinnen für Außenstehende ausnehmen musste.

„Verrückt?", hakte Willi fassungslos nach. „Das trifft es nicht einmal annähernd. Nein, es ist durch und durch bescheuert! Wenn das die Mutter wüsste, der Schlag tät' sie treffen! Eine Revuetänzerin, ein halbnackertes Tanzluder! Über nichts anderes mehr würde man sich bei uns daheim das Maul zerreißen. Das kann nie und nimmer Dein Ernst sein."

Aus dem Gespräch entwickelte sich augenblicklich ein Wortgefecht zwischen den Brüdern, und ehe sie sich's versahen, mündete es in eine handfeste Rauferei. Bernhard ließ sie sich eine Weile austoben, dann musste er hart durchgreifen, um die Streithähne voneinander zu trennen. Er stand in der Mitte und hielt die angriffslustigen Brüder davon ab, sich gegenseitig an die Gurgel zu gehen. Ihr Atem ging stoßweise.

„Du bist ein noch viel größerer Depp", zürnte Ani. „Als ob mir das Geschwätz im Ort was ausmacht. Das Gerede der Leute geht mir am Arsch vorbei!"

„Und was ist mit unserer Mutter, geht sie Dir etwa auch am Arsch vorbei? Du bringst sie noch ins Grab mit deiner Spinnerei, vom Vater ganz zu schweigen!", schimpfte Willi zurück.

Kurz bevor die beiden wieder übereinander herfallen konnten, ergriff Bernhard das Wort.

„Wir könnten uns das Frauenzimmer, das unserem Anian so heftig den Kopf verdreht hat, ja wenigstens mal anschauen. Außerdem bin ich skeptisch, ob eure Eltern die Partnerwahl ihrer *beiden* Söhne gutheißen würden", blinzelte er seinem Freund vielsagend zu.

Für einen abschätzigen Moment funkelten sich die Brüder erneut an, dann nickte Ani stumm.

„Pah", machte Wilhelm, für den die Sache noch nicht ausgestanden war, nahm Bernhards Vorschlag jedoch murrend an. Er setzte sich auf die Bettkante neben ihn und sie ließen sich von Ani, begonnen mit der Stunde, in der sie sich am Bürgertheater getrennt hatten, alles noch einmal bis ins kleinste Detail berichten.

172

Ani tat ihnen den Gefallen, nur ließ er geflissentlich den Vorfall mit der jüdischen Familie Abelmann aus. Dass er nur um Haaresbreite dem Tod entronnen war, erwähnte er ebenfalls nicht.

Was blieb, war ein Rest Wahrheit, gepaart mit der haarsträubenden Ausrede, er sei aus Unachtsamkeit fehlgetreten und in den Kanal gefallen. Nur dank Isabellas Hilfe habe er an den glitschigen Betonwänden wieder emporklettern können.

Willi brummte: „Und Deinen teuren Hut hast Du auch in der Donau gelassen, Du dummer Hund!"

Er und Bernhard bekundeten zwar deutlich ihre Zweifel am Verlauf der Geschichte, aber sie akzeptierten sie im Wesentlichen. Als Ani schloss, bestimmten die beiden entgegen seinem Protest, den Hausbesuch bei der angehenden Braut auf den folgenden Nachmittag zu verschieben. Zum einen, weil vor allem Wilhelm nach wie vor vehement gegen die Verbindung stimmte, doch auch, weil es klüger erschien, „sich ein gerechtes Urteil erst dann zu bilden, wenn man ausgeschlafen ist", wie Bernhard es ausdrückte. Selbst als liebestrunkener Geck kam Ani nicht umhin, sich dieser Logik zu entziehen, musste er doch zugeben, dass er sich kaum noch auf den Beinen halten konnte, so müde war er inzwischen. Hinzu kam, dass er sich endlich von seinem stinkenden Anzug befreien musste, bevor er Isabella seine Aufwartung machte. Verdrießlich akzeptierte er den Treffpunkt gegen Mittag vor seiner Unterkunft. Als er dort letztlich selbst ankam, fiel er wie tot in sein Bett.

Nach einem traumlosen Schlaf ohne echte Erholung wachte er auf und machte sich bereit für den Tag. Von einer inneren Unruhe getrieben, wusch er sich und kleidete sich an. Die Uniform war alles, was ihm blieb, etwas Besseres besaß der Fronturlauber nicht. Er brachte eine volle Stunde damit zu, das feldgraue Tuch so aussehen zu lassen, als wäre es ihm passgenau auf den Leib geschneidert worden. Alleine die Hüftschnüre seiner Bluse band er auf so viele verschiedene Arten, dass ihm die Fingerkuppen ganz wund davon wurden. Die Hosenbeine zog er über den auf Hochglanz polierten Stiefeln mal eng, mal locker zusammen. Später bemerkte er einige unschöne, kleinere Flecken, die er mit beinahe akribischem Wahnsinn aus dem festen Stoff bürstete. Zu guter Letzt richtete er die Ostmedaille und das Infanterie-Sturmabzeichen an seiner Brusttasche so lange aus, bis selbst eine Wasserwaage keine Differenzen mehr angezeigt hätte.

Als alles getan war, tigerte er in ruhelosen Kreisen durch sein beengtes Zimmer. Weit vor der verabredeten Zeit trat er hinaus auf die Straße.

Die Bergmütze, das Erkennungsmerkmal seiner Division mit dem silbernen Edelweiß auf der linken Seite, setzte er lässig, etwas schräg auf den Kopf. Öfter als einmal hob er die Hand senkrecht an seine Stirn, um den Schirm der Kappe daran mittig auszurichten. Die Vorbereitung auf einen Sturmangriff war nichts gegen seine Aufregung.

Wie würde Isabella reagieren? War sie, im Gegensatz zu ihm, zur Vernunft gekommen?

Wie manisch lief Ani die Bordsteine beider Richtungen auf und ab. Es glich einer Erlösung, als Wilhelm und Bernhard endlich auftauchten. Sein Bruder war schon wieder zum Frotzeln aufgelegt.

„Morgen Casanova, ich hoffe, Du hast dich auf Deinen großen Tag gut vorbereitet!"

Stirnrunzelnd, weil Ani keine Ahnung hatte, ob Willi auf neuen Krawall gebürstet war, blickte er zu Bernhard. Der tippte nur verstohlen gegen den Ringfinger seiner rechten Faust.

Der künftige Bräutigam versteinerte. Er wollte seiner Liebsten einen Heiratsantrag machen und vergaß doch tatsächlich auf den Verlobungsring. Warum hatte er bei all den Gedanken, die ihm die Sinne schwer machten, nicht an das entscheidende Zubehör eines Antrags gedacht? Nahe der Hysterie tastete er nach seiner Geldbörse.

„Lass Dich von uns nicht ärgern", winkte Bernhard ab.

Er hielt einen schlichten, aber schön gearbeiteten Goldring hoch.

„Den haben wir vorhin für wenig Geld bei einem Juwelier erstanden. Wir haben die Größe ja nicht gewusst, also hat Willi seine schlanken Wurstfinger hingehalten. Wenn der Klunker Deiner Zukünftigen also nicht passt, solltest Du Dir das mit dem Heiraten noch mal gründlich überlegen. weil nur ein Hallodri wie Willi so viel Wurst verdrücken kann, dass ihm die Finger schwellen!"

Seine Begleiter lachten und Ani fiel ihnen dankbar um den Hals.

„Glaub nur nicht, dass das Thema damit durch ist", warnte Wilhelm. „Ich habe noch immer meine Zweifel. Mir gefällt das Tempo nicht, das du anschlägst."

Ani, dem ein Stein vom Herzen gefallen war, klopfte seinem Bruder überschwänglich auf die Schulter.

„Wart nur", sagte er. „Wenn Du Isabella erst kennengelernt hast, wirst Du mich verstehen. Sie ist die Richtige, ich weiß es."

„Dein Wort in Gottes Ohr", moserte Willi, „Dein Wort in Gottes Ohr. Trotzdem schuldest Du uns die 75 Reichsmark für den Goldring."

„Worüber Du Dir aber keine Sorgen machen musst", fiel Bernhard ein. „Wir haben nämlich gewettet, der Willi und ich. Falls Deine

Zukünftige *ja* sagt, bezahle ich, und wenn sie *nein* sagt ...", er sah Wilhelm wissend an. „... das wird teuer genug!"

Gerührt nahm Anian den Ring an und schob ihn in seine Brusttasche.

„Danke", sagte er, dann stapften sie los.

Am späten Mittag trafen sie in der Gloriettegasse ein. Trotz des forschen Tempos, das die drei geübten Marschierer anschlugen, war es nicht leicht, das richtige Haus in der riesigen Stadt wiederzufinden. Mit seinen beiden Begleitern im Rücken, erklomm Ani die Stufen und betätigte die elektrische Türklingel. Das Läutwerk schrillte.

Schritte näherten sich.

Eine hochgewachsene Frau Ende vierzig öffnete.

Da ihn nicht Isabella empfing, nahm Ani an, dass es sich um ihre Zugehfrau, die Tourneebegleiterin, handelte. Vielleicht brauchten so etwas alle Tänzerinnen am Theater, als eine Art Anstandsdame. Dem ersten Eindruck nach wirkte sie mit ihrer Hochsteckfrisur und dem schlichten Spitzenkleid wie eine gestrenge Gouvernante.

„Ja?", schniefte sie und beäugte die drei Uniformträger in erzwungener Obrigkeitsfurcht.

Die Hand, mit der sie geöffnet hatte, hielt ein zerknülltes Taschentuch. Sie sah kränklich blass aus, ihre Augen waren aufgequollen. Hatte sie die Nachricht von der bevorstehenden Verlobung ähnlich schlecht aufgenommen wie Wilhelm?

Ani hielt die Luft an.

„Grüß Gott, gnädige Frau", gab er sich hoffnungsfroh. „Erlauben Sie, dass ich mich vorstelle: Anian Tuchel."

Er schlug die Hacken aneinander, verbeugte sich leicht und wies hinter sich.

„Und bei diesen beiden Herren handelt es sich um meinen Bruder Wilhelm und unseren gemeinsamen Freund, Bernhard Hanselmann. Wir möchten dem Fräulein Isabella unsere Aufwartung machen."

„Sie sind das", entkam es der Bediensteten tonlos.

Sie erweckte nicht den Anschein, dem Besuch viel Gutes abgewinnen zu wollen. Sie trat nicht beiseite, mit keiner Regung gab sie den Männern zu verstehen, dass sie willkommen waren. Ani spähte an der Frau vorbei in den Hausflur. Außer einem Beistelltisch, auf dem eine gläserne Fruchtschale ohne Inhalt stand, gab es nicht viel zu sehen. Wo war Isabella?

„Ich bin angemeldet, Ihre Arbeitgeberin erwartet mich sicherlich längst", sagte Ani nicht ohne eine Spur Ärger darüber, dass ihm sein Glück von einer verhärmten Sittenwächterin verwehrt wurde. Er machte einen Schritt die Treppe hinauf. Sofort schob sie die Tür zwischen sich und ihn. Verunsichert blieb Ani stehen.

„Ist das Fräulein denn nicht im Haus?", fragte er.

„Das Fräulein Beuschelschütz ist im Moment leider … indisponiert… es … ist ihr gerade nicht möglich, Sie zu empfangen. Ich muss Sie daher dringend bitten, wieder zu gehen", druckste die Hausdame unbeholfen herum.

Sie trug mit ihrer zur Schau gestellten Trauer ein wenig zu dick auf, fand Ani. Doch hinter ihrer Fassade lag noch etwas anderes. War es Angst?

Wie billiger Schnaps, der ihm heißglühend die Kehle hinab rann, breitete sich eine böse Vorahnung in ihm aus. Isabella hatte ihn abserviert. Schmach und Enttäuschung drohten, ihm das Herz zu zerreißen. Ani rang um Fassung, suchte einen Ausdruck, der sein Elend beschrieb, irgendetwas, das ihn näher an Isabella brachte.

Es war Willi, der im scharfen Appellplatzton die unangenehme Stille durchbrach.

„Hören Sie gute Frau. Wir haben den weiten Weg nicht gemacht, um uns Ihrem mausigen Gehabe auszusetzen. Dieser gutaussehende, wenngleich verblendete, junge Mann hier hat der Dame des Hauses die wahrscheinlich wichtigste Frage ihres Lebens zu stellen. Wir gedenken, nicht eher das Anwesen zu verlassen, ehe er dazu Gelegenheit bekommen hat."

Der Händel vor dem Haus wurde jäh durch die beißend unangenehme Stimme eines Mannes aus dem Inneren unterbrochen. Offenbar hatte er das Gespräch belauscht.

„Na, wenn es sich um eine so wichtige Frage handelt, dann sollten Sie die Herrschaften wohl hereinbitten, Fräulein Reindel", sagte der Unbekannte gespreizt.

Der als *Fräulein Reindel* vorgestellten Hausangestellten entkam ein entmachtetes Seufzen. Willfährig trat sie zur Seite, um die drei Männer einzulassen. Hinter ihnen schloss sie die Tür und Ani überkam sofort das Gefühl in der Falle zu sitzen. Die Frau eilte ihnen voraus in die abgedunkelte Diele. Ihre flachen Absätze verursachten auf dem gewienerten Holzboden kaum ein Geräusch, dagegen nahm sich das Aufstampfen ihrer schweren Soldatenstiefel beinahe wie der Einfall einer wild gewordenen Büffelherde aus.

Sie steuerten auf eine Art Arbeitszimmer zu, dessen Tür offenstand. Die Gardinen im Raum waren zugezogen, eine angeknipste Schreibtischlampe spendete spärlich Licht. Die verhangene Luft roch bitter nach kaltem Zigarrenrauch. Der aufblühende Sommerduft, den

Isabellas Anwesenheit sonst verbreitete, war in den vier Wänden, die sie als ihr Eigen beschrieb, allenfalls als Hauch einer Ahnung vorhanden.

Wo war sie?

In dieser Wohnung kam sich Ani wie ein Fremdkörper vor, ein Störenfried in einer Welt, die seine Existenz für bedeutungslos erachtete. Die überwältigend großen Gefühle für Isabella verloren sich in der Stille ihrer Abwesenheit. Wilhelm und Bernhard empfanden offenbar ähnlich. Sie sahen sich befremdet um.

Die Tuchels waren in Garmisch keine armen Leute, aber alleine der massive Schreibtisch in diesem Arbeitszimmer war mehr wert, als ein Angestellter der Molkerei in einem Jahr verdiente. Mehr als eine talentierte Revuetänzerin verdienen mochte. Der Stil des Hauses passte zu Isabella, das Interieur trug eindeutig die Handschrift einer gebildeten Frau. Hinter dem Tisch hing das mannshohe Gemälde einer Tänzerin. Das Ölbildnis zeigte nicht Isabella, war ihr aber nicht völlig unähnlich. Es rief Ani einmal mehr die Begegnung am Bürgertheater ins Gedächtnis.

Isabella, die ihren Körper in gespannte Bereitschaft setzte. Der Kopf leicht geneigt, die Arme in lockerer Haltung darüber hinausgestreckt, die Beine angewinkelt. Eine konzentrierte Ruhe, bevor sie sich zum Vergnügen des Betrachters in einen Rausch tanzte.

Die Frau auf dem Bild besaß Anmut, obgleich der Maler ihr Gesicht unkenntlich gemacht hatte. Sie trug ein rotes, schulterfreies Kleid. Es schmiegte sich eng an ihre Taille. Das Licht der Schreibtischlampe verlieh den kräftigen Farben der dargestellten Szene zusätzlich eine fast unheimliche Lebendigkeit. Der ausfallende Rocksaum der Tänzerin schlug helle Funken. Sie befeuerten das sich anbahnende Inferno ausdrucksvoller Leidenschaft kurz bevor ihre Zehenspitzen den Boden verließen.

Sie befeuerten auch Anis Sehnsucht nach Isabella. Wenn sie sich doch nur zeigte, damit sich alles aufklärte!

Doch statt der weichen klaren Stimme seiner Angebeteten vernahm er zum zweiten Mal die Stimme des Mannes.

„Ja", schnaubte er genüsslich. „Bei dem Bild könnt' ich mir auch jedes Mal in die Hose greifen. Bei dem Licht schaut es so aus, als würd' mir das flotte Stück gleich auf den Schoß hüpfen."

Energisch riss Fräulein Reindel die Vorhänge auf. Gleißend ergoss sich die Herbstsonne in das Zimmer. Sie erfüllte jeden Winkel und fiel auch in die Ecke, der Ani bisher keine Beachtung geschenkt hatte. Im Gegenlicht saß dort mit überschlagenen Beinen eine schwarze Gestalt in einem unscheinbaren Polstersessel.

„Schau an", sagte der Unbekannte mit einer Genugtuung, die den drei Besuchern ein Frösteln aufzwang.

„Der SSler aus dem Dom", stieß Bernhard entsetzt aus.

Ein überlegenes Grinsen zeichnete sich auf dem verkniffenen Mund ab. Er schob das spitze Kinn vor und es sah aus, als nehme seine Raubvogelnase Anlauf, um sich jeden Moment auf die Beute zu stürzen. Als wäre er der Hausherr, breitete der Gestapomann die Arme seines Ledermantels zur Begrüßung aus.

„Es ist mir immer eine unbeschreibliche Freude, wenn ich jemandem nach so kurzer Zeit in guter Erinnerung bleibe. Meine Herren, nur nicht so schüchtern. Treten´s heran und lassen´s uns ein wenig plaudern. Mich würd' nämlich außerordentlich interessieren, was ihr Bagage mit diesem g´spreizten Tanzflitscherl zu schaffen habt´s."

Ani stand wie vom Donner gerührt vor ihm. Seine Verwirrung wich schrecklicher Panik. In dem Sessel vor ihm fläzte sich tatsächlich jener Untersturmführer, der im Stephansdom die Verhaftung des Vikars Wagner geleitet und dabei den drei Fronturlaubern gedroht hatte. Sein forschender Blick blieb an Ani hängen.

„Und warum bist Du kleiner Ungustl so nervös?". Ein Aufleuchten ging über sein Gesicht. „Ja, natürlich. Du bist doch der Stutzer, der sich zu schad' dafür war, eine Uniform anzuziehen. Haben wir unsere Meinung auf einmal geändert, oder hat der Herr vielleicht etwas verbergen?"

Er stimmte ein schadenfrohes Schnuppern an, bei dem er die Nase rümpfte. „Riecht´s es auch? Hier stinkt´s nach Jud'", sagte er.

Verbissen rang Ani um Fassung. Unter keinen Umständen durfte er sich auf einen Streit mit diesem sittenlosen Strolch einlassen, nicht, solange er Isabella damit gefährdete. Es war nicht auszuschließen, dass sie unter Beobachtung stand. Die Gestapo verfügte im ganzen Reich über ein ganzes Arsenal gedungener Spitzel und die Anspielung des SS-Mannes ließ das Schlimmste befürchten. Ani musste herausbekommen, wie tief er und insbesondere Isabella im Schlamassel steckten.

Vielleicht eine Spur zu aufmüpfig trotze er dem Kerl: „Verzeihung, der Herr Untersturmführer, ich bin nicht hier, um mit Ihnen einen persönlichen Händel auszufechten. Vielmehr ist es meine feste Absicht – und deshalb befinde ich mich in kameradschaftlicher Begleitung – dem Fräulein Isabella eine Frage anzutragen, die nur sie persönlich und mich berührt."

„Ach", tönte es zurück. „Wohl eine Frage intimer Geheimhaltung? Hat man der berühmten Dame hinterherspioniert und getraut sich alleine nicht, sich das Autogrammkarterl der Nackerten abzuholen?"

178

„Das Au …? Was? Nein!“, protestierte Ani. „Wenn Sie es genau wissen wollen, ich habe vor, Isabella zu fragen, ob sie meine Frau werden will.“

Frau Reindel, die sich bisher im Hintergrund gehalten hatte, holte tief Luft. Tief bestürzt hielt sie sich das Taschentuch vors Gesicht. Sie zitterte so stark, dass sie sich auf der dicken Schreibtischplatte abstützen musste. Ihr unschickliches Verhalten brachte ihr den frostigen Blick des Untersturmführers ein. Er nickte kaum merklich und sie stürzte ächzend hinaus. Die Haushälterin rannte die Treppe hinauf ins Obergeschoss, wo sie in lautes Schluchzen ausbrach.

Der Gestapomann blieb mit den verwirrten Soldaten zurück. Willi und Bernhard begriffen nicht, was sich gerade vor ihren Nasen abspielte. Selbst Ani hatte Mühe, das Geschehen zu verdauen.

Unvermittelt brach der Polizist in grunzendes Gelächter aus, das er halbherzig unterbrach, weil er bemerkte, dass keiner der Anwesenden seinem Humor folgte, wie es der Anstand ihm gegenüber eigentlich erforderte.

„Der stramme Jägersmann und sein g'schlampertes Täubchen“, kommentierte er die Neuigkeit prustend. „Ein ganz ergreifendes Märchen. Vorausgesetzt man möchte daran glauben. Ich bin zutiefst gerührt.“

Dann zementierte sich der Ausdruck des Ermittlers in seinem Gesicht. Er ließ die Maske des Schwätzers fallen und sprang auf.

„Glaubt's ihr eigentlich, dass ich deppert bin? Sparen wir uns das Gewäsch und kommen zum Punkt. In welcher Beziehung stehen Sie und Ihre Freunde zu Frau Isabella Beuschelschütz, bekannt unter dem Pseudonym Samacandra. In welchem Umfang haben oder hatten Sie drei Kenntnis von ihren umstürzlerischen Plänen? Sind Sie in eine liederliche Ménage à trois verwickelt?“ Er brüllte seine Fragen schnell, kalt, leidenschaftslos, berechnend heraus. Ein schwarzledernes Trommelfeuer. Er setzte wieder sein dreckiges Grinsen auf, denn seine Provokationen fielen auf fruchtbaren Boden.

„Wie können Sie es wagen?“, empörte sich Ani über das anmaßende Verhalten des Beamten.

„Ich wage es“, fletschte der Mann seine von Kaffee und Zigaretten angegilbten Schneidezähne, „weil ich das Deutsche Reich verkörpere. Es steht mir laut Dienstbeschreibung zu, jeden einzelnen Volksschädlinge auszumerzen.“ Er fuchtelte mit dem Zeigefinger nun auch in Willis und Bernhards Richtung. „Dass ausgerechnet *Sie* mir in diesem Zusammenhang bereits ein zweites Mal unter die Augen kommen, halte ich zumindest für einen äußerst denkwürdigen Zufall. Mir ist, als hätte ich Sie gerade erst gewarnt, mir nicht noch einmal in die

Quere zu kommen, und da sind sie schon wieder. Ich meine, dass allein reicht aus, um uns eingehender miteinander zu unterhalten."

Lauschend hielt er seinen blonden Quadratschädel schräg. „Ah, wie immer im passenden Moment", schnarrte er, stand auf und wanderte seelenruhig zum Fenster.

Er deutete auf die schwarzen Limousinen, die soeben vorfuhren. Aus jedem der Fahrzeuge stiegen bewaffnete Männer in Zivil. Gemessenen Schritts gingen sie auf das Haus zu.

„Was zum Teufel geht hier vor sich", verlangte Wilhelm von seinem Bruder zu erfahren. Er und Bernhard hatten sich bisher erstaunlich ruhig verhalten.

„Ich verstehe es selbst nicht", gab sich Ani ahnungslos, wobei er fröstelnd an die vorige Nacht dachte. Um wenigstens einigermaßen bei der Wahrheit zu bleiben, sagte er: „Ich bin ausschließlich wegen Isabella hier, von einer *Camasandra* habe ich noch nie im Leben etwas gehört."

„*Samacandra*", korrigierte Bernhard. „Ist das nicht diese Revuetänzerin mit dem knappen Silberkleidchen, deren Auftritt wir uns letztens im Bürgertheater angesehen haben? Willi, du erinnerst dich doch – das Sahneschnitterl, dem beinahe die Euter aus dem Dekolleté gefallen wären, weil sie so wild getanzt hat. Das ganze Theater hat Kopf gestanden. Willi, entsinn´ dich!"

„Ja, verreck", ging es dem Freund auf. „Das Rasseluder aus dem Tanztheater!"

„Seid ihr beide eigentlich noch ganz bei Trost?", schimpfte Ani. „Ich komme mir gerade wie der schlimmste Erzverbrecher vor, und ihr habt nichts Besseres zu tun, als euch an eurem letzten Schauvergnügen anzuspitzen?" Er wandte sich an den SS-Mann. „Herr Untersturmführer, ich möchte Sie mit allem Gehorsam bitten, das Fräulein Beuschelschütz hinzuzuziehen. Es gelingt ihr bestimmt, dieses Missverständnis aus der Welt zu schaffen. Ich bin mir sicher, sie wird mein Ansinnen in Ihrem Beisein bestätigen."

Gähnend winkte der Beamte ab. „Wenn ein Haberer wie Du bescheiden wird, dann glänzt sein Angesicht vom Angstschweiß, der darauf geschrieben steht. Ein bisserl spät kommt die Einsicht, nicht? Aber so oder so kann Dir dein Katzerl nicht mehr helfen. Das Luder hat sich nämlich rechtzeitig aus dem Staub gemacht."

Entgeistert horchte Ani auf. Isabella war fort? Ohne ihn? Niemals!

„Ich glaube Ihnen kein Wort!", platzte es aus ihm heraus. „Sie werden Ihre andauernden Beleidigungen schon sehr bald bereuen. Das Fräulein Isabella, das ich kennengelernt habe, ist eine durch und durch ehrenwerte Person. Ich habe mich ihr verpflichtet und verlange deshalb, sie umgehend sprechen zu dürfen. Isabella!"

Mehrmals rief er ihren Namen, ohne dass eine Antwort kam. Er versuchte, das Zimmer zu verlassen, um sich auf die Suche nach Isabella zu machen, doch einer der Männer, die inzwischen ins Haus gelangt waren, hinderte ihn daran. Blitzschnell hatte ihn der Polizist gepackt und ihm den Arm auf den Rücken gedreht. Augenblicklich ging Ani in die Knie.

Der Untersturmführer kam heran. Er kniff den jungen Soldaten roh in die Wangen und presste sie zusammen.

„Du hast einen alten Scheiß zu verlangen", schnaubte er. „Freunderl, hier hat nur einer das Sagen, und das bin *ich*. Wenn mir der Sinn danach steht, dann darfst mir in den Arsch kriechen, und wenn'st braun genug wieder rauskommst, ziehe ich es möglicherweise in Betracht, einem dahergelaufenen Sandler wie Dir, eine Bitte zu erfüllen. So läuft der Hase."

Tränen der Wut und Verzweiflung stiegen Ani in die Augen. Ihm blieb gar nichts anderes übrig als zu parieren.

„Bitte", flehte er. „Ich bitte Sie inständig, Herr Untersturmführer. Lassen Sie mich mit Isabella sprechen, es wird sich alles aufklären. Bitte."

Der Gestapopolizist dachte gar nicht daran, seine Machtposition aufzugeben. Zu sehr gefiel er sich darin, sein Opfer nach Gutdünken zappeln zu lassen.

„Nein." Er zog das Wort absichtlich in die Länge. Es klang affektiert und aufgeblasen.

Dann winkte er seine Kollegen heran, die drei Gebirgsjäger endgültig in Gewahrsam zu nehmen. Ohne Gegenwehr gaben sie ihre Urlaubspapiere heraus und ließen sich abführen. Sie wussten, dass jeglicher Widerstand ihnen nur noch mehr Ärger eingebracht hätte, als ihnen ohnehin bevorstand. Getrennt voneinander wurden sie in die bereitstehenden Limousinen gesteckt. Bevor sich die Wagenkolonne in Bewegung setzte, baute sich der Untersturmführer vor ihr auf. Mit ausgestrecktem Arm zeigte er dem Fahrer des dritten Wagens an, das Seitenfenster herunterzukurbeln.

Lässig lehnte er seinen Unterarmen auf das Seitenfenster und blickte in den Innenraum. Er hatte sich für Ani noch einen ganz besonderen Nachschlag aufgehoben, den er nun triumphierend preisgab.

„Übrigens", raunte er, „Dein Katzerl, das maust nicht mehr. Nie mehr. Nicht mal ein Schnurren wirst Du mehr von ihr hören. Hochzeit hin oder her."

Ani wurde kreidebleich. Es gab ein deutliches Knacken, irgendwo tief in seinem Innern. Etwas zerbrach. Sein Herz und seine Seele implodierten, bevor er die Nachricht richtig fassen konnte.

„Nein, das kann nicht sein. Das darf nicht …", wisperte er, obwohl die Erkenntnis sich wie ein Feuersee in ihm ausbreitete.

Die Hand seines Peinigers machte eine schneidende Geste vor dem Hals. Er streckte seinen Kopf zum Fenster herein, dann fiel ihm die Zunge aus dem Mund und er verdrehte seine Augen.

„Ich bin kein Doktor", sagte er kalt grinsend. „Aber meiner laienhaften Einschätzung zufolge war es Tuberkulose. Die Weiber sind da sehr anfällig. Das geht oft schneller als man es erwartet. Der leiseste Windhauch genügt, da fallen die um."

„Bitte, nein." Ani stöhnte.

Isabella war tot.

Anis Nacken kippte nach hinten in das Sitzpolster des Wagens. Er schloss die Augen, schwärzeste Traurigkeit umfing ihn. Eine enge Röhre, in die er einfuhr, darin Finsternis. Pechschwarz und leer. Unendliche Einsamkeit. Er wollte schreien, weinen und toben, doch sein Körper verweigerte ihm den Dienst. Eine bodenlose Erschöpfung lähmte seine Sinne. Seine Hände waren ihm auf den Rücken gebunden. Es gab für ihn nichts weiter zu tun, als das Unerträgliche hinzunehmen.

Sie war tot.

Er spürte es genau, obwohl man ihm den Beweis schuldig blieb. Ein unfassbares Loch tat sich in ihm auf, eine Wunde im Fleisch, die bis auf den Knochen reichte. Die Vorstellung von Isabellas Tod war, ohne ihren Leichnam gesehen zu haben, viel schwerer zu ertragen, und der SS-Mann weidete sich an diesem Wissen. Er machte sich ein Spiel daraus, seine Opfer zu quälen.

Ani hatte schon einige Menschen getötet, aber nie verhöhnt. Sadismus war keine Waffe, die einen im Krieg ruhig schlafen ließ. Offensichtlich galt das nicht für jeden Mistkerl, besonders nicht an der Heimatfront.

Das Schwein hatte Isabella auf dem Gewissen.

Tuberkulose.

Eine harmlose Umschreibung für Mord auf Rezept, das war ein offenes Geheimnis. Eines von vielen. Seit die Gestapo im Reich ihr Unwesen trieb, hatten die Fälle von Schwindsucht mit tödlichem Ausgang auf mysteriöse Weise zugenommen. Eine kleine Giftspritze hier, ein Arzt, der die Todesursache feststellte, dort, und niemand stellte Fragen. Wer nicht ganz auf den Kopf gefallen war, zählte Eins und Eins zusammen, hielt aber besser die Schnauze.

Ein Trugbild von Isabella kräuselte sich unscharf in Anis wirbelndem Gedankenstrom. Er sah die Zigarettenspitze aus Elfenbein vor sich. Ihren sich wiegenden Tanz, den sie nur für ihn getanzt hatte.

Die Königin der Nacht, die ihren Mond verloren hat, erinnerte er sich an ihre Worte. *Samacandra.*

Er fühlte ihren warmen Körper unter der Decke im Lagerhaus, ihren Kuss auf den Stufen vor ihrem Haus.

Ihrem Haus.

Dem Haus der angesagtesten Revuetänzerin des Landes. Natürlich kannte er ihren Künstlernamen, wer kannte den nicht. Er hätte ihn jedoch niemals einem Gesicht zuordnen können, weil ihn diese glitzernde Scheinwelt des Theaters keinen Pfifferling interessierte.

Der Soldat und die Tänzerin.

War das wirklich möglich?

Nichts von dem, was Ani dachte, fügte sich zu einem stimmigen Gesamtbild. Sobald er glaubte ein kleines Mosaiksteinchen in sein selbstgezimmertes Märchen einpassen zu können, verlor er es wieder auf dem Weg durch den schwarzen Tunnel, in dem er feststeckte.

Das Theater. Die schöne Tänzerin. Eine Zigarettenlänge. Warten. Der lange Abend. Das Tanzlokal. Ein Spaziergang. Schicksal. Die Juden. Das große Zetern. Ein Plan. Angst. Der Donaukanal. Die glatten Betonwände. Ein Licht. Noch mehr Angst. Das Lagerhaus. Ihr heilsamer Körper. Ein Liebe.

Isabella.

Samacandra.

Tot.

Ani ertrank ein zweites Mal. Diesmal in den Fluten seiner eigenen Vorstellung.

Das Automobil ruckte, als es anfuhr. Ein saurer Geruch nach Speichel schlug Ani entgegen. Der Untersturmführer war noch nicht fertig mit ihm.

„Du hättest Dich lieber erschießen lassen sollen, als noch Zeit dafür war, Jägerlein. Im Dom hab' ich euch gewarnt. Jetzt gehört ihr mir. Ich werd' dafür sorgen, dass ihr drei mir nicht so leicht auskommt, wie das Judenhascherl."

Beim Wegfahren sah Ani durch das Rückfenster, wie das Scheusal seine Wangen aufblähte, als pfiffe der Geheimpolizist ein lustiges Liedchen. Mit den Händen in den Hosentaschen tänzelte er zurück zum Haus. Er wurde immer kleiner. Im Hintergrund trugen Männer eine schwarz verhüllte Bahre an ihm vorbei, die wie die Tragegestelle aussah, auf denen man im Feld die Versehrten und Gefallenen abtransportierte.

Als Anis Wagen nach einer langen Geraden um die nächste Kurve
bog, verschwand der Alptraum aus seinem Sichtfeld. Einer der Schergen im Wagen stülpte ihm eine Kapuze über den Kopf. Dankbar
nahm der junge Soldat zur Kenntnis, dass die Welt darunter versank.
Natürlich wusste er nur zu genau, wohin die Reise ging.

Jeder im Reich kannte die zwei berüchtigten Gestapo-Leitstellen.
Die eine in Berlin, die andere in Wien. In ihren Einrichtungen verschwanden die Menschen wie Bier in einem Braufass ohne Boden.
Wien hatte sogar den Ruf, besonders Führertreu zu sein. Die Zentra-
len lagen in der Reichshauptstadt am Alexanderplatz, und in Wien
war einst das Métropole am Morzinplatz ein Hotel der Extraklasse
gewesen, errichtet als Zierstück der Weltausstellung 1888, bis es die
Nationalsozialisten nach dem Anschluss Österreichs beschlagnahm-
ten. Das graue Prunkgebäude mit dem zweistöckigen Vestibül, das
der Volksmund zynisch „Judensacher" nannte, beherbergte in seinen
500 Räumen hinter seinem korinthischen Säuleneingang gut 900 Mit-
arbeiter der Geheimen Staatspolizei, kurz Gestapo. Es gab drei Abteilungen, die in mehrere Gruppen mit verschiedenen Sachgebieten un-
tergliedert waren.

Anis Fall wurde dem Bereich B4, *Judenreferat*, der Abteilung IV zu-
geordnet. Eine Einheit, die dafür bekannt war, dass sie besonders hart
durchgriff. Wer dort in die Mangel genommen wurde, hatte keine
Gnade zu erwarten. Dass man einem Gefangenen die Augen verband,
gehörte noch zum harmloseren Procedere. Es ging nicht darum, einem Delinquenten das Ziel der Reise vorzuenthalten, vielmehr darum, in ihm jegliches Gefühl für Raum und Zeit auszuschalten.

Für Ani spielte das keine große Rolle.

Er war der Wirklichkeit längst entflohen. Sein Geist kreiste ständig
um dieselben Fragen. War seine geliebte Isabella wirklich tot oder
war das alles nur ein furchtbarer Scherz? Zwischen ihrer Trennung
vor dem Haus und seinem Wiedererscheinen lag nicht einmal ein
ganzer Tag. Konnte jemand in so kurzer Zeit herausgefunden haben,
was in der Nacht passiert war? Waren sie verraten worden? Wer war
Samacandra? Hätte er nicht bei Isabella sein müssen, um sie vor dem
gewalttätigen Killer zu beschützen?

Liebste, wo bist du nur?

Aus der verhangenen Düsternis kam keine Antwort.

Der Wagen hielt. Mehrere ruppige Hände zerrten ihn von der
Rückbank. Man schob ihn durch eine enge Tür, einige Stufen hinab
in einen feuchten Keller. Fauliger Geruch schlug ihm entgegen, von
Exkrementen, Blut und Schweiß. Hier hatte der Tod ebenso sein Zuhause, wie auf den russischen Schlachtfeldern.

184

Jemand nahm ihm die Handschellen und die Kapuze ab. Die Schuhbänder wurden entfernt, sowie sämtliche Riemen und Schnüre an der Uniform. Er wurde in eine Zelle gestoßen, nicht größer als eine Abstellkammer, aber wesentlich bedrückender. Nassglänzende, klebrig dunkelbraune Flecken zierten die vier schlecht gekalkten Steinwände, von denen der Putz platzte. Tiefe Kratzspuren befanden sich darin, vergebliche Hilfeschreie zutiefst verzweifelter Wesen. An der Stirnseite gab es weit oben eine schmale, vergitterte Öffnung, eine Ritze, die man vergessen hatte zu vermörteln. Es war die einzige Möglichkeit an Frischluft zu gelangen. Schmutziges, gelbes Kunstlicht sickerte in die Zelle und gab einen vagen Blick auf ein hochgeklapptes Holzgestell frei, das als Bett diente. Daneben stand ein Eimer, aus dem ein bestialischer Gestank drang.

Ani bekam nicht die Zeit, sich zurechtzufinden. Wortlos stampften einige ungehobelte Männer herein, traktieren ihn mit den Fäusten, damit er nicht auf dumme Gedanken kam und raubten ihm erneut das Augenlicht. Diesmal mit einem Jutesack.

Mehrere Treppenabsätze hinauf schubsten sie ihn vor sich her. Er vernahm den typischen Nachhall breiter, amtsklingender Behördenflure. Unbemerkt von ihm gingen links und rechts unzählige gleich aussehende Türen ab. Nirgendwo hätte er einen Hinweis darauf gefunden, wo er sich gerade befand, nicht einmal die ursprünglichen Zimmernummern waren zur besseren Orientierung beibehalten worden.

Eine der vielen Türen wurde geöffnet.

Sie bugsierten ihn hinein und pressten ihn auf einen unbequemen Hocker. Jemand rüttelte unter seinem Gesäß an der beweglichen Sitzfläche herum, der Sack wurde heruntergerissen und der Hinterkopf des Häftlings unsanft in eine schraubstockartige Halterung gedrückt. Die erkennungsdienstliche Fotoanlage blitzte drei Mal auf. Unvorteilhafte Portraitbilder im Profil, der Totalen und halbseitig – für den Photographierschein. Anians Finger wurden gepackt, dick mit Tinte bestrichen und nacheinander auf die Felder einer Karteikarte gepresst. Vor ihm wurde ein Formular ähnliches Papier ausgebreitet, das er, ohne es lesen zu dürfen, unterschreiben musste.

Wieder stülpte man ihm den Sack über, damit man ihn in einen anderen Raum schaffen konnte. Dort zog man ihm die Uniformjacke samt Dienstgradabzeichen und Orden aus. Portemonnaie und kleinere Wertgegenstände wurden verzeichnet, bis er nur mehr Hemd, Hose und Stiefel anhatte. Mit einer verfilzten, dünnen Schlafdecke über dem Arm wurde er entlassen.

Der Weg führte zurück ins Untergeschoss. Ein eiserner Riegel knirschte. Als er endlich wieder etwas sehen konnte, stellte er fest, dass es nicht die gleiche Zelle wie zuvor war

Diese hier war ein klein wenig geräumiger, auch sauberer, wenn es hier unten so etwas wie Reinlichkeit überhaupt gab. Das gedämpfte Licht einer vergitterten Glühbirne beleuchtete die Pritsche an der Wand und den obligatorischen Metalleimer. Jeglicher Hoffnung beraubt, hockte er sich mit der Decke auf dem Schoß auf den unförmigen Steinboden, dessen einziger Schmuck ein eingelassenes Abflussloch darstellte.

Lange saß Ani und starrte Löcher in die graue Kerkerwand. Für einen Augenblick hoffte er, er könne weinen, doch dann kamen die Männer wieder. Er war sicher, dass sie noch oft kommen würden.

Sie steckten ihn in ein halbleeres Zimmer, dessen Einrichtung nur aus drei Rohrstühlen mitten im Raum bestand. Zwei Stühle waren auf den Einzelnen ausgerichtet. Ani wurde auf den Einzelplatz gesetzt. Man ließ ihn sitzen, von der Decke glomm flackerndes Röhrenlicht, das leise vor sich hin summte. Der Klang war etwas höher als vom Licht in seiner Zelle.

Das erste Verhör.

Innerlich wappnete sich der Wehrmachtssoldat gegen die unausweichlichen Strapazen, doch er wusste, dass seine Reserven nach dem Verlust Isabellas begrenzt waren. Natürlich war er darauf vorbereitet, dass im Kampf jederzeit die Möglichkeit bestand, in feindliche Hände zu fallen. In diesem Fall lautete die überlebenswichtige Strategie nur: *Schnauze halten!*

Kein Wort über das Versteck im Kaffeehaus, den Schlüssel oder die Familie Abelmann. Er würde durchhalten. Für Isabella.

Hoffentlich.

Wenn sie nur Willi und Bernhard nicht zu hart rannahmen, die wirklich keine Ahnung hatten, in was für einer Klemme sie steckten. Auch das war seine Schuld.

„Saukerl!", die Stimme überschlug sich fast. Eine Frau mit Föhnfrisur und Brille hatte sich vor ihm aufgebaut. Sie schrie ihn an und verpasste ihm eine schallende Ohrfeige. Ani war von ihrer Anwesenheit vollkommen überrascht. Wie aus dem Nichts war sie aufgetaucht. Hinter ihr ein Mann.

Nicht der Untersturmführer.

Die Verhörspezialisten der Gestapo kamen zu zweit, und sie sahen aus wie gewöhnliche Büroangestellte, die sich ein wenig Abwechslung vom langweiligen Papierkram gönnten. Das Ungewöhnliche an ihrem Auftritt jedoch war, dass sie Ani gar nicht verhörten.

Ohne sich darauf zu setzen, zogen die beiden ihre Stühle zu sich heran und drehten sie so, dass sie den Häftling von den Seiten in die Zange nehmen konnten. Ihnen lag viel daran, Ani erst einmal ordentlich zu beschimpfen. Abwechselnd brachten sie ihre groben Beleidigungen an, die wahlweise ihm oder seiner Familie galten. In der Steigerung ließen sie ihren Zweifeln an Anis ehrenvollem Dienst für Volk und Vaterland freien Lauf. Besonders die Frau tat sich eifrig dabei hervor, ihm mit schöner Regelmäßigkeit ins Gesicht zu schlagen.

Sie legten ihm den Umgang mit Prostituierten – womit sie offenkundig Isabella meinten – zur Last, bezichtigten ihn der Kuppelei, sowie der Homosexualität, verdammten Mutter und Vater Tuchel für die Schande seiner und Wilhelms Geburt, bis sie ihm schließlich erklärten, dass er als deutscher Soldat und Unteroffizier, nicht nur ein schäbiger Feigling war, sondern auch ein Verräter an seinem Vaterland. Nichts davon hatte auch nur im Entferntesten mit Polizeiarbeit zu tun, aber darum ging es diesen Vorarbeitern gar nicht. Sie sollten ihr Opfer für das richtige Verhör weichklopfen, es demütigen, damit es möglichst schnell auspackte. Das war erst die Aufwärmphase.

Ani ließ die Tiraden stumm über sich ergehen, wobei er insgeheim zugeben musste, dass ihn einige der angebrachten Seitenhiebe tiefer verletzten als ihm lieb war. Es gab einige Momente, in denen er nur allzu gerne aufgesprungen wäre, um sich zu verteidigen. Etwa, wenn sie seine Eltern oder seinen Bruder mit Schimpf und Schande überzogen, insbesondere aber wenn sie es wagten, Isabellas Ehre anzugreifen. Alles, was man ihm hingegen anlastete, prallte an seinem inneren Schutzschild ab. Er besaß genug Selbstsicherheit, die ihn vom Gegenteil dessen überzeugte, was man ihm anlastete.

Zurück in seiner Haftzelle, hatte er das Gefühl, stundenlang bearbeitet worden zu sein. Es hätte ihn aber auch nicht überrascht, wenn es nur fünf Minuten gewesen wären. Zeit war ab sofort nur noch ein relativer Begriff.

Seinetwegen konnten sie sich die Mühe sparen und ihn gleich umbringen. Es schien ihm nur gerecht, dass ihn das gleiche Schicksal wie Isabella ereilte. Wenn sie tot war! Das wahrhaft Niederträchtige an seinem Kummer war der Hoffnungsschimmer, den seine Kerkermeister nährten, indem sie ihm den unverstellten Blick auf die Tatsachen verstellten. Isabellas Verschwinden kam dem Abriss eines Arms oder Beins gleich, von dem es hieß, dass die Betroffenen sich selbst beim Anblick der fehlenden Gliedmaßen noch in ihrem Besitz wähnten.

Anis große Liebe war fort und gleichzeitig noch bei ihm. Dieses Gefühl brachte ihn beinahe um den Verstand. Er gab sich Mühe, doch die Trauer wollte nicht einsetzen. Statt der Tränen war da nur ein großes taubes Nichts.

Wen die Gestapo einmal wegschafft, der bleibt auch weg, hatte sei zu ihm gesagt.

Wann war das gewesen? Vor Tagen, Jahren, Stunden? Eines war Ani gleich zu Beginn seiner Verhaftung klar geworden. Sterben war im Métropole keine Gnade, sondern ein Privileg, das er sich verdienen musste. Wer in das Räderwerk des ehemals gastfreundlichen Hotels geriet, wurde bei zunehmendem Druck gemahlen, zwischen Mühlsteinen, deren Mahlwerk kein Entrinnen vorsah. Ein Gefangener hatte sich gefälligst damit zu begnügen, die grausamen Vorlieben seiner Peiniger zu erfüllen, bevor sie ihn, ausgequetscht bis zum letzten Blutstropfen, dem Henker übergaben. Erst wenn sie hörten, was sie bereits wussten, durfte er um seinen Tod betteln. Peinlich genau achtete die Wachmannschaft darauf, dass sich die Insassen ihrem Schuldspruch nicht freiwillig entzogen.

Der Gedanke an Selbstmord wurde umso verlockender, je öfter Ani aus seiner Zelle geholt wurde. Stets war es ein anderer Sachbearbeiter, der ihn in die Mangel nahm. Vier verschärfte Vernehmungen später, hatten sie ihn immerhin so weit gebracht, dass er seinem Sterbewunsch zumindest eine Kleinigkeit Schlaf vorzog. Freilich verwehrte man ihm auch das. Verfiel er in einen Dämmerzustand, setzte sogleich mit nervenzerfetzender Lautstärke das thermische Rauschen eines Radioempfängers ein, der unweit seiner Zelle stand.

Das Auf und Ab der Funkwellen begleitete ihn Tag und Nacht. Gelegentlich wurde es übertönt vom entmenschlichten Jaulen eines anderen Insassen, den man in dem weitverzweigten Verließ verhörte. Dazu flackerte jedes Mal das summende Licht an der Decke auf. Zwischendurch machten einige der Häftlinge durch Klopfzeichen auf sich aufmerksam, was aber nur auf wenig Resonanz stieß.

Anian lernte in Gelegenheiten zu schlafen. Er nutze jede unbeobachtete Sekunde, die Augen zu schließen. Manchmal gab sein Körper einfach auf und kippte um. Erweckte er auch nur den Anschein, weggetreten zu sein, flog die schwere Eichentür zu seiner Zelle krachend auf, durch die zwei oder drei Wärter hereinstürmten, um ihn entweder mit Gewalt wieder wachzurütteln oder ihn zur nächsten Befragungsrunde zu schleifen.

Es war das soundsovielte Verhör.

Ani saß auf einem gepolsterten Lehnstuhl in einem zweckdienlichen Büroraum, der durch zwei ebenfalls gepolsterte Verbindungstüren an ein weiteres Arbeitszimmer grenzte. Schloss man sie, hatte in dem schmalen Spalt dazwischen gerade so ein Menschlein Platz.

Dementsprechend wies das dunkle Leder der Dämmungselemente zahlreiche Wetzspuren auf. Ani saß vornübergebeugt und nahm davon nur unbewusst Notiz.

Ein Frösteln kroch ihm die Hosenbeine hinauf, unter die Ärmel des ehemals weißen Hemds, über den Rücken bis in seine Halswirbel. Seine Fußknöchel waren mit einer Eisenspange fixiert, die Arme mit einer Kette auf den Rücken gebunden. Vor ihm auf dem Tisch stand ein Kerzenstumpf, in dem eine rotgelbe Flamme munter auf und ab tänzelte.

Ani fiel das Bild von der Tänzerin aus dem Arbeitsraum in Isabellas Haus ein. Der Nachhall ihrer herrlich sanften Stimme, der zwischen die Windungen seines Gehirns geriet, klang wie ein Weckruf.

„Dies ist nicht der rechte Ort zu sterben", rüttelte die Tänzerin an ihm. „Noch nicht. Nicht hier."

Spinnenartige Finger krallten sich in seinen Nackenmuskel. Endlich tauchte das ihm verhasste Gesicht auf, die Verkörperung aller Heimtücke. Der SS-Scherge hatte seine Ziviluniform gegen den schwarzen Dienstanzug getauscht.

„Untersturmführer", nuschelte Anian durch seine aufgeplatzten Lippen, „es ist mir ein Vergnügen."

„Judenfreunderl, Du wirst singen, wie ein junges Vogerl, das versprech' ich Dir", knurrte er und packte fester zu. „Es ist Zeit, das Maul aufzumachen, Unteroffizier Tuchel!"

„Singen ist momentan ein bisserl viel verlangt, Herr Untersturmführer, aber ich würde mich sehr gerne mit Ihnen unterhalten. Wenn ich nur wüsste, worüber. Man sagt einem hier drin ja nix."

Ani brachte ein angestrengtes Grinsen zustande. Durst brannte in seiner Kehle. Seit seiner Inhaftierung, hatte er weder etwas zu essen noch zu trinken bekommen.

„Oh! Ein Lustiger ist er, der Herr Soldat", stellte Anians Folterknecht humorlos fest.

Mit einem Ruck riss er an der Kette. Die Glieder strafften sich klirrend und unweigerlich folgten Anis rücklings gefesselte Arme dem plötzlichen Zug nach oben. Der Gefangene schrie mehr vor Schreck als vor Schmerz laut auf. Seine Schulterblätter schlugen gegeneinander, es ruckte.

„Ich weiß auch was Lustiges!", sagte der SS-Mann. „Ich hab' noch nie erlebt, dass einer, den ich an den Stock gehängt hab', allein wegen der Schmerzen ohnmächtig geworden ist. Meistens wird er es von dem feinen Geräusch, das die Schultern machen, wenn ich sie ein wenig lupfe. Du schaust mir noch ein wenig einseitig aus. Wart', das haben wir gleich."

Er zog kräftiger.

Gleichzeitig mit dem vernehmbaren Schnalzen, verlor Ani das Bewusstsein. Die erlösende Zwischenwelt behielt ihn nicht lange. Eine kalte Wasserdusche und energische Ohrfeigen halfen ihm wieder zur Besinnung.

Sofort hielten die Schmerzen Einzug. Anis Körper hing mit über dem Kopf verdrehten Armen etwa einen halben Meter über dem Boden. Sacht baumelte er wie die Schweinehälfte eines Schlachters an einem Haken über dem gepolsterten Türstock hin und her. Den dicken Stahlhaken, der in den Rahmen eingedreht war, hatte er zuvor gar nicht bemerkt.

Je weniger er sich regte, so kam es ihm vor, desto leichter waren die Höllenqualen in den Schultern zu ertragen. Am ehesten ließen sie sich mit einer glühend heißen Eisenstange, die man ihm akkurat entlang der Wirbelsäule unter die Haut schob, vergleichen. Er musste seinen Atem flach halten, wenn er nicht wollte, dass ihm das Heben und Senken seines Brustkorbs noch größere Qualen bereitete. Das bedeutete es also, wenn alte Leute von sich behaupteten, sie gingen am Stock.

Derweil schlängelte der Untersturmführer zufrieden um das Ergebnis seiner Tortur. Er hielt das menschliche Pendel am Kreisen, indem er es von Zeit zu Zeit anschubste. Das kleinste Anzeichen von Schwäche kostete er lustvoll aus, indem er jedes von Leid erfüllte Zucken belustigt kommentierte – Die Katze, die mit ihrer Beutemaus spielte, folgte ihrem Instinkt. Der Folterknecht tat es, solange ihm der Zeitvertreib Kurzweil bereitete. Irgendwann hatte er genug und deutete mit einem Fingerschnippsen ins Nebenzimmer, dass die eigentliche Befragung beginnen konnte.

Eine zweite Gestalt tauchte auf, die dem Untersturmführer eine flache Aktenmappe reichte. Der Geheimdienstler blätterte verächtlich durch die Seiten, als hätte er Karl Marx' *Kapital* in Händen.

Er scheuchte den Bediensteten zurück und setzte seinen Rundgang fort. Von Zeit zu Zeit rammte er Ani den Ellenbogen in die Seite, dann eröffnete er die Untersuchung mit einem förmlichen Monolog.

„Tuchel Anian, Trossunteroffizier. Geboren am 9. Juni 1917 in Garmisch, Volkshauptschulbesuch ohne nennenswerten Abschluss, dann Hitlerjugend, NSDAP- und NSKK-Mitglied, Reichsarbeitsdienst 1936, Eintritt in die erste Gebirgsdivision der Wehrmacht 1937. Einsätze in Polen, Frankreich und Russland. Träger der Ostmark- und der Ostmedaille blablabla … ah, hier wird's wieder interessant … Beurlaubung über 21 Tage nach Groß-Wien. Erholungsurlaub.

Und da bleibt man nicht gescheiter in der Heimat? Soso. Weiter im Text. Vater: Karl Tuchel, Kaufmann, ebenfalls Kadermitglied. Mutter: Gertraud, geborene Wimmer, NSF. Söhne: Wilhelm und Anian. Familie wohnhaft in der Wettersteinstraße 16A im Ortsteil Garmisch. Religionszugehörigkeit römisch-katholisch, einwandfrei belegte arische Abstammung." Hier stutzte er kurz. „Bei dem Familiennamen haben die werten Ahnen wohl ihre ganzen Kaufmannsbeziehungen spielen lassen, um die Blutlinie reinzuwaschen, wie? Da wird sich ihr Vater demnächst für seine beiden Sprösslinge zu Tode schämen müssen – was in diesem Fall vernünftiger wäre, bevor ihn die Münchner Kollegen in die Finger bekommen. Eine Schand' ist das, also wirklich."

Er klappte die Akte zu.

„Tuchel, wir können es kurz machen. Unter Umständen könnte ich mich dazu herablassen, Ihre Eltern außen vor zu lassen. Sie zeigen sich kooperativ, beantworten meine Fragen zu meiner vollen Zufriedenheit und das Ganze hat Ruckzuck ein End. Sein's kein Trottel Tuchel! Also, woher und wie lange waren Sie mit der Frau Isabella Beuschelschütz, auch geführt unter dem Künstlernamen *Samacandra*, ehemals wohnhaft in Wien Hietzing, bekannt?"

Die Laute kamen gepresst aus Anis Lungen. „Samacandra ... mir unbekannt ... Isabella ... erst vor einigen Tagen ... Bürgertheater."

„Vor einigen Tagen", schnaubte der Fragesteller und kniff sich in den Nasenrücken. „Ich bin enttäuscht, Tuchel, schwer enttäuscht. Da stellt man Dir eine ganz einfache Frage, und Du lügst mir, ohne rot zu werden, ins Gesicht."

„... nicht gelogen ..." Im Brustkorb des Gefolterten rasselte es, der Geschmack seines Atems mischte sich mit dem eisernen Aufstoßen von Blut.

„Tuchel, Tuchel, Tuchel. Du willst mir also ernsthaft weismachen, dass Du einer Rassefrau wie der Beuschelschütz, mit der Du nicht mal 72 Stunden bekannt warst, einen Heiratsantrag machen wolltest?"

„... 48 ...", ächzte Ani.

„Was?"

„... 48 ...", wiederholte er. „... es waren keine 48 Stunden ... dann gewusst ... diese Frau ... heiraten ..."

Sein Peiniger stieß ihn an. Ein siedend heißes Inferno ergoss sich über seinen Rücken, züngelte bis in die Nervenenden seiner Fingerspitzen.

„Scheiße", höhnte der Mann. „Ein Kavalier! Kotzen wollt' ich, weil ich mir diesen Schmafu anhören muss. Willst Du mich in meiner Funktion als Vertreter dieser Reichsbehörde etwa verarschen?"

191

Ohne Vorwarnung boxte er auf den hängenden Körper ein. „Eins, zwei, eins zwei. Führhand-Schlaghand", schnaufte er, als arbeite er sich an einem Sandsack ab.

Das Bündel zuckte und röchelte.

„So, Du G'wandlaus", brüllte der Untersturmführer. „Schluss mit dem Larifari! Du machst jetzt das Maul auf, sonst kennt Dich am Ende keine Sau mehr! Ich will auf der Stelle wissen, wann Du das erste Mal mit diesem verschlagenen Judenluder in Kontakt getreten bist. Wie habt ihr euch verabredet? Gab es ein geheimes Zeichen? Wieso ausgerechnet Wien? Das warst doch sicher Du, der den Vorschlag für die Fahrt gemacht hat, nicht? Jetzt red' schon, Du Sau!"

Obwohl die Folter heftige Spuren auf Anis Körper hinterließ, registrierte er benommen die Fülle an Informationen, die sein Inquisitor besaß. Bisher hatte er mit seinen eigenen Schmerzen und dem erlittenen Verlust zu kämpfen gehabt. Jetzt erst überblickte er die Tragweite des Ärgers, den er sich eingehandelt hatte. Bernhard und Wilhelm wurden sicherlich in ähnlicher Manier befragt.

Er mochte sich gar nicht ausmalen, was die Gestapo seinen Eltern antun würde. Sie alle endeten im Konzentrationslager, wenn man sie vorher nicht zu Tode folterte. Für die Wahrheit, so wie Ani sie kannte, war es zu spät. Sie bot für dem Mahlwerk des Hotels nur eine willkommene Gelegenheit, das Werk zu vertiefen.

Er galt den Wiener Ermittlern als Isabellas, nein, *Samacandras* langjähriger Erfüllungsgehilfe. Bis die Gestapo das Gegenteil herausfand – wenn es sie überhaupt interessierte – war es für ihn und die Seinigen schon zu spät. Was er dringend brauchte, war eine Ausflucht, etwas, womit er seine Angehörigen aus der Sache raushalten konnte. Einen Grund, die Schuld nur ihm alleine anzuhängen, ein Grund, der ihm aber partout nicht einfallen wollte. Immerhin war er durch sein eigenes Zutun in diese Misere geraten. In seiner Lage war selbst die Hoffnung auf einen Ausweg bestenfalls Makulatur. Für die sauber geölte Verwaltungsmaschinerie der Geheimen Staatspolizei würde die *Angelegenheit Tuchel* sich erst erledigt haben, wenn das Protokoll keine weiteren Fragen mehr zuließ, was vor allem Anis Tod beinhaltete.

Der junge Mann hätte die Verantwortung für sein Schicksal nie auf den Führer geschoben, dafür hatte Adolph Hitler Wichtigeres zu, tun als sich ständig um die Aufsicht über befehlshörige Beamtenrohlinge wie diesen Untersturmführer zu bemühen. Dennoch fühlte sich Anian ein wenig verlassen vom großen Diktator, wenn der es zuließ, dass seine Bediensteten das Recht nach ihrer jeweiligen Gau-Façon auslegten.

Seine Tapferkeit stand außer Frage, die erfüllte Ani ohne Murren, es war sein unbedingter Gehorsam, der litt. Nur durch das Zutun einer Revuetänzerin war er aus dem Takt geraten. Das Seltsame daran war, dass es sich nicht wie ein Fehler anfühlte; dass er Isabella deswegen nicht weniger liebte. Bestimmte jetzt der einzige Fehltritt seines Lebens über das Existenzrecht seiner Familie? Wie lange würden die Quälereien sich noch hinziehen?

Die Antwort traf ihn erst in die Nierengegend und dann am Kinn. „Führhand-Schlaghand-Führhand-Haken".

Gerne wäre er ohnmächtig geworden. Jeden Moment erwartete Ani den nächsten Hieb, der von überallher auf ihn niederprasselte.

„Mir scheint, das wird ein langer Tag mit uns zwei Hübschen", bemerkte der SS-Mann, der seine Hemdsärmel bis zu den Ellenbogen aufkrempelte.

Er nahm die Kerze vom Tisch, um deren Flamme eine Menge flüssiges Wachs schwappte. Breit grinsend ließ er etwas davon auf den Boden tropfen. Seine Gestapofratze verriet, wie gerne er die zähe Flüssigkeit über sein Opfer geträufelt hätte. Die Vorfreude war nicht zu übersehen. Übertrieben melancholisch stellte er die Kerze jedoch wieder zurück an ihren Platz.

„Noch nicht", sagte er und ging zu einem Waschbecken in einer anderen Ecke des Arbeitszimmers.

Dort lag der Jutesack, den man Ani regelmäßig über den Kopf stülpte. Daneben stand ein Eimer.

„Feuer und Wasser", erklärte der Folterexperte. „Mein Geheimrezept!"

Er tauchte den Sack in den gefüllten Eimer und zog ihn Ani über den Kopf. Die feuchten Stellen des Stoffs klebten sich ihm bleiern aufs Gesicht, das Atmen fiel ihm schwer. Schritte. Der Gestapomann nahm den Eimer und kam zurück. Langsam goss er den Inhalt über Anis Kopf aus. Nach vier Güssen glaubte der Gefangene ersticken zu müssen. Bei der sechsten Anwendung fiel er mit erschreckender Endgültigkeit in ein rabenschwarzes Nichts.

Seine Erweckung kam durch die aufsteigende Hitze an der Nase. Die Schmerzrezeptoren in seinem Gehirn ließ ihn erwachen. Er roch Paraffindampf und den Ruß von verkohlter Naturfaser und Haut. Kaum zeigte er eine Lebensregung, ging die Wasserkur von neuem los. Bald konnte Ani nicht einmal mehr oben von unten unterscheiden. Er hatte das Gefühl, als wirbelte er um seine eigene Körpermitte. Gerade so monoton, dass ihm nicht kotzübel davon wurde, doch eben so schnell, dass sich der Schmerz nicht ausblenden ließ. Drehte er sich oder drehte sich die Welt um ihn?

Voller Verwunderung kam ihm der absurde Gedanke, welchen armen Tropf der Untersturmführer wohl dazu verdammte, nach dem Verhör die Sauerei auf dem Holzfußboden aufzuwischen. Die Dielen schwammen regelrecht, den Schaden auf dem edlen Parkett bekam man bestimmt nie mehr behoben. Das Wasser lief mittlerweile nur noch durch Anis Hose. Der Drillich hatte sich vollgesogen, mehr Feuchtigkeit nahm der Stoff nicht auf. Zentnerschwer zerrte die Last an seinem Unterleib.

„Samacandra!"

Die harsche Stimme des Geheimpolizisten schnitt rasiermesserscharf in Anis Bewusstsein.

„Was bedeutet der Name? Eine Art Code, das geheime Erkennungszeichen der Beuschelschütz? Das ist doch nicht nur ein Künstlername!",

Stammelnd mühte sich Ani seine Ahnungslosigkeit ab. „Ich … nein …"

Er wurde herrisch unterbrochen.

„Deine Blutgruppe! Sie ist A, Rhesus-negativ?"

„Was? Ja …"

Verwirrt versuchte Ani einen Zusammenhang zwischen den Fragen zu erkennen. Plötzlich hatte er wieder die Kerze vor der Nase. Sein Lidschlag glich sich dem unruhigen Flackern an.

„Samacandra! Ist das ein Code?", wiederholte der SS-Mann.

Aus Anians Mund troff ein langer Speichelfaden.

„Dein Geburtsort. Buchstabier' ihn!"

Etwas an dem unsinnigen Befehl weckte den Widerstandsgeist des jungen Wehrmachtssoldaten. Notgedrungen, weil er keine Schläge mehr einstecken wollte, befolgte er ihn.

„G-a-r …"

„Rückwärts, verdammte Axt."

„Rück …?"

„Red' ich etwa Suaheli? Buchstabier' Deinen beschissenen Geburtsort gefälligst rückwärts. Fix!"

„h-c-s-i-m-r-a-G … N-e-h-c-r-i-k-n-e-t-r-a-p," presste Ani hervor.

„Noch schneller Du Arschloch!"

Ani versuchte es und verhaspelte sich prompt.

„Hört sich verständliches Deutsch etwa so für Dich an? Bist am End' gar kein Volksdeutscher, Tuchel? Was ist Tuchel, bist ein Gelber oder ein dreckiger Jud'? Komm, überzeug mich, Tuchel. Ich dresch' Dir die Scheiße aus dem Leib, wenn Du mir nicht richtig buchstabierst!"

Mehrmals hob er an. Gelang ihm die Aneinanderreihung der einzelnen Laute tatsächlich fehlerfrei, musste Ani die Grapheme noch schneller aufsagen als zuvor. Selbst das kleinste Verhaspeln wurde sofort mit Ohrfeigen, Schlägen, Tritten, wüsten Beschimpfungen oder einer erneuten Wassertaufe geahndet.

Eigentlich gab es keinen vernünftigen Grund, diese Tortour durchzuhalten. Anis Überlebenswille riet ihm, einfach alles zu gestehen. Alles, was man von ihm hören wollte, es zur Not sogar zu erfinden. Die Abelmanns waren bestimmt längst in Sicherheit. Es galt, die Familie rauszuhalten, seinen gebrochenen Stolz herunterzuschlucken und Isabellas befleckte Ehre zu retten.

Vielleicht wäre er in diesem Augenblick eingeknickt, wäre Ani nicht von dem einem Bedürfnis beseelt gewesen, das seine anderen bei weitem überstieg: Hass.

Hätte sich für Ani auch nur für den Hauch einer Sekunde die Gelegenheit ergeben, das Gestaposchwein zu töten, er hätte nicht gezögert, es zu tun. Außerstande, seinen hilflosen Zorn der Wirklichkeit anzugleichen, wollte er den SS-Mann wenigstens nicht über seinen Geist triumphieren lassen. Er beschloss diesem Teufel das Geschäft zu erschweren, so lange es sein Körper mitmachte.

Weiter und weiter buchstabierte er rückwärts.

„Wie vielen Juden habt ihr zur Flucht verholfen, Du und Deine Komplizin?", schlug sein Kontrahent die nächste Volte.

„Wir … niemanden …", stammelte Ani.

Er bemerkte selbst wie er sich verhaspelte.

Drei!, rief er in Gedanken aus, während die Lüge seine Lippen verließ. Der Untersturmführer besaß zu feine Antennen, die er sich durch eine Menge Erfahrung im Umgang mit den verkommensten Subjekten der Stadt erworben hatte, als dass er sich den Beiklang einer Stimme entgehen ließ. Augenblicklich veränderte sich sein Umgangston.

„Wir?", bohrte er nach, „Anian Tuchel, Sie geben also zu, mit dem verstorbenen Fräulein Isabella Beuschelschütz, alias *Samacandra*, in einer kriminellen Judenschlepperorganisation tätig gewesen zu sein, sie möglicherweise sogar ins Leben gerufen zu haben?"

„Nein … das habe ich nicht gesagt …"

Es wurde förmlich.

„Ich rekapituliere, Tuchel. Sie sagten: *WIR – Wir… niemanden …* Das war *Ihr* genauer Wortlaut. Es impliziert aus meiner Sicht, dass Sie mit der verstorbenen Weibsperson auf irgendeine Art und Weise verbandelt waren."

„Hören Sie!", spie Ani aus. „Das habe ich doch schon alles ausgesagt. Ich wollte diese … Weibsperson … ich wollte Isabella heiraten."

„Ah, wir sind uns also über den Begriff Weibsperson einig? Gut, wenigstens bauen Sie allmählich etwas Distanz zu Ihrer sogenannten Verlobten auf. Waren Sie mit den Machenschaften dieser Weibsperson etwa nicht im vollen Umfang vertraut, sind Sie gar ein Mitläufer, dessen Redlichkeit die verstorbene Beuschelschütz zu ihrem Vorteil ausgenutzt hat? Sind Sie ein Depperl, Tuchel?"

„Sie drehen mir die Worte im Mund herum, Untersturmführer. Isabella und ich waren nicht verlobt. Noch nicht. Ich wollte nur …"

„Mich interessiert einen feuchten Kehricht, was Du Suderant wolltest", brüllte der Gestapomann ungehalten. „Die Geschichte mit dem Heiratsantrag ist doch von hinten bis vorne erstunken und erlogen. Jemand wie Du kriegt niemals nicht eine vom Theater ab, jemand wie Du nimmt sich den pampertsten Ziegenbock vom ganzen Ort mit ins Bett. Ein Sodomist bist du, ein durchtriebener noch dazu."

Grunzend zog er Speichel durch den Rachen und spuckte den gesammelten Auswurf in Anis Schritt. Auf seinem Gesicht breitete sich schon die nächste bösartige Idee aus.

„Ihr Frontschweine marschiert doch so gerne mit euerm Blümerl am Hut im Gleichschritt durch die Gegend. Los, Du arschgefickter Chorknabe, spitz die Lippen! Du singst mir jetzt auf der Stelle ein Marschliedchen, sonst werd' ich erst ungemütlich."

Ani reagierte nicht.

Diesmal hielt ihm der Untersturmführer die Kerze unter die Fußsohlen. Sobald sein Gefangener zu zucken begann, sengte er ihm die feinen Beinhärchen an. Erst, als Ani den ersten erkennbaren Ton einer Melodie anstimmte. hörte er auf. Mehr als einen leidvoll herausgepressten Sprechgesang brachte er aber nicht zustande. Seinem Folterknecht missfiel die Darbietung, zudem bemängelte er das Repertoire des Wehrmachtssoldaten. Es spiegelte, seiner maßgeblichen Meinung nach, nicht den guten Musikgeschmack des Führers wider.

„Mehr Leidenschaft", forderte der SS-Mann bei. „Die Fahne hoch."

Er summte alle drei Strophen mit, verzog bei jeder Textunsicherheit gekünstelt die Lippen und dirigierte schwungvoll mit dem Kerzenstumpf. Dann paradierte er mehrmals im Stechschritt um das krächzende Bündel Mensch am Haken herum. Jede entwürdigende Geste war ihm recht.

„Auf den Takt kommt es an", resümierte er. „Der Takt ist das Wichtigste. Und die Leidenschaft! Für einen echten Deutschen legst Du davon erstaunlich wenig an den Tag, Tuchel. Ich glaube, dass Du mich verarschst, Tuchel. Der Führer, wenn Dein Gejaule hören

könnte, hätt' Dich für so eine drecksmiserable Vorstellung bestimmt
gleich standrechtlich erschießen lassen. Hast ein Glück mit mir, was?
Also, gleich nochmal. Übung macht den Meister! Diesmal aber bitte
mit mehr Versmaß, so als tät unser geliebter Führer direkt neben Dir
stehen – mit der geladenen Pistole an Deinem grindigen Schädel."

Ani sang.

Das Verhör zog sich endlos in die Länge, wechselte andauernd zwischen verwirrender Absurdität und amtstragender Formalität. Im
selben Maße veränderte sich der Tonfall des Untersturmführers. Je
stumpfsinniger die Befragungsmethode, desto schäbiger gestaltete
sich seine Ausdrucksweise. Nur in Rechtsangelegenheiten, die mit
„Recht" wenig gemein hatten, versuchte er sich in einem Anfall von
preußischem Beamtengeist tunlichst kontrolliert zu verhalten.

Trotzdem verstrickte sich Ani immer öfter in Widersprüche, verhaspelte sich oder konnte sich plötzlich nicht mehr erinnern, kurz zuvor etwas Kompromittierendes zu Protokoll gegeben zu haben. Er
verfing sich zunehmend zwischen Selbsttäuschung und Wahnsinn.
Manchmal erschien ihm Isabella, die ihm die Hand reichen wollte,
doch es gelang ihm nicht, seine Arme nach ihr auszustrecken. Sein
Körper war ein Beschwernis, das es loszuwerden galt. Schreien half.
Mitten in der erzwungenen Intonation seiner NSDAP-Mitgliedsnummer wurde er barsch unterbrochen.

„Ach, halt den Ranzen Du Schrumpfgogerl", herrschte ihn der Untersturmführer an. „Du willst meine Gutmütigkeit anscheinend auf
die Probe stellen. Ich hab' dermaßen die Schnauze voll von Deinem
charakterlosen Pallawatsch, dass ich Dich am liebsten Scheibchen für
Scheibchen tranchieren tät. Aber in mir wohnt ein Philanthrop, das
jemand wie Du natürlich nicht zu schätzen weiß – wie soll eine Ratte
wissen, wer ihr den Käse zum Beißen hinwirft? Lange Rede, kurzer
Sinn, ich geb' Dir einen letzten Versuch, Deinen depperten Schädel
aus der Schlinge zu ziehen. Ich hab' nämlich keine Mühen gescheut
und Dir einen Überraschungsgast organisiert."

Zärtlich streichelte er über den polierten Kopf eines Latthammers
in seiner Pranke. Woher er das neue Folterwerkzeug hatte, war Ani
schleierhaft. Das kalte Eisen berührte seine Kniescheibe. Ein gezielter
Schlag hätte genügt, sie in tausend winzige Splitter zu zerhauen.
Grinsend prüfte der SS-Mann, wieviel Schwung er dafür brauchte.
Mit einem zirkusreifen „Tatata Taa!", wies er auf die Tür seines Arbeitszimmers, die natürlich im Rücken des Delinquenten lag.

Isabella, schoss es Ani durch den Kopf, und er versuchte, ihn unter
Schmerzen zu drehen. Hoffnung und Furcht mischten sich unter die
Schinderei, es ging dem Ende entgegen.

„Also Tuchel, letzte Gelegenheit. Sei ein artiger Sacklpicker und mach mir keine Schand'. Jede gute Tat verdient eine Himmelfahrt, meinst Du nicht? Auch wenn's um mein neues Werkzeug ewig schad' wäre."

Anis Augen brannten. Die ganze Welt verwischte vor seinem Angesicht. Verschwommen schälte sich der Umriss eines Mannes aus dem Türrahmen.

Nicht Isabella, fiel er in sich zusammen.

Ani blinzelte, die nächste Ohnmacht kündigte sich an. Das Äußere der Gestalt bestand aus nichts als der hingeworfenen Kleckserei eines unbegabten Malers. Die hartnäckig grässlichen Farbnuancen in das sie sich hüllte, ließen sich nur unwillig zusammensetzen. Ani war sich nicht einmal sicher, ob das unbestimmbare Farbgewaber vor ihm zu einem Menschen gehörte oder inzwischen einfach nur seiner Fantasie entsprang. Das Rauschen seines eigenen Blutes dröhnte ihm in den Ohren, er war unsagbar müde.

Schleppend nahm das unförmige Wesen Gestalt an. Dort, wo Ani ein Gesicht vermutete, öffnete sich ein schwarzes, kreisrundes Loch. Eine Art Maul, aus dem der Kreatur undefinierbare Laute herausfielen. Sie überbrachte ihm wohl eine Nachricht von sattsamer Bedeutung, denn sie untermalte das Gesagte mit eifrigen Gesten. Die Gestalt wirkte nicht brutal, nicht hochfahrend; eher umgänglich und freundlich gesinnt. Sie gab nur kleinste Details preis, die sich in ihrer Gesamtheit in eine völlig unglaubwürdige Projektion verwandelte, der Ani nicht traute. Der zu Tode erschöpfte Häftling war kaum in der Lage den wortgleichen Klängen zu lauschen, wäre da nicht eine eigenwillige Vertrautheit gewesen, in der das Wesen zu ihm sprach. Noch während Ani mit seinem Verstand rang, nahm das Phantom Gestalt an.

Ein Mann, tatsächlich ein Mann! Weshalb ausgerechnet er?

„Bernhard?", Anis Stimme brach.

Sie klang so heiser wie das Rascheln des letzten Herbstlaubes, das sich nicht von seinem tragenden Ast lösen wollte. Die Erscheinung vor ihm hob und senkte das Haupt.

„Ja, Ani ich bin's", sagte der Freund hohl, wie von sehr weit weg. „Tu einfach, was der Herr Untersturmführer von Dir verlangt, dann sind wir alle aus dem Schneider. Du, Willi und ich. Erzähl' ihm, warum Du mit uns unbedingt nach Wien fahren wolltest!"

Bernhard beschwor ihn regelrecht, doch der Ani reagierte kaum. Ohne, dass er es wollte, entleerte sich seine Blase. Der Unglücksrabe registrierte nicht einmal, dass ihm der lauwarme Urin entlang seiner Waden auf den Boden tropfte.

Ächzend, als habe er gar nicht zugehört, was Bernhard verlangte, fragte er: „Wo ist Willi, was haben die Schweine mit meinem Bruder gemacht?"

„Willi geht's gut", versicherte Bernhard und wich angeekelt einen Schritt zurück. „Noch zumindest. Sie werden ihm nichts antun, wenn Du mitspielst, das hat mir der Herr Untersturmführer in die Hand versprochen. Sag uns, wie Du diese Samaca … dieses Fräulein Beuschelschütz kennengelernt hast."

„Versprochen ist versprochen", lallte Ani geistesabwesend.

Der Kinderreim hatte sich in seinem Kopf verfangen, das hörte sich irgendwie falsch an, aber auch gleichzeitig lustig, ohne dass er recht wusste, warum. Er zermarterte sich das Hirn darüber, bis er den Fehler fand. Bernhard war gar nicht in der Position, ein Versprechen abzugeben, er war ebenfalls ein Gefangener der Gestapo, oder nicht?

Dem Gefolterten brummte der Schädel. In dieser Kammer der Schmerzen gab es keine Logik und wenn doch, war sie Teil des Verhörs, Bernhards Anwesenheit fiel damit zusammen. Sicherlich hatte man den Freund durch Folter gezwungen auf seinen Kameraden einzuwirken. Warum aber wirkte er dann so frisch und ausgeruht?

„Hat er …", Ani nickte schwach in Richtung des Untersturmführers, „… Dich auch in die Mangel genommen?"

Bernhard sah sich betreten um. „Nein", sagte er, „das war nicht nötig."

Anis Augenbrauen zogen sich zusammen. Er verstand nicht.

„Nachdem wir verhaftet wurden, haben *die* meine Akte geöffnet und mir ziemlich eindringlich nahegelegt, mit ihnen zusammenzuarbeiten", erklärte Bernhard freimütig. „Du kennst meine Vergangenheit, ich habe dem Herrn Untersturmführer alles erzählt, was ich weiß. Ich habe ihm auch gesagt, dass es für mich unbegreiflich ist, wie Du da hineingeraten bist und, dass ich mir nicht vorstellen kann, dass Du bei all dem freiwillig mitgemacht hast. Außerdem habe ich ausgesagt, dass Willi ebenfalls unschuldig ist. Ani, Du schuldest uns was, Deinem Bruder und mir. Wir sind nur wegen Dir hier! Alles, was Du machen musst, ist die Fragen von Untersturmführer Duslach zu …"

„Verflucht, ich sagte doch, keine Namen!", herrschte ihn der Gestapobeamte an.

Eingeschüchtert fuhr Bernhard zusammen. An keinem anderen Ort der Welt bezahlte man für einen Fehler so teuer wie in einem Verhörraum. Geduckt erwartete der Freund seine Strafe, doch er bekam nur den knappen Befehl, weiterzumachen.

„Wir stecken bis zum Hals in der Scheiße, Ani. Bitte, wenn Dir was an uns liegt, musst Du uns hier rausholen."

Bernhards verängstigter Tonfall war nicht gespielt, aber etwas anderes ließ Anis Sinne wieder erwachen: *Duslach.*

Der Name hallte in seinem geschwollenen Schädel nach, wie das tragende Gemauschel aus den hinteren Kirchenbänken des riesigen Schiffs im Stephansdom, das weiter vorne im Altarraum nur noch als Schlangenzischen ankam.

Duslach. Duslach. Duslach.

Dieser Name würde Ani nie mehr aus dem Gedächtnis gehen.

Nie mehr.

Rache war sein Ziel, wenn nicht heute, dann an einem anderen Tag. Er nahm sich das Versprechen ab, nicht eher zu ruhen, bis er den Kerl eigenhändig zur Strecke gebracht hatte. Für Isabella. Ihr Tod kam ihm immer noch unwirklich vor. Warum, wenn sie tot war, gestattete man ihm nicht, um sie zu trauern? Erhielt sie eine anständige Beerdigung?

Ani suchte durch die grauen Schleier der Entkräftung den Blick seines Freundes.

„Isabella …", keuchte er. „Ist sie … wirklich … tot?"

Bernhard kratzte sich verlegen am Ohr, dann sah er Duslach fragend an. Der hatte sich in seinem Stuhl weit zurückgelehnt und segnete die Darbietung mit einem Nicken ab.

„Ja", sagte Bernhard schließlich. „Tut mir leid. Sie haben ihre Leiche wegen der Seuchengefahr, die von der Tuberkulose ausgeht, gleich ins Krematorium gebracht."

Anian gab ein herzzerreißendes Wimmern von sich. Salzig wässriges Blut perlte ihm über Nase und Lippen. Unaufhörlich wurde ihm die Lüge von Isabellas unheilbarer Krankheit aufgetischt. Nicht einmal sein Freund schreckte davor zurück. Wollte man dieser Version der Geschichte tatsächlich einen Hauch von Glaubwürdigkeit verleihen, die Gestapo hätte ihn nicht an einen Haken gehängt, sondern in Quarantäne gesteckt. Er hatte Bernhard und Willi erzählt, dass er Isabella geküsst hatte, also würde auch Duslach davon wissen. Der langjährige Freund der Familie war kein Narr, ihm musste klar sein, wie die SS operierte, um an Zeugenaussagen zu kommen.

„Aber … warum …?", schluchzte Ani und trauerte damit nicht nur seinem eigenen Verlust nach, sondern klagte damit auch den Freund an.

„Ani, begreif das doch endlich, diese Frau war eine Verräterin!", brach es aus Bernhard. „Sie hat Dich – und vor Dir wahrscheinlich viele weitere arme Tölpel – für ihre eigenen Zwecke missbraucht. Wer weiß, mit wie vielen Kerlen sie gevögelt hat, um zu erreichen, was sie wollte: Nämlich möglichst viele Volksschädlinge außer Landes zu schmuggeln. Liebe muss wirklich blind machen Ani, wenn Du denkst, dass ein Flittersternchen wie diese Samacandra nur auf einen einfachen Landser wie Dich gewartet hat. Das war ein ganz raffiniertes Luder, Du Hirsch! Die hat Buhlschaften mit Spielleuten wie dem Hans Albers gehabt, mit jeder Menge Parteibonzen und, stell Dir vor, sogar mit Frauen aus dem Milieu. Da bist Du ihr als kleines Spielzeug doch nur recht gekommen."

Ani presste seine Augen zusammen. Die bestechende Schlussfolgerung, mit der man ihn konfrontierte, entlockte ihm ein schmerzhaftes Kopfschütteln. Er hatte es bisher doch nicht einmal selbst richtig begriffen.

Wie hätte er dem Freund, wie hätte er irgendjemandem, vernünftig erklären können, was in der kurzen Zeit zwischen Isabella und ihm geschehen war? Dass sie füreinander bestimmt waren!

Natürlich hatte er sich die Frage, weshalb sich die schöne Revuetänzerin ausgerechnet für den unbedeutenden Anian Tuchel aus Garmisch interessierte, längst selbst gestellt. Da hatte er ja noch gar nicht gewusst, wer sie wirklich war. Seltsamerweise hatten sich seine Gefühle für Isabella nicht verändert, als sie ihm die Wahrheit um die Ohren schlug. Bernhards Schilderungen von Samacandras Ausschweifungen bedeuteten ihm nichts, sie gehörten in eine andere Vergangenheit.

Betrachtete er die gegenwärtigen Umstände, fiel es leicht daran zu glauben, dass Isabella ihn nur ausgenutzt hatte, denn sie konnte Anis Empfindungen weder teilen noch verleugnen. Sie war tot. Sich diese Tatsache andauernd in Erinnerung zu rufen, trieb die Saat des Zweifels voran, mit der man versuchte seinen Verstand zu vergiften. Sie würde zwar nur langsam aufgehen, aber sie keimte bereits und darauf setzten Scheißkerle wie Duslach. Bernhard, den er zu seinem Handlanger ernannt hatte, trug einen weiteren Teil dazu bei.

Ausgerechnet der Freund und Liebhaber seines Bruders stellte sich in den Dienst der SS, deren soldatisches Ehrgefühl selbst von der Wehrmacht verlacht wurde. Hätte Duslach etwas von der abnormen Neigung seines Informanten geahnt, fiele ihm das selbstgefällige Grinsen aus der dreckigen Totenkopfvisage. Ani behielt es für sich, doch er litt darunter, dass Bernhard an der unbegreiflichen Liebesromanze zwischen ihm und Isabella rüttelte. Sie war alles, woran er verzweifelt festhielt. Sein persönlicher Silberstreif, den zu verleugnen der Kapitulation vor sich selbst gleichkam.

„Sei doch nicht so blöd, Ani", setzte der Freund nach. „Zum Sündenbock hat Dich das ausgeschämte Weibsbild gemacht. Wär' der

Herr Unterturmführer nicht gewesen, sie hätt' sich wahrscheinlich gleich den Nächsten geschnappt, während Du im Konzentrationslager verschimmelst. Geh´ weiter Kamerad, Du musst nur noch angeben, wo ihr die Juden versteckt habt und wer die Kontaktleute sind, dann haben wir − Willi, Du und ich − es ausgestanden."

Träge öffneten sich die rot umrandeten Augenlider des Gefangenen. Seine blutunterlaufenen Pupillen richteten sich wutentbrannt auf den Freund. Schäumend rann ihm Speichel über das Kinn.

„Verräter", röchelte er und suchte nach dem SS-Mann. „Mörder!", keuchte er.

„Du Idiot", rief Bernhard entgeistert. „Die Haben Deinen beschissenen Tirolerhut am Donauufer gefunden, Du bist ohne den Deckel am Kopf zurückgekommen, das habe ich denen gesagt! Sie suchen nach einem, der in den Kanal gehüpft ist und stell Dir vor, die Beschreibung passt genau auf Dich. Willst Du uns alle umbringen?"

„Still!", schnitt ihm die befehlsgewohnte Stimme Duslachs das Wort ab. „Das war ja die reinste Zeitverschwendung", drängte er sich wieder ins Rampenlicht.

Unwirsch klopfte er dem Denunzianten auf die Schulter, als wollte er ihm zu verstehen geben, dass der sein Möglichstes getan habe, es von vornherein aber nur die eine Art und Weise gab, wie man mit unkooperativen Individuen umging. Die Klaue des Unterturmführers krallte sich um Anis Kinn.

Er riss das verquollene Gesicht des Sträflings herum und blies ihm schwefelig entgegen: „Hast Du gewusst, dass Deine kleine Schwungfotze vor ihrem Ableben die Frau Gauleiter besucht hat? Ja, gell da schaust. Sie hat die von Schirach mit ihrem impertinenten Judengeplauder so närrisch gemacht, dass die hohe Herrin mit den Schalombrüdern schier Mitleid bekommen hat. Sie hat sogar versprochen, ein Wörterl darüber mit dem Führer zu sprechen. Der war darüber aber gar nicht erfreut und wie sie gehört hat, dass in ihrem Lieblingskaffeehaus, hinter ihrem Rücken halb Israel zur Flucht verholfen wird, ist sie ein bisserl unwirsch geworden. Deine sogenannte Verlobte hat sauber gequietscht, als ich sie deswegen besucht hab'. Erst hat sie sich ein wenig geziert, aber sie hat gar nicht lang gebraucht, um durchzublicken, dass die Schwindsucht ihr besser steht als eine Nacht bei mir im Mètropole. Sehr gescheit war sie nicht, dein Weiberl, aber den Abgang hätt' auch die Kleopatra nicht besser hinbekommen."

Duslach legte beide Hände um seinen eigenen Hals, verdrehte die Augen und röchelte vergnüglich. Das gleiche Spiel wie vor dem Haus. Ihm entging nicht, dass sich sein Opfer während der bildhaften Todesdarstellung verbissen aus den Eisenfesseln zu winden suchte.

Belustigt bohrte er ihm seinen spargelranken Zeigefinger unter das Brustbein.

„Kleopatra … Samacandra. Rarara, das ist was Ägyptisches, hah? Wurscht, Du wirst mir das schon noch zwitschern. Leider bist Du mir bisher unterm Radar durchgeflogen, aber das ändern wir ganz schnell. Ich hab' Deinem Flitscherl schon mein ganzes Pardon angedeihen lassen, drum hast Du jetzt meine ungeteilte Aufmerksamkeit, das verspreche ich Dir. Der Rest von Dir geht nach Mauthausen", wisperte der Untersturmführer. „Und dann nehm' ich mir Deinen Bruder zur Brust. Ich hör' erst auf, wenn keiner mehr von eurer Brut übrig ist."

Kurz angebunden wandte er sich an Bernhard.

„Dich brauch ich noch, damit mir von denen keiner einen Schmäh erzählt. Schau nur gut zu und lern' was draus, vielleicht lass' ich Dich dann am Leben."

Er nahm den Hammer vom Tisch, wo er ihn während der Unterhaltung seiner beiden Spielfiguren abgelegt hatte. Sein Gesicht verzerrte sich zu einer diabolischen Fratze. Nacken rollend entspannte er seine Schultern und ließ das Schlagwerk kreisen.

„500 Gramm Gusseisen", nahm er Maß. „Die verursachen viel feinere Trümmerbrüche als jeder Vorschlaghammer."

Plötzlich klopfte es an die Bürotür des Verhörleiters.

Eine Gruppe schwarz uniformierter Herren stand davor. Duslach salutierte. Zwei der Männer bekleideten offenkundig höhere Ränge. Der eine hatte eine unübersehbar lange Narbe auf der linken Wange und nickte dem selbsternannten Wächter über Leben und Tod stumm zu. Der andere, mit strengen, herabgezogenen Gesichtszügen und einer fliehenden Stirn, erwiderte den Gruß. Den vier Rauten am Kragen nach zu urteilen, handelte es sich um den Leiter des Referats. Er hielt seinem Untergebenen ein zweiseitiges Schriftstück hin, auf dem deutlich in blauer Stempelfarbe der Reichsadler prangte.

Duslach las es stirnrunzelnd, dann starrten seine kauzigen Äuglein den Anführer des kleinen Trupps fassungslos an.

Verärgert warf er seinen Hammer zu Boden. Polternd hinterließ die spitze Eisenklaue eine Schramme im Hartholz.

„Herr Obersturmbannführer, das ist ungeheuerlich", zischte er.

Der Offizier pflichtete ihm bei. „Tut mir leid, Herr Untersturmführer", sagte er. „Das kommt von ganz oben, das übersteigt sogar meinen Kompetenzbereich und weiß Gott, ich und sogar der Bürgermeister, wir haben uns strengstens dagegen verwahrt. Aber es hilft nichts, er kommt raus."

Duslach knurrte zornig. Es war das erste Mal in seiner Karriere, dass er klein beigeben musste, doch Befehl war Befehl, selbst bei der SS. Unter Bernhards erstaunten Blicken ließ er es zu, dass die Sturmmänner aus dem Tross Ani die Ketten abnahmen.

Der Gefangene war so schwach, dass er seinen Erlösern praktisch in die Arme fiel, keines seiner Körperteile gehorchte ihm noch. Dass sie ihn aus der Obhut der Gestapo entließen, war kein Grund zum Jubeln. Die mangelhaften Absprachen zwischen den einzelnen Behörden waren beinahe legendär. Höchstwahrscheinlich war seine Verlegung ins KZ schon beschlossene Sache gewesen, bevor Duslach das Verhör beenden konnte. Wie viel schlimmer mochte es dort werden als hinter den Mauern eines als Luxus-Hotel leidlich getarnten Gestapo-Gefängnisses?

Zahllose Finger in Lederhandschuhen fassten Anian überall an. Schwarze Ärmel streiften sein Gesicht, glänzende Lederstiefel trampelten mit ihren harten Absätzen um seinen Kopf herum. Er roch den Schweiß der Männer in ihren Uniformen und ihr billiges Rasierwasser. Sie warfen sich gegenseitig Kommandos zu, dann packten sie ihn unter den Armen. Er wurde zurück in seine Zelle geschleift, man machte sich nicht die Mühe, ihn auf die Pritsche zu setzen, sondern warf ihn achtlos hinein.

Es macht ihm nichts aus, die Folter hatte seine sämtlichen Glieder betäubt. Erst in ein paar Stunden würden sie sich unter rasenden Schmerzen wieder bemerkbar machen. Seine aufgesprungenen Lippen klebten trocken zusammen. Er hatte Durst. Ein paar Tropfen Regenwasser hatten sich ihren Weg durch eine Mauerritze gebahnt. Ani leckte sie gierig auf. Ob er jetzt wohl etwas Schlaf bekam?

Isabella stand neben ihm und schüttelte mitleidig ihr braunes Haar. Ani lächelte.

Es tat weh.

Der alte Mann steht mitten im kränklichen Licht des Krankenhausflurs und weiß nicht weiter. Die fremdländische Frau mit den schönen Bernsteinaugen, die er dank des kleinen silbernen Medaillons als Milena erkannt hat, ist ihm davongelaufen. Schwer war das nicht, im Rennen war er nie olympisch. Klettern, das war seine Disziplin. Damals.

Sie scheint aus einem Leben getreten zu sein, das er längst verdrängt hat.

Sudbinka Selo.

Daher stammt sie. Ein kleines südbosnisches Dorf, das auch er kennt. Mit der Erinnerung daran hat er sie verschreckt.

Ein Wiegenkind in den Armen einer alten Bäuerin.

Diese wundervollen Augen. Das herrliche Honiggold einer schicksalhaften Herbstbegegnung. Es erinnert ihn an Isabella.

Milena ist weinend aus dem Zimmer gelaufen, hat ihn zurückgelassen, so wie er damals sie. Was sie wohl mit seiner Pistole gemacht hat?

Verraten hat sie ihn jedenfalls nicht, sonst hätten die Ärzte mit Sicherheit die Polizei gerufen. Eigentlich könnte er froh sein, das Ding samt der drei von Flugrost befallenen 9mm Patronen so billig losgeworden zu sein. Aus der Warte eines Wehrmachtsveteranen betrachtet, war es schon reichlich naiv gewesen, darauf zu vertrauen, dass wenigstens eine der Hülsen nach jahrzehntelanger Untätigkeit zündet. Zumindest den Lauf hätte er ölen können. Für ein Mordkomplott hat er sich erschreckend schlecht vorbereitet, findet er. Im Nachhinein.

Der 86-jährige sieht sich um. Er sucht nach einer Uhr und findet eine der schmucklosen, runden Schwarzweißscheiben über dem Empfangsbereich der Station.

18 Uhr.

Im Skistadion von Garmisch-Partenkirchen würde ihn jetzt ein Ordner zu einem für die wenigen noch verbliebenen Weltkriegsveteranen reservierten Plätze führen. Zur Sitztribüne auf der Westseite, wo die Sanitäter der Bundeswehr bereitstehen, wenn jemandem aus der Alten Garde die Aufregung zu viel wird. Früher oder später defiliert die Politprominenz an den betagten Kämpen vorbei, um ihnen medienwirksam die Schusshand zu schütteln. Anian hätte seine Walter P38 gezogen und abgedrückt. In seiner Vorstellung ist er den Ablauf hunderte Male durchgegangen, die Sicherheitskräfte am Eingang lassen ihn passieren, sie kontrollieren keine Gäste mit

Einladungskarte. Niemand, außer dem alten Tuchel selbst, ahnt etwas von seiner Rachsucht gegen den Bayerischen Ministerpräsidenten.

Der schurkische Name ist dem langgedienten Frontkämpfer gleich bei Duslachs Amtseinführung ins Auge gesprungen. 1990 war das. Anian Tuchel lebt zwar in Ulm, das zum Bundesland Baden-Württemberg zählt, hält sich aber über die politischen Verhältnisse in seiner alten Heimat regelmäßig auf dem Laufenden. Beinahe hätte ihn der Schlag getroffen, als die Nachricht von der überraschenden Wahl zum neuen Ministerpräsidenten durch die Schlagzeilen ging. Der alte Amtsträger war kurz nach der Landtagswahl bei einem Benefizfußballspiel zusammengebrochen und nicht mehr aufgewacht. Dr. Rudolf Duslach tauschte mit einem Schlag seinen Posten als Landesvorsitzender der Jungen Union gegen die des Landesvaters ein. Es blieb keine Verschlusssache, dass er das Amt seinem ausgeprägten Opportunismus verdankte.

Dass es sich bei ihm nicht um den Lumpenhund aus Wien handelte, stand schon damals außer Zweifel, weil Anian Tuchel ihn über dieses neumodische Internet ausgeforschte. Er besaß nie und besitzt keinen Computer, aber ein freundlicher junger Bursche aus der Nachbarschaft machte ihn auf eines dieser Cafés aufmerksam, in denen man, statt ein Heißgetränk zu sich zu nehmen, für ein paar Euro auf einer Datenautobahn „surft".

Es brauchte etwas Geduld, vor allem von Seiten des Cafébetreibers, der ihm die Geräte ausführlich erklärte, doch die geringfügige Investition zahlte sich aus. Über eine Art öffentliche Bibliothek namens Wikipedia brachte er in Erfahrung, dass der neue Ministerpräsident offenkundig keine familiären Bindungen nach Österreich unterhielt. Den Krieg konnte er entsprechend seines Geburtsdatums nur als Säugling erlebt haben. Der Vater, ein Bankier mit leichtem Hang zu zwielichtigen Geschäften, ansonsten aber ohne Vorgeschichte, stammte aus Niederbayern, die Mutter aus der Pfalz. Zur nicht geringen Enttäuschung des ehemaligen Wehrmachtssoldaten gab es keinerlei Grund anzunehmen, dass Rudolf Duslach, der Bayerische Ministerpräsident, in irgendeiner Beziehung zu seinem Wiener Pendant in der einstigen Gestapo-Leitzentrale stand.
Duslach.
Es muss einen Zusammenhang geben, da ist Anian Tuchel nach wie vor sicher. Es muss!

Und doch ...

Nahezu manisch beobachtet er seit über acht Jahren jede Regung seines ausgemachten Erzfeindes. Gisela gefiel das neue Hobby ihres

Mannes gar nicht. Sie hätte ihm einiges zu sagen gehabt, wenn sie ihn jetzt in der Klink sehen könnte.

Sie ist gestorben, bevor es ihm möglich war, ihr von Isabella zu erzählen, was er aber ziemlich sicher nie getan hätte. Gisela verdiente keinen Mann, der ihr gestand, dass er streng genommen wegen einer anderen nach Ulm gekommen war, dass selbst das Familienauto der Erinnerung an eine Frau diente, der Anian hinterhertrauerte.

Sogar jetzt ist der alte Tuchel noch getrieben von der Suche nach Isabella, der Liebe seines Lebens, die er schon zum Greifen nah, verloren hat. Und er ist getrieben vom Durst nach Rache an einem Duslach. Egal welcher.

Von dem Original hat sich nach dem Krieg jede Spur verloren. Er mochte ins Gras gebissen haben, doch es gibt bestimmt einen tieferen Sinn hinter der Wiedergeburt seines Namensvetters. Anian Tuchel hat lange auf ein Zeichen gewartet, seine zweite Chance. Sie manifestiert sich in der Unperson des Bayerischen Ministerpräsidenten Dr. Rudolf Duslach, der das Band zwischen Vergangenheit und Zukunft einer ganzen Generation zerschneiden will.

Die Zerschlagung der Ersten Gebirgsdivision war Teil der nunmehr fünften Bundeswehrreform. Die Ankündigung, ausgerechnet einen Traditionsverband auflösen zu wollen, der gerade vielen älteren Menschen eine Menge bedeutete, stieß auf heftigere Reaktionen als die Nachricht, dass im gleichen Jahr erstmals Frauen in Kampfeinheiten einrückten.

Die offizielle Begründung, dass nach dem Zusammenbruch des Warschauer Pakts von Seiten der Bundeswehr Abrüstungsmaßnahmen nötig wurden, die auch Bayern betreffen, klang nach einer faulen Ausrede. Leicht in Vergessenheit geriet die Tatsache, dass es Franz Josef Strauß' persönlicher Einflussnahme zu verdanken war, dass die Division vor fünfundvierzig Jahren als einziger Verband der Bundeswehr nicht nur ihre Bezeichnung aus der NS-Zeit, das Edelweiß und den ausgefallenen Uniformschnitt beibehalten durfte, sondern vor allem Wehrmachtsangehörige in führende Positionen hob. Geheime Absprachen mit abgeurteilten Kriegsverbrechern der Nürnberger Prozesse fanden erst Jahre später ihren Weg in das öffentliche Bewusstsein. Der richtige Umgang mit Kriegsheimkehrern wie Anian Tuchel war in Deutschland für etliche Jahre ein Problem gewesen. Sie wurden *Opfer ihrer Zeit* genannt, doch es lag im Trend der politischen Neuordnung des Landes, ihre Taten lieber unter den Teppich zu kehren, als ihnen dabei zu helfen sie aufzuarbeiten.

Einem Dr. Rudolf Duslach, für den Kriege auf Kinoleinwände gebannt werden, bedeutet Kameradschaft nichts. Er schüttelt auf

Veteranentreffen gleichermaßen Hände, wie er auf Auslandsreisen Kränze für die Opfer der Wehrmacht niederlegt.

Es ist beileibe kein Zufall, dass sich der Name Duslach in einem entscheidenden Augenblick wieder in das Leben des Greises gewordenen Anian Tuchel gedrängt hat.

Einst war ihm die Gelegenheit, Vergeltung zu üben versagt geblieben, nun könnte er wenigstens sein eigenes kleines Universum wieder ins Lot bringen … wenn er nicht festsäße.

Die Feierlichkeiten sind für 20:00 Uhr angesetzt. In zwei Stunden, von jetzt an gezählt. Selbst mit einem Taxi, das er sofort anfordern müsste, ist das eine schreckliche Hetzerei. Bei ruhigem Verkehr, den es nach Garmisch selten gibt, könnte er es vielleicht noch zum Fackelzug schaffen. Fraglich, ob seine Zielperson so lange vor Ort bleibt, und dann besteht noch das Problem mit seiner Pistole. Welcher Arzt ihn aus der Klinik entlassen soll, ist da noch gar nicht geklärt, diesen russlanddeutschen Neuling fragt er bestimmt nicht.

Er ist ein mieser Attentäter.

Heute Morgen schien für ihn noch alles klar auf der Hand gelegen zu haben. Wäre Milena nicht gänzlich ohne Vorwarnung aufgetaucht, läge er jetzt voll in seinem Plan. Sie hat alles durcheinandergebracht, wie damals Isabella.

Erneut gerät sein eingefahrener Lebensrhythmus aus dem Takt. Verdammt.

Er muss sie finden.

Als Ausgleich für das Attentat soll er sich wohl mit der Suche nach ihr beschäftigen. Was zum Teufel, denkt sich Gott, Tyche oder welche Himmelsmacht auch immer dahintersteckt, dabei? Gut, sein Los hat sich wegen des silbernen Anhängers an ihrem Rucksack entscheidend geändert, das bringt ihn vorerst aber nicht weiter. Wenn es nicht darum geht Rache an Duslach zu üben, warum sonst ist er heute Morgen mit einem halbwegs erstarkten Körpergefühl erwacht?

Die Antwort muss bei Milena liegen, die er im Krankenhaus als seine Schwiegertochter ausgegeben hat. Ob er sie ausrufen lassen soll?

Nein, diesmal muss er zu ihr finden, falls ihn sein Körper aufrecht hält. Der Tag neigt sich dem Ende zu, sein Gesamtzustand damit vielleicht auch.

Doch wohin sich wenden?

Wenn er Glück hat, findet er sie vielleicht draußen an der Pforte. Der Alte beeilt sich die Stufen zum Ausgang hinabzusteigen, was sich schon nicht ganz so leicht gestaltet. Die Arthritis oder das Rheuma oder irgendeines seiner anderen Altherrenleiden meldet wieder Bedarf an. Er kann die stechenden Gelenkschmerzen einstweilen erfolgreich verdrängen, spürt aber, dass seine Halbwertszeit knapp wird. In seinen Pantinen watschelt er bis zum nächstgelegenen Aufzug, der unendlich lange braucht, bis er seine Station erreicht hat. Gereizt presst er seinen Daumen gegen die schwarze Null auf dem runden Plexiglas. In der lichtdurchfluteten Lobby kann er durch den Drehtürbereich nach draußen sehen. Erleichtert atmet er aus. Seine Schritte werden leichter.

Milena sitzt auf einer Parkbank unweit des Eingangs vor einer Buchenhecke. Ein Bergahorn breitet seine Äste über ihr aus. Verletzlich wirkt sie, traurig. Entwurzelt. Vorsichtig nähert sich der erfahrene Soldat an. Langsam setzt er sich am anderen Ende ans äußerste Eck der Bank. Er tut wie ein zufälliger Besucher, damit das scheue Wesen nicht gleich wieder flüchtet. Für den Fall, dass sie aufspringt, behält er sie in den Augenwinkeln, dann kann er sie vielleicht noch mit Worten überzeugen. Sollte Milena tatsächlich wegrennen, wird er sie nicht einholen. Dann geht ihm das Rätsel um diesen Tag endgültig verloren. So wie er Isabella verloren hat.

Er sitzt und schweigt.

Zwischen ihm und ihr müssten etwa 26 Jahre liegen. Älter sind sie beide geworden. Möglich, dass sie im Geiste gleichklingend mit ihrem Schicksal hadern.

Auch Milena spricht nicht. Sie zuckt kurz mit den Beinen, als sie ihn kommen sieht, bleibt dann aber doch sitzen. Ihre Blicke verschwinden irgendwo im Himmel. Alles ist blau. Ein tiefes, dunkles Königsblau. Nicht die kleinste Wolke kräuselt sich.

Ihr Gesicht ist versteinert. Das heftige Zwinkern ihrer Augen verrät, dass sie den lästigen Alten am liebsten wegwünschen würde. Das flüssige Edelmetall darin brodelt.

Geduldig wartet Anian Tuchel auf ein Signal ihrer Zustimmung, dass er sie ansprechen darf. Ein Nicken, ein resigniertes Einatmen, er nimmt, was sie ihm gibt.

Die Junisonne ist ihm nicht unangenehm. Wohltuend bedeckt ihn die laue Wärme des Sommers. Eine sanfte Brise weht unter seinen luftigen Krankenkittel. Die leicht scheelen Seitenblicke der ein und abgehenden Besucher, die seinem Aufzug gelten, wischt er fort. Dass Milena die Flucht vor ihm noch nicht angetreten hat, wertet er als ein gutes Omen.

Zwischen ihnen herrscht ein fragiler Waffenstillstand.

Der alte Mann greift an die Brusttasche seines Patientenhemds und findet sie leer vor. Seine Zigaretten hat er auf dem Zimmer vergessen, in seinem grauen Blouson. Er spricht einen Leidensgenossen im Trainingsanzug an, der sich an einem Infusionsständer festhält, während er wogende Tabakschwaden in die Luft bläst. Man hilft einander aus. Anian Tuchel inhaliert genüsslich die ihm angebotenen Giftstoffe. Er verbucht für sich, dass Milena sein Handeln nervös, aber interessiert verfolgt. Als er am Filter zieht, spitzt sie kaum merklich die Lippen. Mit einem offenherzigen Lächeln dreht er sich zu ihr und hält zwei Finger an den Mund.

Sie nickt verhalten.

Er hält ihr seine Zigarette hin, die sie scheu annimmt. Während des ersten Zuges starrt sie den wunderlichen Greis nervös an.

Weitere vom Schweigen versiegelte Minuten verstreichen.

Milena denkt nicht daran, ihm das glimmende Papierröllchen zurückzugeben. Abwechselnd zieht sie Rauch tief in ihre Lungen und mustert Anian mit klugen Fuchsaugen. Ihr Daumen tippt gegen das Kinn, dann ringt sie sich zu einem Entschluss durch. Grimmig stößt sie mit ihrer Hand so heftig in Richtung des alten Mannes, dass Asche von der Zigarettenspitze rieselt. Der Schwall einer Sprache, die Anian nicht versteht, rauscht ihm entgegen. Temperamentvoll schlägt sie ihm ihre Stimme um die Ohren, die einen vollen und irgendwie gläsernen Klang hat. Sie fängt wieder an zu weinen.

Der Veteran arbeitet sich in Etappen näher, bis es ihm tatsächlich gelingt, ihr auf Abstand seine tröstende Hand auf die Schulter zu legen. Bei der Berührung durchfährt sie zwar ein Schauer, als krabble Ungeziefer über ihre Haut, aber sie lässt den Annäherungsversuch zu.

Inzwischen ist der Greis zu der Einsicht gelangt, dass er ohne fremde Hilfe nicht weiterkommt. Egal, wie viel Mühe er sich gibt, die sprachliche Barriere ist einfach zu groß. Er muss verstehen können, was sie sagt, und sie muss ihn anhören. Sie muss einfach.

Was er braucht, ist jemand, der sein Handwerk versteht, einen Dolmetscher. Keine leichte Sache, wenn es schnell gehen soll. In seinem Lebenslauf findet sich genau eine Person, die ihm in dieser ganz speziellen Angelegenheit behilflich sein könnte. Eine, die das Wissen und die Möglichkeit besitzt.

Er wird ein unangenehmes Telefonat führen müssen, außerdem muss er Vorkehrungen treffen, damit Milena in seiner Nähe bleibt oder zumindest nicht verschwindet. Die Aufregung vor dem, was auf ihn zukommt, treibt seinen Blutdruck in die Höhe.

Zunächst kümmert er sich um Milena. Anian Tuchel beschwört sie mit Händen und Füßen, sich die nächsten zehn Minuten nicht vom Fleck zu rühren. Er bittet, bettelt, und er fleht. Um ihn loszuwerden oder aus Neugier, so genau lässt sich das nicht sagen, willigt sie schließlich ein.

Der betagte Herr hastet – zumindest so schnell es seine augenblicklichen Wehwehchen und sein Wohlsein zulassen – zurück durch die störrische Drehtür zum Empfang. Dort verweist ihn die spröde Rezeptionistin an einen öffentlichen Fernsprecher, der ein paar Meter weiter an der Wand hängt. Sich das Gespräch aufs Krankenzimmer durchstellen zu lassen, will er nicht, er hat es sehr eilig.

Hinter einer Diskretionsnische nimmt er den magentafarbenen Hörer von der Gabel. Fast hämmert er die Nummer, die vor Jahren in seinem Gedächtnis einen freien Platz gefunden hat, in die Tastatur. Er hat gehofft, sie nie wählen zu müssen. Am anderen Ende ertönt das Freizeichen.

Schon nach dem zweiten Klingeln hebt eine beflissene Sekretärin ab, die sich mit einer kompliziert klingenden Begrüßungsformel meldet. Anian Tuchel nennt seinen vollen Namen und erkundigt sich nach dem gewünschten Gesprächspartner.

Der sei gerade in einer wichtigen Besprechung, ob er sich denn zurückmelden könnte?

Der Anrufer verneint, sein Ansinnen sei unaufschiebbar, behauptet er. Das Fräulein Bürokraft solle, nein, *müsse* ihren Vorgesetzten umgehend über dieses Telefonat in Kenntnis setzen. Man kennt sich von früher, sie werde schon sehen.

Die Angestellte lässt sich nur unter entschiedenem Protest dazu überreden, ihren Arbeitsplatz zu verlassen. Dem ausdrücklichen Anliegen des Gesprächsteilnehmers nachzukommen, in der Leitung auszuharren, erscheint ihrem Vorzimmerstatus abträglich. Wie zum Protest klickern ihre hohen Absätze, als sie den Hörer ablegt, und sich entfernt. Fuß vor Fuß in mittlerem Tempo.

Nutzlos verrinnt die Zeit.

Die digitale Anzeige auf dem Kartenapparat warnt den Alten, Milena könne der zehn vereinbarten Minuten überdrüssig werden. Im Sekundentakt blättern die elektronischen Segmentziffern rot ab.

Die Absätze kehren unbeeindruckt an ihren Posten zurück. Es raschelt, die Dame zupft ihr Business-Outfit zurecht, bevor sie sie sich setzt. Um den Mann am anderen Ende vollständig in den Wahnsinn zu treiben, rupft sie rasch ein Taschentuch aus einem Spender und putzt sich ausgiebig die Nase. Erst danach hält sie sich den Hörer wieder ans Ohr.

„Hören Sie … ich verbinde", sagt sie und legt auf.

Die Leitung rauscht für einen Augenblick. Es klingt fast wie das Rauschen, damals im Kellerverlies des Hotels.

Eine sonore Altmännerstimme meldet sich, darin schwingt wegen des unerwarteten Anrufers keine Überraschung, eher die Verwunderung darüber, dass es so lang gedauert hat.

Es wird ein kurzes Gespräch. Anian Tuchel kommt schnell und präzise auf den Punkt. Wenngleich die Unterhaltung nicht gerade von herzlicher Verbundenheit zeugt, der Mann am anderen Ende der Leitung zögert nicht. Er verspricht sich um alles zu kümmern, bittet allerdings um eine annehmbare Frist, in der er die nötigen Vorbereitungen treffen will. Zudem hat er eine weite Anfahrt vor sich und kann erst in zwei Tagen in Starnberg sein. Ob das in Ordnung sei?

Dem Teilnehmer am Patiententelefon bleibt keine Wahl.

Er hängt ein und eilt zum Aufzug, traktiert erneut die Tasten, damit sie ihn diesmal schneller nach oben auf sein Zimmer bringen. Dort schnappt er sich die Geldbörse und seine Zigaretten. Ob er es schafft, Milena beizubringen, noch zwei weitere Tage auszuhalten?

Mit bangem Herzen schleicht er zur Pforte, traut sich kaum den Blick zu heben, weil er dann sehen könnte, dass Milena das Weite gesucht hat. Die Drehtür öffnet sich.

Es ist kaum zu fassen, aber da sitzt sie noch geduldig auf der Bank und wartet. Auf ihn.

„Bitte", keucht er, einem Zusammenbruch nahe und winkt ihr mit ein paar Geldscheinen aus seinem Portemonnaie zu, „bitte Milena, bleib hier. Nur zwei Tage, ich bitte Dich. Ich versichere Dir, dass Du danach gehen kannst, wohin Du willst. Bitte, es ist mir wichtig. Nur zwei Tage. Zwei Tage. Zwo."

Er hält Daumen und Zeigefinger hoch, zeigt eine Zwei.

Verständnislos starrt Milena das Geld zwischen den knorrigen Fingern des verrückten alten Mannes an, den sie noch nie in ihrem Leben gesehen zu haben glaubt. Es ist eine Menge Geld, ausreichend, sich mindestens einen Monat über Wasser zu halten. Sie formt eine Zwei mit ihren Fingern und hält sie dem Mann fragend hin.

Der lacht erleichtert auf.

„Ja", sagt er und deutet auf den Platz, an dem sie sich gerade befinden, „Zwei Tage, dann treffen wir uns wieder genau hier. Um acht Uhr." Wieder die Finger. „Danke Milena. Ich danke Dir wirklich sehr."

Mit einem gehörigen Ruck streift die Frau ihre bisher an den Tag gelegte Unsicherheit ab. Blitzschnell greift sie nach den Scheinen und für diesen einen Moment kann Anian in ihren Augen deutlich das Leid ablesen, von dem sie über viele Jahre geprüft wurde. Wie oft sie mehr Stärke gezeigt haben mochte, als es ihre Kräfte zuließen, vermag der alte Kämpfer nicht zu erraten. Doch als sie ihm das Geld aus der Hand nimmt, weiß er mit Bestimmtheit, dass sie wie er ein Veteran ist, der zu überleben gelernt hat. Nur ihre Schlachtfelder unterscheiden sich voneinander.

Sie verlässt ihn ohne das Versprechen, in zwei Tagen zurückzukehren. Schwermütig verfolgt er, wie sie den Weg hinüber zur nächsten Bushaltestelle nimmt und hinter der nächsten Hecke verschwindet. Er betet, dass er sie wiedersehen wird.

Um seinetwillen.

Anian und Willi mussten warten. Sie standen im vorgeschobenen Hauptquartier des Befehlshabers der 1. Gebirgsdivision, einem hochgelegenen Posten in den tiefen, bergigen Wäldern des Kaukasus. Der Hauptgefechtsstand, in dem über die Truppenverschiebungen einer ganzen Armeeabteilung entschieden wurde, war in einem einfachen Holzhaus eingerichtet. An den gehobelten Wänden hingen mit Fähnchen gespickte Lagekarten, die für Außenstehende nur wenig Sinn ergaben. Ani erkannte, dass die Division nah am Schwarzen Meer stand. Baku, das entfernte Ziel des Führers, rückte damit ein gutes Stück näher.

Die Tuchels waren zurück in Russland.

Generalmajor Hubert Lanz stand breitbeinig vor einem Besprechungstisch, den man aus provisorisch aus zwei Türplatten und Holzböcken zusammengezimmert hatte. Der oberste Uniformknopf seiner Offiziersfeldbluse aus Gabardinetuch stand offen, eine Schlamperei, die er bei einem Untergebenen niemals geduldet hätte. Die Arme hielt er hinter dem Rücken verschränkt. Er wirkte ausgelaugt, bekam offensichtlich nur wenig Schlaf. Seine kleinen, stechenden Augen lagen tief in den Höhlen. Wo seine Nase und das Kinn des erfolgsverwöhnten deutschen Offiziers sonst so selbstbewusst aus dem Gesicht ragten, wirkten sie nun verkniffen, ebenso der schmale, zu einem Strich gezogene Mund.

Er hatte wahrlich besseres zu tun, als sich um zwei Soldaten zu kümmern, die nach seinen Maßstäben das Ideal des strammen deutschen Landsers verrieten. Er tobte, besaß aber genügend preußischen Korpsgeist, dies nicht nach außen zu tragen. Das musste er auch nicht. Der sachlich unterkühlte Ton in dem er zu den Männern mit seiner für ihn typischen, hohen Fistelstimme sprach, war einprägsamer als das quäkende Organ eines Wochenschaureporters.

Nicht müßig hatte die Gestapoleitstelle Wien ihren beiden Delinquenten einen ausführlichen Haftbericht vorausgeschickt. Darin wurde nicht nur die rechte Gesinnung der Brüder in Zweifel gezogen, sondern auch die der gesamten Gebirgsdivision. Verantwortlich für das Verhalten seiner Soldaten wurde unterschwellig, natürlich, die Befehlsführung des Generalstabs gemacht. Eine dreiste Unterstellung, die ihre Wirkung nicht verfehlte. Unter anderen Umständen hätte Lanz das Garmischer Brüderpaar ohne weiteres standrechtlich erschießen lassen. Zum unverschämten Glück für sie gehörten die *normalen Umstände* momentan der Vergangenheit an, denn Tag für Tag wurden die Jäger an der Front zusammengeschossen. Dazu gesellten sich schwerste Fliegerangriffe und richtungsloser Artilleriebeschuss. Der Tod kam von überallher, der unentbehrliche Nachschub hingegen nicht. Die Transportwege nach Osten gerieten an ihre Leistungsgrenzen.

Ani und Willi hatten dies auf ihrem Rückweg am eigenen Leib erfahren. Nach der unerwarteten Haftentlassung waren sie im Eilverfahren abgefertigt worden. Ein Ortskommando setzte sie in den nächstbesten Zug an die Ostfront, ohne dass sie ihre restliche Habe aus den Unterkünften mitnehmen durften. Niemand erklärte ihnen, was geschehen war, und weshalb Bernhard in Haft blieb. Auf der gesamten Strecke stiegen Männer zu. Urlaubsabbrecher, Genesene, Hilfswillige in Uniform und nicht zuletzt frisch rekrutierte Milchbärte, die eben noch an Mutters Rockzipfel hingen.

Das letzte Aufgebot, schoss es Ani durch den Kopf.

Die Zeiten für glorreiche Sturmfahrten waren vorbei.

Im Krakauer Reservelazarett wurden Anis ramponierte Schultern behandelt. Er bekam ein Mittel gegen die Schmerzen verabreicht, dann ging es weiter. Es hätte schlimmer kommen können, deshalb beklagte er sich nicht und er hatte Wilhelm an seiner Seite, der im Métropole, aus welchen Gründen auch immer weniger brutal misshandelt worden war. Darüber war Ani froh, er hätte sich ewig Vorwürfe gemacht, wenn Duslach seinen Bruder wegen ihm ans Leben gegangen wäre.

Sie waren dem Tod noch einmal von der Schippe gesprungen. Der General brauchte sie anscheinend dringender; dass er sie aus der Bredouille geboxt hatte, war aber nicht sehr wahrscheinlich. Vertieft in eine Lagekarte an der Wand, tippte er auf einen der zahlreichen Höhenzüge des Waldkaukasus.

„Da oben will ich Sie haben", sagte er entschieden. „Ssemaschcho. Sie helfen mir diesen Berg zu halten, dann tragen Sie dazu bei, ihr Schuldenkonto bei mir erheblich zu reduzieren und mit ein bisschen Geduld und Spucke bringt uns das den Sieg eventuell ein Stückchen näher. Sie melden sich unverzüglich beim dritten Bataillon, wie Sie dorthin gelangen, ist mir gelinde gesagt scheißegal, solange Sie das in den nächsten 24 Stunden tun. Sollten Sie ihren Dienst dort nicht rechtzeitig aufnehmen, fasse ich das als Befehlsverweigerung auf und Sie müssen nicht lange rätseln, was dann passiert. Haben wir uns verstanden?"

„Jawohl, Herr Generalmajor", riefen Ani und Willi gleichzeitig.

Lanz senkte zufrieden das Kinn.

„Gut. Es versteht sich von selbst, dass ich Sie beide nicht in Ihren alten Unteroffiziersrängen belassen kann. Feldwebel Tuchel Wilhelm,

Sie übernehmen die Rangabzeichen ihres Bruders und sind ab sofort als Unteroffizier im Dienst. Das EK wird Ihnen aberkannt. Unteroffizier Tuchel Anian, Sie lassen sich vom Quartiermeister die Winkel eines Oberschützen aushändigen. Hoffentlich seid ihr Idioten im Kampf zu mehr zu gebrauchen als zum bloßen Kugelfang. Meine Herren, ich verlasse mich darauf, mein Vertrauen nicht umsonst in Sie gesteckt zu haben."

„Jawohl, Herr Generalmajor", tönte es.

„Eine letzte Sache noch", sagte der Offizier, wobei er die Augen stur auf den Plan gerichtet hielt, der verdächtig viele rote Pfeile in Richtung der blauen Angriffslinie aufwies. „Sie haben es sehr außergewöhnlichen Umständen, die mir in meiner Laufbahn noch nicht untergekommen sind, zu verdanken, dass Sie noch leben. Der wichtigere von beiden ist einzig und allein mein unverbrüchliches Zutrauen in die Männer meiner Division, dass sie mich nie und nimmer in ihrer Moral und ihrer Kampfeslust enttäuschen. Mir haben Sie es zu verdanken, dass Sie wieder Aufnahme bei uns Jägern finden. Der andere Grund hat mit dem Zuspruch eines gemeinsamen Bekannten zu tun: Johann Holger, der Filmemacher. Er hat sich offenbar eines gemeinsamen Erlebnisses mit Ihnen auf dem Elbrus erinnert, Oberschütze Tuchel, und verlautbart, dass sich seine Ex-Frau, eine bekannte Schaustellerin, bei ihm für Sie stark gemacht hat. Er hat es geschafft, für Sie und ihren Bruder ein gutes Wort bei Himmler im Reichsministerium einzulegen. Ihren Freund, diesen Hanselmann, da auch noch herauszuholen, wäre des Guten zu viel gewesen. Glauben Sie mir, wenn ich ihnen sage, dass es für ihn die bessere Perspektive ist. Der Gruppenführer-SS Holger hat sich in seinem an mich gerichteten Schreiben für Sie verbürgt und mich außerdem gebeten, Ihnen auszurichten, dass er Ihren schweren Verlust wohl zu teilen vermag. Was auch immer er damit meint, sein Mitgefühl ist Ihnen sicher. Nun, ganz gleich, was Sie sich in Wien zu Schulden haben kommen lassen, es hat dazu geführt, dass Ihr wehrzersetzendes Fehlverhalten mir angelastet wird. Dass Sie mich ausgerechnet vor der SS in Verlegenheit gebracht haben, liegt mir schwer im Magen. Kaum gönne ich meiner geliebten Truppe ein wenig Erholung, hintergeht sie mich."

Zum Zeichen, dass die Audienz beendet war, wies der General den Tuchelbrüdern zum Abschluss betont niedergeschlagen die Tür.

„Heil Hitler", seufzte er und legte seine flache Hand auf das gezeichnete Abbild des Höhengipfels, den er unbedingt erobert haben wollte. Er tätschelte es, das Einfallstor zum Schwarzen Meer. Nur 20 Kilometer bis zur rettenden Küste.

Der gefürchtete Oktoberregen setzte ein, ging in Novemberregen über und hielt seine ärgsten Versprechungen. Sintflutartig wurde das Land überschwemmt. Schlammlawinen spülten in Minuten Feldlager, Männer, Geräte und Tragtiere fort. Die standardisierte Ausrüstung der Deutschen, die den feindlichen Gegenstößen unermüdlich standhielt, zeigte inzwischen überdeutliche Verschleißerscheinungen. Das schwarze Leder der Schuhe, Gürtel und Riemen, alles moderte vor sich hin. Die Uniformen waren gar nicht mehr trocken zu kriegen. Einige Waffenteile und schlimmer noch, die Munition, setzten Flugrost an. Erkältungskrankheiten, die Ruhr oder Gelbfieber griffen um sich. Deutlich geschwächt setzte die Edelweißdivision zum Angriff an. Frierend und triefend vor Nässe schoben sich die Deutschen Schritt für Schritt durch bodenlosen Morast voran. Es wurde ihr zweiter Winter in Russland, noch bevor der Kalender ihn ankündigte.

Die Russen wehrten sich verbissen. Sie verbargen sich hinter einem Dickicht aus kniehohen Farnen, verblühenden Rhododendrengewächsen und dicht stehenden Laubbäumen. Das Wetter schien ihnen kaum etwas anhaben zu können. Sie vergruben sich in Erdlöchern, aus denen heraus ihr Maschinengewehrfeuer seine tödlichen Garben im Dauereinsatz versprühte. Unter dem dichten Blätterdach war kaum auszumachen, wo sich Freund oder Feind aufhielten.

War es endlich einmal gelungen, eines der gut geschützten Nester auszuheben, zirpten mörderische Geschosse aus Scharfschützengewehren wie Schwärme lästiger Mücken durch die Luft. Katastrophal wirkte sich die weiterhin lauernde Gefahr von Flieger- oder Artillerieangriffen auf die Moral der Männer aus.

In der dschungelartigen Undurchdringlichkeit lieferten sich die Gebirgsjäger mit ihren nahezu geisterhaft auftretenden Gegnern ein kräftezehrendes Gefecht.

Ani und Wilhelm wurden einem Stoßtrupp zugeteilt. Die altgedienten Soldaten der eingeschworenen Gemeinschaft misstrauten den Neuzugängen zunächst, wobei es Willi als Truppführer ungleich schwerer hatte. Es dauerte jedoch nicht lange, bis er sich bewährte.

Die Gruppe durchstreifte mit Ani als Vorhut ein bisher nicht erkundetes Fleckchen Urwald auf der Suche nach starken russischen Verbänden. Keine Stunde und sie steckten in einem wahren Feuersturm fest. Willi schrie unermüdlich Befehle heraus und versuchte, die eigene Schussgewalt, die nicht groß war, in eine bestimmte Richtung zu lenken. Ani konnte kaum erkennen, worauf genau sein Bruder schießen ließ, doch er gewann die Oberhand. Als die Gegenwehr zusehends erlahmte, sprang Wilhelm auf und gab Order, sofort gegen die Feindstellung anzurennen. Fast aufrecht stellte er sich in das unberechenbare Gewirr zischender Geschosse und trieb seine Männer an, ihre Leiber aus dem lehmig feuchten Untergrund zu wuchten, um zu kämpfen.

Gerade als sich der Trupp dazu durchrang, dem todesmutigen Anführer zu folgen, kamen aus der grünen Laubwand vor ihnen übermäßig viele rundlich kleine Gegenstände geflogen. Sie muteten zunächst wie bemooste Bachkiesel an, Steine, welche die Russen in ihrer Verzweiflung zur Verteidigung aufboten. Erst im letzten Augenblick erkannte Ani die Gefahr, die von ihnen ausging.

Sein Warnruf „Granaten!" verging im explosiven Getöse.

Das Chaos war perfekt.

Sofort wurde das Feuer auf allen Seiten erwidert. Neben Ani sank ein Kamerad zu Boden. Er reagierte sofort, hob sich den Mann, in dessen Oberkörper mehreren Kugeln steckten, auf die Schultern und schleppte ihn zum mehrere Kilometer entfernten Hauptverbandplatz zurück.

Kaum wieder im Getümmel, wurde der nächste Mann getroffen. Eine Detonation riss dem Soldaten die Hand vom Gelenk. Er hielt den blutdurchtränkten Stumpf fest umklammert und schrie wie am Spieß. Ani band die pulsierende Wunde ab und machte sich mit dem Verwundeten erneut auf den Weg zur Sammelstelle. Unterwegs sammelte er eine Hand voll Versprengter ein, die er zur Verstärkung seines Bruders mitnahm.

Willi bestimmte ihn zum Meldegänger. Was sich an streng rationierter Munition und Verpflegung auftreiben ließ, schaffte er so schnell es ging nach vorn, manchmal nur die Magazintasche eines Toten oder eine Feldflasche, die bis zur Hälfte mit eiskaltem Wasser gefüllt war. Bei seinem fünften oder sechsten Botendienst – er zählte sie nicht – verpasste er einen wichtigen Abzweig. Seine Uniform klebte triefnass an ihm und machte ihm das Laufen schwer. Die feuchte, bitterkalte Atemluft drückte auf seinen Brustkorb wie ein Drud, eine böse Geistererscheinung von der Sorte, die in den bayerischen Raunächten mit den Todesängsten ihrer Opfer spielen. Eine böse Erinnerung an sein Wien-Intermezzo drängte sich Ani auf.

Zähneklappernd, ob der niedrigen Temperaturen und vor Furcht, schwante ihm, dass er sich im wildwüchsigen Urwald des Waldkaukasus verirrte hatte. Er machte auf der Stelle kehrt und lief auf dem Weg, den er glaubte, hergekommen zu sein, wieder zurück. Der Pfad wand sich eine Weile durch nassgrünes Dickicht, bis Ani zu seiner Erleichterung Stimmen vernahm, die Deutsch sprachen. Ein Maultier schrie.

An einer Gabelung wandte er sich nach links. Dort waren sie am deutlichsten zu hören. Schlagartig verstummten sie. War der Feind in der Nähe? Ani blieb stehen.

Mehrere Minuten lang regte er keinen Muskel. Er zwinkerte nicht einmal, doch außer dem ermüdenden Plätschern dicker Regentropfen, lag der Wald still. Die deutschen Reihen mussten ganz nah sein, vielleicht schon hinter der nächsten Kuppe. Er beschloss, seinen Weg fortzusetzen, aber auf der Hut zu bleiben, damit ihn nicht aus Versehen die eigenen Leute erschossen. Der Hohlweg, dem er folgte, führte weiter bergan, dann machte er für das Auge einen unerwarteten Knick abwärts.

Ani stand am Rande einer Senke und wurde vom Grauen ergriffen. Im Becken der Rinne, keine zehn Meter vor ihm, bot sich ihm ein schauderhafter Anblick. Zwei Mulis steckten bis zu den Bauchgurten im Morast fest. Über ihren Rücken hingen reglos vier verwundete, deutsche Soldaten.

Eines der Tiere riss verzweifelt das Maul auf und reckte dazu seinen Hals weit nach oben. Der straff gezogene Führstrick am Zaumzeug verhinderte, dass es ausbrach. Das andere Ende hatte sich der Tragtierführer, ein Sanitäter, mehrmals um die Schulter geschlungen. Er stand in gebeugter Haltung bis zu den Knien im weichen Erdboden und ließ nicht locker. Es war das makabre Zerrbild eines Todeskampfes, den sich der Schnitter höchstselbst zum Denkmal setzte. In dem Bodeneinschnitt lagen die Temperaturen höchstens um ein paar Grad tiefer als darüber, was jedoch ausreichte, um die bleichen Gestalten mit einer dünnen, glasigen Eisschicht zu überziehen. Ein Skulpturengarten der Unterwelt, die Aussicht auf ein abgewandeltes Donauschicksal, für einfältige Menschlein, die abseits der rechten Pfade wandeln.

Der Sanitäter wies keine Einschussspuren auf und die Verwundeten wären, soweit es Ani überblicken konnte, zu retten gewesen, wenn sie es rechtzeitig in Sicherheit geschafft hätten. Er konnte sich den Tod der Männer nur durch deren permanente Erschöpfung erklären, die ihrer aller Wochentage prägte.

Zur unbarmherzigen Realität gehörte, dass die Rettung nicht weit entfernt lag. Ani hatte keine Geisterstimmen gehört, nach gut einer Viertelstunde erreichte er wieder seinen Ausgangspunkt. Er meldete den grausigen Fund, bevor er sich wieder seinem eigentlichen Auftrag widmete.

Er kämpfte die ganze Nacht hindurch.

In der nächsten frühmorgendlichen Dämmerung waren von Willis siebzehn Männern nur noch acht am Leben. Dennoch versuchte er sich an einem erneuten Durchbruch.

Mit dem Mut der Todesverachtung warf sich das Grüppchen gegen das von Menschenhand verstärkte Niedergehölz, dessen Besetzer nicht die geringste Absicht hegten, sich zu unterwerfen. Die feindliche Artillerie reagierte mit Sperrfeuer. Unter den gewaltigen Einschlägen schwabbelte der aufgeweichte Boden wie ein aus der Form stürzender Wackelpudding. Unversehens befanden sich die Gebirgsjäger im Nahkampf. Aus bestens getarnten Erdlöchern krochen überraschte Russen, die sich entweder ergeben oder verteidigen wollten, was für sie aber keinen Unterschied ergab. Sie wurden niedergemacht. Wen die Deutschen sie nicht erschossen, den erschlugen sie mit dem Gewehrkolben, dem Helm, dem Spaten oder stachen mit dem Seitenmesser nach, bis es keine Rolle mehr spielte, was der Feind wollte.

Wie im Rausch wandelte Ani von Schützenloch zu Schützenloch. Ein Racheengel, der begleitet vom heulenden Orgeln des Jüngsten Gerichts sein Schlachtwerk vollendete. Um ihn tobte die Apokalypse und er focht unter dem Beifall jenes Himmels, der direkt neben ihm in Form von Granaten niederkam.

Eine Druckwelle warf ihn um, doch er starb nicht. Mehr als einmal wiederholte sich das Hasardspiel, dann war er gewiss, dass der Schnitter ihn heute nicht holen kam.

Für sein Fähnlein galt das nicht. In dem Moment, als er gerade einem Rotarmisten sein Messer in die Kehle rammte, hörte er Willi jubeln und wurde Zeuge, wie die Gräuel des Krieges laufend die Grenzen des Fassbaren durchbrachen. Sein Bruder stand wie ein Großwildjäger auf dem Erfolg seines Waidwerks. Ein Berg Leichen aus dahingemetzelten Roten, die ihren Lebenssaft nur noch abgaben, wenn ein Querschläger in sie fuhr.

Ani entwickelte eine seltene Gewissensregung. Den Gegner mit allen Mitteln zu vernichten, bevor man selbst zu Grunde ging, war ein klares Ziel, nicht aber ihn zu entwürdigen, wenn er schon am Boden lag. Noch während er seinem Toten den Stahl aus dem Hals zog, rief er Willi zu, dass er es gut sein lassen solle als pfeifend eine Granate in den Menschenhaufen stob.

Feinster roter Staub nebelte das Geschehen ein, Funken sprühten. Gleich einer Puppe wurde Wilhelm durch die Luft geschleudert. Schreckensstarr versagte die Stimme des kleineren Bruders. Ein tiefer Krater, aus dem eine Rauchsäule stieg, war die Hinterlassenschaft des kurzen, aber heftigen Gegenschlags.

In einem Radius von mehr als 25 Metern lagen zerfetzte Gliedmaßen. Abgetrennte Arme, Beine, halbe Rümpfe, ein Gesicht, das auf
dem dicklichen Brei des eigenen Kopfes schwamm.

Ani wühlte sich durch die erkaltende Melange und suchte nach etwas, das er Willi zuordnen konnte. Er hielt einen Stiefel hoch, in dem
noch ein Fuß steckte, die blutigen Fetzen einer Uniformjacke.

Alles russisch.

Nach einer viel zu geringen Verschnaufpause hatte sich der Feind
gesammelt und ging seinerseits zum Angriff über. Den Männern um
den Oberjäger Tuchel blieb nichts anderes übrig, als sich vor der
Übermacht zurückzuziehen.

Sie blieben ihrem General die Order schuldig. Dem Ssemaschcho
waren sie nicht einmal nahegekommen.

Geschlagen kehrten sie zurück, wo sie erfuhren, dass es mehreren
vorgerückten Trupps ähnlich ergangen war. Die meisten waren auf-
gerieben worden. Der Rest munitionierte frisch auf, um sich für den
nächsten Ansturm zu wappnen. Anis Gruppe tat es ihnen gleich, und
eine halbe Stunde später rannten sie erneut gegen den Berg an.

Um etliche weitere Männer dezimiert, kehrten sie am späten Abend
zurück.

Eine erschütternde Ruhe legte sich über das Biwak der Scherbendi-
vision. Reglos pflanzten die Soldaten ihre Kadaver vor die Zelte, bar
jeglichen Ausdrucks. Sie fühlten sich hüllenlos, ausgebrannt.

Von Kopf bis Fuß eingehüllt in einen dicken Mantel aus Ruß, Dreck
und Blut ließ Ani sich auf einer zertrümmerten Baumwurzel nieder.
Endlich fand er die Zeit für seine Trauer. Zitternd hielt er sich am
Lauf seines Karabiners fest und ließ seinen Gefühlen freien Lauf.

Willi, Isabella, der Krieg. Sie alle stürzten gleichzeitig auf ihn ein.
Er presste sich die schmutzige Hand auf den Mund, wollte den grenzenlosen Kummer, der ihn beutelte, verbieten, auszubrechen, damit
ihn nicht jeder sah. Keiner der Menschen, die er liebte, war ihm geblieben, sie waren fort. Wo war die Hoffnung, wenn man sie brauchte?
Gott oder sonst eine höhere Idee vom Glauben, die vorgaben, den
Menschen nach ihrem Vorbild erschaffen zu haben, mussten ihr Antlitz entsetzlich hassen, wenn sie zuließen, wie ihre Schöpfung damit
umging. Das Loch, das sich für Ani in Wien aufgetan hatte, wurde
ein pechschwarzer Abgrund. Die Tränen gruben lange Bahnen in sein
dreckverkrustetes Gesicht, sie brannten, als habe man ihm die Augen
mit Löschkalk verätzt. Er biss sich vergebens in die Faust, damit der
Schmerz erträglicher wurde.

Währenddessen dröhnte ihm das Stöhnen der Verwundeten in den
Ohren, die Verzweiflung der Sterbenden und die frevelhaften Gebete

der Untoten. Er wandelte noch zwischen den Welten. Warum durfte er sie nicht verlassen?

Verloren im Niemandsland seiner Drangsal entging ihm das leise Rascheln einer Zeltplane. Eine ausgemergelte Gestalt kam gebückt heraus und schob die ein wenig zu groß geratene Bergmütze zurecht. General Lanz machte sich für seine gewohnte Runde durchs Lager bereit. Den Kragen seines Mantels, auf dessen Schultern die in Tuch gewickelten Rangabzeichen unkenntlich gemacht waren, hielt er zum Schutz gegen die Kälte fest umklammert. Bei Ausbruch der Kämpfe hatte er den eigentlichen Gefechtsstand verlassen und wechselte unermüdlich von einem Frontabschnitt zum nächsten. Schlafend erlebte ihn nur sein Adjutant.

Er sah in die satten Wolken am dunklen Himmel, die sich bald wieder über ihnen entluden. Der General schritt die traurigen Reste seiner Einheit ab, hin und wieder sprach er einigen der Männer Mut zu. Auch neben dem weinenden Oberschützen blieb er stehen. Ihre melancholischen Blicke trafen sich.

„War ein langer Tag heute, nicht?", fragte der Offizier.

Anis Gesicht war eine Totenmaske, er reagierte kaum. Lanz neigte sich ein Stück herab. Lächelte er gar?

Ungewöhnlich milde sagte er: „Sie haben Ihren Auftrag nicht erfüllt, Soldat. Sie und Ihr Bruder schulden mir diesen verfluchten Berg. Was es auch kostet, vergessen Sie das nicht!"

Er machte eine unscheinbare Bewegung, mit der er ein Kuvert aus dem Innern seines Mantels hervorzauberte. Der Brief war geöffnet. Er hielt ihn Ani hin.

Stutzend nahm der junge Mann die fleddrige Feldpost entgegen. Lanz klopfte ihm beifällig auf die Schulter, aber erst als er fort war, sah Ani hinein. Zwischen Daumen und Zeigefinger fühlte er etwas Hartes durch das aufgeweichte Papier. Zwischen einem gefalteten Schriftbogen glänzte ein kleiner silberner Gegenstand, der an einer ebensolchen Kette hing. Ani gab einen gedrückten Klagelaut von sich, sofort schwamm sein Blick.

Behutsam ließ er die Preziose aus dem Briefumschlag gleiten. Es war Isabellas Anhänger, den sie in jenen verhängnisvollen Stunden in Wien getragen hatte. Das Schicksalsrad der Tyche, über dem sich die wie herausgefallen wirkenden Speichen zu einem Stern kreuzten. Johann Holgers Geschenk.

Lange hielt Ani das filigrane Schmuckstück in seiner geschwärzten Hand und betrachtete es. Regentropfen perlten davon ab, was dem polierten Glanz des Metalls keinen Abbruch tat.

Ein Teil von Isabella war bei ihm. So hatte er sich das Zusammensein mit ihr zwar nicht vorgestellt, aber auf seinem Handteller schimmerte wieder das kleine Gefühl Hoffnung, die es hier, an diesem Ort, eigentlich gar nicht geben durfte.

Ein schmaler Lichtkegel sprang aus dem Zelt, des der General eben verlassen hatte. Breit grinsend stand dort die nächste Überraschung parat. Willi.

Der Höllenhund hatte nicht den kleinsten Kratzer davongetragen und beim Verlassen des Zelts schüttelte ihm die gesammelte Führungsriege respektvoll die Hand.

Als er seinen kleinen Bruder entdeckte, winkte er ihm in aller Unschuld zu, als sei nicht das Geringste geschehen.

Erleichtert stürmte Ani auf ihn zu. Sie umarmten einander und schlugen sich kräftig auf die Rücken, als wollten sie sicherstellen, dass es sie noch gab.

Willi erzählte, dass er durch die Auswirkung des Granateinschlags hinter die feindlichen Linien geraten war. Die Wucht des Einschlags hatte ihn mehrere Meter weit fortgeschleudert. Taub und benommen kroch er aufs gerate Wohl hinter den nächstbesten Baum, wo er sich etwas ausruhen konnte. Bei nächster Gelegenheit sondierte er sorgfältig die Lage und stellte fest, dass er sich auf der falschen Seite der Front befand. Aufs äußerste gespannt, pirschte er durch das heimtückische Gelände, wobei ihm durch puren Zufall eine Lücke in der russischen Abwehr auffiel. Willi hatte auf der linken Flanke des Gegners einen Abschnitt, der durch Infanterieeinheiten schwierig, aber nicht unmöglich zu passieren war, gänzlich ungesichert vorgefunden.

Es galt das Loch, durch welches er entkommen war, schnellstmöglich zu nutzen. Lanz ordnete den deutschen Gegenstoß noch für dieselbe Nacht an, bevor die Russen den tödlichen Schnitzer bemerkten.

„Was hätte ich nur getan, wenn es Dich wirklich erwischt hätte?", gab Ani beglückt von sich.

Wilhelm drückte ihn fest an sich. Es lag in seiner Natur, dass er die Dinge optimistischer als sein Bruder sah. Nie haderte er mit dem Schicksal; das, was kam, nahm er mit einer gottergebenen Gelassenheit hin, die bewundernswert war. Die Schwarzseherei anderer Leute ging ihm gegen den Strich, besonders Anis Hang zur ewig grätigen Selbstkasteiung bot ständig Anlass für Auseinandersetzungen zwischen den Brüdern.

„Red' nicht so dumm daher", wies ihn Willi zurecht. „Wir sind am Leben und einigermaßen bei Gesundheit, also ist nichts verloren. Zugegeben, unsere Situation mag beschissen sein, aber nicht aussichtslos. Du denkst zu viel. Denken ist tödlich. Vor allem im Krieg."

„Ich wünschte, ich wäre mehr wie Du", sagte Ani und schluckte den Kloß in seinem Hals herunter. „Wenn ich den Zinnober in meinem Kopf doch nur abschalten könnte ..."

Er zog die Kette mit dem Anhänger unter seiner Jacke hervor und zeigte ihn Willi.

„Ein Brief war auch dabei. Der Alte hat ihn mir eben gegeben."

„Was steht drin?", wollte Wilhelm wissen.

„Weiß nicht. Das Papier ist so feucht geworden, dass die Tinte darauf zerflossen ist. Ich glaube er ist von Fräulein Reindel, Isabellas Haushälterin."

„Samacandra, die Tänzerin", nickte der große Bruder bedächtig. „Hast Du's wirklich nicht gewusst?"

„Nein", sagte Ani.

„Unglaublich", lachte Willi. „Sowas kann nur Dir passieren. Jetzt aber mal ohne Scheiß, Bruderherz ... die ganz Geschichte. Was hast Du angestellt?"

Sie sprachen miteinander, bis sie sich Gefechtsbereit machen mussten. Diesmal ließ Ani nichts aus. Haarklein berichtete er von dem Abend am Bürgertheater, davon wie er sich in Isabella verliebt hatte. Er sparte die Abelmanns nicht aus und auch nicht seinen waghalsigen Sprung in den Donaukanal. Die Rettung durch Isabella gestand er, ebenso ihr Beieinandersein unter einem Stapel Decken. Er endete mit dem Abschied von Isabella.

„Ich hätte nicht gehen dürfen", warf er sich vor.

Wilhelm schenkte den Selbstvorwürfen seines Bruders keine Beachtung. Fassungslos langte er sich an die Stirn.

„Unglaublich, Du hast mit der Frau geschlafen, nach deren Revueeinlage sich halb Wien die Eichel wund gerieben hat. Nicht, dass ich Dir Dein Luftschloss nicht gönne, aber ich kann immer noch nicht fassen, wie blauäugig Du Dich um den Finger hast wickeln lassen."

„Es war mehr als das", entgegnete Ani ernst, „der Anhänger beweist es. Unsere Liebe war echt, davon kann mich niemand abbringen. Ihr wünschte, ihr hättet euch selbst davon überzeugen können. Es tut mir so leid, dass ihr da mit reingezogen wurdet und besonders, dass wir Bernhard nicht helfen konnten."

Willi wirkte nicht sonderlich überzeugt.

„Ani, solche Dinge passieren im wirklichen Leben einfach nicht. Es ist zu schön gewesen, um wahr zu sein. Ich kann Dir nur raten, die Angelegenheit so schnell wie möglich zu vergessen. Was mich angeht, für mich ist das Ganze nie passiert. Wenn wir all das hier überstehen sollten und Du dann noch an der Wahrheit interessiert bist, solltest

Du mit diesem SS-Holger oder mit der Haushälterin persönlich sprechen."

„Vielleicht tue ich das", schüttelte der kleine Bruder den Kopf. „Aber wie soll ich Isabella verdrängen? Das schaffe ich nicht!"

„Doch, das schaffst Du", widersprach Willi. „Niemandem ist damit geholfen, wenn Du in Schwermut versinkst. Deine Konzentration muss jetzt Deinem Überleben gelten, *unserem*, wenn es Dir dann besser geht."

„Und Bernhard? Ich dachte, Du liebst ihn!"

Erschrocken sah sich Wilhelm um.

„Männer können einander nicht lieben", behauptete er fest. „Bernhard ist hart im Nehmen. Es liegt bei Gott zu entscheiden, was aus ihm wird. Seine Sünden sind meine Sünden und wir werden dafür früher oder später bezahlen."

Er senkte die Stimme. „Wir sprechen nie mehr darüber, verstanden?"

Die Vehemenz von Willis Reaktion überraschte Ani. Ihm stieß die Erkenntnis bitter auf, dass im Gegensatz zu seinem Bruder ihm die Last, sich für die Liebe zu Isabella verantworten zu müssen, abgenommen worden war. Er wusste genau, dass eine Verbindung, wie er sie gerne eingegangen wäre, im katholisch orientierten Garmisch auf Ablehnung stieß. Eine geschiedene Frau in der Familie, noch dazu eine Revuetänzerin – Undenkbar, und eine Schand' noch dazu! Er würde niemals für die Liebe zu seiner Tänzerin einstehen, für sie streiten oder sie rechtfertigen müssen. Es mochte ein Segen sein, dass seine Beziehung mit Isabella nie auf eine solche Probe gestellt werden würde, doch Ani empfand es nicht als solchen.

Willi stand vor einem ähnlichen Dilemma. Er verleugnete seine Gefühle für Bernhard, weil sie etwas waren, dass sie in Hitlers Deutschland nicht sein durften. Wer wusste, ob sich das Denkmuster der Leute änderte, wenn dieser Krieg verloren ging. Liebe hatte sich gefälligst den Moralvorstellungen eines Gedankenvierecks unterzuordnen, wo nicht, war es besser, denn Deckmantel des Schweigens darüber zu breiten. Schweigen, nichts als Schweigen.

Ani wusste, dass es seinen Bruder schmerzte, aber bevor er sich in Lautlosigkeit übte, musste er ihm noch von Bernhards Handlangerdiensten für Duslach erzählen. Er redete sich darüber in Rage, dass ihm der Freund ein schnelles Geständnis entlocken wollte.

„Er hat Duslach den Sauhund erst auf die Spur mit meinem Hut gebracht", schimpfte er, „und er hat ihm brühwarm bestätigt, dass ich es war, der in den Kanal gefallen ist."

„Was der Gestapo aber auch nicht weitergeholfen hat", beschwichtigte Wilhelm. „Wir sind frei, Bernhard nicht. Lass ihn da raus. Nach
all dem Scheiß, den er in der Strafkompanie durchgemacht hat, ist es
kein Wunder, dass er das nicht noch einmal mitmachen wollte. Er hat
nicht das Massel gehabt, einen Gruppenführer bei der SS mit besten
Kontakten zur Scheinwerferrasse zu haben, der den Karren für ihn
aus dem Dreck zieht."

„Bernhard ist mir in den Rücken gefallen", knurrte Ani, „Strafab-
teilung hin oder her, wir sind seine Freunde, Willi! Vor allem Deiner.
Stell dir vor, er hätte erzählt, dass du … dass du … du weißt schon …"

Unvermittelt packte Wilhelm Ani an den Armen und schüttelte ihn
kräftig durch.

„Jetzt halt' aber mal die Luft an", schalte er ihn. „Auch wenn mir
einigermaßen klar ist, dass Du keiner von diesen Untergrundtrotteln
bist, die munter das ganze Reich auf Trab halten, hättest Du uns eine
Menge Ärger ersparen können, wenn Du wie jeder andere vernünftig
denkende Mann gehandelt hättest. Ani, es gibt da eine Reihenfolge
einzuhalten, mit der die Menschheit bisher ganz gut gefahren ist.
Demnach lernt man eine Frau zuerst kennen, bevor man sie ehelicht.
Nicht umgekehrt! Ehrlich Bruderherz, manchmal bist Du schon ein
narrischer Hund, aber die Tour hast Du Dir selbst vermasselt. Gib die
Schuld dafür nicht anderen. Ich hoffe nur, dass Duslach nicht seinen
ganzen Frust an Bernhard auslässt. Mir ist bei dem Gedanken daran
ganz elendig zumute, aber ich kenne meinen … Spezl. Wenn sich einer durchlaviert, dann er. Was im Krieg passiert, bleibt im Krieg, das
ist alles was ich dazu noch sage und ich kann Dir nur raten, es ebenso
zu halten. Aus, Äpfel, Amen."

Die Erklärung genügte Ani nicht, er verstand jedoch die Beweg-
gründe seines Bruders. Willi und Bernhard waren seit ihrer Kindheit
unzertrennlich gewesen, ihre Freundschaft war mindestens genauso
dick wie die Blutsbande der Familie Tuchel. In jungen Jahren hatten
sie Ani oft zum willkommenen Opfer ihrer Streiche auserkoren. Sie
hängten ihn an seinen Hosenträgern an einen Kleiderhaken, fütterten
ihn mit Regenwürmern, oder verabreichten ihm in der väterlichen
Quarktrommel eine zweite Taufe.

Wann daraus mehr geworden war, behielten sie eisern für sich. Nur
wer genau hinsah, erkannte die Signale. Sie waren vorsichtig und lebten ihren Pakt aus Pech und Schwefel. Sich dazwischen stellen zu
wollen hatte keinen Sinn. Wenn Wilhelm über den Treuebruch seines
geliebten Freundes hinwegsehen konnte, dann hatte das gefälligst
auch für seinen Bruder zu gelten.

Da Streit vor einem bevorstehenden Angriff ohnehin nicht der richtige Ratgeber war, lenkten die Geschwister ihren Blick lieber auf zu Hause. Sie parlierten über die Berge, die Familie, über das Bier im Bräustüberl. Sprachen fast die ganze Nacht hindurch nur noch über Belanglosigkeiten. Die Liebe und der Tod rückten weit von ihnen ab.

Beim nächsten Sonnenschein gehörte der Ssemaschcho ihnen.

In der Ferne sahen sie die Mündungsfeuer der feindlichen Schiffsartillerie. Die Geschosse wussten noch nichts von dem Geländegewinn der Wehrmacht und schlugen irgendwo weit rückwärts ein. Vor den Deutschen staffelten sich die russischen Bunkeranlagen bis ans Meer. Ein Katzensprung bis nach Tuapse, der kaukasischen Hafenstadt, hinter deren Silhouette die rote Armee ihren schier unermesslichen Nachschub für die nächste Runde anlandete.

Die Reserven der Gebirgsjäger waren aufgebraucht. Das Wasser in ihren Feldflaschen reichte nicht einmal mehr für einen Trinkspruch auf ihren Geländegewinn.

Zwei Tage später sitzt Anian Tuchel wieder auf der Bank vor der Klinik. Der Besuch, den er erwartet, hat sich für halb acht angekündigt. Zur Frühstückszeit auf dem Zimmer nimmt er nur einen grässlichen Schluck Krankenhauskaffee und beeilt sich, nach unten zu kommen.

Zumindest so gut es eben geht, denn seine Schonzeit ist vorbei. Jedes einzelne seiner Altersleiden hat sich inzwischen wieder bei ihm angemeldet und sich in voller Pracht in seinem Körper entfaltet. Die Gliedmaßen des Auslaufmodells fühlen sich wie falsch montierte Fremdkörper an. Seine Schultern, die man ihm seinerzeit im Mètropole ausgerenkt hat und deren überdehnte Sehnen nie ganz verheilt sind, plagen ihn. Um dem Schmerz wenigstens halbwegs die Stirn zu bieten, nimmt er die übliche vornübergebeugte Haltung ein, was bereits vor Jahren dazu geführt hat, dass auch sein Rücken in Mitleidenschaft gezogen wurde. Seine Wirbelsäule ist ein einziger Entzündungsherd. Jedes ablaufende Jahr beschert ihm ein neues Gebrechen.

Gisela, seine verstorbene Ehefrau, hat ihm einmal vorgeschlagen gemeinsam in eine Seniorenresidenz zu ziehen, wo sich ausgebildetes Personal um sie und insbesondere um die Leiden ihres Gatten hätte kümmern können. Ihr Tod verhinderte einen Umzug. In Anians Leben ist nichts mehr von Beständigkeit als die Aussicht auf den Tod, der sich in seinem Fall aber Zeit lässt. Das Alter ist eine schreckliche Plackerei für den Herrn Tuchel.

Nach Ansicht des Chefarztes hätte er das Klinikum gestern verlassen können. Ungeachtet aller übrigen Gesundheitsbeschwerden gibt es keinen Anlass, den Patienten weiter zu behandeln.

Zur Verwunderung der Belegschaft bestand der freundliche alte Mann allerdings darauf, noch eine Nacht dranzuhängen. Die Klinikleitung erhob keine Einsprüche und ließ ihn die Entlasspapiere unterzeichnen – falls er es sich anders überlegte.

Zeitig reserviert Anian sich Milenas Platz bei der Buchenhecke. Sie soll ihn gleich wiederfinden. Das harte Drahtgitter der Sitzbank prägt sich durch die Twillhose unangenehm auf sein Gesäß. Seine Garderobe ist noch dieselbe wie am Tag seiner Einlieferung. Das Hemd ist nicht mehr richtig weiß und der graue Blouson arg verknittert.

Der ausladende Bergahorn bietet ihm Schatten, nur ein paar Meter voraus ist die Notaufnahme, durch welche er eingeliefert wurde. Zwischen der schräg dahinter liegenden Intensivstation und dem Ärztehaus auf der anderen Seite führt eine breit asphaltierte Auffahrt zum Besucherparkplatz im Westen des raumgreifenden

Klinikkomplexes. Es ist Freitag und das Personal bereitet sich allmählich auf das Wochenende vor. Das Wetter hat sich abgemildert, dennoch ist es weiter sommerlich warm.

Von links schlendert gemessenen Schritts auf dem kurzen Fußweg vom Parkplatz zum Haupteingang ein hochgewachsener, elegant gekleideter Herr heran. Eine stattliche Erscheinung. Er ist nur unwesentlich älter als Anian, hat sich jedoch deutlich besser gehalten. Sein Gesicht ist kantig, sonnenverwöhnt. Nur anhand der schlohweißen akkurat frisierten Haare erahnt man, dass auch vor ihm die Zeit nicht Halt gemacht haben. Von den übrigen Besuchern hebt er sich durch einen maßgeschneiderten Kreidestreifenanzug von Becon ab, dem darunter hochgeschlossenen Businesshemds mit Kent-Kragen und einer teuren Seidenkrawatte. Es ist die Art von Kleidungsstil, wie man ihn aus den amerikanischen Fernsehserien der 80er kennt. Tailliert, breites Revers, Einstecktuch. Er pflegt den selbstbewusst aufrechten Gang eines einflussreichen Großunternehmers alter Schule in rindsledernen Zweiton-Halbschuhen. Beurteilt man ihn nach seinem weltmännischen Auftreten, enthält die dünne Aktenmappe unter seinem Arm Dokumente von nicht unerheblicher Brisanz. Wenn es ein Klischee über Mafiapaten oder Juristen zu erfüllen gilt, dann gibt sich dieser Kerl keine große Mühe, seine Berufung zu verbergen.

Schwungvoll wirft er dem Greis auf der Bank die Hand zur Begrüßung hin. Seine Zähne entblößen das abgebrühte Lächeln eines mit allen Wassern gewaschenen Kasuisten.

Anian erhebt sich nicht, und lächelt nicht zurück.

„Bernhard", sagt er nüchtern.

Er lässt den ihm zugedachten Gruß in der Schwebe, auch weil ihm jede unnötige Bewegung Schmerzen bereitet.

„Ani", erwidert der einstige Freund höflich und zieht seine Hand zurück. „Ich darf mich setzen?", fragt er, ohne tatsächlich eine Antwort zu erwarten.

„Bitte", brummt Anian und rutscht ein wenig zur Seite, was eigentlich nicht nötig ist, da die Bank breit genug ist.

Bernhard bedankt sich, wirft einen kurzen Blick auf seinen sündteuren Chronometer Schweizer Machart und verschränkt die Arme, ohne sich zurückzulehnen. Seine aufrechte Haltung demonstriert Überlegenheit, eine unmissverständliche Botschaft an sein Gegenüber, dass er als einziger über das Privileg der Zeit, seiner wertvollen Zeit, verfügt.

„Also, warum bin ich hier?"

„Du bist ein Verräter", ranzt ihn der alte Tuchel an.

„Ah so“, bleibt der einstige Freund unbeeindruckt. „Wir begehen unser Wiedersehen also mit einem Vorwurf. Auch gut. Aber wenn es Dir dadurch besser geht, entschuldige ich mich natürlich in aller Form bei Dir. Gut, dann?“

Bernhard blickt erneut auf die Armbanduhr. Er seufzt. „Meine Güte, Ani, es war Krieg, da hat jeder geschaut, wie er über die Runden kommt. Meinst Du nicht, es ist an der Zeit endlich Frieden zu machen? Die Sache liegt Jahrzehnte zurück, ein ganzes Leben! Der Willi hätte es verstanden.“

Der Hinweis auf seinen Bruder ist natürlich unleugbar richtig und rührt an verschollen geglaubte Erinnerungen. Es ist wahrlich eine Menge Zeit verstrichen, seit sich ihre Wege in Wien getrennt haben, ihrem letzten Kontakt zueinander. Während Willi sehr nachsichtig mit Bernhard umgegangen ist, hat Ani einen ansehnlichen Berg latent zusammengetragener Vorwürfe angehäuft. Er hätte sie geschluckt, hätte sich der frühere Weggefährte vor ungefähr elf Jahren nicht wieder in sein Blickfeld gedrängt.

Zunächst konnte er mit dem Aufmacher eines Hamburger Nachrichtenmagazins aus dem Augstein-Verlag gar nichts anfangen. Zu plakativ und reißerisch wurde die Titelstory aufgebauscht. Einem 75-jährigen Staranwalt aus Berlin drohte gegen Ende einer Vorzeigekarriere seine dunkle Nazi-Vergangenheit auf die Füße zu fallen. Die Story passte zu einigen fast zeitgleich aufkommenden Geschichten über enttarnte KZ-Aufseher, weshalb Anian ihr zunächst keine große Aufmerksamkeit schenkte. Anfänglich hielt er es mit jenen Leserbriefschreibern, die fanden, dass Verdrängung im Umgang mit den bislang ungesühnten Verbrechen des Dritten Reichs die beste Methode der Vergangenheitsbewältigung war. Wem war damit gedient, die meist altersschwachen Täter im Rentenalter bis in den Tod zu verfolgen?

Dann folgte die zweite Strecke über den Anwalt. Farbfotos eines Paparazzos, der den Mann ohne Aktenordner vor dem Gesicht erwischt hatte. Der Name des Nazi-Schergen wurde inzwischen ganz offen kommuniziert: Bernhard Hanselmann.

Es folgte ein knapper Lebenslauf.

Geboren in Garmisch-Partenkirchen, Soldat der Wehrmacht bis in den Herbst 1942, woraufhin sich eine Lücke – über die im Archiv der Wehrmachtsauskunftsstelle keine Unterlagen auffindbar waren – bis in die 50er Jahre auftat.

Nach einem Studium und der Anwaltszulassung erfolgte sein beispielloser Aufstieg. Der frisch promovierte Jurist stieg als Teilhaber in die Kanzlei eines berüchtigten Strafverteidigers ein, der deutschen

Großkonzernen dabei half, ihr braunes Image abzulegen. Er wurde ein beratendes Mitglied des Heidelberger Juristenkreises. Weiteren Einfluss sicherte ihm das Erbe seiner Ehefrau, die einem alten Adelsgeschlecht mit Stammsitz in der Villenkolonie Alsen am Wannsee entsprang und deren Familie Verbindungen zur geheimen Organisation ehemaliger SS-Angehöriger nachgesagt wurde. Hanselmanns Schwiegermutter arrangierte gediegene Symposien für die „Wegbegleiter und deren Gesellschafter" ihres im Kriege verbliebenen Mannes, dem Unternehmensleiter einer Motorenfabrik, die ihren Gewinn aus der Beschäftigung von 231 Zwangsarbeitern gezogen hatte. Die Veranstaltungsorte in erstklassigen Wellnesshotels wechselten jährlich und Frau Gräfin bestand bei den Teilnehmern auf „angemessene Garderobe", was Jeans bei Männern und Hosen für Frauen kategorisch ausschloss.

Doktor Bernhard Hanselmann führte eine Vorzeigeehe mit zwei wohlgeratenen Vorzeigekindern, einem Jungen und einem Mädchen. Sein persönlicher Durchbruch kam mit der öffentlichkeitswirksamen Verteidigung eines Massenmörders. Hanselmann erwirkte für seinen Klienten die in vergleichbaren Fällen niedrigste Haftstrafe, weil es ihm als erstem deutschen Verteidiger gelang, der Staatsanwaltschaft grobe Verfahrensfehler nachzuweisen.

Nach dem frühen Tod seines Mentors, dem Kanzleiinhaber, übernahm der aufstrebende Karrierist das Ruder, beließ es beim erfolgversprechenden Geschäftsnamen und erweiterte sein Tätigkeitsfeld um vier weitere Partner. Die Juristerei brachte ihm Erfolg, Geld und noch mehr Einfluss, wovon er reichlich Gebrauch machte und nicht ans Aufhören dachte, bis ein Journalistikstudent für seine Bachelorarbeit im Wiener Landesarchiv einige verstaubte Aktenordner der ehemaligen Gestapoleitstelle am Morzinplatz mit brisantem Inhalt zu Tage förderte.

Unter einer Menge Namen tauchte auch ein *B. Haselm, Konf, später OStuF* auf. Die Schreibtischnazis waren versessen auf Abbreviationen und Akronyme. Erst unendlich viele Recherchestunden später brachte jemand den Aktenvermerk mit der lückenhaften Vita des Rechtsverdrehers aus Berlin in Zusammenhang, der prompt in Erklärungsnöte geriet. Zwar fielen die Beweise dürftig aus, doch Hanselmann lieferte nur halbseidene Ausflüchte und übertrug die Leitung seiner prosperierenden Kanzlei in einer Hauruck-Aktion an seine Tochter. Er selbst ließ es sich angelegen sein, sich in den Fahrwassern des Asylrechts unentgeltlich als Rechtsbeistand für Flüchtlinge zu betätigen, damit in Ruhe Gras über die Sache wachsen konnte. Sein guter Wille übertönte die Rufe der Empörten, womit sich der selbsternannte Ruheständler in relativ kurzer Zeit schon wieder einen Ruf als Koryphäe erwarb.

Inzwischen gilt Dr. Bernhard Hanselmann als sozial äußerst engagierter Vertreter der Menschenrechte, inklusive extrem guter Kontakte in die High Society der Bundesrepublik.

Anian Tuchel braucht keine Beweise, er weiß Bescheid.

„Zur Gestapo bist Du übergelaufen, zur SS! Ohne Skrupel hast Du Dich dem Feind angeschlossen. Wer tut so etwas?"

Besorgt sieht sich Bernhard nach jemandem um, der ihre Unterhaltung mithören könnte. Es ist niemand in der Nähe, aber vorsichtshalber bemüht er sich, das Gespräch in einer moderateren Lautstärke zu führen.

„Erstens war die SS nie unser *Feind*", listet er auf. „Die Obermuftis der Wehrmacht haben sich nur so echauffiert, weil sie nicht wollten, dass ihnen die Waffen-SS den Rang abläuft. Zweitens hat man mir, im Gegensatz zu euch, keine Wahl gelassen. Drittens hat es am Ende doch eh keinen Unterschied mehr gemacht für welche Mannschaft wir aufgelaufen sind. Für die Nachwelt zählt nur, dass wir dem Adi unsere Seelen verkauft haben und man uns dabei zusehen kann, wie wir dafür in der Hölle schmoren."

„Nein", hält Anian dagegen, „diese Saukerle waren nie etwas anderes als die Leib- und Prügelgarde des Führers. Ordinäre Schlägertypen ohne Hirnschmalz. Hättest Du Dich ihnen verweigert, wärst du irgendwann wieder bei uns gelandet, wir hätten uns für Dich eingesetzt. Hast Du denn nie an Willi gedacht?"

Bernhard gibt ein reserviertes Räuspern von sich.

„Ob ich nicht an Willi gedacht habe? Oh, Ani, mein lieber Ani. Du hast schon immer in Deiner eigenen Traumwelt gelebt. Wach auf! Glaubst Du ernsthaft, Deinen Retter hat mein Wohlergehen oder das von Willi auch nur einen Fliegenschiss geschert? Du erinnerst Dich an Duslach, den Untersturmführer, der euer Verhör geleitet hat? Er war so frei, mir das Telegramm des Herrn Gruppenführers Holger zu zeigen, das der feine Regisseur an Heinrich Himmler übermittelt hat. Weder ich noch Wilhelm waren darin erwähnt, nur Dich sollte man zurück an die Front beordern. Deinen Bruder hat man nur gehen lassen, weil die Paragraphenreiter Schiss hatten, sich Ärger einzuhandeln, wenn sie bei ihrem Oberboss dumm nachhaken müssen. Mir war gleich bei unserer Verhaftung klar, dass ich allenfalls die Rolle des lästigen Beiwerks spielte, das den Frust Duslachs über euer Schweigen kompensieren würde. Alles, was ich wollte, war heil da wieder rauszukommen, verstehst Du das denn nicht, Ani? Plötzlich wart ihr weg, und als Duslach kapiert hat, dass ihn weder mein

Einblick in eure Familienverhältnisse noch mein Tipp zu Deinem blöden Hut weiterbringen, hat er mich sofort wieder einbuchten lassen. Aber ich hatte das unverschämte Glück, dass er mich in seine Informantenkartei eingetragen hat und später vergaß, mich rauszustreichen. Einige Wochen später hat ihn die SS nämlich versetzt. Zu brutal, hieß es. Kannst Du Dir das vorstellen?" Lachend schlägt er sich auf den Schenkel.

„Naja, zumindest war das die offizielle Lesart. Im Januar gab es einen Führungswechsel im RSH. Himmler hat an Kaltenbrunner übergeben und dem hat nicht gepasst, dass die Leitstelle in Wien von lauter Ösis besetzt war. Er wollte Volksdeutsche auf den wichtigsten Posten haben. Damit war Duslach raus. Der neue Mann fand schließlich meinen Namen in der Kartei und ließ mich vorführen. Er war recht höflich zu mir, wollte wissen, wie ich in diese missliche Lage geraten bin. Nach der Anhörung hat er gefragt, ob ich ein Problem damit hätte, gewisse Aufträge für ihn zu erledigen, die spezielle Fähigkeiten erforderten. Hatte ich nicht. Freilich nicht. Wenn man eine zweite Chance bekommt, stellt man sich nicht quer. Ani, es hat mich eineinhalb knüppelharte Jahre Durchhaltevermögen gekostet, bis er mir endlich eine annehmbare Stellung innerhalb der Dienststelle überantwortet hat. Er sorgte dafür, dass meine Wehrmachtsakte geschlossen wurde und man mich befördert hat. Bis zum Obersturmführer habe ich es gebracht, aber frage nicht, was ich dafür tun musste. Am Ende war es mir gelinde gesagt scheißegal für welches Lager ich gekämpft habe! Eines aber kann ich mit Bestimmtheit sagen. Meine schneidige SS-Uniform habe ich mit Stolz getragen, dafür brauche ich mich nicht schämen."

Ani sträubt sich gegen Bernhards Rechtfertigungsversuche. Für ihn gibt es einen Unterschied zwischen seinen Leuten und *denen*.

„Erinnerst Du Dich denn nicht mehr daran, dass wir uns mit der SS damals am Elbrus ein regelrechtes Wettrennen geliefert haben, wer als erstes droben war?", fragt er eindringlich. „Wir haben uns doch nicht ohne Grund von denen ferngehalten!"

Für einen Moment zeigt sich der Opportunist erregt. Die fein gekerbten Kanten seiner Nasenflügel wölben sich bei der Vorstellung, eventuell doch etwas falsch gemacht zu haben.

„Mhm", macht er und schon beruhigen sich seine Züge wieder. „Jetzt verstehe ich, worum es Dir geht!"

Er verkündet seine Einsicht leise, so als spräche er zu sich selbst.

„Du findest, dass ich von uns beiden der schlechtere Mensch bin, nicht wahr?"

Der alte Tuchel erhebt keinen Einspruch.

„Ernsthaft, Ani?", der spöttische Unterton ist kaum zu überhören. „Du badest Deine Hände in Unschuld? Das ist gut!"

Anian reagiert verschnupft.

„Wir waren unbestritten keine Waisenknaben", sagt er. „Aber es war wenigstens ein ehrliches Gegeneinander mit einem Feind auf Augenhöhe. Man tötete, um selbst nicht getötet zu werden."

„Soso", räuspert sich der untreue Freund verhalten. Er macht eine dramatische Pause, auf die er mit nicht zu übersehender Genugtuung eine Aufzählung mehrerer Orte folgen lässt, die sich in einem Schicksal vereinigt haben, dessen gemeinsamer Nenner nur schwer zu begreifen ist: „Lemberg, Ionannina, Mazi, Kommeno, Keffalinia, Korfu, Lyngiadis, Sudbinka Selo … waren das schon alle? Ich vergesse in letzter Zeit so viel!"

Nicht alle Ortsnamen erzielen dieselbe Wirkung, doch in der Mehrzahl treffen sie Ani wie saftige Ohrfeigen. Sie lösen bei ihm einen Reigen bunt aufblitzender Erinnerungsfetzen aus. Bilderszenen wie die Fotostrecke aus einer Contax I-Kamera.

Ani, der seinen Karabiner verbissen nachlädt. Der den Abzug betätigt, immer und immer wieder. Wutentbrannt, überreizt, zitternd, blank vor Entsetzen.

In rascher Folge kommen Momentaufnahmen in ihm hoch. Ein Albtraum im Wachzustand. Wehrlose Menschen, die ihm in der einen Sekunde hilflos die Arme entgegenstrecken, in der nächsten starr in den Himmel ragen. Frauen, die vor ihm weglaufen, Kinder, die stumm schreien. Seine Erinnerung ist tonlos, unbewegt und doch der letzte Beweis für den menschlichen Überlebenswillen. Die Wissenschaft hält es für erwiesen, dass sich Gerüche in Träumen stets neutral verhalten.

Für Anians Tagträume gelten andere Regeln. Er kann das frische Blut der Getroffenen, den Angstschweiß, ihre Pisse ganz deutlich riechen. Oder sind das die Ausdünstungen aus einem der beiden Edelstahlschornsteine des Wirtschaftsgebäudes schräg vor ihnen? Es ist anstrengend, wenn sich das Jetzt mit dem Gestern vermischt, in etwa vergleichbar mit seinem andauernden Verlangen nach einer Zigarette. Eine nur schlecht abzugewöhnende Angewohnheit.

Anian findet zurück auf die Gitterbank vor dem Krankenhaus. Bernhard sitzt neben ihm, der den weggetretenen Alten genau im Blick behält.

Sudbinka Selo.

Wenn jemand anderes die Worte ausspricht, kommt es ihm vor, als schwänge jemand ein rasiermesserscharfes Bajonett nach ihm. Er schielt nach seinem Sitznachbarn. Entweder handelt es sich um einen reinen Glückstreffer oder Bernhard hat das Ziel bewusst ausgewählt.

1995 löste die Wanderausstellung Jan Philipp Reemtsmas einen Sturm der Empörung aus. Der Sohn des Hamburger Zigarettenherstellers präsentierte auf großen Stellwänden drastische Fotografien, die auf die *Verbrechen der Wehrmacht* aufmerksam machten, die man bislang wenig bis gar nicht aufgearbeitet hatte.

Es kam zu gewaltsamen Protesten und einem Anschlag mutmaßlicher Neonazis. Dann kam eine Historikerkommission plötzlich zu dem Schluss, dass verwendete Material sei fehlerhaft und ungenau. Reemtsma schloss die Ausstellung, die für die Dauer von vier Jahren um die dreißig von der Wehrmacht heimgesuchte Ortsnamen freigesetzt hatte, bei einer Besucherzahl von nicht einmal einer Million Menschen.

Die von Bernhard aufgezählten Ansiedlungen sind kein Geheimnis mehr, aber eben nur eine kleine Auswahl unter vielen …

Anian Tuchel hat wegen des unbedeutenden südbosnischen Weilers seinen letzten Orden erhalten: Das Malteserkreuz mit den zwei gekreuzten Schwertern, für seinen „Verdienst im Krieg". Die Medaille klimpert verräterisch in der Innentasche seiner mittlerweile ziemlich ausgebeulten grauen Jacke, das Edelweiß am Ärmel hat ein paar Flecken abbekommen.

„Was?", Bernhard deutet den verwirrten Ausdruck in dem tief gefurchten Altersgesicht richtig. „Du hast doch nicht etwa geglaubt, dass ihr eure kleinen Schandtaten für euch behalten könnt? Lange vor Reemtsma hat euch die Abwehr auf dem Schirm gehabt, und hätten die euer Treiben nicht beobachtet, hätte ich es selbst in die Hand genommen, meiner *Lieblingsdivision* auf die Finger zu schauen. Da ich ja in Lemberg, wo wir uns einen Namen gemacht haben, dabei war, wusste ich, dass man früher oder später wieder von euch hören würde. Das ist wie mit einem tollen Hund. Wenn die Töle Blut geleckt hat, lässt sie das Reißen nicht mehr sein. Dann, als ihr ´43 vor den Russen zurückgewichen seid, muss der gute General Lanz sehr gefrustet gewesen sein, weil es für ihn kaum noch Eichenlaub zu holen gab. Er hat sich zwangsläufig eine Aufgabe suchen müssen, damit ihn das Oberkommando nicht aufs Abstellgleis abschiebt. Ein General der Gebirgstruppen ohne Schlachtengetümmel? Da trifft es sich doch hervorragend, wenn man sich seinen Feind selbst aussuchen darf. Abtrünnige, Widerständler, Saboteure, Verschwörer. Was kann schöner sein, als aus einem solchen Sammelsurium zu schöpfen? Lauter Bösewichte, die dem Reich schaden wollen …" Bernhard setzt ein verschmitztes Lächeln auf. „Moment, das kommt mir ziemlich

237

bekannt vor! Bringt das nicht auch die Erinnerung an unseren herrlichen Hotelaufenthalt in Wien zurück?"

Reumütig klemmt Anian seine gefalteten Hände zwischen die Beine. Er starrt auf seine angespannten Knie, weil er weiß, dass ihm die Rechtfertigung schwerfallen wird.

„Im Gegensatz zu Duslach haben wir das Leid unserer Opfer aber nie absichtlich hinausgezögert", beginnt er. „Du kannst uns kaum vorwerfen, dass wir uns gewehrt haben. Irgendjemand muss bezahlen, wenn sich die Schuldigen aus dem Staub machen."

Die Ausrede klingt selbst in seinen Ohren armselig. Bernhard wird von einem überwältigenden Lachanfall gepackt, er prustet seinen Unmut geradeheraus.

„Was für ein gequirlter Scheißdreck! Dieser Unsinn wird schlechter, je öfter man ihn wiederholt. Sind wir von unseren Vorgesetzten nicht besser instruiert worden? Du, Willi, ich und der ganze Wehrmachtshaufen, wir waren keinen Deut besser als die SS. Keiner von uns ist unschuldig, wann kapierst Du das endlich? Wir alle haben unseren Teil dazu beigetragen, dass alles genauso am Laufen blieb, wie es von uns erwartet werden durfte. Damals war das wichtig und vor allem richtig, auch wenn man das heutzutage lieber für sich behält. Ich gehe mit meiner Vergangenheit zwar nicht hausieren, das schadet der Reputation eines Anwalts für Asylrecht, aber meine persönliche Meinung lasse ich mir von niemandem nehmen. Hätte sich der Adolf damals seiner Verantwortung nicht entzogen und seinen Mann gestanden, müssten wir Deutsche heute nicht ständig vor den Amis, Russen und den anderen Besatzerjuden katzbuckeln."

Im Prinzip entspricht Bernhards Meinung der von Anian. Aus dem Mund des Kriegskameraden klingt sie nicht rundweg falsch, aber befremdlich verdreht. Neuerdings werden seine einzementierten Denkmuster laufend von der kinetischen Energie einer wertneutralen Abrissbirne attackiert. Jahrzehntelang hat er, und mit ihm unzählige besiegte Heimkehrer, die Umstände ihrer Epoche für das Schicksal der Deutschen verantwortlich gemacht. Der jungen Bundesrepublik fehlten von Beginn an die Sündenböcke, die von den Nationalsozialisten beseitigt wurden, womit die Übergebliebenen des zweiten Weltkrieges ihre Bürde selbst tragen mussten. An der Niederlage ihres Heeres im Felde gab es nichts zu deuteln. Die Neudemokraten fühlten sich von der ihnen „aufgezwungenen" Amerikratie benachteiligt, gleichwohl ihre Stimme in Hitlers Reich rein gar nichts wog.

Dass es ihnen heute besser denn je geht, ist nur schwer zu verdauen.

„Ich habe meine Meinung noch nie laut gesagt", gesteht Anian. „Aber habe mir immer vorgestellt, dass ich in der riesigen

Maschinerie höchstens eines von tausend Werkzeugen bin, ein Hämmerchen vielleicht, mit dem man einen Nagel geradebiegen kann. Nützlich, aber stets ohne Einfluss auf das tatsächliche Geschehen, und wer zieht schon ein Hämmerchen zur Rechenschaft ...“

Er folgt dem Nachhall seiner eigenen Worte bis sie verklingen. Sie haben etwas in ihm angestoßen, das ihn erschreckt. Nur eine Kleinigkeit scheint ihm noch, kann er nicht greifen.

Was da für eine Erkenntnis in ihm heranreift ...

Der Kern seiner These ist ihm entglitten, bevor er ihn austreiben konnte. Verwirrt starrt er ins Leere.

Unwirsch schlägt Bernhard den Ärmel auf und prüft die Anzeige seiner Armbanduhr. Er hat keine Ahnung, was er mit dem leeren Geschwätz des greisen Trottels, den er einst gut leiden konnte, anfangen soll.

„Wie auch immer“, murrt er. „Ich habe mich nicht herbemüht, damit Du mir Vorhaltungen machen kannst. Ich habe meine Zeit ist nicht gestohlen.“

„Selbstverständlich“, sagt Anian und hebt kapitulierend die Hände. „Ich will es kurz machen. Hast Du daran gedacht?“

Bernhard macht ein schmatzendes Geräusch. „Du hast gesagt, dass Du meine Hilfe als Rechtsanwalt brauchst“, erinnert er ihn an das Gespräch vor zwei Tagen. „Ganz wie von Dir erbeten, habe ich den Dolmetscher herbestellt. Ein Experte in jugoslawischer Sprache. Er sollte ...“ Bernhard sah auf die Uhr. „... in 15 Minuten hier sein. Auf ihn ist Verlass.“

Anian wirkt zufrieden. Der Anwalt nicht. Für den Advokaten gehört der Floskelaustausch zu Beginn eines Treffens zur Gewohnheit, zum Abtasten des Gegenspielers, zu denen er auch seine zumeist strafbaren Klienten zählt. Die Leute kommen zu ihm, nicht weil ihnen das Recht zusteht, sondern weil sie es sich verdienen müssen. Ein herausragender Jurist der, wie er, einen Ruf zu verlieren hat, unterscheidet zwischen nützlichen Idioten und hilfreichen Kontakten. Ein Bernhard Hanselmann arbeitet *do ut des* — er gibt, um zu nehmen.

„Hör zu“, lässt er die eigentliche Katze aus dem Sack. „Ich bin nicht die Wohlfahrt. Unsere Fronten sind geklärt, ich schulde Dir nichts. Nur aus zwei Gründen habe ich die lange Reise auf mich genommen: Erstens, ich war neugierig darauf, wie Du Dich in all den Jahren gemacht hast. Zweitens gilt mein maßgebliches Interesse immer noch unserem Zusammenstoß mit der Gestapo im Métropole. Ich will wissen, was damals wirklich passiert ist. Keine Lügen diesmal. Wenn Du meinen Übersetzer haben willst, dann bringst Du die ganze Geschichte auf den Tisch. Du erzählst, und falls mir gefällt, was ich zu hören bekomme, haben wir einen Deal. Solltest Du ihn ausschlagen oder mir einen Bären aufbinden, pfeife ich meinen Mann augenblicklich zurück. Was sagst Du?"

Bernhard streckt seine Hand aus, Ani glotzt lange darauf. Gegenüber einem studierten Rechtsverdreher sieht ein gelernter Fleischer blass aus. Ihm waren keine Dekaden in der Schulung des geschliffenen Wortes zugefallen, er hat Tag ein Tag aus für seinen und Giselas Lebensunterhalt geschuftet. Wo der eine noch immer die aufrechte, durchsetzungsstarke Figur eines Obersturmführers abgibt, wölbt sich über dem Nacken des anderen ein leichter Buckel, der davon rührt, dass der spätere Metzgermeister Schweinehälfte um Schweinehälfte in die Kühlkammer gewuchtet hat.

Ihm bleibt gar nichts anderes übrig, weil er auf Bernhards Wohlwollen angewiesen ist. Die Drohung, Ani im Regen stehen zu lassen, ist durchaus ernst zu nehmen. Der alte Tuchel darf nichts riskieren. Zu gerne würde er sich gegen dieses Alpha-Gehabe auflehnen, doch da er keine Ahnung hat, an wen er sich sonst wenden soll, behält er seinen tiefsitzenden Groll für sich. Ihm hat sich die möglicherweise einmalige Chance eröffnet, sein Herz zu erleichtern, das bis an den Rand des Aortenbogens mit einer erdrückenden Hypothek belastet ist.

Die Voraussetzung dafür ist, dass ihm Milena ihr Ohr leiht.

„Bitte entschuldige", es hört sich schon fast zu unterwürfig an. „Ich wollte Dich keinesfalls vergräzen, der Altersstarrsinn, Du weißt schon. Es ist nur … die Ereignisse der letzten Tage haben mich arg mitgenommen, ich bin wohl wirklich nicht mehr der Jüngste." Er lacht verlegen und fährt fort. „Mich haben Erinnerungen eingeholt, die ich schon längst vergessen glaubte, darum brauche ich Deine Hilfe. Ohne Dich bin ich verloren."

Es ist die nackte Wahrheit, beinahe schmerzt es ihn ein wenig, dass er sich vor Bernhard entblößen muss. Aber er liegt richtig mit seiner Einschätzung des langjährigen Freundes, dem die Unterwürfigkeit des Bittstellers gefällt. Er kann nicht anders, als sich daran zu laben.

„Du verschwendest meine Geduld und meine Zeit, Ani", bohrt der Anwalt nach. „Du brauchst einen zertifizierten Dolmetscher, weil Dich das schlechte Gewissen plagt? Komm schon, da steckt doch mehr dahinter."

Anian hat ein wenig gehofft, Milena würde pünktlich auftauchen. Als ehemaliger deutscher Soldat kann er sich die Korrektheit nur schwer abgewöhnen. Hat er überhaupt eine Uhrzeit angegeben? Er weiß es nicht mehr. Er erinnert sich schwach, ihr irgendwelche wirren Zeichen gegeben zu haben.

Vielleicht hat er sie überfordert. Die plausibelste Erklärung für ihr Fernbleiben ist natürlich, dass sie sich mit seinem Geld und der antiquierten, aber feuerbereiten Pistole aus dem Staub gemacht hat.

An das Geld und die Pistole kann er sich noch gut erinnern und an den Talisman. Liebend gerne hätte er das gute Silberstück noch einmal in seiner Hand gewogen. Er musste wissen, ob er sich das alles nur einbildete oder ob sich ihm das Schicksal für einen letzten Versuch annäherte.

Nein, er will darauf zählen, dass Milena kommt.

Damit er Bernhard einen Happen zuwerfen kann, umreißt er für ihn die Ereignisse der letzten Tage. Geduldig hört der Paragraphenreiter zu, verzieht keine Miene.

„Diese Mi … Milena?", fragt er genauer nach.

„Milena."

„Schön. Milena", wiederholt der Anwalt. „Sie ist Bosnierin, sagst du? Du kennst sie seit sie ein Baby ist und hast sie wegen eines Silberanhängers erkannt? Oh man, Du lernst es wirklich nie. Von Deinen sauer verdienten Renteneuros, die Du ihr hingeworfen hast, kannst Du Dich verabschieden. Die hat Dich sauber reingelegt. Wenn Du wüsstest, welchen Stress ich mit diesen Jugos habe, weil die glauben, sie hätten das Recht auf Asyl. Die schicken jemanden aus ihrer Sippschaft vor, der so viel Scheine wie möglich einsackt und damit entweder seine Verwandten nachholt, ins Drogengeschäft einsteigt oder seine eigene Schlepperorganisation gründet. Alles schon erlebt! Sie wird nicht kommen, die ist längst über alle Berge."

„Solltest Du Deiner Klientel als ehrenamtlicher Rechtsberater für Flüchtlingsfragen nicht etwas mehr Wertschätzung entgegenbringen?"

„Da ist er wieder", gluckst Bernhard. „Der heilige Anian. Wirf den ersten Stein, wirf ihn nur. Der Gutmensch steht Dir schlechter als mir, mein Freund. Früher, ja früher, hätte es das nicht gegeben. Das Gesindel, das wir inzwischen überall durchfüttern müssen, wäre zu unserer Zeit ganz schnell weggekommen, und wir hätten beide kräftig mitgeholfen, die Waggons zu beladen. Aber es macht den Anschein, Du hast in bestimmten Schundblättern von der Schmutzkampagne gegen mich gelesen?"

Anian Tuchel schweigt.

„Die hätten hunderte Menschen aufs Korn nehmen können, aber wen trifft's? Mich. Ausgerechnet. Nur weil man mich kennt und ich noch am Leben bin. Den Hans Huber aus Haumichblau täten sie in Frieden lassen. Arschlöcher. Wer denkt auch, dass meine Hiwis beim

Einmarsch der Russen nicht alle Personalakten vernichten? Alles muss man selbst machen."

Der frühere SS-Offizier dreht mit seinem Daumen am Zündmechanismus eines imaginären Gasfeuerzeugs, das sich nicht entzünden will. „Die", er meint damit seine Klienten, „sehen in mir den reizenden deutschen Opa und sind mir auf ewig dankbar, wenn ich eine von wenigen Aufenthaltsgenehmigungen für sie herausschlagen kann. Nützliche Idioten, die mir einen einwandfreien Leumund bestätigen, Du verstehst? Daraufhin leckt mir das Auswärtige Amt die Stiefel, um mit mir über Zuwandererzahlen zu verhandeln. Mein Charme-Konto ist inzwischen so riesig, dass ich damit wahrscheinlich noch vor Dir in den Himmel aufsteige. Scheiße, der Heilige Petrus wird mir zur Begrüßung einen roten Teppich ausrollen!"

Das Aufschneiderische in Bernhards Ausführungen weckt einen Warnton in Anians Kopf. Argwöhnisch rückt er von seinem Nebenmann ab.

„Du bist gar nicht wegen der alten Geschichten hier", stellt er ohne sichtliche Enttäuschung fest. „Du bist um Deinetwillen hier."

„Sagen wir es mal so", entlarvt sich der Jurist mit einem anerkennenden Grinsen. „Du hast mich ziemlich neugierig gemacht."

„Nein", kontert Ani trocken. „Du wolltest sehen, ob ich Dir gefährlich werden kann. Vermutlich bin ich der Einzige, der Dein wahres Gesicht kennt, oder nicht?"

Das Bergsteigergrinsen des Kriegskameraden weicht den harschen Zügen eines Leistellenbeamten der Gestapo. In Mimik und Gestik erinnert er darin an den verhassten Untersturmführer Duslach. *Kennt man einen SSler, kenn man alle*, denkt Anian. Bosheit zeugt Zwillinge.

„Und? Wirst Du mir gefährlich werden, Ani?"

Der winkt müde ab.

„Wer würde einem ausgelatschten Pantoffelhelden wie mir denn zuhören? Nein, nein, meine Ruh' will ich haben und meinen Seelenfrieden, sonst nichts. Das fehlte mir auf meine alten Tage noch, dass Du mir mit Unterlassungsklagen oder sonst einer Schweinerei auf den Hut steigst."

„Gute Einstellung", tönt der Anwalt blasiert. „Apropos Hut … lass uns zum Geschäftlichen kommen!"

„Wie Du willst", sagt Anian. „Je eher jeder von uns wieder seiner Wege zieht, desto besser."

„Du könntest Dir mein Stundenhonorar sowieso nicht leisten, es würde Dich, bei aller Freundschaft, in den Ruin treiben", nickt Bernhard beifällig. „Ich bin auch nicht sonderlich erpicht darauf, unser Treffen in die Länge zu ziehen, so lass uns also endlich in medias res gehen. Duslach hat in Wien bis zuletzt gerätselt, welches Geheimnis Du mit nach Russland genommen hast. Sag schon, was hast Du mit dieser Samacandra für ein Ding am Laufen gehabt? Ich will alles wissen, jedes schmutzige Detail."

Anian Tuchel seufzt.

„Würdest Du mir glauben, wenn ich Dir erzählte, dass alles nur ein einziger dummer Zufall gewesen ist?"

Der Anwalt greift in seine Aktentasche und holt ein klappbares Mobiltelefon heraus. Er wedelt mit dem Apparat, als habe der alte Freund seinen Langmut eine Spur zu sehr strapaziert. Ein Anruf, und die Übereinkunft ist hinfällig.

„Hab' ich mir gedacht", lächelt der Veteran müde. „Es ist eh schon eine halbe Ewigkeit her. Ich hoffe, meine grauen Zellen lassen mich nicht im Stich."

„Du nimmst gerade so schön Vernunft an, da hoffe ich für Dich, sie tun es nicht. Und weil wir uns jetzt verstehen, habe ich mir erlaubt, unsere neu gewonnene Freundschaft mit einem kleinen Abkommen zu besiegeln. Du bist doch im Vollbesitz Deiner geistigen Kräfte, ja? Eine Unterschrift genügt."

Der Doktor der Rechtswissenschaften langt ein zweites Mal in die Ledermappe. Es riecht kurz nach frisch gegerbtem Leder, dann verschwindet der Geruch wieder. Papier raschelt. Bernhard zieht ein zweiseitiges Dokument hervor. Aus der Innentasche seiner Anzugjacke holt er einen drehbaren Montblanc Füllfederhalter.

Feierlich überreicht er beides an seinen Banknachbarn. Anian ist dermaßen überrumpelt, dass er die Sachen fast stoisch entgegennimmt. Kopfschüttelnd studiert er die ersten Seiten, erst fassungslos, dann zunehmend ernst. Etwa in der Mitte stutzt er und schüttelt energisch den Kopf.

„Hier steht, wir hätten von '39 bis '45 gemeinsam im selben Regiment gedient, Du hast die Offizierslaufbahn eingeschlagen und bist als Leutnant in amerikanische Kriegsgefangenschaft geraten. Wer soll Dir denn *die* windige Geschichte abkaufen?"

„Mach Dir nichts vor Ani, gelogen wird überall. In Deutschland zählt nur der schöne Schein, das war schon immer so. Wahr ist das, was schwarz auf weiß vorliegt, und sich abstempeln lässt. Eine Realität ersetzt die andere, nur so kann man seine Neider schachmatt setzen."

„Du meinst damit diesen Journalistikstudenten, der die Wahrheit über Dich herausgefunden hat."

„Dieser kleine Spritzer hat einen Scheiß herausgefunden", grunzt Bernhard. „Noch nicht mal den Lack hat der angekratzt! Er ist nur ein

Wichtigtuer, der aus einem Aktenvermerk eine Enthüllungsstory machen will. Keinen abgerissenen Topflappen interessiert der aufgewärmten Mampf von gestern, das will der Kerl nicht einsehen, also muss ich ihm eine Lektion erteilen. Meine eingefleischten Klüngel stellen kein Problem dar, die halten zu mir, mögliche Augenzeugen – da war ich gründlich – auch nicht, deshalb steht der Kerl vorerst auf verlorenem Posten. Leider hat er ziemlich haltlose Gerüchte in Umlauf gesetzt, die ich nun entkräften muss. An der Stelle kommst Du ins Spiel. Meine wundersame Wandlung zum Wehrmachtsoffizier wird mich von jedwedem Vorwurf der SS-Zugehörigkeit reinwaschen. Der Todesstoß für den erbärmlichen Möchtegern-Schmierfink. Es wird mir eine Wohltat sein, ihn mit meiner Schadenersatzforderung in den Ruin zu treiben."

„Hast Du keine Angst die Veteranen der Gebirgsdivision könnten Dich auffliegen lassen?"

„Diese Buckelmumien? Ach, woher denn! Nichts gegen Dich, alter Knabe, aber die paar Frontkrapfen, die noch unter uns Lebenden weilen, kannst Du an einer Hand abzählen. Mit denen werde ich fertig, wenn Du das Nötige Insiderwissen lieferst. Namen und Ränge von Deinen Kameraden und Vorgesetzten, sagen wir ab Dezember '42. Unterlagen wären gut, am besten mit Unterschriften. Mein hübscher Lebenslauf soll doch authentisch wirken. Ich kenne da jemanden, der jemanden kennt bei der WASt. Wenn ich etwas bei der Gestapo gelernt habe, dann, keine halben Sachen zu machen."

„Bist Du denn nicht tätowiert? Die SS hat sich doch die Blutgruppe unter die Achsel stechen lassen, soweit ich mich der Gerüchte entsinnen kann."

„Das war bloß eine Marotte der Verbände, die ihre Männer über die Reichsgrenze in den Außeneinsatz geschickt, und für die wirklich hohen Tiere, die sich was auf den Verein eingebildet haben. Ich hätte mir nur ungern ein Stück Fleisch aus dem Arm geschnitten."

Mit Grausen fasst er in die Beuge und schüttelt sich.

Anian macht gute Miene zum bösen Spiel. „Na schön", sagt er und setzt hastig seine Unterschrift unter den Vertrag.

Er hat in seinem Leben schon so viele Fehler gemacht, dass es auf diesen auch nicht mehr ankommt. Bernhard schiebt ihm die Karte der Berliner Kanzlei zu, an deren Adresse Ani seine Kriegspapiere schicken soll. Als die Formalitäten erledigt sind, schiebt der Obersturmführer außer Dienst das unterzeichnete Dokument zurück in seine Tasche und verschließt sie sorgsam wieder.

Erneut sieht er auf die Uhr.

„Es ist jetzt nach Acht. Deine Bekanntschaft hält wohl nicht viel von Pünktlichkeit, was? Das sind diese JugoslawoviĆs ja eigentlich nie, hab' ich Dir ja gleich geflüstert." Er streichelt über den schwarzen Henkel seiner Ledertasche, trommelt mit den Fingern darauf herum. „Meinen Teil der Vereinbarung habe ich eingehalten! Aber ich will nicht so sein und gestehe Dir noch zehn Minuten zu, bevor ich unser Geschäft zum Abschluss bringe. Behaupte nachher nicht, ich habe mich lumpen lassen."

Bei diesen letzten Worten wandern Anians Gedanken zurück an den Ort seiner größten Niederlage. Er sieht Untersturmführer Duslach vor sich, grinsend, den Hammer in der Hand. Bernhard steht daneben. Es kommt ihm vor, als hänge er ein zweites Mal am Haken. Das Phantom der Schmerzen zwischen seinen Schulterblättern vermittelt ihm das wohlvertraute Gefühl von Hilflosigkeit und Ausgeliefertsein. Er verabscheut den Gedanken, dass ihn der Freund erneut in Bedrängnis bringt. Doch was soll er dagegen tun? Er ist in einem beklagenswerten Zustand, ihm fehlen die Kraft und die Energie dagegen aufzubegehren.

Seine einzige Hoffnung auf einen Ausweg ist Milena. Er braucht sie nicht nur um Antworten zu erhalten, er braucht sie als Verbündete gegen Bernhard. Wenn er sie dahin brächte, den Anwalt aus Berlin mehr zu hassen als ihn, dann …

Ja, was dann?

Wie aufs Stichwort hält auf der Hauptstraße, gut 150 Meter entfernt vom Rondell des Haupteingangs, ein Linienbus. Mehrere Fahrgäste steigen aus, darunter auch eine fremdländisch wirkende Frau mittleren Alters mit ungewöhnlich anziehenden Augen. Bernsteintropfen, die ihrem attraktiven Gesicht die Aura kultivierter Eleganz verleihen. Sie trägt ein Kleid, das sie in einem Second-Hand-Laden erstanden hat, schlicht, geschmackvoll.

Sie sieht erfrischt aus.

Zielbewusst strebt sie der kreisrunden Hofauffahrt zu, sucht das Gelände nach der Gitterbank ab und stockt misstrauisch, als sie darauf den merkwürdigen alten Mann in Begleitung eines zweiten sitzen sieht.

Ein kurzes, kaum hörbares Zischen, ein dumpfer metallischer Schlag auf den Stahlhelm, dann ein scheußliches Knacken. Mehr aus Nachahmungsreflex, denn aus Intuition, ließ sich Ani neben seinen Bruder fallen.

„Scharfschütze", schrie er voller Panik. „Deckung!"

Die restlichen Männer der Gruppe warfen sich hin. Sie hoben die Läufe ihrer 33/40er nach allen Richtungen, doch es brach kein zweiter Schuss. Niemand konnte den Schützen ausmachen. Minutenlang verharrten die Deutschen reglos am Boden, versteinert, darum bemüht nicht zum nächsten Ziel des unsichtbaren Gegners zu werden.

*
o

Anfang des Jahres 1943 hatte sich der Frontverlauf dramatisch verändert.

Die Wehrmacht wich aus dem Osten zurück. Nicht nur in Stalingrad war es zur großen Niederlage gekommen, auch am Kaukasus waren die Stellungen nicht mehr zu halten gewesen. Die Edelweißdivision hatte schreckliche Verluste hinnehmen müssen und war bis an den Kuban Brückenkopf – die Poseidon-Kampflinie – zurückgedrängt worden.

Die Einheit war nicht nur ausgeblutet, sie war am Ende.

Bei einem ihrer letzten Einsätze gelangte eine Vorausgruppe von Wilhelm in die Nähe der winzigen Ansiedlung Troizkaja an ein versumpftes Flecklein Wald, das eine Flussschleife des Kuban ausfüllte.

Eisiger Wind schnitt in die wettergegerbte Haut der im Schützenrudel vorrückenden Männer. Ihre Gesichter waren geschwärzt, doch darunter leuchteten die unbedeckten Stellen rot vor Kälte. Der wild bewachsene Untergrund war hart gefroren, ebenso die feldgrauen Mäntel der Männer unter dem dünnen weißen Winterüberwurf, der als Tarnung diente. Mindestens vier Schichten Kleidung waren nötig, um mit dem russischen Winter fertig zu werden, doch selbst dann war noch nicht gewährleistet, dass man nicht vor Kälte am ganzen Leib schlotterte. Lichte Pappeln und ein paar Fichten standen wie erstarrte graue Reliefs auf dem ausgetrockneten Eisboden. Außer einem gelegentlich wärnenden Knarzen, gab der Wald keinen Laut von sich.

Weiße Atemwölkchen vor sich hertragend, stapften die Soldaten mit klammen Fingern in wollenen Fäustlingen durch den malerisch

246

verwunschenen Winterpalast irgendeiner verfluchten, russischen Zarin. Gelegentlich legten sie einen Halt ein, um die Gewehre zu überprüfen. Der Karabiner 33/40 war bei gewöhnlicher Witterung eine grundsolide Waffe für den Einsatz der Gebirgsjäger. Sie war kürzer und stabiler als der Standardkarabiner 98, erzeugte aber beim Schuss einen gewaltigen Rückstoß. Nicht wenige Landser schätzten genau diese Eigenschaft, die ihnen das Gefühl vermittelte, über eine sehr wirkmächtige Waffe zu verfügen. Jetzt im Winter war es umso wichtiger, deren Einsatzbereitschaft sicherzustellen.

Damit der geölte Schlagbolzen, der die Patrone zur Zündung brachte, in seiner Kammer nicht festfror, musste man ihn gelegentlich auftauen. Die Soldaten bewerkstelligten dies, indem sie die beweglichen Eisenteile mit ihrem Atem erwärmten und den Verschluss durch mehrmaliges hin und herschieben gangbar hielten. Die dazu notwendige kurze Rast war nicht ungefährlich, denn es bedeutete, dass im Falle einer Kampfhandlung mindestens eine der Feuerwaffen ausfiel, während sie zur Funktionsprüfung entladen wurden.

Die Aufgabe von Willis Trupp bestand darin, das Waldstück am Fluss auf Feindbewegungen zu überprüfen. Sie hatten Befehl, sich keinesfalls in einen unnötigen Kampf zu verstricken, es sei denn, sie konnten sich schnell zurückziehen.

Es war noch früher Morgen, eine Uhrzeit, zu der sich außer der irr gewordenen Menschen kein anderes Lebewesen an der Erdoberfläche regte. Das Rudel aus Gebirgsjägern bestreifte die Gegend wachsam gegenüber jeder Veränderung, die sie zu so früher Stunde verdächtig machte. Eine übersehene Schneewehe, die sich als MG-Nest entpuppte, das Übersehen des hauchdünnen Drahts einer versteckten Ladung. Jede Sorglosigkeit gegenüber der Natur konnte sie das Leben kosten.

Sie waren lang unterwegs, als der eisgraue Forst dichter wurde. Wie aus Blaustahl gegossen, standen die farblos knorrigen Gewächse in das knochenharte Erdreich gerammt, über den Männern ein Baldachin aus Totholz.

Der Trupp war froh, als Wilhelm sie unterziehen ließ, um ein wenig zu verschnaufen. Jeder suchte eine geeignete Deckung, in deren Schutz er sich zuerst um sein Durchladegewehr kümmerte und danach den ihm zugeteilten Sichtbereich absicherte.

Ani lag hinter dem dicken Stamm einer faltigen Pappel. Er zog mit aller Kraft am Kammerstengel, da sein Verschlussstück vollkommen vereist war. Ein glänzendes Stück Messing sprang aus dem Magazinschacht. Es traf seinen Helm.

Der Schlag war so heftig, dass seine Ohren rauschten. Ein leichter Brandgeruch stieg ihm in die Nase. Er zwickte die Lider fest zusammen, weil sich ein hämmernder Schmerz in seinem Kopf ausbreitete und er den Standort seiner Gruppe an den Feind verriet, wenn er schrie. Schwindel ergriff ihn, benommen sah er nach seinen Kameraden. Sein Blick verschwamm.

Alle waren sie fort.

Er suchte den neuen Meldesoldaten, der nur einen Handgranatenwurf neben einem Erdaufwurf gekniet hatte. Die Stellung lag verlassen. Auch auf der gegenüberliegenden Seite war kein Infanterist auf dem Posten, die Stelle, an der eigentlich ihre Flanke abgesichert werden sollte.

Zutiefst beunruhigt hob Ani den Kopf aus der Deckung, um nach seinem Bruder zu sehen. Als Anführer des Trupps musste er unbedingt Bescheid wissen. Zischelnd rief er in die Richtung, in der er Wilhelm vermutete. Lauter, beim nächsten Versuch.

Keine Reaktion.

Hektisch grapschte Ani nach seinem Gewehr, doch zu seinem Schrecken stellte er fest, dass es verschwunden war. Fieberhaft tastete er mit ausgestreckten Armen den furchigen Erdboden ab. Es musste doch hier irgendwo liegen!

Plötzlich hielt er mitten in der Bewegung inne.

Seine Augen narrten ihn. Seit Wochen hatte er sich nicht mehr gewaschen, aber seine Hände waren blitzsauber. Keine abgebrochenen Fingernägel, kein Kratzer auf der Haut. Weiße Hemdmanschetten lugten – dort, wo seine feldgraue Uniform den Abschluss bilden sollte – unter Schurwolle hervor. Er kniete auf dem Boden und blickte völlig perplex an sich herab.

Fast hätte er vor Verblüffung laut aufgeschrien. Er steckte in einem auf Maß getrimmten sauberen Smoking, einer Art Festanzug. Dazu trug er glänzende Lackschuhe. Auf seinem Kopf saß – anstelle des Stahlhelms – ein dunkler Fedora mit schwarzem Hutband. Ungläubig betastete Ani die verschiedenen Fehlteile an seinem Körper, doch der Stoff fühlte sich echt an. Ohne auf die Gefahr zu achten, in der er schwebte, erhob er sich.

Selbst das unverträgliche Feindesland hatte sich verändert.

Die dicken Eisschichten waren weggetaut, die gesamte kaukasische Vegetation hatte sich in einen dicht blühenden Urwald verwandelt. Der Flecken Russland, auf dem Ani stand, badete im Sonnenlicht. Dunkelgrünes, satt getränktes Moos überdeckte wie ein ausgerollter Teppich den beinhart gefrorenen Grund. Blaue und weiße Glockenblumen sprossen in dichten Grüppchen aus dem Boden.

Schneeglöckchen standen dem grünen Flokati Spalier. Riesige Farne wogten ohne erkennbaren Einfluss im leichten Spiel hin und her.

Die stämmigen Pappeln und hohen Fichten wirkten auf ihn nicht mehr wie stählerne Gerippe, die einem Außenstehenden den Zutritt verwehrten, sondern winkten einladend mit ihren wundersam begrünten Ästen. Fröhlich jubilierte – die überraschend eingetretene neue Jahreszeit zu begrüßen – das Gezwitscher abertausender Vogelarten dazwischen. Einige hatten seltsam blaue Köpfchen und ein rötlich braunes Gefieder.

Eine einzelne Linde stand in der Nähe einer Rodung, hervorgehoben von einem Strahl milchigen Lichts, der durch das Laubdach wie aus dem Fenster einer riesigen Kathedrale fiel. Der Baum stand in voller Blüte und erfüllte die Luft ringsum mit einem betörenden Duft.

Fasziniert von der wirklichkeitsentrückten Märchenhaftigkeit der Szenerie, mitten im schlimmsten Kriegstreiben, trat Ani tiefer in das Traumgebilde, denn nichts weiter schien ihm das zu sein: Ein Traum.

War er gar tot?

Hinter der grau hutzeligen Rinde des dicken Lindenstamms regte sich etwas. Es stellte sich als das sorglose Flattern eines Rocksaums heraus, durch eine Brise in Bewegung versetzt. Von einer unbändigen Freude erfüllt, umrundete er den Baum. Noch nie in seinem Leben hatte er ein solches Wunder erlebt.

Die nächste Überraschung ließ nicht lange auf sich warten und Ani sank ergriffen auf die Knie.

Das, was er vor sich sah, war in seiner Vollkommenheit so beispiellos, dass er es fast für ein ins Leben gerufenes Votivbild der Heiligen Jungfrau selbst hielt. Nur, dass es nicht die Muttergottes war, derer er ansichtig wurde.

Sie lehnte mit dem Rücken gegen den Stamm, ihre Hände verschmolzen mit der silbrig grauen Rinde.

Isabella.

Ihr jenseitig strahlendes Gesicht wandte sie der wärmenden Sonne zu, das braune Haar glänzte im Licht. Die Augen hielt sie geschlossen, sie gab sich ganz dem friedlichen Quell eines unbeschwerten Tages hin.

Sie war es, ohne jeden Zweifel. Eine von Meisterhand in Form gegossene Skulptur menschlicher Präsenz.

Jede einzelne ihrer Haarsträhnen saß lang und glatt an exakt der dafür vorgesehenen Stelle. Ein leichter Zopf, der seinen Anfang wie ein geflochtenes Diadem über ihrer Stirnpartie nahm, fiel ihr geordnet auf die Schultern. Sie trug ein schulterfreies, langes Kleid in der Farbe von Orangenblüten, das unterhalb der erhöhten Taille gerafft war. Über Isabellas schmale Hüften floss weicher Tüll, das von der Sonne durchschienen wurde und darunter zartrosa ihre Haut erahnen ließ, italienischem Rosémarmor gleich.

Obwohl das Kleid bis auf den Boden reichte, bemerkte Ani, dass Isabella ohne Schuhe ging. Ihre Füße sanken in das Weich flaumig grüner Flechten.

Noch hatte sie ihn nicht bemerkt und Ani wollte das wonnevolle Bildnis um nichts auf der Welt stören, doch der Überschwang überwältige ihn, bevor er richtig zu Verstand kam.

„Heilige Mutter Maria, Mutter Gottes", rutschte es ihm demütig heraus.

Isabellas Lippen kräuselten sich zu einem lieblichen Schmunzeln, als erwartete sie ihn längst. Sie neigte den Kopf.

„Wo warst Du nur? Ich habe hier die ganze Zeit auf Dich gewartet", wollte sie wissen.

Sie schlug die Augen auf und goss ihr ganzes, herrliches Gold über ihm aus.

„Bin ich tot?", fragte er, ohne tatsächlich Angst vor seinem vermeintlichen Ableben zu verspüren.

„Du bist bei mir", sagte Isabella ruhig. „Welche Rolle spielt es, ob Du lebst, träumst oder tot bist?"

Sie kam auf ihn zu, beugte sich zu ihm herab und legte eine Hand auf seine Wange. Ihre Lippen schlossen sich fest um die seinen. Er fühlte ihren lebendigen Atem, als sie ihn küsste. Leidenschaftlich schob sie ihm die Zungenspitze in den Mund. Dankbar ergab sich Ani seiner Sehnsucht.

Gemeinsam ließen sie sich zurückfallen, das federleichte Moos empfingen sie freundlich. Ungeduldig umschlangen sie einander.

Isabella drehte ihre federleichte Gestalt auf seinen bebenden Körper. Ihre geschmeidigen Finger glitten unter seine Anzugjacke zu den Knöpfen seines Hemds und fädelten sie mühelos durch die Ösen. Vornübergebeugt kitzelten die Haarspitzen der Tänzerin seine nackte Brust, während ihre samtigen Lippen ihn entlang des Schlüsselbeins, bis hinab an den Schwertfortsatz seines Herzens erforschten. Ihr Mund schwebte weiter entlang der Rippenbögen, während ihre Hände unablässig tiefer in seinen Schritt wanderten.

Er keuchte. Heftig pochend regte sich sein schwellender Schaft ihren Berührungen entgegen. Mit Bedacht öffnete sie seine Hose einen Spalt und streichelte Anis strammer werdendes Glied.

Ihr Kopf sank tiefer, bis ihre Zunge über seine Eichel strich. Anis Finger krampften sich in das luftig grüne Bett der Natur unter ihm, zugleich hob und senkte er rhythmisch sein Becken. Sie versuchte ihn mit der flachen Hand auf seinem Schambein zurückzuhalten, doch seinem ersten Verlangen nachgebend, verlor er einen Spritzer Samenflüssigkeit. Das Lächeln, das sie seinem Missgeschick entgegenbrachte, war seiner Seele ein Strom schmelzender Lava. Mit einer winzigen, kaum wahrnehmbaren Geste streifte Isabella ihr durchscheinendes Kleid ab, das leicht wie ein Blütenblatt neben ihr zu Boden sank. Ihre nackten, scharf geschwungenen Formen verströmten den Duft nach zartem Verlangen, ihre Haut hatte die Eigenschaften fein geschliffenen Dolomits.

Sie spreizte ihre Beine über seinen Lenden, fiel langsam auf ein Knie und schob ihre Scham über seinen erigierten Penis. Eng und warm schloss sie ihren Schoß um seine Manneskraft. Sie wogten auf und ab, vereinten und lösten sich voneinander. Anis Hände wanderten zu ihren Brüsten, er hob den Kopf und saugte in glühender Erwartung an den empfindlichen Warzen. Beide Liebenden ergingen sich in fiebriger Erwartung eines ungezähmten Höhepunkts, den sie füreinander sowohl leidenschaftlich herbeisehnten als auch ihrer Existenz wegen, hinauszuzögern trachteten.

Ani schwang mit sich und der Welt im Einklang. Alles, was er empfand, war das vollkommene Glück, seine reine Liebe zu Isabella. Mochte sein Geistwesen einem Schwindel aufsitzen, seine Sinne funktionierten einwandfrei. Als sie sich wohlig räkelnd weit nach hinten bog, war es so weit.

Ani ergoss sich in ihrer gereiften Mitte und zwei freischwebende Elemente verschmolzen zu einem innigen Ganzen. Bebend vor Lust umklammerten sie einander, begierig darauf, auch noch der winzigsten Körperlichkeit ihrer Lust nachzuspüren. Sie hielten ihre Verbindung mit aller Macht aufrecht. Jede ineinander verschlungene Sekunde war kostbarer als ihre isolierten Jahre, ohne das Wissen um den anderen.

Ihre vom Akt erschöpften Glieder bereiteten den Platz für Berührungen, die so intensiv waren, dass sie ihnen einen wohligen Schauer über die Haut jagten. Isabellas Wangen waren gerötet von der grenzenlosen Begierde, der sie sich hingegeben hatte. Ani befand sich in einem Kosmos, der jegliches Zeitgefühl ausblendete. Flüsternd schworen sie sich die ewige Liebe.

Es dauerte eine Weile, bis er bemerkte, dass Isabella immer schweigsamer und nachdenklicher wurde.

„Was ist mit Dir?", fragte er besorgt.

Sie antwortete ihm mit einem ausgedehnten Kuss auf die Wange. „Du weißt es", sagte sie und erhob sich flink.

In geradezu irrwitziger Geschwindigkeit schlüpfte sie in das durchscheinende Kleid.

„Jetzt noch nicht", wisperte sie ihm bedauernd zu. „Noch nicht." Dann entfernte sie sich von ihm, während ihre Erscheinung zusehends zu schwinden drohte.

„Warte", rief Ani ihr verständnislos hinterher. „Wohin willst Du? Lass mich nicht alleine hier, ich will mit Dir kommen. Isabella, ich liebe Dich!"

Sie lächelte ihm milde zu. „Noch nicht", wiederholte sie kopfschüttelnd. „Noch nicht", dann war sie verschwunden.

Fassungslos starrte der junge Mann in die entstandene Leere.

Je mehr sich in ihm die Erkenntnis ausbreitete, dass Isabella ihn zurückgelassen hatte, desto kälter wurde es um ihn herum. Das Traumland verwandelte sich in die lebensfeindliche Eislandschaft zurück, aus der er gekommen war. Das Grau fraß die Farben, von überallher. Grobes Geschrei drängte in seine Ohren.

Die sich aufbauende Welt tat ihm weh, als risse man einen Embryo aus dem Leibe seiner Mutter. Schmerzgeplagt krümmte er sich, verschränkte schutzsuchend die Arme über dem Kopf, wälzte sich auf dem Boden.

Brausendes Stimmengewirr kam erbarmungslos näher, zwang ihn, die Augen zu öffnen.

„Ani!", schrie ihn jemand an. „Ani! Ani!"

Immer wieder.

Nachdem er der Richtung gewahr wurde, aus der man ihn rief, versuchte er mühevoll nach der Ursache des grauenvollen Lärms Ausschau zu halten.

Zuerst ergab sich nur ein unscharfes, nebulöses Bild, ähnlich einer verschwommenen Fotografie, auf der sich die abgebildeten Personen zu hastig bewegten. Nur zäh wurde daraus Wirklichkeit. Es krachte, und plötzlich wusste Ani wieder, wo er war.

Er sah sich umringt von einer Gruppe Männern. Für eine Schrecksekunde glaubte er, er sei den Russen in die Hände gefallen, doch dann erkannte er Willi zwischen den rußgeschwärzten Gesichtern und atmete erleichtert aus.

„Ani", es war also sein Bruder gewesen, der diesen Heidenlärm veranstaltet hatte. „Wir müssen hier weg. Sofort.", drängte er.

Völlig desorientiert sah Ani einen Kameraden nach dem anderen an. Sie glotzten zurück, als läge auf dem hartgefrorenen Waldboden vor ihnen eine undeutsch entartete Lebensform. Keiner der Soldaten rührte auch nur einen Finger, um dem angeschlagenen Waffenbruder auf die Beine zu helfen. Selbst auf Willis Gesicht stand ein Ausdruck, der zwischen Abscheu und Mitgefühl schwankte. Es dauerte einen weiteren peinlichen Moment, bis Ani wusste, weshalb ihm diese eigenartige Reaktion entgegenschlug.

Ihm wurde kalt.

Seine Hose war am Bund vollständig aufgeknöpft. Sein erschlafftes Glied war aus dem Schlitz gefallen, doch er hielt es fest in seiner Faust. Aus der Eichel tropfte milchiges Ejakulat, das in der klirrenden Kälte fast zu frieren begann.

„Wenn Du Dein Marschgepäck wieder verstaut hast, dann rücken wir ab, Soldat", wies Wilhelm den kleinen Bruder süffisant zurecht und stellte damit die Ordnung seines Trupps wieder her.

Mitterndorfer, ein Gewehrschütze von Anfang zwanzig reichte argwöhnisch Anis Karabiner herüber, als der endgültig aus seinem Traumzustand erwachte.

Er konnte sich an die Hülse erinnern, die gegen seinen Helm gesprungen war und betastete die Stelle mit seinen Fingern. Auf dem rauen Stahlblech befand sich eine deutliche Einbuchtung. Das, was ihn am Kopf getroffen hatte, war dem Vernehmen nach sehr groß und sehr schwer gewesen. Schweigsam legte er seine Ausrüstung an und zog die Hose hoch. Dann schloss er sich dem geräuschlosen Rückzug seiner kleinen Einheit an.

Während des Marsches trat Willi an ihn heran, gemeinsam liefen sie eine Zeit schweigend nebeneinander.

Plötzlich brach es aus dem Älteren heraus. Er zischte: „Wenn Du eine solche Sauerei noch mal abziehst, dann erschieß' ich Dich eigenhändig, Du brunzdummer Deppenhaufen!"

Ani wusste, dass die Drohung nicht ernst gemeint war, es gelang ihm aber auch nicht, sich dumm zu stellen. Die Sache war nicht leicht zu erklären. Er versuchte seinem Bruder alles gedämpft und in allen Einzelheiten so beizubringen, wie er glaubte, es erlebt zu haben.

„Meinen Lebtag war ich noch nie so glücklich. Es war ein Wunder", schwor Ani Stein und Bein. „Sie … Isabella, hat auf mich gewartet, ganz so, als sei ich endlich bei ihr daheim angekommen. Dann ist sie wieder verschwunden und ihr habt mich angeschrien."

Wilhelm hakte ungläubig nach. „Du kannst Dich nicht an die Schießerei erinnern?"

Ani verneinte. „Seit ich unseren Trupp aus den Augen verloren habe, ist mir nur noch die Begegnung mit Isabella glasklar in Erinnerung."

„Was heißt das, seit Du den Trupp aus den Augen verloren hast?", fragte Willi unwirsch. „Du warst doch die ganze Zeit nicht mehr als zehn, fünfzehn Meter entfernt, als der verdammte Zirkus angefangen hat. Das eigentliche Wunder ist, dass wir alle noch am Leben sind."

Und weil der Jüngere noch immer nicht begriff, erzählte ihm der Bruder, was er verpasst hatte.

Es war geschehen, kaum, dass Wilhelm die Männer hatte unterziehen lassen. Per Handzeichen verständigten sie sich, dass sie zuerst die Umgebung sichern und dann, einzeln und nacheinander, ihre Waffe überprüfen sollten. Während die Jäger gemäß ihrem Befehl verfuhren, griff Willi in seine Brusttasche, um die Wegekarte hervorzuholen. Er brauchte eine genauere Übersicht darüber, wo genau in dieser russischen Eishölle sie sich befanden. Er glich gerade zwei Geländepunkte mit der Topographie seines Faltplans ab und sah kurz auf, da meinte er, das Herz müsse ihm aus der Uniformjacke rutschen.

Weniger als fünfzig Meter vor ihm wuchs ein gut getarnter Bunker aus dem Erdboden. Wilhelm war der einzige Deutsche, der sich zur besseren Orientierung ganz aufgerichtet hatte. Ein Fehler wie aus dem Lehrbuch, nun stand er in der exakten Schusslinie zum feindlichen Schützenloch.

Hatten die Russen ihn bereits im Visier? Wie angewurzelt stand er und starrte in den kleinen schwarzen Schatten, den die Schießscharte unter der getarnten Holzverkleidung einnahm. Er wagte weder zu atmen noch sich zu bewegen. Er wünschte einfach unsichtbar zu sein, der erfahrene Soldat in ihm verfluchte sich. Wie hatte er diesen gottverdammten Bretterhaufen nur übersehen können?

Von Links kam das vertraute Geräusch eines Gewehrs, das gerade entladen wurde. Schweiß trat Willi auf die Stirn. Im Kopf überschlug er, wie lange es dauern mochte, bis seine Männer ihre Waffen vollständig geprüft hatten und einsatzbereit waren.

Er kam zu dem Schluss: Zu lang!

Wo ein Bunker war, gab es sicher weitere. Wo waren sie? Fieberhaft suchten seine Augen nach Anzeichen.

Das Gewehr eines weiteren Kameraden repetierte.

Es kam dem verdienten Unterführer so vor, als sei das mechanische Klappern ihrer Flinten das einzige kilometerweit hörbare Geräusch weit und breit. Ließe sich auch nur ein Rotarmist davon zum Aufblicken verleiten, bräche sofort die Hölle los.

Noch war alles ruhig.

Das dritte Gewehr wurde entladen.

Willi beschloss, sich leise rückwärts zu bewegen, solange es ihm noch möglich war.

Er hob einen Stiefel. Vorsichtig schob er ihn Schritt um Schritt zurück. Millimeter für Millimeter. Seitlich hinter ihm lag ein dicker grauer Findling, dem er schutzsuchend zustrebte.

Zwei Meter bis dorthin. Ein scheinbar unangreifbares Unterfangen, denn mit jeder Sekunde, in der er aufrecht blieb, wuchs die Todesgefahr, in der er schwebte.

Noch ein Meter.

Wenige Zentimeter.

Da.

Ein harter lauter Schlag von Metall gegen Stein, Willi hatte den Kolben seines Karabiners nicht bedacht. In der konzentrierten Rückwärtsbewegung hatte er die Länge seines Gewehrs unterschätzt, in der Aufregung vergessen, dass die mit Blech beschlagene Kolbenkappe seinen Körper seitlich etwas überragte. Scheppernd rumpelte die Waffe an den unnachgiebigen Felsblock in seinem Rücken. Schon der zweite Anfängerfehler heute.

Er bekam nicht einmal die Zeit, in Schockstarre zu verfallen. Die Bunkerbesatzung ging mit geballter Feuerkraft vor und entfesselten ein wahres Armageddon. Überall neben Willi gruben wuchtige Explosivgeschosse das Erdreich um.

Es zischte und fauchte.

Er konnte sich nur noch niederwerfen. Betend harrte Willi auf die eine Kugel aus, die ihm den Garaus machte und er hoffte, dass er nicht leiden musste.

Die feurigen Garben deckten ihn gehörig ein, doch irgendwann begann sich das Belfern der Langwaffen zu verlagern. Hurtig robbte Willi der sicheren Deckung zu. Dort angekommen warf er ein überhastetes *„Ave Maria"* in den trostlosen Himmel über sich.

Obwohl ihn die Todesangst noch immer gepackt hielt, erinnerte er sich daran, dass er die Verantwortung für das Leben seiner Männer und insbesondere das seines Bruders trug. Er musste die Gesamtlage überblicken, damit er sie aus der Misere pauken konnte. Irgendeine Glanztat hatte das Feuer von ihm weg, in eine andere Richtung gelenkt.

Wo war der Held, der das vollbracht hatte?

Wilhelm machte die Ursache für das umgelenkte Feuer des Feindes sehr schnell aus. Er wirbelte herum und sah keinen Helden, sondern eine Torheit von so unsagbarer Tragweite, dass es einem schon beim Hinsehen die Nackenhaare aufstellte. Dahingehend verblassten seine eigenen, vorhin gemachten Fehler.

Anlass war niemand geringerer als sein kleiner Bruder Anian.

Eben spazierte der Hundskrüppel in aller Seelenruhe, und zur Gänze unbewaffnet, über das explodierende Gefechtsfeld. Seinem kleinen Ausflug folgte alles an infanteristischem Höllenspektakel nach, das die aufgescheuchten Rotarmisten aufzubieten hatten.

Das kleine kaukasische Waldstück brannte lichterloh und mitten drinnen – durch das Aufblitzen der Geschosse, durch ein Flammenmeer aus dichtem Rauch und Nebel – wanderte Ani, als ginge ihn das Spektakel überhaupt nichts an. Unbeirrt taperte er auf eine alleinstehende Baumleiche zu.

Seelig kniete er davor nieder. Es war mehr als nur Zufall, dass ihn keiner der gleißenden Lichtblitze, die wahllos überall einschlugen, in tausend Fetzen zerriss.

Die eiskalte Luft wärmte sich bei der Gefechtshitze dermaßen auf, dass sie sich beinahe wie ein heimtückischer Frühlingsanfang anfühlte.

Endlich besann sich Wilhelm. Durch das Ablenkungsmanöver ließ sich der Bunker vielleicht nehmen. Er nutzte die Gelegenheit, sammelte die übrige Mannschaft und gab Anweisungen. Bewaffnet mit je einer Stilhandgranate arbeiteten sich zwei der Männer voran, während sie von den übrigen Kameraden beobachtet wurden. Feuerschutz hatten sie nicht nötig, denn Willis kleiner, und vollkommen übergeschnappter Bruder zog den Beschuss auf sich.

Wilhelm sah schon das kleinformatige Musterschreiben voraus, dass ihre Eltern in Bälde vom OKH erhalten würden: *Der Arbeitsstab überreicht Ihnen das Gedenkblatt für Ihren im Kampfraum Kuban gefallenen Sohn, OGefr. Anian Tuchel, gestorben im Kampf um die Freiheit Großdeutschlands, heldenhaft für Führer/Volk und Vaterland.*

Gez. Irgendein Offizier Soundso.

Eben malte sich Wilhelm das schmerzverzerrte Gesicht der Mutter aus, wie sie die Nachricht mit gebrochenem Herzen las, da zerbarst der Feindbunker durch die Wucht der ihn hochjagenden Granaten.

Das russische Waffenarsenal verstummte ebenso rasch, wie es begonnen hatte sich zu erheben. Für den Moment jedenfalls.

Keiner konnte sagen, ob die Bunkerbesatzung nicht längst über Funk Verstärkung angefordert hatte, oder ob der Lärm weitere Russen anlockte. Nicht lange, und es würde hier bald nur so von Feinden wimmeln.

Um dem zuvorzukommen, setzte sich der Trupp schleunigst von der Hauptkampflinie ab, wobei sie dringend nach Ani zu sehen hatten. Was sie allerdings zu sehen bekamen, entsprach so gar nicht ihren Erwartungen.

„Nicht genug damit, dass Du Dich ohne Nachzudenken dieser Gefahr ausgesetzt hast", schimpfte Willi. „Nein, Du ziehst auch noch mitten im ärgsten Kampfgetümmel deine Pfeife durch, während Dir die Kugeln um die Ohren hageln! Himmelsakrament, welcher gestörte Geist wichst denn bei einer solchen Gelegenheit? Das wird im Lager schnell die Runde machen. Wunder Dich halt nicht, wenn die Männer in den nächsten Tagen einen Bogen um Dich machen. Keiner will in der Nähe von einem sein, dem sein Leben so offenkundig scheißegal ist. Das Beste wird sein, wir reden nicht mehr d'rüber, klar?"

Ani stimmte trübselig zu, doch noch mehr als das Befremdetsein seiner Kameraden, setzte ihm zu, dass Isabella ihn nicht mitgenommen hatte.

Er musste weitermachen.

Um die neun Monate nach diesem denkwürdigen Ereignis, Ende März, war der stolze Edelweißverband um fast vier Fünftel seiner Anfangsstärke geschrumpft. Auf gut 5.000 Mann, die sich noch kampfbereit zeigten. Das Oberkommando zog die geschundenen Einheiten der Gebirgsdivision von der Ostfront ab und verlegte sie auf den Balkan. Dort wurden sie mit neuem Material und unerfahrenen Soldaten aufgefrischt und mussten sich anschließend den kommunistisch gesinnten Partisanen des Marschalls Josip Broz Titos stellen.

Stück für Stück wurde die Truppe weiter verheizt. Diesmal nicht im Kugelhagel einer Schlacht, sondern in einem sich zermürbend dahinschleppenden Kleinkrieg, in dem sich der Feind oft nicht einmal zeigte.

Das Misstrauen der deutschen Besatzer gegen die einheimische Bevölkerung, die sich mit dem Gegner verbündete, wuchs und es dauerte nicht lange, bis ein erstes, namenloses Dorf in Flammen aufging. Sämtliche, als Kollaborateure abgeurteilte Bewohner verschwanden mit ihm. Greise, Männer, Frauen, Kinder und Babys. Ohne Mitgefühl.

Die damit ausgelöste Spirale der Gewalt, ließ sich nicht mehr umkehren. Selbst als die Division nach Bosnien, nahe an die griechische Grenze beordert wurde, ließ der Spuk nicht nach. Zu hoch waren die deutschen Verluste inzwischen geworden, zu sehr schmerzten die zugefügten Wunden. Alles, was sich den Wehrmachtssoldaten in den Weg stellte, wurde in gnadenloser Raserei niedergemäht. Sie handelten, als seien sie der zürnende Arm des Kriegsgottes Ares, denn trotz der nicht enden wollenden Grausamkeiten sahen sie sich im Recht, jede Maßnahme zu ergreifen, der es bedurfte, die eigenen Ausfälle zu sühnen. Überall, wo das Edelweiß im Namen eines sogenannten

Sühnebefehls auftauchte, hinterließ es – wenn schon nicht Tod und Verdammnis – so zumindest Furcht und Schrecken.

*
○

„Scharfschütze", rief Ani aus vollem Hals.

Einmal mehr lag er im Dreck und spürte, wie ihm das Herz bis an den Hals schlug, neben ihm sein Bruder. Sie drückten ihre Helme in die Erde, weil sie von einem hinterhältigen Partisanen gejagt wurden. Nicht das erste Mal seit ihrer Ankunft.

Der Scharfschütze, der sie diesmal niederhielt, war vermutlich gar kein ausgebildeter Soldat, sondern höchstwahrscheinlich irgendein Bauernlümmel, dem man ein altes Mosin-Nagant in die Hand gedrückt hatte.

Es war ein sinnloses Unterfangen, jeden einzelnen dieser Guerillas fangen zu wollen, wie es die Generalität vorschlug. Auf dem Balkan wurde die einst stolze Gebirgstruppe vorgeführt. Weder in Montenegro, Griechenland, noch jetzt in Bosnien, gab es klare militärische Erfolge zu verzeichnen, auch keinen Gegner, der sich einer offenen Schlacht stellte.

Die täglich zum Einsatz kommende Gewalt geriet zur Routine, bei der man Abwechslung nur in noch größerer Brutalität finden konnte. Zugegeben, die von den Partisanen verursachten, kleinen Mückenstiche waren eine Plage, der man mit Ausrottung aller Insekten zu Leibe rücken wollte. Ein Irrglaube hingegen war es anzunehmen, dass die Blutsauger deshalb ihre Neigung zu stechen aufgaben oder dass auch nur ein Widerstandskämpfer sein Gewehr niederlegte.

Anian fluchte kaum vernehmlich in sich hinein. Er hatte es gründlich satt, sich vor diesen ehrlosen Kommunistenschweinen im Staub zu wälzen.

Der zweite Schuss ließ auf sich warten, keiner feuerte zurück. Jeder verfügbare deutsche Soldat lag wahrscheinlich irgendwo herum, hielt die Füße still und wartete darauf, welchen Befehl ihr Anführer, also Willi, als nächstes gab. Gerade hatte er Ani in Erinnerung an den peinlichen Vorfall im Kaukasus scherzhaft einen „Wichser" genannt, als der Schuss brach.

Ani hatte sogar noch zu einem übertriebenen Lachen angesetzt, bevor er es seinem Bruder gleichtat und zu Boden hechtete.

Es geschah weiters nichts, als dass sie lagen.

Bald hielt es Ani nicht mehr aus. Er fuhr seinen Ellenbogen zollweise aus, damit er Willi anstoßen konnte.

258

„Was meinst Du", klang es blechern unter dem Stahlhelm, der ihm bis auf die Nasenwurzel gerutscht war und ihm die Sicht raubte. „Sollen wir dem Hosenscheißer ein bisserl Zunder unter'm Arsch machen?"

Wilhelm gab keine Antwort.

In leicht verdrehter Pose lag er wächsern da und rührte sich nicht mehr. Eine dünne, rote Spur fädelte sich in Höhe seiner Brust über die staubtrockene Erde.

Willi war tot.

Erschossen von einem Partisan.

Der kleine Bruder wollte es nicht glauben. *Nicht auch noch Willi!* Ungestüm rüttelte er ihn an der Schulter, doch das Körperteil folgte der ihm zugefügten Erschütterung nur als schlaffes Echo. Ani warf sich — die Anwesenheit des Schützen, der noch immer irgendwo lauern mochte, außer Acht lassend — über den Leichnam und rollte ihn auf den Rücken.

Willis Feldbluse wies auf Herzhöhe einen roten Fleck auf, in dessen Mitte ein kreisrundes, dunkles Loch klaffte. Es war nicht mehr zu stopfen. Ein steter Impuls aus Blut quoll daraus hervor und versiegte sogleich darunter im Staub. An der offenen Wunde gab es nichts mehr zu tun, der Tod war beinahe sofort eingetreten. Er war gnädig gewesen.

Trotzdem legte Ani seine Hände auf die blutende Stelle, als könne er so die Öffnung schließen. Willis Lebenssaft war klebrig warm, doch da er beständig aus ihm herausfloss, erkaltete die Brust schnell. Trauer flutete Anis Körper, und er brüllte seine Hilflosigkeit wie ein waidwundes Tier heraus.

Endlich wurden die Kameraden auf den Verlust ihres Truppführers aufmerksam. Geduckt kamen sie heran und versammelten sich um die Leiche ihres Anführers. Einige zielten noch unstet ins Gelände, doch der gegnerische Heckenschütze war erfolgreich gewesen, womit sich seine Anwesenheit erübrigt hatte.

Anis Gesicht wurde zum Abbild glühenden Zorns.

Er verlor jegliche Fassung, als er die Kameraden um sich fand. Tobend sprang er auf und schrie dem unsichtbaren Feind seine Verwünschungen und Flüche hinterher. In unbändiger Wut warf er sein Gewehr in die Richtung, in der er den Mörder seines Bruders vermutete, dann rannte er, ohne auf die Warnungen der Männer zu hören, hitzköpfig los.

Er fand seinen Karabiner, nahm ihn auf und preschte weiter. Hinter ihm verhallten die Stimmen seiner Mitstreiter. Blindlings focht er sich durch dorniges Gestrüpp und riss sich mehrfach daran die Haut. Er watete durch ein klares Bächlein, stieg auf einer Seite eine steile Böschung hinauf, auf der anderen rutschte er den Abhang wieder hinunter. Er traf auf einen unbefestigten Weg, der oft von Fuhrwerken befahren wurde. Die Spuren wanden sich um eine Kurve.

Heftig schnaufend kam er auf der Rinne zum Stehen.

Vor ihm lag, nicht weit entfernt, ein kleines Dorf. Es klemmte zwischen zwei sanft geschwungenen Hügeln und mochte aus gut zwanzig Häusern bestehen. Sie besaßen alte, grob behauene Steinwände und hatten Walmdächer, die mit unförmigen Schindeln gedeckt waren. Ein schlichtes Bauerndorf wie in der Heimat, das einen derben Geruch nach abgestandenem Heu und Nutzvieh verströmte.

Das ideale Partisanenversteck.

Die dezemberkalte Sonne stand in ihrem Zenit. Der einzige Weg in den Weiler, und auf der gegenüberliegenden Seite wieder hinaus, führte über den ausgefahrenen Pfad, auf dem Ani stand.

Er sann auf Rache.

Milena bleibt vor der Bank stehen, auf der sich Anian und Bernhard breit gemacht haben. Sie deutet nur einen knappen Gruß in Richtung des alten Tuchel an, runzelt die Stirn. Bernhard deutet die Zeichen richtig und steht auf. Dabei steht er stramm und greift sich die Hand der Frau, verbeugt sich zu einem angedeuteten Handkuss.

Er stellt sich vor.

„Hanselmann", macht er seine Aufwartung und über seine Schulter sagt er zu seinem Freund. „Du hast vergessen zu erwähnen, was für eine Schönheit Deine neue Freundin ist!" Schmeichlerisch wendet er sich wieder der Frau zu. „Es freut mich ungemein Ihre Bekanntschaft machen zu dürfen, meine Liebe."

Verkniffen nimmt Milena die Freundlichkeit des ihr fremden Mannes zur Kenntnis. Es ist kaum zu verkennen, dass sie sich in Gesellschaft der beiden alten Herren nicht wohl fühlt.

„Jel i to nacista?", fragt sie kurz angebunden.

Sie will die unerfreuliche Angelegenheit wohl rasch hinter sich bringen und mustert Anian ungeduldig. Er soll sich beeilen.

Weder er noch Bernhard haben sie verstanden, aber Ani weiß, dass es jetzt an ihm ist, seine Forderung zu stellen.

„Du hast mir einen Dolmetscher versprochen", erinnert er seinen Nebenmann an die Abmachung. „Wo ist er?"

Der Anwalt, der Milena wie gebannt betrachtet hat, löst sich aus seiner Versenkung. „Äh, richtig", murmelt er. „Den sollst Du haben. Lass mich nur fix telefonieren."

Damit zieht er sein Handy erneut heraus, klappt es auf und tippt eine Zahlenkombination in das Tastenfeld. Geschäftsmäßig hält er sich den Apparat ans Ohr. Ani kann das Freizeichen hören. Schnarrend meldet sich ein Mann am anderen Ende der Leitung. Bernhard wechselt ein paar vertraute Worte mit ihm, dann bestellt er ihn zum Krankenhaus. Gleich darauf verstaut er das Telefon wieder in der Aktentasche.

„Eine Minute!", zeigt er mit erhobenem Zeigefinger an.

Sie warten.

Bald darauf kommt ein hagerere Mitfünfziger den Fußweg herangehetzt. Sein dunkelbrauner Kordanzug, aus dem ein Hemdzipfel heraussteht, lässt einen Akademiker erwarten, was sich auch prompt bestätigt. Er stellt sich als Noam Koschinsky, Professor für Slawistik vor.

„Ich dachte schon, Sie lassen mich im Auto versauern", wendet er sich fast ein bisschen wehleidig an Bernhard. „Noch länger, und ich hätte mich aus Frust durch das Frühstücksbuffet der Krankenhaus-Cafeteria gefressen. Wegen der Spesen und so."

Verlegen rückt er sein altmodisches Brillengestell zurecht, das große dicke Gläser mit Silberdraht einfasst. Helle Augen schwimmen dahinter wie in einem blau gefliesten Aquarium. Sein Anzug ist noch abgewetzter, als auf den ersten Blick zu erkennen war. Die aufgenähten Ellenbogenschoner sind bereits so durchgescheuert, dass der Kord darunter frei liegt.

„Nun sind Sie ja da", wedelt Bernhard das Vorgeplänkel weg und ergänzt mit einem schelmischen Augenzwinkern. „Koschinsky ist mein bestes Pferd im Stall, nicht wahr Koschinsky?"

„Wenn Sie das sagen, Herr Doktor", der Professor grinst bescheiden.

„Ja, das sage ich", gibt der Anwalt humorlos zurück. „Ani, Du wirst keinen besseren Übersetzer als ihn finden. Koschinsky ist Sankt Petersburger und übrigens Jude."

„Das bin ich wohl", bestätigte Koschinsky freundlich, aber sehr bestimmt im Ton, der darauf hindeutet, dass der Anwalt und er ausschließlich geschäftlich miteinander verbunden sind. „Ist mein Glaubensbekenntnis denn von Belang für die zu besprechende Angelegenheit? Herr Hanselmann hat so etwas im Vorfeld angedeutet."

Ani glaubt sich verhört zu haben. Er blinzelt.

„Herr Hanselmann hat ..."

Ein Seitenblick genügt ihm, um Bernhards vergnügliche Mine aufzufangen, der sich über die gelungene Inszenierung sehr zu amüsieren zu scheint. Es ist eine überaus zynische Posse, die der „Freund" in seinem Beisein aufführt. Sie erinnert ihn äußerst nachdrücklich daran, was der Advokat wirklich will. Was wie ein Scherz wirkt, ist in Wirklichkeit eine Provokation.

Der alte Tuchel versucht seinen Missmut darüber nicht allzu sehr anwachsen zu lassen. Er wird nicht drum herumkommen, etwas von seinen Erinnerungen an Isabella preiszugeben, aber er denkt gar nicht daran, sich das Geschenk ihrer gemeinsamen kostbaren Zeit von Bernhard Hanselmann wieder nehmen zu lassen.

An den Professor gerichtet, sagt er: „Nun, wenn der Herr Hanselmann das behauptet hat, wird wohl auch etwas dran sein. Als Anwalt hat er sich schließlich der Wahrheitsfindung verpflichtet, oder nicht?"

Bernhard hebt warnend die Augenbrauen. Sein Blick wandert zur Aktentasche, was Anian an das Schriftstück erinnern soll, das er unterzeichnet hat.

Professor Koschinsky horcht auf. Die Anspielung gefällt ihm nicht, natürlich nicht. Offenkundig hat ihn sein Auftraggeber nur unzureichend über den Zweck seines Auftrags informiert, daher kann er sich noch nicht zusammenreimen, auf was er sich eingelassen hat.

Ani entgeht keineswegs, dass Koschinsky gedankenschnell kombiniert. Sein Äußeres täuscht nicht darüber hinweg, dass hinter der vernachlässigten Fassade eine blitzgescheite Person steckt. Sicherlich kennt er die einschlägigen Zeitungsartikel, und er hat sich bestimmt eine Meinung zu seinem Chef gebildet. Doch er ist ein viel zu versierter Routinier auf seinem Fachgebiet, der weiß, dass er seine Vorbehalte nicht ausgerechnet mit dem Mandanten des generösen Staranwalts diskutieren sollte, der ihm am Ende den Gehaltsscheck ausfüllt.

Deshalb nimmt Koschinksky das Gespräch betont sachlich wieder auf. Kurz mustert er die Frau, die bei ihm bisher kaum Beachtung fand.

„Na gut, dann hätten wir die ethnische Frage ja geklärt. Ich darf also davon ausgehen, dass Sie mich als Sprachmittler akzeptieren, Herr Tuchel? Fein. Sie gaben vor Herrn Hanselmann an, einen Übersetzer für Slawische zu benötigen, vorwiegend Bosnisch, Serbisch oder Kroatisch, korrekt? Mhm, dann gehe ich bestimmt Recht in der Annahme, dass die gewünschte Translation jener Dame hier gelten soll? Ja, dann schlage ich vor, dass wir einander kurz vorstellen, damit sich die Unterhaltung etwas persönlicher gestaltet, in Ordnung?“

Ani hat nichts dagegen einzuwenden.

Sofort übersetzt der Professor für Milena. Die beiden führen einen kurzen Wortwechsel, dann richtet sich Koschinsky an Bernhard und Anian zugleich.

„Frau Horvath spricht weder Bosnisch noch Serbisch“, klärt er sie auf. „Sie wurde zwar in Bosnien geboren, wuchs jedoch in Kroatien auf, weshalb ihre Muttersprache Kroatisch ist. Die beiden Sprachen entstammen dem štokavischen Dialekt, sind aber nicht artgleich. Trotzdem werde ich versuchen, so gut es geht zu dolmetschen, leider ist mein Kroatisch leicht eingerostet.“

Der Sprachwissenschaftler erwartet keine Bestätigung für seine Ausführungen, es ist ein knapp gehaltener Hinweis für seine Zuhörer. Versiert führt er das Gespräch mit der Frau fort. Es folgt eine recht angeregte Unterhaltung, in deren Verlauf Milena sogar einmal kurz lächelt. Ein auffallend liebreizendes Lächeln. Ihr erwärmender Bernsteinblick und die feinen, leicht geschwungenen Lippen, die in zwei kleine Grübchen münden, geben ihrer ansonsten eher lebensmüden Aura etwas Jugendhaftes zurück.

Ani hat so viele Fragen. Seine Geduld wird in diesen Minuten auf eine harte Probe gestellt. Es kostet ihn Mühe, nicht dazwischenzufunken, um seine Neugier zu befriedigen.

Koschinsky nickt mehrfach, unterstützt den Dialog mit Gesten und weist einige Male entweder auf Anian oder auf Bernhard.

Schließlich spricht er Anian an: „Herr Tuchel, ich habe Sie im Namen Frau Horvaths ausdrücklich darauf hinzuweisen, dass sie nur aus zwei Gründen mit Ihnen sprechen wird. Zum einen wünscht sie mit Nachdruck zu erfahren, wie es sein kann, dass Sie nicht nur den Vornamen Frau Horvaths kennen, sondern auch noch genau wissen, welches ihr Geburtsort ist, obwohl sie beide sich noch nie zuvor begegnet sind. Zum anderen verlangt Frau Horvath für ihre Aufwendungen finanziell entschädigt zu werden. Es liegt ihr fern undankbar zu erscheinen, doch sie meint, das wenige Geld, das Sie ihr bereits vorgeschossen haben, decke allenfalls die notwendigen Unterhaltskosten. Als derzeit Asylsuchende in Deutschland hält sie es für angemessen, dass man ihren Bedürfnissen großzügig entgegenkommt.“

In nur wenigen, unzweideutig zu verstehenden Worten hat es Milena geschafft, den Professor auf ihre Seite zu ziehen. Obwohl ihm die Zusammenhänge aus dem Wenigen, das er bisher erfahren hat, kaum klarer geworden sein dürften, hält auch Koschinsky die Forderung der Frau für unabdingbar. Entsprechend abwartend blickt er seine Auftraggeber an. Bernhard zuckt abweisend mit den Schultern und deutet auf Anian.

„Selbstverständlich“, stimmt Ani umstandslos zu, „Frau Horvath erhält, was immer sie benötigt. Ich werde ihr Rede und Antwort stehen, und darüber hinaus bin ich sicher, dass sich Herr Hanselmann ihr in seiner Eigenschaft als Anwalt hilfreich an die Seite stellen wird, was die Asylsuche anbelangt. Nicht wahr, Bernhard?“

„Solange wir endlich zum Thema kommen, ist mir alles recht“, winkt der murrend ab.

Koschinsky nickt und übersetzt hin und her.

„Frau Horvath besteht auf einer schriftlichen Vereinbarung.“

Bernhard stöhnt, zeigt sich aber nicht unbeeindruckt von Milenas Verhandlungsgeschick. Etwas mürrisch öffnet er noch einmal die elegante Ledertasche, nimmt ein paar Seiten unbeschriebenes Linienpapier heraus, zückt seinen teuren Füllfederhalter und kritzelt damit lustlos ein paar Zeilen hin. Als er mit seinen Formulierungen zufrieden ist, hält er das ausgefüllte Blatt zunächst dem vormaligen Freund, dann der Frau hin.

„Zufrieden?", nörgelt er.

Ani liest, findet nichts daran auszusetzen und reicht den handschriftlichen Vertrag an Koschinsky weiter, der für Milena Horvath dolmetscht.

Aufmerksam lauscht sie seiner Stimme, bis er ihr zu Ende vorgelesen hat. Auch sie hat nichts zu beanstanden, woraufhin jeder der Anwesenden seine Unterschrift unter das Dokument setzt.

Endlich kann Ani beginnen.

Mit flehentlicher Mine blickt er die Frau an.

Er würde so gerne ungeschehen machen, was er getan hat, beteuert er. Er baue nicht darauf, dass Frau Horvath ihm verzeihen werde, doch er habe immer gewusst, dass der Tag kommen würde, an dem er für seine Sünden Rechenschaft ablegen müsse. Dankbar sei er, dass ihm das Schicksal die Güte erweise, dies nicht erst vor dem Jüngsten Gericht zu tun, sondern von Angesicht zu Angesicht mit dem noch lebendigen Menschen. Mit ihr. Mit Milena.

Ein leichter Wind fegt über die Patientenanlage und streift dabei die kleine Grünfläche neben der Parkbank. Silbrig legen sich die dünnen Halme zur Seite. Anian Tuchels wässrig blaugraue Augen bleiben daran haften. Er fühlt sich so alt.

Mit zittriger Stimme fängt er an zu erzählen. Er beginnt dort, wo er seinen Bruder verloren hat.

In Sudbinka Selo.

„Der befehlshabende Offizier fragte mich, ob ich mir absolut sicher sei, denn es dürfe keinerlei Zweifel geben. Ich bejahte, ohne zu zögern. Zurückhaltend erkundigte er sich, ob ich mir über die Konsequenzen im Klaren sei, die meine Beobachtung zur Folge habe. Wieder bejahte ich im Brustton der Überzeugung, schrie es fast: *„Jawohl, Herr Leutnant!"*

Zur Sicherheit beharrte ich darauf, den Scharfschützen, der meinen Bruder Wilhelm ins Herz getroffen hatte, bis an den Rand jenes Dorfes verfolgt zu haben, das fünf Kilometer nördlich unseres Gefechtstands lag. Schätzungsweise zwanzig Häuser säumten die Straße. Ich behauptete, der Mann sei in einem von ihnen verschwunden und nicht wieder herausgekommen.

Das war in zweierlei Hinsicht gelogen. Weder hatte ich Willis Mörder je zu Gesicht bekommen noch auch nur eine Menschenseele außerhalb seiner Behausung gesehen. Dennoch, und vielleicht, weil ich es mir einredete, beharrte ich auf meiner Beobachtung. Ich war außer mir vor Wut, mich gierte nach Rache.

Auge um Auge, so habe ich es gelernt, das war mein einziger Gedanke. Hätte ich an diesem Tag die Blitze des Zeus besessen, ich hätte sie der ganzen Welt entgegen geschleudert. Ich nutzte die nächstbeste Gewalt: die Armee des Führers.

Der Leutnant entfaltete hinter seinem Schreibtisch eine Karte der Umgebung, suchte mit seinem Finger das von mir genannte Fleckchen. Da hörte ich den Namen des Dorfes zum ersten Mal.

Sudbinka Selo.

Er tippte mit der Kuppe seines Zeigefingers darauf und hob den Hörer des Feldtelefons ab. Finster gab er meine Beobachtung weiter und nahm den Befehl entgegen. Ich wusste, was als nächstes kam. Zwar war ich bisher nie selbst beteiligt gewesen, doch ich kannte die Kameraden, die von solchen *Sondereinsätzen* zurückgekehrt waren. Manche totenbleich, andere berauscht, wie nach einem misslungenen Fest.

Als der Offizier eingehängt hatte, gab er Order den Zug gefechtsbereit zu machen. Der Angriff wurde auf vier Uhr nachmittags festgelegt. Ungewöhnlich, doch die Vergeltung sollte schnell und entschlossen erfolgen.

Frisch aufmunitioniert marschierten wir gegen das Dorf. Fast lautlos bezogen wir rings um die Hügel Stellung. Binnen Minuten war die Ortschaft eingekesselt, nicht einmal eine Maus wäre unbemerkt hinein noch herausgekommen.

Es war ein ungewöhnlich schöner Frühlingstag. Der auslaufende März spendete uns eine leichte Wärme, die Sonne schickte ein paar Strahlen durch die Wolkendecke. Die Wiesen waren nur leicht feucht und es roch nach dem Torf des Erdreichs. Die wenigen Bewohner, die ich erkannte, bewegten sich in der behäbigen Sicherheit ihres Zuhauses. Die Frauen trugen schmutzig bunte Kopftücher, die Männer Latzhosen und Stiefel.

Punkt vier Uhr klopften wir an.

Eine Gewehrgranate schlug laut krachend in der Dorfmitte ein, irgendetwas zerbarst daran. Holz. Aufgescheucht rannten die Menschen aus ihren Häusern. Verwirrt versuchten sie zu erfassen, was mit ihnen geschah, aufgeregt schrien sie sich gegenseitig an. Viele von ihnen, zumeist Männer, versammelten sich um den noch rauchenden Granattrichter. Das war das Zeichen für unsere MG-Schützen.

Sie flankierten die Hauptstraße bei gutem Sichtfeld auf das Dorfzentrum, am Ein- und am Ausgang. Unbarmherzig setzte ein Orgelspiel nach dem anderen ein, vereinigt zu einem endlosen Rattern, das in die ahnungslosen Leiber mit solcher Härte fuhr, dass die aufstäubenden Blutschleier noch auf weite Sicht zu sehen waren. Instinktiv zerstreuten sich die Überlebenden, nicht ahnend, dass ihnen an jeder nur denkbaren Fluchtecke eine weitere tödliche Salve auflauerte. Es war ein tödlicher Schauer ohne Gegenwehr, der nicht einmal bis zur Dämmerung dauerte.

Sobald das Feuer abflaute, kam ich an die Reihe. Das Verräterdorf musste von einem Sonderkommando, das ich anführte, gründlich nach überlebenden Partisanen durchsucht werden. Eine nicht ungefährliche Aufgabe, deshalb hatte mein Trupp die Erlaubnis auf alles zu schießen, was sich bewegte. Ich war versessen darauf, meinen Bruder zu rächen und machte ausschweifenden Gebrauch von meinem Gewehr. Fünf Mal drückte ich in kurzer Folge ab, legte den nächsten Ladestreifen ein, drückte wieder ab. Schnell, so wie ich es während des Drills geübt hatte.

Immer wieder, ich weiß nicht wie oft. Schuss um Schuss feuerte ich blindlings in jedes Bauernhaus, ohne mich darum zu scheren, wer sich drin aufhielt. Ich sehe noch heute die erschreckten Gesichter, aber ich erinnere mich weder an eine bestimmte Person noch an ihr Alter. Vor meinem Korn waren sie alle gleich. In diesem Krieg gab es keine Unschuldigen, warum also hätte ich mich zurückhalten sollen?

Männer, Frauen, Kinder, Alte. Ich achtete nicht darauf, wem ich die nächste Kugel verpasste.

Sie fielen.

Gesichtslos. Namenlos. Haus für Haus.

Wir ließen niemanden am Leben. Alles Brennbare wurde entfacht, Sudbinka Selo eingeäschert. Wir brauchten keine volle Stunde, um das kleine Bauerndorf für immer von der Bildfläche zu tilgen."

Keuchend wischt sich Ani die Schweißperlen von der Stirn. Während seiner Geschichte, hat er unentwegt auf seine ineinander verflochtenen Finger gestarrt. Wie aus einem Film sieht er den schweren Rauch durch den verwüsteten Landstrich in Bosnien wabern, ein schwarzes Leichentuch, das sich über die Toten senkt.

Er wagt nicht aufzusehen, zu sehr fürchtet er Milenas Reaktion. Dass sie ihn hasst, steht außer Frage. Zu gewaltig ist das Leid, das er angerichtet hat. Wie lässt sich eine solche Tat entschuldigen?

Gar nicht.

Anis Ausführungen haben nicht einmal den ehemaligen Kameraden und mit Gewalttaten vertrauten SS-Obersturmführer Bernhard Hanselmann kalt gelassen. Er drückt sogar einen dicken Kloß herunter. Bei all seinem Furor gegenüber dem Anwalt ist diesmal offenkundig der alte Tuchel das Entsetzen hervorrufende Monstrum.

Bevor seine Zuhörer aus ihrer Schockstarre erwachen, fährt Anian fort. Er muss seine Geschichte loswerden, wenn nicht jetzt, wann dann?

„Wir standen zwischen Leichenbergen und erwarteten, dass die letzten unglücklichen Nachzügler aus ihren Glutnestern krochen, um sie endgültig zu richten. Vereinzelt wurde noch geschossen. Im Hintergrund prasselte es.

Lagerfeuergeruch. Eine letzte Hausruine brach zusammen. Das verkohlte Holz untermalte die folgende, gespenstische Stille. Ein Spaten klapperte gegen die Feldflasche an der Koppel eines Soldaten.

Ich hätte Genugtuung empfinden müssen, doch da war nichts. Weder Freude, Wut, Trauer, noch Reue. Nichts. Wie blödsinnig patrouillierte ich durch die Reihen der Gefallenen. Hier gab es keine Menschenseele mehr. Nur mich.

Erst als ich in die vielen weit aufgerissenen Augenpaare blickte, die vorwurfsvoll durch mich hindurch stierten, geschah etwas mit mir. Es war nichts Greifbares, noch kein Entsetzen, nur die Ahnung davon, wenn etwas nicht richtig ist.

Ein stoppelbärtiger Greis, mit weit aufgerissenem, löchrigem Gebiss saß auf einem Stuhl vor seiner Hausruine. Der Kopf lag überstreckt in seinem Nacken, die zerfurchten Bauernpranken lagen schlapp auf seinen Knien, das letzte Kartenspiel war ihm aus der Hand gefallen. Ihm gegenüber saßen drei Kerle, die eben vielleicht noch gelacht hatten, jetzt klebten ihre zerschossenen Schädel schwer auf der Tischplatte vor ihnen. Unter ihren Stühlen war der Boden vom vielen Blut aufgeweicht und dampfte.

Der Leutnant, dem wegen mir die Säuberungsaktion auferlegt worden war, kam auf mich zu. Seine Maschinenpistole hing über der Schulter, in einem Arm wiegte er einen langen braunen Prügel. Unterkühlt hielt er mir das schäbige Artefakt hin. Es entpuppte sich als Musketen ähnliches Jagdgewehr, eine doppelläufige Schrotflinte für die Hasenjagd. Die einzige Waffe im gesamten Dorf, keineswegs geeignet, ein kleines Ziel auf größere Distanz zu treffen.

Während der Offizier den Zug abrücken ließ, befahl er mir mit einer kleinen Nachhut *aufzuräumen*. Darunter verstand man im Allgemeinen, den Ort des Geschehens so zu hinterlassen, dass es aussah, als sei die Wehrmacht tatsächlich in ein Gefecht mit Partisanen verwickelt gewesen. Reine Routine.

Die Toten, fast ausnahmslos Alte, sowie einige wenige Heranwachsende – kaum wehrfähige Männer – mussten nachträglich bewaffnet werden. Wir versorgten sie mit ausrangierten Beutegewehren der Russen, die wir vorsorglich mitgeführt hatten. Eine genauere Untersuchung des Vorfalls würde es zwar kaum geben, doch der Schein musste gewahrt bleiben, damit sich nicht herumsprach, dass deutsche Soldaten auf Unbewaffnete schossen.

Wider besseres Wissen suchte ich in den bleichen Fratzen der Toten nach einem Schuldigen, jemandem, der meiner Vorstellung des feigen Partisanenhundes entsprach, der meinen Bruder auf dem Gewissen hatte.

Ich fand ihn nicht.

Abgestumpft und missgelaunt arbeitete ich meinen Befehl ab. Ich trat mit dem Stiefel gegen erstarrende Leiber, schob ihnen angeekelt ein Gewehr unter und ließ sie unsanft wieder fallen.

Die zugeteilten Kameraden handelten ähnlich abgebrüht, vielleicht, weil der Krieg sie zu Bestien gemacht hatte, vielleicht, weil sie es schon immer waren. Alle hatten Verluste hinnehmen müssen. Wir alle hatten Brüder, Angehörige oder Freunde verloren und wir hielten es für rechtens, ihren Tod bei jeder sich bietenden Gelegenheit zu vergelten. Zahn um Zahn.

In Sudbinka Selo erlebte ich mit, wie sich ein Kamerad auf den Brustkorb seines Opfers kniete. Es sah aus, als zerfleische da gerade ein wildes Tier seine Beute, so heftig ruckten und zuckten die leblosen Gliedmaßen. Der Soldat brach die Goldzähne aus dem Mund des Toten mit einem Bajonett heraus, dann öffnete er den Magen der Leiche für den Fall, dass er Wertsachen heruntergeschluckt hatte.

Zwei Landser machten sich über einige Kinder her, denen sie zur Herausstellung ihres vermeintlichen Verrats die Zungen ausbrannten. Unser Sühnegericht strafte die Unschuldigsten dafür ab, im falschen Dorf gelebt zu haben. Aus den gewaltsam geöffneten wundschwarzen Schlünden der toten Kinder wölkten glimmende Reste von in Petroleum getauchten Zunderschwämmchen.

Die Ruhe der Toten bedeutete uns ebenfalls nichts. Wir bestraften die Entleibten mit Schüssen in Kopf und Bauch, wenn sie sich nicht genügend Kugeln eingefangen hatten.

In einer Mischung aus titanenhafter Selbstgerechtigkeit und wütender Zügellosigkeit taten wir, was meiner Meinung nach getan werden musste. Meine Arbeit nahm inzwischen schon mehr Zeit in Anspruch, als für den gesamten Überfall benötigt worden war. Ich meinerseits stopfte mir die Taschen mit Ringen, Ketten und allerlei Zierrat voll.

Wer hätte mich aufhalten sollen?

Die antike Muskete war ich indes noch nicht losgeworden. Ich lehnte sie eben an den Stuhl des alten Kartenspielers, als hinter dem bis auf die Grundmauern heruntergebrannten Haus – das vermutlich einmal ihm gehört hatte – ein leiser Gesang erklang. Ein weinerliches Kinderlied.

Ich warf die Muskete neben die Leiche und nahm sofort mein eigenes Gewehr in Anschlag. Das eingefallene Gemäuer, das noch immer eine Gluthitze abstrahlte, zwang mir seine Tränen auf. Ich schwitzte und musste mich auf Abstand halten, damit ich mich nicht an den gebackenen Lehmresten brannte. Mein Gesicht leuchtete ziegelrot, ich leckte ich mir die spröden Lippen. Der Gesang wurde klarer.

Ein hübsches Lied mit einer einfachen Melodie, es kam aus einem niedrigen Schweinestall auf der Rückseite. Das Feuer hatte noch nicht darauf übergeschlagen. Als Tür diente ein lose in die Angeln gelehntes Brett, das ich mit dem Stiefel wegtrat.

Es brach krachend nach innen, und ich zielte in einen fahlen Rest Dämmerlicht, der durch die Ritzen des verwitternden Gebälks fiel. Der Raum war so beengt, dass eine Person darin kaum stehen konnte. Kreischend fuhr eine hutzelige Bauernmagd zusammen. Sie sah vertagt aus, war von kleiner Statur, trug ein Kopftuch, ein schlichtes Kleid mit Schürze und festem Schuhwerk, wie es auch bei uns daheim üblich war. Ihr Gesicht schwebte direkt vor dem Lauf meiner Waffe, ich brauchte nur abzudrücken.

Ungeschickt versuchte sie etwas unter ihrer weiten Schürze zu verbergen, ein prall gefülltes Bündel, in dem sie bestimmt ihre wertvollsten Besitztümer aufbewahrte. Ängstlich presste sie es an sich.

Ich zögerte nicht und langte zu.

Todesmutig, und überraschend behände sprang die Frau zurück. Sie war bereit, das Wenige, das sie noch besaß, mit ihrem Leben zu verteidigen. Ich bekam ihren Rocksaum zu fassen, teilte kräftig aus und zog sie heran. Das Mütterlein roch nach vergorener Milch und den Ausdünstungen harter Feldarbeit. Beinahe hätte ich mich auf sie übergeben. Sie reichte mir nur knapp bis zur Brust, ihre schwarzen Knopfäuglein funkelten mich böse an, die Spitzen ihres krausen Haars stachen durch den Stoff ihrer Haube und meine Uniform wie Stahlwolle.

Sie nutzte den Umstand, dass sich mein Gewehr für den Nahkampf äußerst schlecht eignete. Mit öliger Wendigkeit entglitt sie meinem Griff und strauchelte rückwärts. Aus dem Gleichgewicht geraten, griff sie mit einer Hand nach hinten, um dem Sturz entgegenzuwirken. Dabei lupfte sie den Schürzenzipfel, so dass ich einen Blick auf das Bündel darunter erhaschen konnte.

Da war gar kein Hausschatz.

Die Alte hatte ein Neugeborenes, das noch keine ganze Woche alt war, in schmutzige Mullbinden gehüllt. Nur das kleine Gesichtlein war unbedeckt. Die Züge des schlafenden Babys waren friedlich, entspannt, ohne die Spur von Bekümmertheit. Während draußen seine heile Welt in Trümmer fiel, schlummerte es tief und fest. Ein überwältigender Anblick.

Der Fehltritt seiner Schutzpatronin ließ das Kind die Augen öffnen. Neugier lag darin, kein Argwohn. Sie leuchteten golden.

Es sah mich direkt an und mich traf das ganze Ausmaß meines Tuns bis tief ins Mark. Das Gewehr fiel mir aus den Händen, mir fehlte auf einmal die Kraft, es zu halten. Ein schauderhaftes Nichts zwang mich in einen komatösen Stillstand, der mir das ewig drohende Fegefeuer vorwegnahm, das mich für meinen entsetzlichen Frevel erwarten wird.

Die lieben Äuglein des Kindes kamen auf meiner von Wut verpesteten Seele zu ruhen, sein sanfter Blick – geschmolzener Bernstein – bahnte sich seinen Weg in die düsterste Ecke meiner verworfenen Existenz. Ich schämte mich meiner in diesem Augenblick so sehr, dass ich hoffte, alles sei nur ein grässlicher Albtraum.

Dass dem nicht so war, erkannte ich am Gesicht der Alten, die in mir das erkannte, was ich bin: Die geringste Form des Seins. Abschaum.

Mein Schicksal hatte Reinheit und Weisheit in Form eines Kleinkinds und einer Alten dazu aufgerufen, mich zu verurteilen. Das Strafmaß überließen sie mir, wissend, dass die Urteilsfindung mich wenigstens den Verstand kostete.

Ich nahm die Graumütze mit dem Edelweiß vom Kopf, flehte stumm um Vergebung, doch ihr Spruch war unumstößlich. Es gab nichts zu vergeben, die Zeit der Sühne duldete keinen Aufschub. Schluchzend betrachtete ich den Säugling.

Diese Augen!

Leise fragte ich die Bäuerin nach dem Namen. Ein Mädchen.

Milena.

Milena und Isabella.

Ihrer beider Augen.

Ich sagte die Namen halblaut vor mich her, so wundervoll lagen sie mir auf der Zunge. Einer Eingebung folgend, zog ich meine Erkennungsmarke aus dem Halsausschnitt der Feldjacke. An einer Kordel hing seit meiner Rückkehr nach Russland Isabellas Amulett. Mein wertvollster Besitz.

Mit ungelenken Bewegungen löste ich es ab und drückte es der Frau in die zerfurchten Feldarbeiterhände. Das Kind gluckste beim Anblick des glitzernden Dings. Ich lächelte.

Die Alte behielt ihr strenges Bußgesicht auf, das in seiner Endgültigkeit viel von meiner Vorstellung des Schnitters besaß. Reumütig leerte ich meine Taschen, legte den beiden alles zu Füßen, was ich an Vermögen erbeutet hatte oder schon vorher besaß.

Mit dem schlechten Gewissen, dem Anstand noch längst nicht genüge getan zu haben, zog ich mich langsam zurück. Als ich mein Gewehr aufhob, schreckte die Bäuerin noch einmal auf, doch es gelang mir, sie zu beruhigen. Mit dem Finger an meinen Lippen schlich aus dem Verschlag und legte die herausgebrochene Tür einigermaßen wieder an ihren Platz. Ich vergewisserte mich, dass niemand mich beobachtete, denn ich wollte unbedingt verhindern, dass meine Kameraden auf den zerfallenen Schuppen aufmerksam wurden. Sie hätten beendet, was ich begonnen hatte.

Eilig begab ich mich zur Dorfmitte. Dort trommelte ich die Männer zusammen, die noch plündernd durchs Dorf zogen und befahl den sofortigen Rückmarsch.

Mehr konnte ich nicht tun.

Eine Woche später ließ der Leutnant, der die von mir eingeleitete Vernichtung von Sudbinka Selo zu verantworten hatte, unsere Gebirgsjägerkompanie antreten. Vor versammelter Mannschaft verlieh er mir für meine Leistung, die zur Auslöschung eines ganzen Dorfes geführt hatte, das silberne Kriegsverdienstkreuz mit Schwertern; meinen persönlichen Anteil am Krieg, der mich meine Tat nie vergessen machen sollte. Bis zum heutigen Tage."

Ausgelaugt und als habe er einen Packen Lebensjahre auf einen Schlag verloren, sackt Anian Tuchel zur Seite. Schlapp sinkt er gegen Bernhards Schulter, der nicht noch weiter von dem einstigen Freund abrücken kann, ohne selbst von der Sitzgelegenheit zu fallen. Niemand bewahrt ihn vor dem Zusammenbruch.

Noam Koschinsky, der Professor, ist von seiner Übersetzung nicht minder erledigt. Er hält sich geschockt die Hand vor den Mund, als könne er selbst nicht glauben, was soeben daraus hervorgetreten ist.

Müßig schiebt Bernhard den geschwächten Erzähler zurück in eine aufrechte Position. Wie eine Marionette hält er ihn an den Schultern gerade.

„Das war doch mal eine unterhaltsame Gutenachtgeschichte", merkt er zynisch an.

Milena ist es, die von allen Beteiligten noch am gefasstesten wirkt. Die Frau mit den faszinierenden Bernsteinaugen, bei der es sich nach Anis Beschreibungen um das Baby aus Sudbinka Selo handelt, kämpft bewundernswert tapfer gegen ihre Empfindungen an.

Kein Wort, in keiner Sprache dieser Welt mag ihr einfallen, das ihren Gemütszustand ausreichend beschreibt. Sie muss aufstehen, atmen, ein paar Schritte laufen, weil ihr gesamter Körper unter

Hochspannung steht. Am silbrigen Stamm des Bergahorns stützt sie sich ab.

Ihr Gesicht fällt kreidebleich zwischen die Arme, sie würgt trocken. Tränen tropfen unaufhaltsam auf dicke, aus dem Boden brechende Wurzelstränge zu ihren Füßen. Sie schüttelt immer wieder den Kopf. Hat das Schicksal ihr nicht schon genug Leiden zugefügt? Sie spricht zu sich selbst, ein Sammelsurium unverdaulicher Laute, die raus müssen, weil sie heruntergeschluckt zu viel Schaden anrichten. Erst leise, dann wird sie lauter.

„Što hoćeš od mene?", faucht Milena das jammervolle Ungetüm auf der Bank an.

„Sie will wissen, was Sie jetzt von ihr erwarten", übersetzt Koschinsky.

Wie auf ein geheimes Stichwort verstummt der Lärm der angrenzenden Straße. Weder Bus noch Auto fahren auf noch ab. Die Sommerbrise lässt Blätter und Gräser stehen, weht die Gesprächsfetzen der anderen Besucher nicht mehr zu der seltsamen, zusammengewürfelten Gruppe herüber. Der Moment Grabesruhe gehört den Toten von Sudbinka Selo und seiner einzigen Überlebenden.

Anian bemüht sich nach Kräften um eine aufrechte Sitzposition. Das letzte bisschen Energie, das ihm neulich erst ein Hochgefühl beschert hat, ihn sogar zu einer echten Moritat Wiener Machart beflügelt hat, ist ihm endgültig entschwunden. Der der alte Tor ist wieder in sein altes Leben zurückgekehrt. Vielleicht hätte er die Wahrheit doch für sich behalten sollen. Wozu nützt ein Geständnis, wenn man damit nur noch größeren Kummer erzeugt?

Und doch fühlt es sich richtig an. Nicht gut, nur richtig. Anian Tuchel hat das Schweigen durchbrochen, wie, als habe er am steilen Hang ein Steinchen losgetreten, das langsam ins Rollen gerät. Ab einem gewissen Punkt hilft nur noch Beten, dass daraus keine Lawine wird, die alles Leben unter sich begräbt. Sie zu verhindern wäre noch das Beste gewesen, doch so funktioniert die Welt nun mal nicht.

„Ich will nur, dass Du weißt, wie unendlich leid es mir tut, was ich Dir und den Menschen aus dem Dorf angetan habe." Anian klingt müde.

Unwirsch trommelt Milena mit den Fäusten gegen den dicken, grauen Stamm vor sich.

„Erwartet der Dreckskerl ernsthaft, dass ich ihm verzeihe?", fragt sie Koschinsky auf Kroatisch.

„Sie missversteht mich", wiegelt der Veteran ab.

Eindringlich sieht er Milena an. „Ich erwarte keine Vergebung. Von niemandem", beteuert er. „Ich weiß, dass es so etwas für jemanden wie mich nicht gibt. Ich wollte bei Gott, es gäbe eine Möglichkeit, wenigstens *diesen einen* meiner vielen Fehler rückgängig zu machen. Bis zu genau diesem Moment in meinem Leben habe ich mich wie ein Schwein in der Vorstellung gesuhlt, dass meine Verdienste für Deutschland nach dem Umbruch niemals ausreichend gewürdigt wurden. Ich habe mich hinter dem anonymen *Wir* einer nationalsozialistisch geprägten Weltsicht versteckt, der fixen Idee, dass ich nicht mehr oder weniger Schuld trage, als jeder andere auch. Jahrzehntelang hat sich mein Geist mit dem zufrieden gegeben, was ich *meine Soldatenpflicht* nannte."

Über das Gesicht des Weltkriegsveteranen huscht der Schatten einer unerwarteten Selbsteinsicht, die ihn zu überraschen scheint.

„Nein, ich will keine Vergebung", bekräftigt er mit vorgerecktem Kinn, „ich muss mich endlich meiner Verantwortung stellen und Du, Milena, bist die letzte Gelegenheit dafür."

Bevor sie etwas darauf erwidern kann, kommt der Anwalt aus Berlin ihr zuvor.

„Seien Sie nicht zu voreilig in Ihren Rückschlüssen", versucht Hanselmann Milenas Emotionsausbruch klein zu reden. „Es ist nur allzu verständlich, dass Sie gerade sehr aufgewühlt sind. Lassen Sie mich Ihnen versichern, dass ich mit diesem abscheulichen Verbrechen nicht das Geringste zu tun habe. Allerdings finde ich, Sie sollten auch über jene vergangenen Ereignisse in Kenntnis gesetzt werden, die den Ausführungen meines entfernten Freundes vorangegangen sind und für eine Gesamtbeurteilung des Falls nicht unerheblich sein dürften. Es handelt sich um eine unerfüllte Liebesgeschichte, die Ihr Frauenherz sicherlich berühren wird. Ich schlage vor, wir hören sie uns gemeinsam an, bevor Sie über Herrn Tuchel herfallen, und tun, wie Ihnen beliebt."

Ein geschickter Schachzug des gefuchsten Rechtsbeistands, der Zusammenhänge bereits wittert, ehe sie offenbar werden. Anian hätte dem Kameraden wohl kaum sämtliche Details der Wiener Affäre preisgegeben. Dank der gebürtigen Bosniakin steigen die Chancen dafür jedoch erheblich.

Milenas Mimik zeigt deutlich, wie wenig sie sich davon verspricht. Es bleibt abzuwarten, ob der schreckliche alte Mann etwas zu erzählen weiß, dass ihre Meinung womöglich positiv beeinflusst. Obwohl sie sich sträubt, willigt sie ein.

Letztlich tut Ani, was von ihm verlangt wird.

Es fällt ihm sogar leichter, jetzt, da es Milena ist, der er seine Geschichte erzählen darf. Ihm kommt der Gedanke, sie könnte seine Tochter sein. Das Alter hat sie. Selbst wenn ihre funkelnden Augen

ihn mit Verachtung strafen, lindert es seinen Schmerz ein wenig, in
ihrem Beisein von Isabella zu sprechen. Er hat das noch nie getan: mit
irgendjemandem über die Liebe seines Lebens zu sprechen.

Isabella und Milena. Diese Augen.

Der fließende, alles durchdringende Goldschmelz darin, der bis in
seine Seele dringt. Es ist nicht ihr einziges Gleichstellungsmerkmal.
Milena könnte glatt die ältere Ausgabe Isabellas sein. Die Aussicht
darauf, was hätte sein können, wenn sie nicht von dieser Aura aus
Gebrochenheit und Schmerz umgeben wäre. Wie wäre ihr Leben
wohl verlaufen, wäre Ani nicht in ihr Leben getreten?

Ihr Gesicht ist so schön.

Gleichmäßig und voller Ausdruck. Dunkle Brauen wölben sich wie
gotisches Maßwerk filigran auf ihrer matt gebräunten Haut. Es ist ihr
nicht bewusst, und doch kräuseln sich Milenas Lippen sinnlich, wenn
sie ihnen eine gewisse Strenge beimengt.

Anian überlegt, wie wohl das Haar der Tänzerin ausgesehen hätte,
wenn sie Milenas Alter erreicht hätte, ziemlich sicher wären da ebenfalls diese grauen Strähnen gewesen. Isabella hätte sie gewiss mit
dem gleichen Stolz getragen.

Liebevoll betrachtet er das lebendige Ebenbild und erinnert sich in
hingebungsvollen Worten an die erste Begegnung mit Isabella vor
dem Wiener Bürgertheater. An den atemberaubenden Duft, der ihrem Treffen vorausging, das nicht minder betörende Auftreten der
Tänzerin, ihre forsche Art.

Ani würde gerne all das Gesagte zwischen ihnen abrufen, aber sein
Kopf lässt ihn bei mancherlei Details im Stich. Noch deutlich gewahr
ist ihm das bange Warten auf Isabella, weil die Tänzerin auch nach
Stunden nicht wie versprochen auftauchte. Seine überquellende
Freude, als sie wie von Zauberhand vor ihm stand und alle Fragen
vergessen machte, die ihn wegen ihres Ausbleibens bewegten.

Er spricht sich vor seinen drei Zuhörern in einen Rausch und lässt
die Erinnerung Revue passieren. Farben und Formen kehren zurück
an ihren rechten Fleck, vor seinem inneren Auge fällt das Sepia von
den Bildern ab und wird bunt.

Seine Reise zurück beginnt mit der Ankunft der Freunde in der
Hauptstadt der Ostmark. Endlich eine Erholungspause vom Krieg;
von dem, was euphemistisch *anrennen, einkesseln, halten, durchbrechen,
ausweichen* und *fallen* genannt wurde.

Das herrliche Vergangenheitsgefühl, in einem echten Bett zu schlafen sprießt ebenso heran, wie die Freude darüber, sich ausgiebig zu
waschen. Anian erwähnt, dass Willi und Bernhard sich ein Zimmer
teilten, während er woanders untergebracht war. Mehr geht ihn, das

Andenken an seinen Bruder bewahrend, nicht an. Die unerfreuliche Begegnung mit Duslach im Stephansdom wird Thema, dann nach der Pause im Kaffeehaus, besprechen sie das wunderbar unschickliche Revueprogramm der verruchten Tänzerin *Samacandra*. Anis Pläne für sein ganz eigenes Abendvergnügen.

Er muss mehrmals schwören, dass er ihr berühmtes Gesicht noch nie zuvor gesehen und auch nicht mit ihr in Kontakt gestanden hatte. Die fantastische Welt der Stars und Sternchen war ihm komplett fremd, ihm genügten *seine* Berge zur damaligen Zeit. Maria Andergast oder Hertha Thiele, ja, die hätte er vielleicht erkannt.

Auch dass ihn der Name seiner Eroberung zunächst nicht interessierte, weil ihn die Erscheinung der Frau ganz und gar für sich einnahm, ist für sein kleines Publikum unbegreiflich.

Die erste Zigarette ist Anlass, dass sich der Ani der Gegenwart ebenfalls eine ansteckt. Er lässt nicht die durchtanzte Nacht in der umgebauten jüdischen Synagoge, dem *Galopp*, aus und nicht den mondhellen Spaziergang durch Wiens reizende Innenstadt. Die allmähliche Vertrautheit mit der schönen Unbekannten wird für ihn in der Rückschau zur Offenbarung ihrer Seelenverwandtschaft. Er stellt die Vermutung an, dass Isabella ebenso erging, denn anders kann er sich den ungeahnten Szenenwechsel nicht erklären, der seinem Leben eine völlig neue Richtung gab.

Anian verheimlicht weder seine Vorbehalte noch seinen fast belanglosen Beitrag zum lebensbedrohlichen Plan der mondsüchtigen Tänzerin.

Er beschreibt haarklein, wie er beinahe im Donaukanal ertrunken wäre und ihm die geheimnisvolle Geliebte das Leben gerettet hat. Seinen Tirolerhut hatte er entweder bei dieser Gelegenheit verloren haben oder bereits davor. Er kann sich beim besten Willen nicht erinnern. Die Lagerhalle kommt zur Sprache, das Deckenlager, das er mit Isabella nackt geteilt hat. Der Moment vor ihrem Haus, als ihm endgültig klar wurde, dass er sie heiraten wollte – nein, musste!

Rückblickend erscheint es ihm keineswegs verrückt, dass er Isabella, die er kaum 48 Stunden kannte, einen Antrag machen wollte. So waren die Zeiten und er hätte es nicht getan, wenn er nicht überzeugt davon gewesen wäre, dass Isabella dasselbe empfand.

Desto heftiger schalt er sich einen Narren, sie tags darauf alleine ihrem Schicksal überlassen zu haben. Mit brechender Stimme entsinnt sich Anian Tuchel der Hilflosigkeit, die über ihn kam, als die Geheimpolizei ihm seinen Glauben an die Unfehlbarkeit der Reichsführung aus dem Leib prügelte. Die Folter bereitete ihm dabei weniger Qualen, als die Ungewissheit über die Umstände, die zum Tod der Frau geführt hatten, die ihm die Welt bedeutete.

Nacheinander war ihm seine Liebe, sein Stolz und sein Vertrauen in die Menschheit – dabei sieht er verstohlen zu Bernhard – geraubt worden. Ironischerweise hatten seine Verhörspezialisten dabei eine ebensolche Ungeduld an den Tag gelegt wie er, als er um Isabellas Hand anhalten wollte.

Erst mit Johann Holgers Eingreifen, das Wilhelm und ihn aus den Fängen der Gestapo befreite und dem unleserlichen Brief der Haushälterin, den er in Russland erhielt, traf Ani die bittere Erkenntnis, dass Isabella wirklich tot war. Alles, was ihm von ihr blieb, war jener silberne Schicksalsanhänger, den er voller Schuld Milenas Amme übergab. *Unika*, wiederholt er den Namen, den er von Milena erfährt.

Er schließt in knappen Worten mit dem gewaltsamen Tod seines Bruders.

„Ich habe die mir liebsten Menschen verloren", konstatiert er niedergeschlagen, „und es bis heute nicht über mich gebracht, darüber zu sprechen."

Die Geräusche des Alltags kehren allmählich zurück. Irgendwo verschaltet sich ein Fahrer an der Kupplung. Es knarzt.

Bernhard reagiert wie üblich zuerst.

„Ich bin ein wenig enttäuscht", sagt er mit wiederkehrendem Blick auf die Uhr. „Eigentlich hatte ich eine nervenzerfetzende Agentenstory erwartet. Stattdessen tischst Du mir dieses lauwarme Liebesgedöns auf, das auf nichts weiter als auf einen Zufall hinausläuft? Komm schon, das kann nicht wahr sein! All die Jahre habe ich in dem Glauben gelebt, dass Du alles von langer Hand geplant hast."

Der geschwächte Alte verneint. „Bis ich Isabella kennenlernte, war ich nie in Versuchung gekommen, den Führer anzuzweifeln. Ich hätte Isabella niemals hingehängt, aber ich hatte keine Skrupel, die Abelmanns im Stich zu lassen. Wäre ich ihnen allein, auf offener Straße begegnet, hätte ich sie mit großer Wahrscheinlichkeit sogar gemeldet. Als der Krieg verloren war und offenbar wurde, was die Hakenkreuzbande verbrochen hat, was glaubst Du habe ich da getan? Wie ein Mantra habe ich es vor mir hergetragen: *Es war nicht alles schlecht …*"

Erbost packt der promovierte Anwalt seine Sachen zusammen. „Jedes Mal ist es das gleiche", schnaubt er. „Am Ende läuft es darauf hinaus, wie unanständig man im Dritten Reich mit den Juden umgegangen ist. Als ob sterben deren Privileg gewesen ist! Jeder hat Opfer bringen müssen – ich meine, wir Deutschen sogar noch viel mehr als die übrigen Nationen. Aber was zählen schon acht Millionen *böse* gefallene Deutsche, im Vergleich zu sechs Millionen toter Juden, wenn man der Verlierer im Krieg ist? Wären wir am Ende siegreich dagestanden, tät' heute kein Hahn nach solchen Vergleichen krähen, das sag ich dir!"

Anian kennt Ansichten wie diese, in bestimmten Kreisen werden sie gerne benutzt, um bis dato für unaussprechlich gehaltene Taten kleinzureden. Oft wird in einer Art Trotzreaktion auf Russlands Säuberungsaktionen verwiesen oder den Umgang mit den indigenen Völkern in den USA und dabei mit Vorliebe die deutsche Akribie vergessen, die in den Holokaust gesteckt wurde. Nein, vergleichen lässt sich die verlorene Zeit unterm Hakenkreuz mit nichts.

Selbstvergessen hetzt Bernhard weiter. Er bemerkt weder Anis peinlich berührten Blick noch Noam Koschinkys entsetzensbleiches Gesicht.

„Der Herrgott selbst hat einst gesagt: *Derjenige werfe den ersten Stein, der ohne Sünde ist!* Ich muss mit meiner Meinung im eigenen Land hinterm Berg halten, weil man mir das Maul verbietet. Stets war ich gezwungen das zu tun, wozu kein anderer bereit gewesen ist, dafür schäme ich mich nicht. Ich habe immer brav meine Arbeit gemacht, und ich habe sie gut gemacht. Das habe ich sogar schriftlich, steht da allerdings *Führer* anstatt *Bundespräsident*, ist die Unterschrift einen müden Scheißdreck wert." Zynisch feixend ballt er seine Fäuste und schüttelt sie Ani entgegen. „Du hast das Glück gehabt, Deinen Lebenslauf mit der Rettung einer Judenfamilie aufzuhübschen? Schön für Dich. Suhle Dich nur weiter in Selbstmitleid und Selbstverachtung! Ich habe genug gehört."

Der Jurist schaut in die sprachlos erstarrte Runde. Wie einst, und aus eitlem Stolz, stößt er tüchtig die Hacken seiner Lackschuhe zusammen und verabschiedet sich.

„Meine Dame, meine Herren", nickt er knapp mit den vollendeten Manieren eines Offiziers alter Schule. „Ich habe alles, was ich brauche. Für mich ist die Unterredung hiermit beendet. Koschinsky, Ihre Dienste werden nicht mehr benötigt. Jede Minute, die Sie weiter *hier* verweilen, lasse ich mir nicht von Ihnen in Rechnung stellen. Leben Sie wohl."

Schwungvoll entfernt sich der einstige Freund und Anian Tuchel weiß, es ist ein Abschied für immer.

„Bernhard?", ruft er ihm noch einmal nach.

Der Anwalt dreht sich um.

„Kannst Du Dich erinnern, dass wir uns früher andauernd gefragt haben, wo Gott war, als unsere Freunde einer nach dem anderen fielen?"

Kurz hält der Anwalt seinen Kopf grüblerisch in die Vergangenheit, dann brummt er zustimmend.

„Gott war da", sagt Ani, „die ganze Zeit. Er hat uns seine Boten geschickt, nur wir haben sie nicht gehört, weil der Gefechtslärm um uns zu laut war, und wenn sie es doch geschafft haben, zu uns durchzudringen, haben wir dazu entschlossen sie zu ignorieren. Isabella hat mich, und Willi hat Dich geliebt, das ist eine Tatsache!"

Bernhard stutzt, dann lässt er die Schultern fallen.

„Deine Bekannte muss sich keine Sorgen mehr um ihre Aufenthaltsgenehmigung machen", erklärt er. „Ich kümmere mich darum. Du, spiel ihr nur ruhig weiter die *Saulus zu Paulus* Nummer vor, mich hältst Du damit nicht zum Narren. Wir sind, was wir waren, da hilft auch kein Heiligenschein. Wilhelm hätte das gewusst, auch wann es an der Zeit war, die Fresse zu halten. Leb' wohl, Ani!"

Auch lange nachdem Bernhard verschwunden ist, will es niemandem so recht gelingen, den Faden wieder aufzunehmen. Der Professor ist entgegen Hanselmanns Forderung geblieben, zu sehr hat ihn das Verhalten seines Auftraggebers vor den Kopf gestoßen. Sein Mund klappt auf und wieder zu, erst beim dritten oder vierten Versuch fällt ihm etwas ein.

„Ich habe die vielen Anspielungen auf Doktor Hanselmanns Vergangenheit in den Zeitungen immer für eine Schmutzkampagne gehalten", setzt er enttäuscht an. „Aber jetzt ..."

„Bernhard hat gelernt, sich auf die Widrigkeiten des Lebens einzustellen", bemerkt der alte Tuchel. „Er hat es nie besonders leicht gehabt. Das ist keine Entschuldigung, aber zumindest eine Erklärung dafür, dass er sich wie ein Wolf im Schafspelz verhält. Er hat gelernt, den Menschen zu misstrauen. Mein Bruder Wilhelm hat ihn dauernd in Schutz genommen."

„Herr Hanselmann war also wirklich bei der SS?"

„Ich fürchte, ja", zuckt Anian mit den Schultern. „Darf ich erfahren, warum Sie überhaupt für ihn gearbeitet haben, wenn Sie doch zumindest geahnt haben, zu welcher Sorte Mensch er gehört?"

Der Professor lehnt sich zurück und schlägt die Beine übereinander. Es ist die erste legere Regung, die er sich erlaubt, seit der Anwalt gegangen ist.

„Wissen Sie", antwortet er nach einer Weile des Überlegens. „Es gibt da eine Redensart. Sie besagt, dass man zwar sein Geld unter Christen verdienen, seinen Lebensinhalt aber unter Gleichgestellten finden soll, und mich hat ehrlich gesagt das üppige Honorar gelockt. Ich habe mir davon auch einiges für meine eigene Reputation versprochen. Die Kanzlei Hanselmann zahlt wirklich verdammt gut!"

Der alte Tuchel lächelt.

„Leben und leben lassen", merkt er trocken an.

Auch Noam Koschinsky lacht.

„Mag sein."

Milena Horvath mischt sich in das Gespräch ein. Sie will wissen, warum der Mann so plötzlich aufgestanden und gegangen ist. Sie wirkt verunsichert, weil sie nicht versteht, was an seiner Reaktion die beiden amüsiert.

Der Dolmetscher beruhigt sie. Er erklärt ihr, was vorgefallen ist, und sie richtet sofort eine Frage an Anian.

Professor Koschinsky übersetzt.

„Sie will wissen, was nun aus ihrer Forderung wird."

Der Veteran biegt sein Kreuz durch, einige seiner Knochen knacken bedenklich. „Keine Sorge", sagt er schließlich. „Bernhard wird sich an die Abmachung halten. Wenn er auch sonst ziemlich durchtrieben ist, zu seinem Wort steht er. Milena, Du wirst hierbleiben dürfen und deshalb sollten wir uns jetzt um die Details kümmern."

Er sieht den Professor flehentlich an.

„Herr Koschinsky, ich weiß, Sie haben Ihre Pflicht erfüllt und stehen nicht in meiner Schuld. Trotzdem möchte ich Sie bitten, mir Ihre Qualifikationen noch für einige Tage zur Verfügung zu stellen. Ich kann Ihnen zwar nicht annähernd das Salär einer Berliner Anwaltskanzlei bieten, aber ich hoffe doch, wir können uns irgendwie einigen."

Schulterzuckend sagt der Dolmetscher: „Ich schätze, es spielt keine Rolle, welchem von euch faulen Eiern ich mich andiene. Die Leichen in Ihrem Keller sind offenkundig nicht schlechter als die des anderen. Überzeugen Sie mich, kein fieser Nazi mehr zu sein, und ich werde sehen, was ich für Sie tun kann."

Ani erklärt, und je länger er redet, desto mehr weiten sich die Augen des Professors, der alles haarklein an die nicht minder überraschte Milena Horvath weitergibt. Sie hält wenig vom Sinneswandel des tattrigen Grauschädels. Mitleid oder gar Verständnis hat sie schon reichlich für ihre eigene Situation aufbringen müssen. Was davon übrig ist, wird sie nicht an ihn verschwenden.

Nachdem der Alte seine Ausführungen vorgebracht hat, sieht Milena erst Anian, dann Noam Koschinsky an. Sie denkt lange nach. Erneut wechselt sie einige Worte mit dem Übersetzer. Er ist der einzige ihr bekannte Mann in Deutschland, dem sie zumindest ansatzweise vertraut. Die beiden debattieren eifrig. Milena streicht sich eine Haarsträhne hinters Ohr, ihre hellen Augen glühen. Sie lacht jetzt sogar schon zum zweiten Mal.

Es ist ein herrliches Lachen.

Ani fühlt eine wohlige Zuversicht in sich aufsteigen, wie er sie seit etlichen Jahren nicht mehr empfunden hat. Ihm ist, als schließe sich endlich ein Kreis. Wenn Milena seinen Vorschlag annimmt, gelingt es ihm vielleicht sogar, mit sich ins Reine zu kommen.

„Sie sind sich sicher?", schreckt ihn Koschinsky auf.

Anian Tuchel ist fest entschlossen.

„Vollkommen", sagt er. „Ich bin bereit, mein gesamtes Eigentum auf Frau Horvath zu übertragen. Falls Sie es wünscht, unterschreibe ich sogar hier und jetzt eine Generalvollmacht."

„Ich bin mit dem hiesigen Rechtssystem leider nicht vollständig vertraut", wirft der Professor ein. „Was genau ist das, eine Generalvollmacht?"

Anian erklärt, dass er mit dieser besonderen Art von Papier, Milena zu einer Art Stellvertreterin seiner Interessen macht. Sie habe damit freie Hand, in seinem Namen alle möglichen Geschäfte zu tätigen. Grundsätzlich finde die Befugnis zwar vorrangig bei großen Unternehmen Verwendung, könne aber auch bei Privatpersonen notwendig werden, wenn die Gefahr einer Unmündigkeit durch einen Unfall oder durch Krankheit besteht.

„Sind Sie denn aktuell bedroht von einem dieser Beschwernisse?", hakt Koschinsky argwöhnisch nach.

Ani merkt, dass er seine nächsten Worte gut abwägen muss, damit der Professor ihm hilft.

„Sagen wir so", bekennt er ausweichend. „Ich bin akut bedroht vom Leben. Man weiß nie, was kommt. In meinem Alter muss man mit allem rechnen, bei großer Aufregung sind wir gebrechlichen Leutchen nicht sonderlich widerstandsfähig."

„Ich verstehe", zeigt sich Koschinsky geschäftsmäßig zufrieden. „Dann will ich es für Frau Horvath rekapitulieren. Sehe ich das richtig, Ihr Eigentum besteht also aus einem Einfamilienhaus in Ulm, einem beträchtlichen Aktienpaket zur Altersvorsorge, einem zuteilungsreifen Bausparvertrag, einer Lebensversicherung und einem Sparguthaben in Höhe von etwas über 15.000 Euro?"

„Ja."

Der Sprachwissenschaftler pfeift anerkennend. Er holt tief Luft und bestätigt die Angaben für Milena, die den Alten fixiert. Sie versucht einzuschätzen, wie ernst er es meint, wägt ab und bringt ihre Sichtweise vor.

„Frau Horvath möchte wissen, wo der Haken ist. Sie versteht nicht, was bei der ganzen Sache für Sie herausspringt", dolmetscht Professor Koschinsky.

„Für mich", entgegnet Anian. „springt nichts heraus. Naja, sagen wir fast nichts, außer der Erfüllung meines Schicksals. Ich habe es mir in meinem versponnenen Reichshirn viel zu lange bequem gemacht und mich auf faulen Kompromissen ausgeruht. Unentwegt habe ich mir eingeredet, dass die Verantwortung für mein Tun bei Hitler und seiner Entourage lag und ich in dem Gesamtapparat nur ein klitzekleines Lämplein gewesen bin, ohne bestimmen zu dürfen, für wen oder was ich meine Leuchtkraft aufbringe. Dabei war es gerade mein Beitrag unter Millionen, der das System in seiner ganzen perfiden Bosheit am Laufen gehalten hat. Die unzähligen Zeichen am Rand, die mir mein Schicksal hinterlassen hat, habe ich übersehen. Isabella war mein Leuchtturm und ich habe sie ignoriert. *Das* ist, was ich in Ordnung bringen muss. Milena hat mir in den letzten Tagen dafür die Augen geöffnet, sie ist der Schlüssel … hoffe ich."

Noam Koschinsky kratzt sich am Kopf.

„Um ehrlich zu sein …", sagt er. „… sind Frau Horvath und ich sehr unschlüssig, was wir von Ihnen halten sollen. Einerseits sind Sie für die Frau der leibhaftige Teufel, und es läuft zutiefst gegen ihren Stolz, einen Pakt mit Ihnen einzugehen. Andererseits geht es auch um Frau Horvaths Existenz. Sie steht praktisch vor dem Nichts, und das in einem Alter, in dem andere Frauen dem wohlverdienten Ruhestand im Schatten eines reichen Gatten zustreben. Ich kann ihr nicht verübeln, dass sie Ihnen einfach nicht vertraut."

„Sie muss mir nicht vertrauen", antwortet der alte Tuchel sachlich. „Ich statte sie noch heute mit einer Kontovollmacht für meine Bank aus, damit sie mit Anstand über die Runden kommt. Allerdings gebe ich zu bedenken, dass sie mein Angebot nicht zu lange überdenken sollte, denn es wird, soweit ich weiß, für die Aufenthaltsbewilligung in Deutschland eine enorme Rolle spielen, ob sie hier einen festen Wohnsitz vorweisen kann oder nicht. Ich vermute, die Chancen steigen beträchtlich, wenn Frau Horvath einen gesicherten Hausstand ihr Eigen nennen könnte. Natürlich müssten wir das dann vor einem Notar beglaubigen lassen, aber danach darf sie mit dem Haus – das dann ihr gehört – machen, was sie will."

Milena lauscht dem Professor aufmerksam.

„Sollte sie dennoch Bedenken haben", ergänzt Ani. „Könnte es Milena vielleicht helfen, sich an den silbernen Schicksalsanhänger zu erinnern. Hatte sie … hattest Du den nicht an deinem Rucksack?"

Als das Gespräch auf das Amulett fällt, formt sie ihre ersten deutschen Wörter. „Anhänger kaputt", bringt sie hervor und macht eine wegwerfende Geste, die offenbart, dass der Rucksack mitsamt der Pistole im Zug geblieben ist.

Kaum war der Wehrmachtsveteran umgekippt, da hatte sie auch schon seine Waffe zwischen den Fingern gehabt. Sie überspielte den Reiz, den alten Knacker zu erschießen und schob den Schießprügel hastig unter in ihren Rucksack. Verängstigt stieß sie ihn im allgemeinen Durcheinander in den Fußraum des Abteils. Dort wollte sie ihn später abholen, was daran scheiterte, dass Ani sie im Krankenwagen als seine Schwiegertochter dabeihaben wollte. In ihrer kleinen Packtasche hatten sich außerdem ihre Reisedokumente befunden, womit sie sich nun auch ihrer Identität beraubt sieht.

„Halb so schlimm", beschwichtigt sie der alte Tuchel. „Wir werden zwar Bernhard deswegen nochmal behelligen müssen, aber er wird schon helfen, das Problem schnell und unbürokratisch aus der Welt zu schaffen."

Etwas anderes lässt hingegen den Professor nicht mehr los, als er von der Pistole gehört hat. Ablehnend nimmt er zur Kenntnis, was der ehemalige Gebirgsjäger mit dem Ding im Sinn hatte.

„Sie wollten tatsächlich den Bayerischen Ministerpräsidenten erschießen, nur weil Sie hinter der Namensgleichheit ein Schicksalszeichen zu ihrem damaligen Peiniger erkannt haben wollen?"

„Aus Ihrem Mund klingt das in der Tat verrückt", gesteht Ani. „Wer, wie ich, jedoch geradezu von guten wie schlechten Omen überschüttet wird, der fängt an, Zusammenhänge zu erkennen, wo gar keine sind. Wie Ihnen schon aufgefallen sein dürfte, fällt es mir nicht gerade leicht, die Zeichen richtig zu deuten."

„Wem sagen Sie das", seufzte Koschinsky, „Seit Nebukadnezar II. besteht meine Religion praktisch nur noch aus Zeichen und selbst den Gelehrtesten unter uns gelingt es nicht immer, sie richtig zu deuten. Leider gondelt in Ihrem Fall aber jetzt ein Rucksack durch die Gegend, in dem sich eine scharfe Knarre mitsamt Frau Horvaths Papieren befindet."

„Sieht ganz so aus. Ich schätze, wenn man die Dinge in diesem Licht betrachtet, bleibt Milena gar nichts anderes übrig, als auf meinen Vorschlag einzugehen."

„Tja, sieht ganz so aus!"

Der Übersetzer wendet sich an die Frau, um ihr den Sachverhalt darzulegen. Die Situation überfordert Milena. Hin und hergerissen zwischen ihrem instinktiven Drang zu überleben und den gut gemeinten Ratschlägen der beiden Männer, von denen einer das Abschlachten ihres Geburtsdorfes zu verantworten hat, erscheint es ihr unmöglich, eine so schwerwiegende Entscheidung aus dem Stegreif zu treffen. Ihre Amme Unica und das Dorf wurden ihr genommen, sie kann sich an nichts davon erinnern. Sie hatte eine schöne Kindheit bei Pflegeeltern in Kroatien. Dem Trauma ihrer Säuglingsphase, so sie ihre lebenslange Angst vor dunklen Räumen damit in Verbindung bringen kann, folgte mit dem Verlust ihrer eigenen Familie ein wesentlich tragischeres.

Was also tun?

Weiter mittellos durch Deutschland ziehen oder einem Mörder vertrauen, der gerade zu sich selbst gefunden hat?

Wenn es nach dem Professor ginge, den sie gerade erst ein paar Stunden kennt, dann ist es das Risiko wert. Ihr schwirrt der Kopf. Unruhig vom vielen Grübeln rutscht sie auf der unbequemen Bank vor und zurück. Gerade als sie glaubt, dass sich ihre Gedanken heillos verfahren haben, ist es der alte Mann, der die Anspannung auflöst.

Er steht auf und stellt sich vor sie hin. Zwischen ihren Körpern lässt er gerade so viel Abstand, wie für ein ausgeglichenes Empfinden notwendig ist. Er reicht ihr eine kleine blaue Karte und dazu einen Schmierzettel, ähnlich dem, der ihr von ihrer Una im Gedächtnis geblieben ist. Nur dass darauf keine Nachricht, sondern die vierstellige Geheimnummer zu einem Bankkonto steht. Darunter eine Adresse und die Telefonnummer des Professors.

„Das ist jetzt Dein Zuhause", sagt Ani sanft, „wenn Du es willst. Denk in Ruhe darüber nach, dann lass mich wissen, wie Du Dich entschieden hast. Herr Koschinsky wird mich finden. Über ihn bleiben wir in Kontakt. Eins noch ..."

Er langt in seinen Blouson und holt einen Schlüsselbund heraus, den er versonnen hochhält.

„Meine Isabella steht in der Garage. Auch das Auto soll Dir gehören. Sie ist ein richtiger Oldtimer. Hier sind die Schlüssel dafür."

Milenas Finger öffnen sich wie von selbst, sie greifen einfach zu. Zitternd nimmt sie die Gaben entgegen.

„Danke", flüstert sie und sieht Anian direkt in die Augen.

Ihr wunderbarer Blick schmilzt wie Lava durch die Sturzbäche an Tränen, die dem alten Mann über die zerfurchten Wangen laufen.

„Nein", flüstert er. „Ich danke Dir."

Anian und Noam Koschinsky bringen Milena zur Bushaltestelle an der Oßwaldstraße und verabschieden sich dort von ihr. Sie hat sich zu ihren künftigen Plänen nicht weiter geäußert. Der Bus fährt an und die beiden Männer warten, bis er in die Zeppelinpromenade biegt.

„Darf ich Ihnen eine persönliche Frage stellen?", starrt der Professor dem Verkehr auf der Straße hinterher. „Warum Ulm?"

Auch Anian kann den Blick noch nicht vom Gewimmel auf der Fahrbahn lassen.

„Wieder so ein Zeichen", sagt er und schiebt die Hände in die Hosentaschen. „Nach Kriegsende habe ich Johann Holger ausfindig gemacht, kurz bevor er nach Bolivien ausgewandert ist. Er wollte dort einen Dokumentarfilm über eine verschollene Inkastadt drehen, ist dabei aber selbst verschollen. Eigentlich ein netter Bursche, er hat mir einiges über Isabella erzählt, das ich noch nicht wusste. Unter anderem, dass sie aus Ulm stammte. Ich habe auch versucht, Fräulein Reindel ausfindig zu machen, aber sie ist leider 1944 bei einem Luftangriff er Alliierten als vermisst gemeldet worden. Tja, wie der *Zufall* es wollte, wurde ich von den Amerikanern in das Kriegsgefangenenlager bei Neu-Ulm verlegt. Ich musste nur noch die Grenze von Bayern nach Baden-Württemberg überschreiten. Den Rest kennen Sie ja. Es gibt nur eine Sache, die mich richtig daran ärgert."

Noam Koschinsky zieht die Augenbrauen zusammen.

„Und die wäre?"

„Als ich vor einiger Zeit in diesem Kaffeehaus, das keinen Kaffee ausschenkt, aber in dem jede Menge Computer herumstehen; als ich da Rudolf Duslachs Leben durchforstet habe, da habe ich in das Sichtfenster auch Isabellas Namen eingegeben."

„Und?"

„Nichts. Aber als ich *Samacandra* getippt habe, was glauben Sie, wie viele Treffer mir angezeigt wurden – über Hundert! Und Bilder! Ich kann Ihnen sagen, das war wie Heimkommen von der Schule mit einem Zeugnis voller Einser. Da stand bunt auf weiß, was Isabella für eine tolle Frau gewesen ist. Sogar die Frau des Reichstatthalters von Wien, Henriette – Heuchlerin – von Schirach, soll bei ihrer Beerdigung zugegen gewesen sein. Natürlich habe ich Gisela nichts von meinem Fund erzählt, aber heimlich habe ich alle Bilder von Isabella gesammelt und mir sogar ihren Ufa-Film unzählige Male angesehen. Das mit dem modernen Deutschland hat auch seine Vorteile. Es kommt nur rund vierzig Jahre zu spät."

Professor Koschinsky lacht laut auf.

„Ja, das verdammte Internet wird unsere Kinder bestimmt noch schlimmer verschicksalen als das Fernsehen!"

„Haben Sie denn welche?"

„Drei. Alle schon aus dem Haus."

„Um einen letzten Gefallen möchte ich Sie noch bitten, Herr Professor", berührt Ani den Mann am Arm, als dieser sich bereits abwendet.

„Was die Frage des Honorars anbelangt", wiegelt der Dolmetscher ab. „kann ich Sie beruhigen. Ich empfand den Tag heute als dermaßen aufregend, dass ich es nicht über mich brächte, wenn Sie mir jetzt ihre

Seele verpfändeten, um mich damit zu bezahlen. Sagen wir, dass wir quitt sind, einverstanden?"

Der Veteran lacht verschmitzt.

„Einverstanden. Aber mein eigentliches Anliegen ist anderer Natur. Es geht um unseren gemeinsamen Freund, Bernhard Hanselmann. Ich finde bereits seit längerem, er hat eine Lektion verdient. Selbstverständlich erst, wenn Milenas Zukunft in trockenen Tüchern ist."

„Was schwebt Ihnen vor?", fragt der Wissenschaftler stirnrunzelnd, nicht ohne den Anflug von Interesse.

Ani erläutert ihm das Vorhaben, und auf Noam Koschinskys Gesicht breitet sich ein breites Grinsen aus.

Ehemaliger Angehöriger der Gebirgstruppe gesteht Beteiligung an Massaker von Sudbinka Selo

Wehrmachtsveteran belastet sich und bekannten Berliner Rechtsanwalt schwer.

Garmisch-Partenkirchen.

Für eine faustdicke Überraschung sorgte gestern Abend ein ehemaliger Angehöriger der Gebirgstruppe der Wehrmacht auf der örtlichen Polizeistation. Der 86-jährige Anian T. ansässig in Ulm, gebürtiger Garmisch-Partenkirchener, gab vor den verblüfften Beamten zu Protokoll, Initiator eines Massakers an der Bevölkerung des bosnischen Dorfes Sudbinka Selos nahe der Save gewesen zu sein. Die Vergeltungsmaßnahme wird, das bestätigen inzwischen die Recherchen eines Heimatforschers, der damaligen 1. Gebirgsdivision zugeschriebenen. Das Dorf war im Zuge des sogenannten „Sühne-Befehls" von deutschen Wehrmachtssoldaten dem Erdboden gleichgemacht worden, die Einwohner wurden brutal ermordet.

Die erschütterten Polizeibeamten notierten zum Teil verstörende Einzelheiten, die den Tathergang minutiös belegen sollen.

Der Leutnant Bernhard H. war nach Angaben des Geständigen zum Tatzeitpunkt wohl der Befehlshabende Offizier und Verantwortlich für die Ausführung. Geboren ebenfalls in der Region, war er bis in die Neunzigerjahre hinein, als bekannter Rechtsanwalt mit seiner erfolgreich geführten Kanzlei in Berlin-Mitte tätig. Ein Sprecher seines Hauses ließ im Hinblick auf die laufenden Ermittlungen verlautbaren, dass Herr H. zu keinem Kommentar bereit sei, die Kanzlei jedoch eine unabhängige Expertenkommission zur Aufarbeitung einer möglichen Nazi-Vergangenheit beauftragt habe. Im Raum stehen derzeit die Vorwürfe eines Journalistikstudenten zu H.s früherer Tätigkeit in der Wiener Gestapo-Leitstelle, als auch mehrfache Urkundenfälschung zum Zwecke der Verschleierung. Ermittlungen wegen Bestechlichkeit gegen einzelne Beamte der Wehrmachtauskunftstelle für Kriegerverluste und Kriegsgefangene, kurz WASt, wurden eingeleitet.

Die Geschäftsstelle des Rechtsanwalts bestätigte indes Angaben, wonach einige namhafte Klienten ihr Mandat bereits zurückgezogen haben.

Die belastenden Akten werden dem zuständigen Bundeskriminalamt im Laufe der Woche übermittelt. Zur Stunde wird dort, als Zeuge in diesem Fall, der renommierte Sprachwissenschaftler Noam K. gehört. Er soll über Abschriften verfügen, die H.s Schuld zweifelsfrei belegen.

Laut Behördenauskunft könnte sich die weitere Beweisaufnahme zum Massaker von Sudbinka Selo schwierig gestalten, da die meisten Angehörigen des beteiligten Gebirgsjägerregiments 98 entweder bereits verstorben sind oder sich aufgrund ihres fortgeschrittenen Alters nicht mehr in einem vernehmungsfähigen Zustand befinden.

Der Tatverdächtige T. wurde vorläufig in Gewahrsam genommen, da er sich selbst in einer weiteren Angelegenheit schwer belastete. Er versicherte glaubhaft, einen Anschlag auf das Leben des Bayerischen Ministerpräsidenten während des feierlichen Zeremoniells zur Außerdienstsetzung der 1. Gebirgsdivision der Bundeswehr (wir berichteten), geplant und beinahe in die Tat umgesetzt zu haben. Der Geständige, dessen Geisteszustand psychologisch untersucht wird, sitzt derzeit in Einzelhaft der Justizvollzugsanstalt Garmisch-Partenkirchen.

Verbände rechter Gruppierungen nutzten das öffentliche Aufsehen für einen genehmigten Aufmarsch vor der Landeseinrichtung. Kurzzeitig kam dadurch der Verkehr in der Burgstraße zum Erliegen. Lautstark demonstrierten die Teilnehmer für ihr Recht auf ein unangreifbares Traditionsverständnis und gegen die ihrer Meinung nach rufschädigende Darstellung der Gebirgstruppe, die im Landkreis ein hervorragendes Ansehen genießt. Mehrere Personen, die volksverhetzende Parolen skandierten, kamen vorläufig in Gewahrsam.

In Zusammenhang mit den laufenden Ermittlungen gründete die Polizeidienststelle Garmisch-Partenkirchen die „SoKo Edelweiß", der am Innsbrucker Hauptbahnhof ein weiterer bedeutender Fisch ins Netz ging. Bei der Fahndung nach einem verdächtigen Gepäckstück, gelang es österreichischen Einsatzkräften, den von Den Haag jahrelang gesuchten Kriegsverbrecher Gojko H. zu verhaften. Der Mann lebte unter falscher Identität in Österreich und war als Reinigungskraft bei der ÖBB angestellt. Das besagte Gepäckstück wurde bei ihm sichergestellt, eine Pistole aus Wehrmachtsbeständen beschlagnahmt.

H., der sich im Jugoslawienkrieg einem paramilitärischen Freiwilligenverband angeschlossen hatte, wird als deren späterer Anführer mit zahlreichen ethnischen Säuberungen auf kroatischem Boden in Verbindung gebracht. Unter anderem soll er die Zerstörung eines Hotels in der näheren Umgebung von Bihac angeordnet haben, in dem zu dem Zeitpunkt viele westliche Journalisten untergebracht waren. Zu den unschuldigen Opfern zählte damals auch der Pulitzer-Preisträger Eamon Oldfield, dessen Ermordung große Bestürzung auslöste.

In welchem Verhältnis H. zu einer Zuwanderin aus dem Kosovo steht, deren festen Wohnsitz in Ulm der eingangs erwähnte Berliner Rechtsanwalt notariell beglaubigte, wird noch ermittelt. Die Personalie der Frau lag dem fraglichen Gepäckstück bei, ein daran befindlicher silberner Anhänger gehört ihr. Polizeilich ist sie nicht aktenkundig.

Der Sprecher des Polizeipräsidiums Oberbayern Süd hob in seiner Pressenote den Erfolg des länderübergreifenden Einsatzes hervor und betonte, er sei einem glücklichen Zufall geschuldet, durch den der Stein letztendlich ins Rollen geriet. „Schweigen", so sein Zitat, „ist nicht immer die universelle Sprache des Rechts." dpa.

Danksagung

Dieses Buch hat eine lange Entstehungsgeschichte, die mit den Erfahrungsberichten meines Opas aus dem Zweiten Weltkrieg ihren Anfang nahm. Als Kind fand ich auf dem Dachboden der Großeltern ein Karabinergewehr, das ich natürlich sofort im großelterlichen Hof ausprobieren wollte. Die Standpauke dafür werde ich mein Leben lang nicht vergessen. Es war das einzige Mal im Leben, dass ich meinen Opa wüst habe schimpfen hören. Nach seinem Tod habe ich ein kleines gerahmtes Schild gefunden mit dem folgenden Sinnspruch: „Zeig der Welt ein lächelndes Gesicht, denn ein trauriges versteht sie nicht!" Fast nie habe ich diesen bewundernswerten Mann ohne dieses Lächeln im Gesicht gesehen, das er selbst während eines Schlaganfalls noch aufbehielt.

Später hatte ich einen älteren Herrn zum Nachbarn, der sich mir als *Funker Braun* vorstellte und ebenfalls seine Spuren in diesem Buch hinterließ.

Diesen beiden altgedienten Weltkriegsveteranen möchte ich zuvörderst dafür danken, dass sie mir wichtige Einblicke in die unselige Zeit des Dritten Reichs gestatteten und erzählt haben, wie sie die mitunter schrecklichen Ereignisse verarbeiten konnten.

Außerdem danke ich meinem 2020 verstorbenen Vater, der als Kriegsgeborener und Berufssoldat der Bundeswehr zahlreiche Diskussionen mit mir über Krieg im Allgemeinen und das Selbstverständnis eines Soldaten im Besonderen führte, die zugegebenermaßen nicht immer schön endeten. Viele seiner Gedankengänge waren wichtige Impulsgeber für dieses Buch.

Du fehlst mir, Papa!

Ein Danke geht auch an meine Mutter, die mir mit Familienanekdoten, Dokumenten und Bildern ebenfalls sehr weitergeholfen hat.

Das vorliegende Buch in dieser Form ist kaum denkbar ohne meine ganze Familie. Meiner Frau und meinem Sohn danke ich für ihren fortwährenden Zuspruch und ihre Audauer, ebenso meinem Bruder und seiner Familie (Danke Sandra!).

Meinen Schwiegereltern gebührt ein herzlicher Dank für ihre unermüdliche Unterstützung, ebenso wie meinen lieben Nachbarinnen Brigitte und Maria, denen ich grundsätzlich *alles* zum Erstlesen unterjuble.

Der Wehrmachtsauskunftsstelle WASt habe ich zu verdanken, dass ich den Weg verfolgen konnte, den mein Opa im Krieg zurückgelegt hat. Dem Forum der Internetseite – die Betreiber sind ihrer

Verantwortung äußerst bewusst –*Lexikon der Wehrmacht* danke ich für die fachkundigen Auskünfte zu all meinen Fragen.

Nach Erscheinen meines ersten Buchs *Fuchsjagd auf Mazedonisch*, haben mir einige eifrige Leser der Plattform *Lovelybooks* äußerst hilfreiche Hinweise gegeben, die auch in dieses Buch eingeflossen sind. Danke vor allem an Lesekatze22.

Zuletzt bedanke ich mich bei den vielen Autoren der zahlreichen (Sach)Bücher, die es zum Thema *Drittes Reich* inzwischen gibt. Ohne diese Lesebrücke, die meine Recherche stets begleitet hat, wäre ich vermutlich mit meinen vielen Fragen längst auf dem Trockenen sitzengeblieben. Einige Bücher, wie z.B. die R. Kalteneggers dürfen nach heutigen Maßstäben (nicht zuletzt wegen einiger verharmlosender oder weglassender Ausführungen) keinesfalls kritiklos gelesen werden. Sie waren zu ihrem jeweiligen Erscheinungsdatum aber durchaus viel gelesene Nachschlagewerke oder Erinnerungsstücke für Veteranen.

Im Großen und Ganzen habe ich mich sehr bemüht, die Ereignisse im Buch in allen Belangen historisch nachweisbar zu gestalten. Da trotz der unglaublich vielen Regelwerke und Vorschriften des Dritten Reich einiges aber sehr willkürlich ablief, sind gewisse Abweichungen unvermeidlich. Die Hauptprotagonisten hat es in der beschriebenen Form nie gegeben. Ähnlichkeiten sind rein zufällig. Einige andere Zeitgenossen gab es hingegen sehr wohl, wie den Regisseur Hans Ertl, Henriette von Schirach – die Frau des Gauleiters und Reichsstatthalters in Wien (die sich im Nachhinein einiges darauf einbildete, bei Hitler wegen ihres wenigstens zweifelhaften Eintretens für niederländische Juden in Ungnade gefallen zu sein), den General der Gebirgstruppe Hubert Lanz und vor allem jene mutigen Menschen – für die ich stellvertretend an dieser Stelle die Schauspielerin Dorothea Neff anführe – die sogenannte jüdische U-Boote vor der Deportation bewahrten. Sie alle geben meiner Geschichte den nötigen Rahmen, in dem ich versucht habe, mich so sorgfältig wie möglich zu bewegen.

Weitere Hinweise zum Roman und meinen bisher erschienenen Büchern finden sich unter: www.stefanspreng.com

Ihre Zufriedenheit ist unser Ziel!

Liebe Leser, liebe Leserinnen,

hat Ihnen unser Buch gefallen? Haben Sie Anmerkungen für uns? Kritik? Bitte zögern Sie nicht, uns zu schreiben. Wir werden jede Nachricht persönlich lesen und beantworten.

Schreiben Sie uns: info@ek2-publishing.com

Wussten Sie schon, dass Sie uns dabei unterstützen können, deutsche Militärliteratur sichtbarer zu machen? Bitte nehmen Sie sich einen Moment Zeit und bewerten Sie dieses Buch auf Amazon. Viele positive Rezensionen führen dazu, dass das Buch mehr Menschen angezeigt wird.

Sie können somit mit wenigen Minuten Zeitaufwand unserem kleinen Familienunternehmen einen großen Gefallen tun. Vielen Dank für Ihre Unterstützung!

PS: In seltenen Fällen kommt ein Buch beschädigt beim Kunden an. Bitte zögern Sie in diesem Fall nicht, uns zu kontaktieren. Selbstverständlich ersetzen wir Ihnen das Buch kostenlos.

Holen Sie sich „Fuchsjagd auf Mazedonisch", ein packender Thriller über einen Soldaten der Bundeswehr im Auslandseinsatz.

Jetzt auf Amazon kaufen … oder beim Buchhändler Ihres Vertrauens …

Tragen Sie sich jetzt in den Newsletter ein, um Band 2 nicht zu verpassen!

Tragen Sie sich in den Newsletter von *EK-2 Militär* ein, um über aktuelle Angebote und Neuerscheinungen informiert zu werden und an exklusiven Leser-Aktionen teilzunehmen.

Link zum Newsletter:
https://ek2-publishing.aweb.page

Über unsere Homepage:
www.ek2-publishing.com
Klick auf *Newsletter*

Via Google*: EK-2 Verlag*

Als besonderes Dankeschön erhalten Sie **kostenlos** das E-Book »Die Weltenkrieg Saga« von Tom Zola.

Deutsche Panzertechnik trifft außerirdischen Zorn in diesem fesselnden Action-Spektakel!